Munich
Salzburgo
Constanza
Basilea
Zurich
Dijón
Besanzón
Innsbruck
Berna
S U I Z A
Lausana
Bolzano
TRENTINO
Trento
Ginebra
Lyon
LOMBARDÍA
Bérgamo
VÉNETO
Milán
Verona
Venecia
Padua
Grenoble
Pavía
Valence
Turín
PIAMONTE
Parma
Módena
Bolonia
Rávena
Génova
Uzes
Nimes
M a r
Rímini
Aviñón
tpellier
Saint-Gilles
PROVENZA
Niza
d e
Pisa
Florencia
Arlés
Cannes
L i g u r i a
TOSCANA
Arezzo
ers
Marsella
Siena
Perugia
Asís
Tolón
Porciúncula
Iglesia de San Damián
Catedral de San Rufino
G o l f o
d e
L e ó n
C ó r c e g a
I T A L I A
LACIO
Roma
Palacio de Letrán
Biblioteca Apostólica Vaticana
Biblioteca secreta del Vaticano
M a r
T i r r e n o
Mahón
C e r d e ñ a
M A R   M E D I T E R R Á N E O

El eco
de las sombras

El eco
de las sombras

JESÚS VALERO

Papel certificado por el Forest Stewardship Council®

Primera edición: febrero de 2021

© 2021, Jesús Valero
Autora representada por Editabundo Agencia Literaria, S. L.
© 2021, Penguin Random House Grupo Editorial, S. A. U.
Travessera de Gràcia, 47-49. 08021 Barcelona

Printed in Spain – Impreso en España

ISBN: 978-84-666-6909-2
Depósito legal: B-20.567-2020

Compuesto en Fotocomposición gama, s. l.
Impreso en Liberdúplex
Sant Llorenç d'Hortons (Barcelona)

BS 69092

A mi padre, que me enseñó con su ejemplo que la tolerancia es la piedra sobre la que se construye un mundo mejor

A Karmele, que sujeta mis pies en el suelo mientras deja que vuele mi imaginación

1

Año 1199

El abad Guy Paré miraba hacia la oscuridad del mar mientras su ira crecía como la marea. Había llegado justo a tiempo de ver saltar a Jean y aún no entendía cómo alguien podía arrancarse la vida de aquella manera. Ni el miedo a la tortura lo justificaba. Escuchó el sonido de las gaviotas que parecían reírse de su infortunio.

Se volvió hacia el sargento templario y ordenó a gritos que buscara al maldito caballero negro. Solo él podía tener la reliquia, era la única explicación aceptable para Guy Paré. Su esperanza estribaba en que había observado que Jean no llevaba su hatillo.

Dejó a dos hombres al borde del mar por si aparecía el cuerpo de Jean, aunque el océano embravecido no presagiaba que eso fuese a suceder pronto. Anotó en su cabeza la necesidad de rastrear la costa en su busca y regresó a la iglesia para supervisar el trabajo de los templarios. Eran buenos guerreros; si el caballero negro aún estaba allí, lo encontrarían.

El sargento se acercó en cuanto lo oyó llegar, negando con la cabeza.

—No hay rastro y las pisadas son confusas. Tal vez

sea mejor esperar a la mañana; con la luz del día quizá encontremos alguna pista.

—No —respondió Guy Paré con gesto cortante—. Dejaremos la iglesia para mañana, pero la noche es larga aún. Quiero que busquéis casa por casa. Puede que se esconda en alguna de las inmundas chozas de pescadores que atestan este poblado.

El sargento templario asintió malhumorado. No solo se había visto obligado a acompañar a aquel abad déspota enviado por Roma a perseguir fantasmas, sino que ahora tenía que entrar en las casas como un vulgar alguacil. Recordó a su compañero muerto y se olvidó del abad. Aquello requería venganza y él la encontraría. No, no se trataba de fantasmas.

Dos días más tarde del salto de Jean al mar, el prior del pequeño monasterio de Sanctus Sebastianus respiró aliviado. Una sonrisa de placer, que tardaría en desaparecer, se extendió por su semblante mientras veía alejarse al abad Guy Paré con el grupo de amenazantes caballeros templarios.

Su rostro recuperó la seriedad y negó con la cabeza para sí mismo. Los templarios no eran monjes, sino soldados. Se habían convertido en un ejército implacable y, aunque ayudaban a los peregrinos, su deseo oscilaba entre alcanzar poder y dinero o viajar a los Santos Lugares en busca de fama o de una muerte horrorosa.

Él era de otra pasta, un hombre de Dios que había aceptado su destino en aquella esquina del mundo, deseoso de dedicarse a sus oraciones y poco interesado en la política. Sin embargo, ahora se veía empujado a hacerlo.

Mientras sus incómodos huéspedes se marchaban levantando una nube de polvo, reflexionó en silencio sobre lo que había observado durante aquellos días. Primero, la llegada de Guy Paré en busca de alguien o de algo, una búsqueda que se había tornado desesperada. Luego, su ira creciente y sus discusiones cada vez más agrias con el sargento templario, las cuales le habían proporcionado indiscretamente toda la información necesaria.

El prior no tenía todas las piezas, pero no era necesario. Mandaría un mensaje a Leyre. Arnaldo sabría lo que había que hacer.

Observó el polvo posándose en el camino, parecía que aquellos visitantes incómodos nunca hubieron existido. Se volvió y regresó al monasterio, a su apacible vida monástica.

Arnaldo, abad de Leyre, cerró los ojos, bajó la cabeza y con los dedos índice y pulgar masajeó el nacimiento de su nariz en un gesto de preocupación, incluso de malestar. Las noticias que llegaban desde el monasterio de Sanctus Sebastianus le habían helado el corazón, no tanto por lo que decían, sino por lo que podía deducirse de ellas.

El caballero negro había fracasado.

Arnaldo presagiaba que aquel joven alegre y testarudo que le había servido con fidelidad y al que había acabado por coger cariño ya no caminaba entre los vivos. No podía saberlo con certeza, pero lo sentía en sus cansados huesos.

Lo que sí sabía con seguridad es que ya no quedaban monjes blancos con vida. El prior de Sanctus Sebastianus había escuchado al sargento narrar con satisfacción la muerte del último de ellos y había observado el orgullo del que había hecho gala por haber acabado con, según él, aquellos seres demoníacos.

Una lágrima se deslizó por el rostro del viejo abad, que se sorprendió de que aún le quedara alguna. Recordó a fray Honorio. A pesar de los años que había pasado en Suntria, la profunda amistad que habían labrado en su juventud había permanecido inalterable. Era hombre de pocas palabras, pero su inquebrantable fidelidad y su dedicación a su misión serían algo que echaría de menos el resto de su vida. Arnaldo apartó los recuerdos y trató de aliviar su pena concentrándose en el presente. El consuelo que le quedaba era que, pese a la satisfacción del templario, Guy Paré no parecía compartir su emoción. El prior lo habría definido como frustrado y colérico. Había estado a punto de capturar a Jean, a quien, según el prior, el caballero negro intentaba proteger.

Lo que había helado el corazón de Arnaldo y volvía una y otra vez a su mente era la escena que el prior le había trasladado, con Jean lanzándose al mar para huir de Guy Paré. La esperanza era magra, pero la búsqueda por parte de Guy Paré del cadáver de Jean y del propio caballero negro había sido infructuosa. Guy Paré parecía creer que este último seguía con vida, pero Arnaldo no compartía esa visión. Habían pasado semanas y el caballero negro no había regresado ni había enviado mensaje alguno. Arnaldo había vivido lo suficiente para saber que la esperanza era un juego de la mente que trataba de negar las malas noticias.

Además, tenía información de la que Guy Paré no disponía. Gracias a sus monjes y a los ojos y oídos que conservaba a ambos lados de los Pirineos, había podido reconstruir los últimos pasos de Jean y Roger, su huida hacia el este, la herida de Roger, la separación de los dos hombres y el acto final de Jean. ¿Llevaba consigo la reliquia? ¿La había escondido antes? ¿La llevaba Roger? Lo que estaba claro era que Guy Paré no la tenía en su poder.

Quizá se hubiese perdido para siempre. Conocía la historia de la reliquia y a quién había pertenecido y en muchas ocasiones había deseado que jamás hubiese existido. Bien sabía que los hombres no eligen su destino, solo lo afrontan como mejor saben. Pero a Arnaldo se le escapaba un detalle: ¿para qué servía la reliquia? Si el apóstol Santiago o alguno de sus seguidores lo habían llegado a saber, aquella información se había perdido en la niebla del pasado. Y, sin embargo, Arnaldo tenía una sospecha.

Recordaba un pasaje de la Biblia que leía a menudo, Ezequiel 28:13. Si estaba en lo cierto, la reliquia podía ser una de las piedras preciosas que Dios le había quitado a Lucifer cuando este había caído en desgracia y que permitían abrir el arca de la alianza y proteger al portador de su poder de destrucción.

Pero aquello no era más que una suposición fruto de la imaginación de un hombre viejo y derrotado.

Arnaldo meditó sobre qué hacer a continuación. Mandaría a sus hombres a buscar a Roger, seguirían sus pasos hasta descubrir la última pista que pudiera existir.

Tenía todo el tiempo del mundo. Guy Paré había decidido regresar a Roma y allí no lo esperarían con los brazos abiertos. Roma no toleraba fracasos. No pudo reprimir una leve mueca de satisfacción, no deseaba estar en el pellejo del abad de Citeaux.

2

Año 718

Aquel hombre sabía que iba a morir.

El abad Bernardo ya no recordaba a cuántos había acompañado en su misma situación. Todos, hombres o mujeres, viejos o jóvenes, ricos o pobres, le habían rogado con sus miradas febriles y sus ojos sanguinolentos que hiciera algo por ellos, empujados a la muerte por aquel castigo divino.

Bernardo retiró la sábana que cubría el cuerpo de quien antaño había sido un hombre poderoso, el señor de Abella. Observó con pesar los inmensos bubones en sus axilas y en sus ingles, que supuraban por llagas abiertas. Los dedos de las manos y la nariz ennegrecidos y el pestilente olor de sus deposiciones completaban un cuadro que pocos hombres hubieran soportado.

Meditó unos instantes sobre si merecía la pena sajar los bubones para extraer la inmundicia que asolaba el cuerpo, pero desistió. Nada de todo aquello cambiaría el resultado final.

El señor de Abella levantó una mano pidiendo agua y le asaltó un acceso de tos. La sangre y la bilis salpicaron la cara de Bernardo, que se mostró impasible a pesar del grito ahogado de la sirvienta, que contemplaba la escena a prudente distancia.

El ataque de tos continuó mientras Bernardo sujetaba la frente del enfermo y vertía agua en pequeñas cantidades sobre una boca negra de la que surgía el fétido aliento de la muerte.

Recordó que así había sido el suyo dos años atrás, cuando había creído morir. La divina Providencia había salvado su alma y lo había hecho inmune a la plaga. Ahora agradecía a Dios el regalo del que había sido destinatario ayudando a otros con menos suerte allí donde nadie más quería acudir.

El otrora orgulloso señor de Abella exhaló su último suspiro y Bernardo se levantó, cansado, tras cubrir el cuerpo con la sábana. Negó con la cabeza hacia la sirvienta, que no derramó lágrima alguna. En aquella esquina del mundo, la muerte se había convertido en una rutina y no quedaban lágrimas que verter. Bernardo rezó en silencio una oración por el alma del desdichado.

—Avisa a sus familiares —dijo cuando hubo terminado.

—No queda nadie a quien avisar —respondió la sirvienta con mirada triste—. Los que no murieron han huido. Solo yo...

Interrumpió su frase y se quedó mirando el cuerpo cubierto por la sábana. Bernardo sonrió con pesar a la mujer. Solo el amor, aunque fuese silencioso, podía vencer el terror que causaba la peste negra.

Bernardo salió de la habitación. No había nada que añadir, ni consuelo posible. Recorrió los pasillos del castillo, las ratas se cruzaban en su camino. Sentía una opresión en el pecho, como cada vez que veía a alguien morir; necesitaba salir al aire libre o acabaría vomitando.

Atravesó las abandonadas calles, donde solo las cruces blancas en las puertas de las casas se atrevían a saludar su paso. Olió el dulzor de las hierbas aromáticas que los ya escasos pobladores calentaban para ahuyentar inútilmente la epidemia. Escuchó, al fondo del pueblo, el ruido de las carretas que retiraban los cuerpos de los muertos que serían enterrados con rapidez, casi con vergüenza.

Al cruzar la plaza, se topó con un grupo de hombres y mujeres que caminaban silenciosos, con la espalda descubierta y con llagas ocasionadas por los látigos que utilizaban para infligirse daño con la vana esperanza de purgar sus pecados y que el Señor se apiadase de sus almas.

De regreso al monasterio, Bernardo se encontró con Anselmo, el prior.

—¿Ha muerto, abad Bernardo?

—Que en paz descanse —respondió este con voz cansada.

—¿Qué haremos ahora? ¿Quién nos protegerá?

Bernardo miró a Anselmo con dureza.

—Dios lo hará —respondió molesto.

—Dios... nos ha abandonado.

—¿Por qué dices eso, hermano Anselmo?

—Jeremías.

Bernardo no necesitó más información. Una oleada de angustia lo recorrió. Convivía con la enfermedad a diario, pero cuando afectaba a alguien tan cercano como el hermano Jeremías, todo era diferente.

Eran tan pocos.

Solo media docena escasa de monjes había sobrevivido a la peste y el abad Bernardo sentía que su misión estaba a punto de fracasar. Dos años antes había sido nombrado abad de aquel remoto monasterio de las montañas astures y sobre sus hombros había recaído la responsabilidad de custodiar aquel extraño objeto.

La reliquia de Santiago, traída por el apóstol hasta aquel remoto confín del mundo... ¿con qué objeto? Nadie parecía saberlo, pero Bernardo tenía otras preocupaciones más inmediatas. Debía hacer algo para evitar que la congregación desapareciera y, con ella, aquel legado de Jesucristo.

Tenía mucho en que pensar.

3

Año 1199

El Palacio de Letrán, sede papal y residencia de Inocencio III en Roma, se mostraba espléndido al sol de la mañana. Estaba decorado con vidrios, mosaicos y frescos con representaciones de los apóstoles. Varios *accubita* rodeaban una gran fuente de pórfido rojo con forma de concha y a su alrededor preciosos mármoles daban al conjunto una magnificencia que quitaba la respiración a quienes tenían la oportunidad de contemplarlo.

Guy Paré no tenía tiempo para deleitarse con aquel lujo. Recorrió por enésima vez el pasillo que daba a los aposentos de Inocencio III. A pesar de que la temperatura de la estancia era baja, sudaba copiosamente, lo que daba a su cráneo el aspecto de una calavera pulida. En unos minutos, se enfrentaría a uno de los tragos más amargos de su vida.

Había fracasado.

Todavía no acababa de comprender qué había sucedido. Casi había tenido la reliquia en su poder, todos sus enemigos estaban muertos, excepto aquel maldito caballero del Languedoc al servicio del abad de Leyre. La única explicación que convencía a Guy Paré era que él tenía la reliquia, así que necesitaba convencer a Inocencio de que la persecución debía proseguir.

Creía que era posible, pero sería complicado persuadirlo. De no lograrlo, sería apartado a algún remoto monasterio, donde su genio y su talento se marchitarían y sus sueños quedarían olvidados; eso si el castigo a su fracaso no era la muerte.

La puerta que daba al despacho de Inocencio III se abrió con un leve crujido que hizo volverse a Guy Paré sin poder reprimir un sobresalto. Era la primera vez que iba a encontrarse cara a cara con el vicario de Cristo.

Lo primero que llamó su atención fue lo austero de la estancia, desprovista de cuadros, tapices o muebles de valor. Guy Paré no pudo por menos que admirar ese rasgo de la personalidad de Inocencio. Los siervos del Señor debían mostrar lejanía de las tentaciones mundanas, ya fuera de la riqueza o de la carne.

Inocencio III levantó la mirada de los papeles que tenía en su mesa y escrutó lentamente a Guy Paré. A pesar de que el abad sabía de la juventud del papa, quien aún no había cumplido cuarenta años, su rostro aniñado le desconcertó. Era un hombre de porte serio, con unos ojos grandes y una boca pequeña de labios apretados y carnosos. Sus orejas sobresalían dándole un cierto aire sorprendido y su barbilla prominente le proporcionaba un aspecto de determinación, casi de terquedad.

Inocencio se levantó del sillón, rodeó la mesa y se acercó a Guy Paré con una amplia sonrisa, la de un hombre que se reencuentra con un viejo amigo. Aquella sonrisa, por inesperada, heló la sangre de Guy Paré.

—¡Mi buen abad! —exclamó Inocencio—. Es una alegría conocerte al fin. Ven —añadió con un gesto de apremio—, acompáñame en mis oraciones.

El vicario de Cristo se arrodilló sobre la fría piedra

del suelo y animó al abad, que aún no se había recuperado de la impresión, a hacer lo mismo.

Guy Paré no podía concentrarse en la oración. Miraba a hurtadillas el absorto rostro de Inocencio que, con los ojos cerrados, movía los labios acompañando su oración. En aquel momento, a través del velo de miedo, Guy Paré sintió adoración por aquel hombre que, a pesar de su poder, escogía la sencillez y el recogimiento para orar.

El abad se relajó y rezó con fervor para que juntos pudieran cambiar el destino de la cristiandad.

—¿Y bien? —dijo Inocencio cuando pareció darse por satisfecho—. Cuéntame lo que ha sucedido durante tu misión.

Guy Paré comenzó a relatar cómo Jean había robado la reliquia ayudado por un caballero de nombre Roger de Mirepoix y había huido a Hispania con el probable objetivo de entregarla al abad de Leyre. Le contó también que la habían ocultado y que, perseguidos por él y por los caballeros templarios, habían llegado hasta la costa, donde Jean se había lanzado al mar y el caballero del Languedoc había desaparecido.

Inocencio III lo escuchó sin interrumpir, parecía estar absorbiendo todo cuanto decía. Asintió al oír mencionar Leyre y solo reaccionó con desagrado ante la referencia al Languedoc. Cuando Guy Paré terminó su relato, estaba exhausto, pero se sentía liberado. Inocencio lo había escuchado y le iba a prestar su apoyo. La esperanza de salir bien parado resurgió en su interior.

—Tengo una misión para ti —dijo Inocencio colocando su mano sobre el hombro del abad. Partirás de inmediato y buscarás al caballero negro en Leyre, en el Languedoc o donde haga falta. Lo encontrarás y lo traerás a mi presencia, vivo o muerto.

Inocencio dijo esto último casi con deleite, enseñando los dientes. «Un lobo con piel de cordero», pensó el abad.

—Para ayudarte —continuó Inocencio—, pondré a tu servicio a mi mejor hombre. Él te ayudará a encontrar lo que buscamos. Partiréis mañana mismo.

Guy Paré estuvo tentado de objetar a la propuesta de Inocencio, pero se lo pensó dos veces y asintió aliviado. Abandonó la estancia haciendo planes sobre los siguientes pasos a dar.

Inocencio se quedó pensativo. Recordó la conversación con su antecesor, Celestino III, en su lecho de muerte:

—Debes buscar la reliquia. Es tu principal misión en el mundo. Debía ser el legado de Jesucristo a Pedro, pero Santiago la robó y la escondió. Hay que restituir a Roma lo que siempre debió ser de Roma.

—¿Qué es la reliquia? ¿Para qué sirve? —había preguntado Inocencio III.

—Deberás descubrirlo. Cuando la tengas en tu poder, Dios iluminará tu sabiduría y te dirá lo que debes hacer. Reza para cumplir lo que yo no pude.

Aquellas habían sido las últimas palabras de Celestino III. Con ellas, había convertido a Inocencio en su sucesor, pero no había resuelto el enigma de la reliquia. Un año después, Inocencio III no parecía haber avanzado en su cometido.

Escuchó unos pasos ligeros a su espalda y una leve sonrisa asomó a sus labios.

—Me llamasteis, santo padre.

—Siempre tan silencioso, mi querido Giotto. Tengo una misión para ti, la más importante que hayas tenido jamás.

El caballero no cambió su expresión. No solía hacerlo, estaba acostumbrado a las misiones importantes. Eran su vida.

—Acompañarás al abad de Citeaux. Él cree que está al mando. Deja que continúe así. Cuando tengas lo que busco, mátalo. Con crueldad.

Esta vez Giotto sonrió.

4

Año 2020

Las frías luces del auditorio del Palacio de Congresos de Vitoria-Gasteiz se encendieron cuando Marta terminó su exposición y le hicieron parpadear hasta que sus ojos se acostumbraron. Soltó el aire de los pulmones liberándose de la tensión que siempre le producía hablar en público y se volvió hacia la audiencia dispuesta a contestar las siempre difíciles preguntas que solían hacerse tras una presentación en un congreso científico.

Se sentía preparada para responderlas todas, pues versarían sobre el trabajo de los últimos cuatro años.

Entonces lo vio.

Se encontraba al fondo de la sala, apoyado en la pared, con una actitud relajada. Vestía una gabardina que envolvía su enorme figura y llevaba las manos metidas en los bolsillos, como si estuviera allí por casualidad. Marta no creía en las casualidades.

El teniente Luque la miró y ella le respondió retadora, hasta que se dio cuenta de que no había escuchado la pregunta de una mujer del público. Trató de regresar a su mundo actual, pero la visión de la sangre, el ruido de un disparo y el olor de la pólvora la atraparon en el pasado y todo su aplomo y su confianza desaparecieron.

Cuando terminó la conferencia, ya sentados en la cafetería del centro de reuniones, el teniente Luque miró a Marta con aire reposado mientras ella tomaba su café.

Marta recordó la última vez que habían estado en la misma situación, en el monasterio de Santo Domingo de Silos, dos años atrás. Como en aquella ocasión, un escalofrío recorrió su cuerpo.

—No se preocupe —dijo el teniente anticipándose a su incomodidad—, solo estoy aquí porque necesito su opinión.

—¿Mi opinión? —repitió Marta desconfiada.

El teniente esbozó una sonrisa que trató de ser tranquilizadora, pero que a Marta se le antojó algo cruel. Asintió misterioso mientras a ella le invadía la sensación de que él estaba disfrutando con la situación. Lo miró con detenimiento y se dio cuenta de que algunas canas comenzaban a asomar y las arrugas de su rostro parecían un poco más profundas, como si la presión de su trabajo lo estuviese envejeciendo de manera prematura.

—Bien, ¡dispare entonces! —añadió con una clara referencia a lo que había pasado en Silos para demostrarle que no se sentía intimidada.

El teniente lanzó una carcajada y Marta se sorprendió pensando que era la primera vez que lo veía reír.

—Iré directo al grano —dijo con un gesto de respeto—. El objeto que usted encontró...

—Y que me fue requisado...

El teniente hizo una mueca de fastidio antes de continuar.

—El objeto en cuestión fue enviado al Vaticano, donde ha estado bajo estricta supervisión y análisis hasta la semana pasada. Solo unas pocas personas han podido acceder a él, porque solo ellas conocían su emplazamiento exacto.

—Muy interesante —respondió Marta enarcando las

cejas—, pero no sé por qué me cuenta todo esto. No me interesa.

El teniente tamborileó con los dedos en la mesa. Ahora parecía extrañamente nervioso y a Marta le asaltó la sospecha de que aquella reunión no era solo para obtener información. El teniente la miró a los ojos sin pestañear y pareció tomar una decisión.

—¿Qué sabe del objeto que encontró? —preguntó dando un rodeo evidente.

—No mucho más de lo que ya saben en el Vaticano; han tenido tiempo de sobra para estudiar el libro de Jean.

El teniente miró a Marta con un gesto de advertencia y de invitación a continuar.

—La reliquia parecía provenir del mismo Jesucristo, quien se la habría dado a Santiago la noche de la última cena. Santiago la llevó hasta Hispania, donde la escondió para evitar que cayese en manos de Pedro. Años después, fue trasladada hasta el sur de Francia, aunque no hay referencias en el libro sobre cuándo sucedió. Jean la robó y la ocultó en Silos, ya que Roma la buscaba pensando que les otorgaría un gran poder. Allí permaneció hasta que yo la encontré.

Marta dijo esta última frase con muestras de orgullo no disimulado.

—Eso es lo que usted sabe. Ahora le pido que me diga lo que usted piensa —respondió haciendo énfasis en la última palabra.

—¿Mi opinión? —preguntó Marta sintiendo que poco a poco se acercaban a la verdadera razón de la visita—. Todo eso son tonterías, inventos para crédulos y deseos confundidos con la realidad.

—¿Y si no fuera así? Se han tomado muchas molestias y han dedicado ingentes recursos a buscar o proteger la reliquia.

El rostro del teniente Luque se tornó serio. Bajó la voz y se inclinó hacia Marta, como si quisiera hacerle una confidencia.

—Todo lo que le voy a contar a partir de este momento es confidencial y espero la máxima discreción por su parte.

Miró a Marta con fijeza para dejarle claro que no estaba bromeando, pero había dejado entrever un tono de ansiedad en su voz.

—Bien, teniente —dijo levantándose con parsimonia—, ha sido un placer volver a verlo. No dude en visitarme si pasa por San Sebastián —añadió ella tendiéndole la mano.

El rostro del guardia civil reflejó sorpresa y enfado a partes iguales. Contempló la mano extendida y lanzó un suspiro de resignación. Con un gesto de ruego, señaló la silla.

—Estas son las nuevas reglas, teniente. Sin rodeos ni secretos me contará por qué ha venido a verme y luego yo decidiré qué hago con la información que me dé. Incluso seré libre de llamar a un periodista y contársela.

—No hará eso —respondió tajante.

—No me ponga a prueba.

Media hora más tarde, el café de Marta se había enfriado hasta hacerse imbebible; la historia que le acababa de contar era del todo inverosímil.

—A ver si lo he entendido bien —dijo mirando al teniente Luque con una mueca de burla que no pudo reprimir—. ¿Me está diciendo que un ladrón entró en el Vaticano, recorrió kilómetros de pasillos, localizó la reliquia protegida como una joya de valor incalculable, la robó y salió silbando para perderse por las callejuelas de Roma como un vulgar turista?

—Evidentemente, no fue así —dijo el teniente exhalando un suspiro de resignación—. Tuvo que ser alguien de dentro. Quien lo haya hecho conocía el lugar, tenía los accesos previstos y ejecutó el plan con precisión milimétrica.

El recuerdo de la Sombra recorrió la mente de Marta estimulado por el comentario del teniente. También aquel hombre hacía las cosas con precisión milimétrica. Tuvo que recordarse que Federico había muerto.

—¿Y quién podría querer robar la reliquia con tanto ahínco? —preguntó con ingenua extrañeza.

El teniente dejó que atara cabos.

—¿No pensará que yo...? —preguntó escandalizada.

—Por supuesto que no —respondió el teniente casi divertido por la reacción—. Me subestima usted, Marta.

Marta no pudo pasar por alto que era la primera vez que se dirigía a ella por su nombre de pila, aunque seguía tratándola de usted.

—Entonces no entiendo por qué razón ha venido a verme.

Dudó por un instante y una idea comenzó a formarse en su mente. Negó con la cabeza mientras el teniente Luque sonreía al darse cuenta de que ella ya había adivinado la razón de su presencia.

—No habla en serio...

La frase quedó en el aire, como si tuviera miedo de pronunciarla y hacerla así realidad. El teniente Luque asintió con gesto serio.

—Necesito que venga conmigo a Roma y me ayude a recuperar la reliquia.

5

Año 1200

Los sótanos del monasterio de San Juan, donde un año antes había sido torturado Jean, eran profundos y húmedos. Ratas y cucarachas se escurrían entre las sombras y alrededor de los espectrales artilugios de tortura que abarrotaban la sala. El olor era punzante, una mezcla de sangre y orines que nadie se ocupaba de eliminar. Quienes tenían el infortunio de ser arrastrados por la fuerza hasta allí veían en aquel lugar la antesala del infierno.

Guy Paré, sin embargo, sonreía satisfecho. No lo había hecho muy a menudo durante el año que había transcurrido desde su llegada a aquel territorio hostil que se extendía a ambos lados de los Pirineos.

Aquel día tenía motivos.

Escuchó los gemidos de Arnaldo, el abad de Leyre, y se deleitó con el dolor ajeno, que saciaba su frustración y su necesidad de saber.

A su lado, Giotto observaba la escena con evidente desagrado, lo que a Guy Paré también le satisfacía. Giotto era un hombre de acción y se había convertido en un socio perfecto. Desaparecía por las noches y regresaba con algún pobre monje de los monasterios que Guy Paré señalaba. A partir de ahí, este les extraía toda la información disponible, cuando no morían antes de tiempo.

Esta vez la víctima era caza mayor. Arnaldo, el principal encubridor del maldito caballero negro. Arnaldo, el sedicioso abad de Leyre.

Era anciano, pero había resistido lo suficiente como para confesar que no había vuelto a ver al caballero negro desde hacía un año. Tampoco parecía saber nada de Jean, el ladrón de la reliquia. Esto último podía significar muchas cosas.

Lo que más había satisfecho a Guy Paré había sido una confesión inesperada de Arnaldo. Parecía creer que la reliquia tenía una utilidad práctica relacionada con el arca de la alianza, el poder para usarla o controlarla. Aquella información hizo que se estremeciera. Por un instante, se sintió conectado con Dios y tuvo la visión de un ejército de ángeles victoriosos aplastando infieles y herejes. Y él cabalgaba junto a ellos.

Giotto salió por la puerta sin despedirse y Guy Paré se volvió hacia Arnaldo, que lo miraba suplicante. Guy Paré sonrió al abad, que malinterpretó su gesto. Entonces, ante su sorpresa, giró la rueda del potro una vez más. El alarido retumbó en la gran sala de tortura del monasterio de San Juan.

Giotto montó en su caballo y al galope se alejó hacia su siguiente misión. Notó las náuseas, no podía quitarse de la mente las imágenes que acababa de ver. No es que le importara ver morir a un hombre, él mismo había matado a tantos que había perdido la cuenta. A muchos en buena lid, a aquellos que consideraba dignos de tal muerte, los que habían luchado con honor y muerto de la misma forma. A muchos otros, los que no podían ser considerados caballeros, de manera menos honorable. Aparecía como una sombra en la noche y resolvía el asunto con profesional eficacia, sin buscar ni el sufrimiento ni el regocijo.

Guy Paré era diferente, disfrutaba con la muerte y el sufrimiento ajenos. «Cuando tenga que matarlo —pensó Giotto—, haré una excepción.» Aquel hombre merecía morir de una forma atroz y Giotto se reservaba el derecho a convertirse en su verdugo.

6

Año 718

Un claro en el denso bosque del norte de Hispania albergaba el modesto monasterio de San Salvador de Valdediós. Sus muros se elevaban dubitativos, como si amenazaran derrumbarse por el paso del tiempo y la falta de mantenimiento; la reducida iglesia y el claustro no presentaban mejor aspecto. Un caótico cementerio ocupaba una parte del patio cercano al templo, y alrededor de las cruces, algunas antiguas y muchas recientes, se apretujaba el grupo de monjes.

El rezo de los escasos habitantes que quedaban en el monasterio continuó como una monótona letanía que les servía para olvidar que era el tercer hermano al que enterraban aquel mes.

El cuerpo de Jeremías, envuelto en las mantas que ocultaban las señales de la enfermedad, fue depositado en la sepultura y cubierto apresuradamente por las paladas de tierra que los monjes lanzaron con gesto aprensivo, quizá preguntándose si serían los siguientes.

Bernardo recordó los nombres de todos los que habían perecido a causa de la peste desde que él era abad; el primero, su antecesor, el abad Esteban. Aún le resultaba irreal la extraña historia que le había revelado y el enorme peso que había depositado sobre sus espaldas. Bernardo se había convertido en uno de los tres depositarios del secreto, junto con Anselmo y Severino.

Miró a su derecha al hermano Anselmo, prior del monasterio, que contemplaba el entierro con expresión hosca. Era el hermano de edad más avanzada de la congregación y debería haberse convertido en el nuevo abad. Era de baja estatura, lo que trataba de compensar con un porte autoritario. A pesar de un cuerpo menudo, tenía una barriga extrañamente abultada que indicaba poco amor por el trabajo físico. Su cara era extraña, con los ojos, la boca y la nariz muy juntos en el centro, y unas amplias frente y barbilla. Su pelo era cano y liso y, cuando lo dejaba crecer, se le enmarañaba hacia un lado dándole un aire tosco. Era un hombre severo, de palabras lanzadas como cuchillos y con una mirada endurecida por una vida insatisfecha que había retorcido su carácter hasta alejarlo del resto de los hermanos. Hablaba con los ojos fijos, con seguridad impostada, como si quisiese hacer creer que Dios inspiraba sus palabras.

A su derecha, estaba el hermano Severino, que no podía antojarse más opuesto, tanto física como espiritualmente. De aspecto bonachón, destacaba por su lealtad. Nadie le había escuchado una mala palabra y siempre estaba dispuesto a ayudar, lo que le había granjeado la amistad del resto de los monjes. Con una sonrisa inocente, siempre presto al servicio, aceptaba cualquier tarea que se le encomendara.

Los tres formaban un extraño grupo, el círculo interno, y cargaban con la inmensa responsabilidad que el anterior abad había puesto sobre sus hombros. Pero era un grupo incapaz de hallar el camino. Nunca, desde los tiempos en que el círculo interno había sido creado, la situación de la comunidad había sido tan crítica. Eran solo siete monjes aterrorizados, rezando alrededor de una tumba sin estar seguros de si lo hacían por el alma del antiguo abad o por la suya propia.

Comenzó a llover, el olor de la tierra mojada invadió sus fosas nasales y lo devolvió a la realidad. Todos lo miraban silenciosos, esperando su orden de retirarse del atestado camposanto. Anselmo le lanzó una mirada hostil y Bernardo hizo como si no lo hubiera visto. Giró sobre sus talones y, sin dirigir una sola palabra a la congregación, inició el camino de regreso seguido por una fila de monjes desamparados.

Dos días después del entierro, Bernardo regresó al camposanto. La temperatura era agradable y el sol había despejado las nubes y alejado de ellos la sempiterna lluvia a la que estaban acostumbrados en aquella remota zona del norte de Hispania.

El resto de los monjes estaba realizando sus tareas y Bernardo se hallaba solo. Esta vez estaba frente a dos modestas lápidas, las más antiguas del lugar. Se arrodilló, rezó una oración por los difuntos y pasó la mano por la piedra para retirar los líquenes que se aferraban a sus grietas. Dejó a la vista unas inscripciones tan antiguas que el paso de los años casi había borrado. Dos sencillos nombres: Teodosio y Adonai.

Hacía apenas dos años aquellos nombres eran solo el vago recuerdo de la historia de los fundadores de la orden a los que Bernardo no había prestado la suficiente atención, incrédulo acerca de que dos discípulos de Jesucristo pudiesen haber llegado hasta aquel remoto lugar arrastrando aquella extraña reliquia que habían prometido proteger sin conocer casi nada sobre ella. ¿De dónde provenía? ¿Cuál era su función? ¿Hasta cuándo debían protegerla y a quién debían entregársela si llegaba el momento?

El secreto había dormido siete siglos entre los muros del monasterio de San Salvador de Valdediós, oculto y a salvo. Y ahora, justo cuando le tocaba a él salvaguardarlo, la tranquila existencia del monasterio se veía acosada por dos enemigos formidables.

Hasta entonces, Bernardo había escuchado con poco interés las noticias sobre los temibles ejércitos musulmanes que avanzaban sin oposición. No solía hacer caso de las habladurías, que tendían a exagerar la realidad de un mundo que ya era malo sin la ayuda de quienes los aterrorizaban con calamidades que luego se tornaban vacuas.

Parecía, sin embargo, que en aquel caso había una verdad que no podía ignorar, incluso en aquel remoto monasterio de las montañas astures, donde los asaltantes no iban a encontrar riqueza alguna.

O eso había pensado hasta hacía dos semanas.

Las huestes del ejército musulmán se hallaban a pocas jornadas del monasterio y el mermado ejército visigodo, castigado por la peste más que por las derrotas, no podía proteger la abadía y mucho menos la reliquia, ya que desconocía su existencia.

Así debía ser.

Bernardo rezó una oración por las almas de Teodosio y Adonai, a quienes le habría gustado conocer. Ambos habían acompañado a Santiago hasta aquel recóndito lugar del mundo y luego habían jurado proteger aquella extraña reliquia hasta el fin de sus días.

El abad levantó la cabeza y miró hacia los muros del monasterio buscando una esquiva inspiración. Allí, entre las sombras de una ventana, descubrió a Anselmo mirándolo fijamente. Eso lo llevó a pensar en la segunda amenaza, la más perentoria, la que le quitaba el sueño cada noche.

Pelayo.

Aquel hombre era el último vestigio del poder cristiano en Hispania. Había logrado congregar a los restos de la resistencia contra los invasores musulmanes, excepto a los indómitos vascones. Les había dado algo por lo que luchar, la esperanza de una gloria perdida, y había parado un golpe que parecía definitivo. Las noticias llegaban también de la Narbonnaise, del otro lado de los Pirineos, donde las tropas francas habían detenido también el imparable avance invasor.

Pelayo había convocado un concilio en el monte Auseva para la última semana de mayo, en apenas quince días. Bernardo acudiría, muy a su pesar, como una figura menor, el abad de un diminuto monasterio a unas pocas horas de marcha de Auseva.

Bernardo se levantó y miró por última vez hacia las tumbas, como si por insistencia pudiera extraer de ellas una fuerza que no parecía existir en su interior. De nuevo, dirigió la mirada hacia el edificio, pero la ventana estaba vacía, como si Anselmo ya hubiese visto lo suficiente.

Bernardo dedicó un pensamiento a su prior. No sabía qué estaría tramando, pero haría bien en estar alerta. En dos ocasiones, Anselmo había mencionado a Pelayo y al obispo de León, Oppas. Y si algo le había trasladado Esteban, su maestro y antecesor, era que, en aquel mundo impredecible, las casualidades no existían.

7

Año 1201

Dos años después de su última visita, la ciudad de Roma seguía generando en Guy Paré una mezcla de fascinación y excitación. Sus calles atestadas y sus ruidosos pobladores le daban un ambiente pulsante, vivo, alejado de la quietud de la abadía de Citeaux donde el silencio y el recogimiento eran la nota predominante. El abad sabía que aquella ciudad era el centro del poder cristiano y que debía hacer cuanto fuese necesario para abandonar Citeaux y sentir la cercanía del trono de San Pedro. También sabía que sus ilusiones de lograrlo habían estallado en mil pedazos al fracasar en la recuperación de la reliquia. Por ello, cuando acudió a la llamada del sumo pontífice y se encontró frente a él, las palabras que surgieron de su boca no fueron una sorpresa.

—Encuentro vuestro fracaso profundamente decepcionante.

El tono gélido utilizado por Inocencio III asustó más a Guy Paré que el propio mensaje y la amenaza que transmitía. Fue a contestar, pero el papa se lo impidió con un gesto seco. La mirada de Inocencio osciló de Guy Paré a Giotto. El abad miró al italiano por el rabillo del ojo, pero este no parecía atemorizado por la situación, lo que le pareció extrañamente perturbador

—¡Habla! —ordenó Inocencio dirigiéndose a Giotto.

Giotto emitió un informe detallado de sus actividades de los últimos dos años. No habían sido capaces de encontrar a Jean ni al caballero negro, nadie parecía haberlos visto con vida. Tampoco habían hallado la reliquia ni ninguna información al respecto.

—Quizá ya no exista, si es que ha llegado a existir alguna vez —concluyó Giotto lanzando una mirada despectiva a Guy Paré.

Inocencio observó por unos instantes al italiano con el ceño fruncido, como si esperase que fuera a decir algo más. Cuando vio que no iba a ser así, se volvió hacia Guy Paré.

Este tuvo la misma sensación de terror que el día en que había conocido a Inocencio. Aquella vez todo había salido bien, se recordó, no veía por qué en esta ocasión no podía suceder lo mismo.

—Has fracasado, abad. Te di una oportunidad y me has decepcionado.

Un escalofrío recorrió el cuerpo de Guy Paré. Debía reaccionar rápido si no quería estar viviendo sus últimas horas. Reunió todo el aplomo que fue capaz.

—Creo que sé dónde se encuentra la reliquia —respondió y tragó saliva.

Inocencio levantó una ceja y lo miró con expresión interrogante. Incluso Giotto abandonó su hieratismo para dirigirle una mirada de extrañeza. Guy Paré había apostado a la desesperada y ahora ya no podía echarse atrás. Durante los últimos días, había estado reflexionando y había llegado a una conclusión: ni las personas ni las reliquias desaparecen sin dejar rastro.

—¡Habla! —dijo Inocencio súbitamente interesado de nuevo.

Guy Paré no cambió de expresión, pero de haberlo hecho, una sonrisa se habría reflejado en su rostro.

—El caballero negro es bien conocido a ambos lados de los Pirineos. Trabaja a las órdenes del abad de Leyre, Arnaldo. Pero, según mis informantes, su lealtad está en Toulouse y su fe... bueno, está comprometido con la creciente herejía cátara.

El rostro de Inocencio se encendió al escuchar las palabras del abad y este supo de inmediato que había tocado fibra sensible. Su sonrisa interna se amplió.

—Arnaldo, antes de morir —continuó Guy Paré sin reprimir un brillo de excitación en los ojos al mencionar la muerte del religioso—, me desveló que la reliquia estaba relacionada con el arca de la alianza. Al parecer, el libro del Éxodo menciona una piedra negra, de ónice, que, junto con otras, abriría el arca. También el profeta Ezequiel menciona las piedras que fueron arrebatadas por Dios a Lucifer en su caída.

Inocencio giró sobre sí mismo y caminó de un lado a otro, pensativo. Giotto y Guy Paré esperaron sin atreverse a interrumpirlo. «*Alea jacta est*», pensó Guy Paré.

Inocencio se detuvo y los miró. Parecía haber tomado una decisión.

—La herejía cátara debe ser aplastada —dijo con determinación—. Es una lacra execrable que asola nuestra fe y la corrompe por la base. Es indispensable acabar con ella.

Guy Paré sintió que había vencido. Tendría una nueva oportunidad.

—Sin embargo —continuó Inocencio—, ahora hay asuntos más importantes que atender.

El abad sintió que un nudo le cerraba la garganta. No pudo evitar una queja.

—Pero...

Inocencio se volvió hacia él enarcando una ceja, lo que fue suficiente para que la protesta finalizara. Guy Paré bajó la cabeza avergonzado.

—En breve lanzaremos una nueva cruzada a Tierra Santa. Necesitaré a mis mejores hombres allí. ¡Giotto! Te unirás a mi ejército, serás mis ojos, mis oídos y mis manos.

Giotto sonrió satisfecho. Aquella sería una misión a la altura de sus capacidades. Podría luchar en buena lid y alejarse de aquel carnicero con el que había convivido dos años. Esperaba que Inocencio lo castigara con la severidad a la que estaba acostumbrado.

—Y tú, abad, tengo otra misión para ti. Regresarás al Languedoc. Quiero que te pongas al frente de un pequeño grupo de monjes. Seréis mis enviados plenipotenciarios para averiguar qué está sucediendo en aquel territorio donde crece la herejía. Mantenme informado y busca la reliquia. Ahora retiraos, tengo mucho que hacer.

Guy Paré sintió que le invadía una alegría irrefrenable. Mantuvo la compostura, ya que, a su lado, Giotto no parecía contento con el resultado de la entrevista.

Abandonaron el salón pontificio y, una vez fuera, el abad no pudo evitar mostrar una sonrisa triunfal que contrastaba con el gesto airado del espadachín italiano. Este se volvió y desapareció sin despedirse, rumiando su frustración.

Guy Paré lo olvidó en ese mismo instante y comenzó a planear su futuro inmediato. Buscaría el rastro del caballero negro en el Languedoc y sería la espada y la cruz de Inocencio contra los herejes. Había sido bendecido.

8

Año 2020

Marta contempló el enorme tapiz que adornaba la sala del Vaticano en la que esperaban a ser atendidos por el mismísimo Pío XIII. Era el mismo tapiz que la había impresionado un año atrás, pero ahora lo miraba con la lejanía de la experiencia.

Sus imágenes ya no le parecían aterradoras y se dio cuenta de que ella había cambiado. Los sucesos de Santo Domingo de Silos la habían hecho si no más madura, al menos más resiliente. Rememoró cómo había desafiado a Pío XIII, dándole una lección que sin duda aún recordaría. No obstante, él había vuelto a llamarla porque la necesitaba. Se preguntó cuál sería la actitud del sumo pontífice ante su nuevo encuentro y, más aún, cuál sería la suya propia.

A su lado, el teniente Luque observaba también el tapiz, pero con un gesto de disgusto, probablemente similar al que ella había tenido un año antes. Se sorprendió de que el hombre que había tenido que disparar a la Sombra se viese impresionado por una simple reproducción de algo que quizá jamás había sucedido.

—Espero que no me tenga que arrepentir de todo esto —dijo el teniente mirando aún el tapiz.

—¿Qué puede salir mal? —respondió Marta con una mirada inocente que provocó un bufido del guardia civil.

El silencio era casi absoluto, solo interrumpido por el lejano sonido de alguna puerta cerrándose o de unos pasos apresurados recorriendo algún pasillo fuera de su vista.

De pronto, la puerta que daba al despacho papal se abrió. El teniente Luque y Marta se volvieron a la vez esperando ver el estoico rostro del secretario invitándolos a entrar con gesto ceñudo. Marta dio un respingo al ver, sin embargo, al secretario con la cara contraída en un rictus mezcla de sorpresa, miedo y dolor. Avanzó un paso y alargó la mano hacia ellos, como a cámara lenta; entonces Marta pudo comprobar, atónita, que en su blanca casulla se extendía, mortal, una mancha carmesí a la altura del pecho.

—*Sigillum...* —Fue cuanto pudo decir el secretario antes de caer al suelo inerte.

El teniente Luque fue el primero en reaccionar y, mientras Marta contemplaba petrificada la escena, corrió hasta el secretario y giró su cuerpo hasta ponerlo boca arriba. Su mirada parecía extrañamente perdida en algún lugar del techo y Marta supo inmediatamente que estaba muerto. Sus ojos habían perdido el brillo vital. El teniente se volvió hacia ella y, muy serio, negó con la cabeza.

Estaban junto a la puerta del despacho, que había quedado abierta de par en par. Dos manchas de sangre en forma de mano destacaban sobre la inmaculada blancura de la puerta. De algún modo, a Marta le recordaron a los dibujos que los niños hacen con sus manos en la escuela primaria, solo que en este caso se trataba de un dibujo macabro.

Levantó la cabeza para seguir el camino inverso al que había recorrido el secretario, hasta ver la amplia mesa de madera noble, situada al fondo del despacho, ante la cual permanecía sentado el sumo pontífice. Tenía los ojos muy abiertos, en expresión de sorpresa, pero también emanaba de él una extraña quietud. El silencio se extendía por la estancia y por un instante la escena quedó suspendida en el tiempo.

Luego, como si en alguna parte de su cerebro se hubiera disparado un resorte, las piezas del rompecabezas encajaron y la realidad la golpeó con diáfana brutalidad. La mirada no era de sorpresa y la quietud no reflejaba aplomo. Un profundo corte atravesaba su cuello y la sangre se deslizaba, viscosa, empapando la túnica blanca. Alguien había asesinado al papa.

9

Año 718

El menguante esplendor guerrero del otrora temido poder visigodo se había congregado en aquel castillo de las montañas astures. Junto al monte Auseva, decenas de caballeros cristianos, monjes venidos de todos los monasterios cercanos y un inmenso ejército de sirvientes, acólitos y arribistas se habían reunido para decidir el destino del cristianismo en aquel extremo del mundo.

En el salón principal del castillo, un selecto grupo de invitados se disponía en dos filas a ambos lados del pasillo esperando el paso del que iba a ser elegido fundador del nuevo Regnum Asturorum, la última esperanza cristiana para Hispania.

Bernardo se sentía cohibido. No estaba acostumbrado a aquellas situaciones y no sabía cómo comportarse. Se frotaba las manos, nervioso, deseaba regresar a su monasterio. Había sido invitado como abad de San Salvador de Valdediós, pero se había hecho acompañar por Anselmo, intimidado por su falta de costumbre y necesitado de alguien que lo ayudara, por muy mal que se llevase con él.

—Todo el poder cristiano está aquí —dijo Anselmo con un brillo de excitación en la mirada.

Bernardo miró a Anselmo, sorprendido por el interés que todo aquello despertaba en él. «¡Qué diferentes somos!», pensó.

—Espero que el concilio sea breve —respondió—. Tenemos mucho que hacer en San Salvador, nos aguardan nuestros enfermos.

La enorme puerta del salón se abrió de par en par y se hizo un silencio expectante, apenas roto por algún murmullo y el ocasional ruido de las vainas de las espadas de los caballeros al chocar. Transcurridos unos segundos, una pareja apareció en la puerta. Iban cogidos de la mano y seguidos por otro hombre.

—Es Wyredo, el castellano —dijo Anselmo al oído de Bernardo señalando al tercero—. Dicen de él que puede matar a un hombre con la mirada. Todos le temen y nada de cuanto sucede entre estas paredes escapa a su conocimiento.

Bernardo escuchó distraído los comentarios de Anselmo porque solo tenía ojos para Pelayo. Estaba dotado de un magnetismo poderoso. Era alto, ancho de hombros y caminaba erguido, con la barbilla alta, como queriendo transmitir su poder a los presentes. Sin embargo, su mirada no era arrogante, sino tranquila. «Un hombre con una misión en la vida», pensó Bernardo. Su tez estaba oscurecida por el sol de las jornadas a la intemperie y sus manos, encallecidas por el peso de la espada. Sus ojos eran negros y profundos. Un soldado, un rey al que todos seguirían en la batalla.

A su lado caminaba una mujer. Anselmo le había hablado de ella en términos poco elogiosos. Su nombre era Gaudiosa y, según el prior, era una mujer ambiciosa, poco temerosa de Dios. Algunos la acusaban de torcer su alma por el culto a la pagana diosa Deva. Era descendiente de vascones, lo que para Anselmo ya era suficiente mal. A Bernardo le pareció, sin embargo, la mujer más bella que había tenido la oportunidad de contemplar. Era alta, aunque no tanto como Pelayo, y el vestido que llevaba no buscaba ocultar su voluptuosidad, ya que se ceñía a su cuerpo realzándolo. Sus ojos eran grandes, ligeramente rasgados, y su sonrisa se curvaba en un gesto un tanto irónico, el de una mujer que se sabe deseada pero intocable.

Avanzaron sin prisa. Pelayo se paraba a saludar a algún compañero de armas o a algún poderoso noble. En esos casos, Gaudiosa se situaba detrás de él, con la cabeza ligeramente inclinada hacia abajo, pero sus ojos desmentían la sumisión y brillaban inteligentes.

Pelayo se detuvo un instante a hablar con Oppas, el obispo de León, con el que conversó en voz baja. De pronto, levantó la mirada un instante y la dirigió hacia donde estaba Bernardo, que tuvo la sensación de que el futuro rey lo observaba en la distancia. «¡Qué tontería!», pensó Bernardo.

Pelayo, Gaudiosa y Wyredo continuaron su avance hasta llegar a la altura de Bernardo y Anselmo. Pelayo se volvió bruscamente y saludó a un anciano noble, que pareció sorprendido por el inesperado honor que le estaba siendo otorgado. Bernardo se encontraba detrás de él y al mirar a Pelayo vio que este, mientras mantenía una intrascendente charla con el anciano, le dirigía una mirada escrutadora.

Bernardo se sintió evaluado, incómodo, y tuvo que apartar la mirada intimidado. Al volverse, fue a posar los ojos sobre Gaudiosa. Esta lo observaba descarada, con una sonrisa irónica en los labios, como si hubiera decidido que Bernardo no había superado alguna prueba.

De repente, ambos se giraron para continuar hacia el final de la sala. El momento de incomodidad se esfumó, como si nunca hubiera tenido lugar. Bernardo se quedó pensativo y cuando levantó la cabeza, se encontró de frente con Wyredo, el castellano, que lo observaba con el ceño fruncido y una expresión de fiereza que lo asustó.

Era una mirada de advertencia.

10

Año 1203

El olor de la carne humana mientras se quema es intenso y algo dulzón. Quizá lo más inquietante es que no resulta desagradable; cuando te acostumbras, incluso te abre el apetito.

Los gritos desesperados de los condenados a la hoguera llenan el aire haciéndolo denso, pesado, y dividen a las personas en dos grupos: el de los que los consideran aterradores y llegan a taparse los oídos para no escucharlos, y el de los que permanecen hipnotizados, con los ojos y la boca ligeramente abiertos, como si hubieran entrado en trance.

Cuando los gritos van muriendo, solo queda el crepitar de las llamas, el humo elevándose y el olor, siempre el olor.

El abad Guy Paré sonrió satisfecho. Él pertenecía al segundo grupo y el espectáculo de la pira le producía satisfacción y una ligera excitación sexual. Se pasó la lengua por los labios y adoptó nuevamente una expresión seria. Acarició el pelo del niño que estaba a su lado con los ojos desorbitados de miedo contemplando lloroso cómo sus padres ardían en la hoguera. «Una lección que no olvidará —pensó el abad— y que hará de él un cristiano temeroso de Dios, los únicos que merecen vivir.»

Los soldados que lo acompañaban estaban inquietos, deseosos de partir. Guy Paré los despreciaba por ello, por estar a disgusto cuando debieran sentir orgullo por erradicar el mal de la Tierra.

Era la tercera aldea en la que habían tenido que tomar medidas drásticas. Aquella gente ocultaba algo que venía del maligno, solo así se explicaba que no protestasen ni se defendiesen, incluso que alguno de ellos subiera a la pira con una sonrisa. Guy Paré tenía la certidumbre de que ocultaban la reliquia. Si Arnaldo estaba en lo cierto y Dios le había arrebatado aquellas piedras a Lucifer, el demonio debía de estar actuando en Occitania para protegerlas.

Sin embargo, a pesar de su esfuerzo en aquella región de herejes, solo había logrado unas pocas confesiones sin importancia, pero nada de información sobre el caballero negro. Algunos decían haberlo visto, pero era difícil saber cuándo mentían para que la tortura terminase.

El sargento se acercó a Guy Paré. Obedecía a todos sus deseos, pero lo hacía sin que se borrara de su rostro una expresión mezcla de desdén y desprecio.

—¿Cuáles son las órdenes? —preguntó en voz suficientemente alta como para que sus hombres notaran su desacuerdo.

Guy Paré decidió obviar el mensaje subliminal. No le importaba lo que aquellos seres inferiores pudieran pensar de él. Era embajador plenipotenciario de Inocencio III, como atestiguaba la carta que portaba. Nadie se atrevería a desobedecer.

—¡Levantad el campamento! Continuaremos hacia el este.

Cuando el sargento y sus soldados se pusieron manos a la obra, Guy Paré se quedó pensativo. Llevaba dos años en el Languedoc persiguiendo a un fantasma, comprobando que la herejía cátara crecía día a día, y con la indeleble sensación de que aquello podía deberse a la influencia de la reliquia, a que alguien podía estar utilizando su poder con tal fin. Quizá aún fuera capaz de convencer a Inocencio de que necesitaba más tiempo y más hombres.

Un hombre a caballo se acercó hasta Guy Paré y se quedó mirándolo.

—Abad Guy Paré —afirmó más que preguntó el soldado—, traigo un mensaje de Roma.

El corazón de Guy Paré se detuvo por un instante. Quizá Inocencio había leído las innumerables cartas que le había dirigido. Tomó su cuchillo y abrió el mensaje lacrado, con el sello del vicario de Cristo claramente estampado, sin poder evitar que le temblaran las manos. A su lado, el niño lo miraba sin comprender.

Mi buen abad, han llegado a mis oídos los cruentos métodos que utilizáis con resultados infructuosos para mi encomienda contra los herejes cátaros.

Vuestra misión ha terminado. Regresad a Citeaux, que no puede pasarse más tiempo sin su querido abad. He decidido enviar en vuestro lugar a Raoul de Fontfroide y a Pierre de Castelnau. Rezo por vuestra alma.

INOCENCIO III, VICARIO DE CRISTO

El rostro de Guy Paré se contrajo de ira, notó cómo la frustración se apoderaba de él. Cuando levantó la cabeza, se encontró con la mirada del sargento, que lo contemplaba complacido de haber sido testigo de las malas noticias.

Con un gesto limpio, el abad tomó el cuchillo y lo deslizó por la garganta del niño, que no tuvo tiempo de entender lo que había sucedido. La sangre manó a borbotones y el abad sujetó al niño por el hombro hasta que sintió que la vida lo abandonaba. Luego, lo dejó caer a sus pies como un trapo.

Pasó junto al sargento, que contemplaba la escena horrorizado.

—No tenemos todo el día —dijo con una sonrisa desdeñosa—. Partimos hacia Citeaux.

11

Año 2020

Marta estaba aislada en una sala amplia, funcional, en la que únicamente había una enorme mesa y doce sillas dispuestas en dos filas de seis y colocadas con precisión milimétrica. Las paredes eran blancas, inmaculadas, y a Marta le recordaron la casulla del secretario papal, cuyo color níveo había visto manchado con el rojo de la sangre.

Hacía casi media hora que había sido separada del teniente Luque a pesar del esfuerzo de este por impedirlo.

La sorpresa y el miedo habían sido sustituidos por un sordo temor ante las explicaciones que tendría que dar sobre su presencia en el despacho papal en el preciso momento del magnicidio. Suponía que la noticia sería ya de dominio público, aquello no podía ocultarse mucho tiempo.

La puerta de la sala se abrió y el teniente Luque entró acompañado por dos hombres. Sonrió intentando mostrarse tranquilizador, pero parecía tenso, incómodo.

El primero de los dos hombres vestía uniforme, de pantalón azul marino y camisa blanca, y una gorra plana con un escudo que dejó sobre la mesa descubriendo un recortado pelo canoso que, junto con el atuendo, completaba su aire marcial. Era un hombre atractivo, aunque ya había sobrepasado los cincuenta, y su mirada era tranquila a pesar de que debía de estar viviendo un momento de máxima tensión. «El responsable de seguridad del Vaticano», pensó Marta.

—Soy Andrea Occhipinti —dijo en un español con leve acento italiano—, comandante del Cuerpo de Gendarmería de la Ciudad del Vaticano.

No extendió la mano ni se sentó, sino que cruzó las manos detrás de la espalda y esperó, como si no fuera a llevar la voz cantante.

Marta se volvió hacia el segundo hombre, cuyo aspecto no podía ser más opuesto. Era de estatura más baja y llevaba un traje oscuro con pinta de costar más que todo el contenido del armario de Marta, camisa azul claro y corbata a juego. De rostro aparentemente menos serio, su sonrisa era, sin embargo, cínica y su enorme boca parecía diseñada para atacar más que para comunicar. Tenía el pelo más largo, peinado de lado para cubrir en parte sus amplias entradas, y con un aspecto graso que a Marta le resultó desagradable.

Se tomó más tiempo para presentarse. Antes observó a Marta con detenimiento, con esa mirada que algunos hombres utilizan para calibrar a una mujer, un coche caro o el último yate de su socio del bufete de abogados. A Marta le cayó mal inmediatamente.

—Toribio Fernández Maíllo —dijo tendiendo una mano perfectamente cuidada—, embajador de España en Roma.

El teniente Luque miró a Marta en silencio, con un gesto que esta interpretó de advertencia. Estuvo a punto de sacarle la lengua, pero en el último instante se reprimió.

—Bien, señorita Arbide —comenzó el comandante.

—Marta —respondió ella rápidamente.

—Si no le importa, prefiero llamarla por su apellido —contestó con un aire formal.

—Entonces yo prefiero que no me llame señorita, comandante, estamos en el siglo XXI.

Marta miró al teniente Luque levantando las cejas, pero él permaneció impertérrito. Parecía haber decidido que ya había hecho todo lo posible para ayudarla.

—Señora Arbide —continuó el comandante—. No sé si es usted consciente del embrollo en el que está metida.

—En realidad, no —respondió con aparente tranquilidad, aunque sin saber por dónde vendría el ataque.

—Le resumo los hechos —dijo con tono profesional—. Hace un año usted robó un libro y otro objeto pertenecientes a la Iglesia, incidente en el que murieron dos personas. Como ya sabe, ese objeto ha sido robado de nuevo. Y justo cuando usted está aquí, alguien vuelve a entrar en el Vaticano y asesina a Pío XIII y al secretario papal. ¿Coincidencia?

—¿Sabe usted que existe una relación directa entre el número de monjes que había en la Edad Media y el consumo de vino en aquella época? —respondió Marta notando cómo el enfado le subía por la garganta.

El comandante pareció dudar por un instante, miró al embajador y al teniente Luque buscando ayuda.

—No entiendo adónde quiere ir a parar —respondió.

—Ya se lo aclaro yo. Hay dos posibles explicaciones. La incorrecta es que en la Edad Media todos los monjes eran alcohólicos. La correcta es que se producía más vino porque eran precisamente los monjes quienes se ocupaban de hacerlo. Que dos cosas estén relacionadas no significa que una sea la causa de la otra. —Hizo una pausa, se encogió de hombros y añadió—: Hace un año yo no robé nada, lo encontré, y no maté al asesino que fue enviado desde aquí mismo, él quiso matarme a mí.

Yo he venido aquí invitada para ayudarles y no hace falta que le diga que tengo coartada.

El comandante desvió su mirada y la dirigió al embajador, que frunció el ceño con desagrado, como si le molestase tener que ocuparse de aquel asunto. Se levantó de su silla y estiró los brazos, ajustándose las mangas del traje en un gesto estudiado y algo ridículo.

—Señora Arbide —comenzó con tono de suficiencia—, nos gustaría que colaborase con la gendarmería en todo lo posible. Este asunto es de tal gravedad que es necesario que nuestro país atienda los requerimientos de un país amigo.

—Señor Fernández —respondió ella con voz seria—, si hoy estoy aquí, es porque se solicitó mi presencia por el robo de una reliquia y, en lugar de agradecimiento, solo recibo acusaciones injustas, amenazas veladas y desconfianza. ¿Debo ayudar o llamar a mi abogado?

El embajador abrió los ojos cuando mencionó al abogado, lo que hizo pensar a Marta que había tocado una fibra sensible.

—Estoy convencido de que todos estamos en el mismo barco...

—Yo no sé en qué barco está usted —cortó enfadada—, pero, a menos que me traten con respeto, yo lo abandonaré, aunque tenga que saltar por la borda.

El embajador miró al comandante y al teniente Luque, que le respondió con un encogimiento de hombros y lo que a Marta le pareció una leve mueca irónica no reprimida. El embajador y el comandante salieron de la habitación sin decir una sola palabra.

—Ha jugado un juego peligroso —dijo el teniente cuando se quedaron a solas.

Marta se encogió de hombros, dando a entender que no le preocupaba.

—Ha ganado, pero ni siquiera sabe por qué, ¿no?

—Sospecho que usted me lo va a decir enseguida.

—Alguien tiene que poner sentido común en su vida —dijo sonriendo abiertamente por primera vez—. Ellos saben que usted no tiene nada que ver con el asesinato, pero le tienen miedo, un miedo atroz.

—¿Miedo? ¿A mí?

Marta no entendía lo que el teniente se empeñaba en tratar de explicarle y no acababa de ver por qué podían tenerle miedo.

—¿Qué cree que publicarán mañana los periódicos?

—¿Que el papa ha sido asesinado? —preguntó atónita.

El teniente estalló en una carcajada que retumbó en la pequeña sala.

—A veces es usted tan inocente que resulta encantadora. Mañana, el mundo entero llorará la muerte súbita de Pío XIII, tristemente fallecido de un repentino ataque al corazón frente al cual los médicos no pudieron hacer nada.

Marta empezaba a tener la sensación de que el teniente Luque tenía razón. Estaba siendo ingenua y le faltaba información para entender lo que allí estaba sucediendo. El teniente la miró. Parecía estar decidiendo si merecía la pena salvarla de su inocencia.

—Usted sabe la verdad —dijo como si fuera lo más evidente del mundo—. Yo no hablaré, por la cuenta que me trae, pero usted podría hacerlo.

—¿Y quién me iba a creer? —negó Marta—. No parecían muy preocupados cuando me arrebataron el libro y la reliquia.

El teniente hizo un gesto de respeto, como si finalmente hubiese despertado y logrado aterrizar en la realidad.

—Esto es diferente. Nadie serio hubiese dado credibilidad a una historia de reliquias mágicas y manuscritos perdidos. Pero ¿una confabulación para matar al papa? Créame, los periodistas se lanzarían sobre esta historia.

—¿Confabulación?

El teniente volvió a sonreír, estaba claro que prefería que su ingenuidad permaneciera intacta.

—¿No creerá que es fácil burlar la seguridad del Vaticano? Se necesita a alguien dentro, y el asesinato coincide con su llegada. El mundo se preguntará qué hacía aquí. Y si lo de la reliquia y el libro saliera a la luz, los problemas de la Iglesia por la muerte de Pío XIII parecerían una broma. Esta vez sí la creerían.

—Pero mi llegada aquí no tiene nada que ver...

—¿Está usted segura?

Marta se dio cuenta de que en realidad no estaba segura de nada de lo que había sucedido, ni de lo que podía suceder. Era cierto que la coincidencia de la desaparición de la reliquia, su visita al Vaticano y el asesinato del papa era imposible de obviar. ¿Cuál era la relación entre estos hechos? ¿Por qué era tan importante la reliquia? Quizá condicionada por las palabras del teniente Luque, empezaba a pensar que podía tener una utilidad, pero ¿cuál? Y lo más importante, Marta aún recordaba la única palabra que el secretario papal había pronunciado antes de morir «*Sigillum*». Sello. Una extraña palabra para un moribundo. ¿Qué había querido decirles?

—¿Qué opciones tengo? —dijo con la mente más fría.

Tenía la sensación de que, a pesar del lado cínico del teniente, era alguien en quien podía confiar.

—Colaborar —respondió sin pensarlo.

La rapidez de respuesta del teniente llevó a Marta a pensar que todo aquello había sido un teatro. Poli malo, poli bueno. Desechó la idea, no quería ponerse paranoica.

—Deles lo que buscan —continuó el teniente—, tranquilícelos y dígales que va a cooperar.

Se quedó pensativa tratando de decidir qué debía hacer. El consejo del teniente parecía sensato, pero recordó la desagradable arrogancia del embajador y se sintió tentada a hacer algo que lo dañase, aunque no fuera a ganar nada con ello. Entonces se le ocurrió una idea, miró al teniente y asintió.

En ese instante se abrió la puerta y el comandante y el embajador regresaron, como si hubiesen estado escuchando la conversación a la espera de que Marta cediese. El comandante estaba serio, su mente parecía estar en otra parte, carcomida quizá por la culpabilidad de no haber podido cumplir su misión y proteger al papa.

El embajador, sin embargo, lucía una leve sonrisa irónica, la del que cree que ha torcido el brazo de alguien: la sonrisa del vencedor.

—Bien —dijo Marta mirando al comandante y obviando al embajador a propósito—, colaboraré con ustedes si tal es su deseo.

—Me alegro de que haya tomado esa decisión —respondió el comandante Occhipinti con gesto de no alegrarse en absoluto.

—Espere —dijo Marta con voz calmada—. Aún no ha oído mis condiciones.

Minutos después, el rostro del embajador había adquirido un tono carmesí, el nudo de su corbata estaba torcido y en las axilas de su impoluta camisa comenzaban a formarse cercos de sudor. Un mechón de cabello húmedo le caía sobre la frente.

—Esas condiciones son inaceptables —dijo como si su sola afirmación pudiese cambiar la realidad.

Marta lo miró sin cambiar de expresión y parpadeó tres veces seguidas. Había descubierto que aquello lo desconcertaba. El embajador soltó un bufido y salió de la sala dando un portazo. El comandante le siguió.

—Aceptarán —dijo el teniente más para sí mismo que para Marta.

—¿Tú crees? —respondió ella tuteándolo por primera vez.

Marta decidió que, si iban a trabajar juntos, era mejor que comenzaran a hacerlo.

—No tengo la menor duda. Lo que ocurre es que al embajador no le gusta que los demás se salgan con la suya. Está acostumbrado a hacerlo él. Te has ganado un enemigo —completó el teniente devolviéndole el tuteo.

—¿Debería preocuparme?

—Quizá. Si algo sale mal, no podrás correr a esconderte en la embajada.

La puerta se abrió, pero el que regresó fue el comandante Occhipinti. Se dirigió a Marta con su característico tono marcial.

—Estamos de acuerdo. Podrá dirigir la investigación de la reliquia, tendrá acceso a toda la documentación del caso, al libro de Jean y al resto de los fondos de la Biblioteca Vaticana; y el teniente Luque, aquí presente, estará a su disposición durante todo el tiempo que sea necesario.

Marta asintió satisfecha y estuvo tentada de preguntar si el embajador estaba indispuesto, pero se contuvo. Había ganado.

—Solo una cosa —añadió el comandante—, usted no interferirá en la investigación de los sucesos de hoy.

—De acuerdo —dijo Marta tendiéndole la mano—, siempre que ambos hechos no estén relacionados.

12

Año 1207

Pierre de Castelnau, embajador plenipotenciario de Inocencio III en Occitania, se ahogaba en su propia sangre. Estaba tendido boca arriba, contemplando el bello contraste de las hojas de los árboles con el intenso azul del cielo mientras agonizaba. ¡Todo había sucedido tan rápido!

Recordó cómo había llegado al Languedoc cuatro años antes, entusiasmado por la misión de expulsar la herejía cátara de la región. Iba a morir sin ver su tarea cumplida.

Aquellos herejes habían mostrado una tozuda resistencia y ni las amenazas, ni los castigos ni mucho menos la prédica habían logrado su objetivo. Cada día comprendía mejor a Guy Paré, su antecesor. Habían conseguido avances, pero nunca suficientes, hasta aquel aciago día en el que se habían cruzado con un perfecto.

No parecía peligroso, así que él y su séquito habían decidido aprovechar la situación y analizar de cerca al enemigo, uno de aquellos monjes herejes que vivían en pobreza, castidad y un ascetismo que resultaba contraproducente para los intereses de Roma.

Caminaba solo, descalzo, harapiento, y por toda posesión tenía una extraña cruz bordada en su hábito y un mendrugo roído. Se mostró amistoso sin saber, o quizá no le importaba, que se hallaba antes los enviados a exterminar su fe.

Tuvieron una discusión teológica y Pierre de Castelnau sintió que su rabia crecía cuando el hombre sostuvo que todo el mundo material había sido creado por el diablo, mientras que a Dios solo le correspondía el espiritual. Apenas logró contenerse cuando le oyó aseverar que creía en la reencarnación de las almas hasta que lograban elevarse al paraíso. Pero fue cuando aquel ser demoníaco les hizo saber que Jesús no era la reencarnación de Dios y que el Dios del Antiguo Testamento era en verdad el diablo cuando Pierre de Castelnau se dio cuenta de que el maligno habitaba en aquel hombre y de que solo la sangre expulsaría a Satanás de su cuerpo.

Habían desenvainado sus espadas y Pierre de Castelnau estaba dispuesto a dar la estocada de gracia cuando una voz sonó a sus espaldas.

—¡Deteneos!

No había sido un grito, solo una palabra lanzada al aire, como si por haber sido pronunciada fuese suficiente. Los cuatro se volvieron y se enfrentaron a un encapuchado, cometiendo así su primer error: subestimar al recién llegado.

—¿Quién sois y por qué osáis interrumpirnos? —había preguntado Pierre de Castelnau.

—Con respecto a lo primero, no es de vuestra incumbencia. Con respecto a lo segundo, es evidente que cuatro hombres armados contra uno indefenso no es una pelea justa.

A Pierre de Castelnau le pareció que aquel desconocido había esbozado una sonrisa bajo su capucha, o quizá solo había sido su imaginación. Hizo un gesto a sus monjes, que rodearon al encapuchado. Este no hizo ademán de moverse y su cuerpo parecía relajado, como si no estuviera en peligro de muerte.

El primer monje decidió no esperar más y avanzó a la vez que lanzaba una estocada. El desconocido esquivó la espada con aparente facilidad y se irguió desafiante. Un sonido metálico bajo su capa dio paso a una espada que sujetó casi con desidia.

El monje volvió a atacar, pero esta vez la respuesta no fue pasiva. El encapuchado detuvo la estocada, giró sobre sí mismo en una especie de danza, hizo una finta y Pierre de Castelnau vio atónito cómo su compañero se desplomaba como un fardo. Su enemigo volvió a erguirse y habló con la misma voz tranquila.

—Partid, si no deseáis morir.

Pierre de Castelnau cometió el segundo error, esta vez fatal. Decidió que tres espadas serían suficientes contra un único enemigo, por muy diestro que fuera. Cayó luchando, pero en realidad nunca había tenido ninguna oportunidad.

Tendido en el suelo, contempló a su derecha la espada caída, inmaculada y brillante que no había logrado teñir con la sangre del desconocido. Miró a su izquierda y vio los cuerpos inmóviles de sus compañeros mientras sentía que el último estertor de la muerte nublaba su visión. No fue capaz, antes del último suspiro, de ver la cara de su asesino; ni siquiera cuando este dejó caer la capucha.

El perfecto se acercó al hábil caballero, que contemplaba los cadáveres de sus adversarios.

—¿A quién le debo mi vida? —preguntó.

—Roger —respondió el encapuchado—, Roger de Mirepoix, aunque fui conocido por mi sobrenombre. Soy el caballero negro.

El caballero negro recordó cuando creyó morir. Su mente regresó a aquel estrecho hueco donde su vida casi se escapa. Rememoró la oscuridad, la sensación de soledad y la prisa por dejar unas palabras escritas a la titilante luz de una vela que se consumía tan rápido como sus últimas fuerzas. Unas palabras que quizá nadie leería jamás.

Luego había llegado la oscuridad completa y, atenuados por el grueso muro que lo separaba del mundo de los vivos, los sonidos de los templarios buscándolo. Cuando recuperó la consciencia, porque a pesar de todo lo hizo, el silencio se había adueñado de la pequeña iglesia.

Recordó también la luz entrando por la oquedad cuando retiró la primera piedra del muro, como el primer sorbo de un riachuelo para un sediento.

Y después el peligro.

Primero el templario que apareció de la nada y al que tuvo que matar. Después el cadáver que tuvo que arrastrar e introducir por el hueco abierto para volver a esconderse y evitar ser descubierto.

Allí, solo en la protectora oscuridad, había podido escuchar a los templarios hablar de cómo Jean había saltado al mar para perecer. Lloró su muerte y, cuando las lágrimas cesaron, fue consciente de que había fracasado. La reliquia, salvo que Jean la hubiese escondido, había desaparecido para siempre.

Cambió su ropa por la del templario para poder huir. Aquel día dejó de ser el caballero negro y tomó una decisión que lamentó en los años posteriores: dejó allí el libro por si era capturado, pensando en volver algún día y recuperarlo.

Su siguiente decisión había sido la de desaparecer, viajar a los Santos Lugares. Había creído que la mejor forma de proteger a todos era huir sin que nadie lo supiese, ni siquiera el abad de Leyre. Quizá si no lo hubiera hecho así, Arnaldo aún seguiría con vida.

«Demasiadas muertes sobre mi conciencia», pensó mientras subía a su montura.

Sin una misión que cumplir, libre por primera vez de ataduras, había cambiado de aspecto y de nombre. Se había alistado en la cruzada a Tierra Santa. De eso hacía ya seis años. Cuando la cruzada se había desviado hacia Bizancio contraviniendo las órdenes de Inocencio III, Roger se había encaminado a Siria y había luchado junto a los hermanos de la Orden de San Juan del Hospital en la defensa de Crac de los Caballeros.

Acababa de regresar al Languedoc y, como si el tiempo no hubiese transcurrido, los viejos problemas habían ocupado su lugar. Al llegar a Leyre, supo que Arnaldo había muerto torturado a manos de Guy Paré. La noticia le impactó tanto que había vagado por la región sin destino ni propósito.

Aquel era un mundo de muerte y destrucción y no sabía si su corazón podría seguir soportando semejante pesadilla. Poco a poco, la tristeza había ido remitiendo y las fuerzas habían regresado hasta ayudarlo a tomar una decisión: quería recuperar el libro y la reliquia. Sentía que se lo debía a Arnaldo y a Jean, ambos habían muerto tratando de proteger aquel extraño objeto. Lo lograría o moriría en el intento, pero antes necesitaba información y sabía dónde podía encontrarla.

Su mente regresó a Siria, donde había copiado la vestimenta de sus hermanos, los caballeros hospitalarios. Ahora el blanco ocupaba su lugar, era el color de Renaud de Montauban, su nueva identidad. Incluso había añadido la cruz de ocho puntas, el salvoconducto de sus hermanos en Siria. Siempre había preferido el negro porque el blanco era el color de la pureza y él hacía tiempo que había dejado de ser puro.

Tras quince días en el Languedoc, no tardó en descubrir que los cuatro monjes a los que había matado eran enviados de Roma. Toda la región se había encogido como una bestia acorralada esperando un golpe. Solo se hablaba del desconocido que había asesinado a los enviados del papa.

Debía evaluar la situación antes de que Inocencio reaccionara y enviara más hombres. Entonces tendría que huir, quizá de vuelta a Siria, y olvidar el libro de Jean durante unos años más.

Dejó atrás los muros de Minerve, que parecían desiertos, tristes; quizá solo eran el reflejo del estado de ánimo de toda Occitania. Entró en un bosque que le recordó al que años atrás había atravesado para conocer a fray Honorio y sus monjes blancos. Ahora todos estaban muertos, como casi todos a los que había conocido. Trató de apartar de su mente aquellos pensamientos funestos.

Llegó a un pequeño monasterio, llamó a la puerta y esperó. Tal vez estuvieran todos muertos también.

—Creí que jamás volvería a verte con vida —dijo una voz a su espalda.

El caballero negro se volvió y abrazó a una diminuta perfecta que lo miraba con una sonrisa cómplice.

—Yo también me alegro de veros, abadesa Petronila —respondió el caballero negro devolviéndole la sonrisa.

—¡Estás más viejo!

El caballero negro había echado de menos el carácter socarrón de la abadesa y su peculiar sentido del humor.

—Es cierto, estoy más viejo —reconoció—, pero la alternativa era aún peor.

—Y tan hábil como siempre, con la lengua y con la espada, según me han dicho.

El sentido del humor de la perfecta encerraba una inteligencia y una perspicacia que siempre sorprendían al caballero negro.

—No sé de qué habláis, Petronila. Acabo de llegar al Languedoc.

La sonrisa de la perfecta se amplió, satisfecha de ver que el caballero negro respondía a su ataque con una finta.

—Veo que la edad no te ha hecho más sabio. Si crees que me voy a tragar que la muerte de Pierre de Castelnau y tu regreso son una coincidencia, es que eres más estúpido de lo que el abad Arnaldo creía.

La mención al abad Arnaldo entristeció al caballero negro y una sombra de pena se asomó a su rostro. Petronila se golpeó la cabeza con la mano.

—Perdona. Yo sí que me estoy haciendo vieja. A veces no sé distinguir entre una broma y las cosas serias. Sé que era muy querido por ti. Yo también lo echo de menos.

El caballero negro hizo un gesto con la mano para indicarle que lo olvidase. Luego guiñó un ojo a la anciana perfecta.

—Si estás tan mayor, necesitarás sentarte, tus viejos huesos no podrán sostenerte. Mejor sigamos conversando dentro, llevo montado en mi caballo más tiempo del necesario.

Petronila puso cara de enfado fingido y empujó al caballero negro hacia el interior del monasterio.

—Vamos —dijo—, quiero saber cómo acabaste con el enviado de Roma. Si me satisface tu explicación, quizá te dé algo de agua y comida.

Cuando se sentaron frente al fuego, la perfecta sirvió unas infusiones y la conversación se tornó seria.

—Fue un encuentro casual.

Aquella frase del caballero negro pareció resumir todo lo que la perfecta necesitaba saber. Asintió animándolo a continuar.

—Iban a matarlo —dijo el caballero negro perdido en sí mismo—. No me quedó otro remedio.

—¿A quién iban a matar?

—A un perfecto. Se habían divertido discutiendo sobre teología con él. Si no llego a intervenir...

La perfecta se encogió de hombros.

—Los cátaros somos así. Nos dejaremos matar hasta que acabemos desapareciendo, sin luchar ni protestar. Ahora enviarán más hombres como aquel maldito abad de Citeaux que estuvo por aquí hace unos años.

Un escalofrío sacudió a la perfecta. El caballero negro sabía de quién estaba hablando. Rememoró la crueldad y el ansia de poder del abad que con tanto tesón les había perseguido. Debería haberlo matado cuando tuvo ocasión, el mismo día en que conoció a Jean.

—¿Guy Paré?

La perfecta abrió mucho los ojos sorprendida.

—¿Lo conoces?

El caballero negro asintió.

—Sospecho que fue quien mató a Arnaldo y a fray Honorio. Y también fue quien me persiguió durante meses.

—Era cruel. Sin necesidad. Lo curioso es que no perseguía solo a los cátaros, también parecía buscar algo o a alguien.

La abadesa Petronila miró al caballero negro quizá esperando que este pudiera ayudarla a entender.

—Era a mí a quien buscaba —confirmó el caballero negro—. Arnaldo murió intentando protegerme.

Petronila asintió y un silencio repleto de añoranza se apoderó de la estancia.

—He regresado porque quiero hacer algo en memoria de Arnaldo. Tal vez tú puedas ayudarme. ¿Sabes algo de una extraña reliquia a la que al abad de Leyre parecía dar una gran importancia? Era un objeto negro, como si dos piedras de río se hubiesen traspasado la una a la otra.

El rostro de la abadesa Petronila palideció.

«El color del miedo», pensó el caballero negro.

—No —respondió Petronila tal vez demasiado rápido—. De todas maneras —dijo cambiando de asunto—, el abad que os persigue cayó en desgracia. Fue devuelto a Citeaux y no sabemos de él desde hace meses.

—Volverá —respondió el caballero negro levantando la mirada hacia Petronila.

—¿Cómo lo sabes?

—Porque aún no ha encontrado lo que busca.

13

Año 718

Un castillo es muy diferente a un monasterio, especialmente cuando oscurece. En el monasterio el silencio es absoluto, profundo como la noche, reposado y tranquilo como un río en su desembocadura. En el castillo es expectante, como el sueño nervioso de un animal salvaje, inquieto y siempre a punto de terminar.

El castillo de Auseva le habría parecido un espejismo a quien se lo encontrara, sin conocerlo, en medio de la noche cerrada. Se escondía al fondo de un largo desfiladero y, cuando el sol abandonaba el mundo, se fundía con el terreno hasta casi desaparecer. Y, sin embargo, vigilaba, agazapado en un bosque denso y antiguo, lo que sucedía abajo en el valle.

El sol era aún una promesa cuando los monjes fueron llamados a oración en la capilla. El sonido de una campanilla interrumpió su sueño. Se levantaron de los jergones en silencio, en una ceremonia a la que Bernardo, a quien no le gustaba madrugar, no terminaba de acostumbrarse. Poco a poco, formaron una línea de hombres taciturnos, introspectivos, y serpentearon en la oscuridad con el único acompañamiento del deslizar de las sandalias y el roce de los hábitos al caminar.

La capilla era un edificio sencillo, austero, como correspondía a un castillo donde cada hueco era aprovechado para alojar hombres, comida o armas. Los muros de piedra se elevaban hasta culminar en una sencilla cúpula de madera que recubría todo el techo, como el caparazón de una tortuga.

El obispo Oppas se hallaba frente al altar, arrodillado, dándoles la espalda y en posición de recogimiento. No se movió cuando entraron y los monjes fueron imitándolo y entregándose a la oración. El tiempo transcurría lentamente, casi arrastrándose en la tenue oscuridad apenas mitigada por la luz de dos antorchas.

Bernardo notó que la somnolencia se apoderaba de él y cambió de postura tratando de mantenerse despierto. Solo se oía el susurro de las oraciones de los monjes. De pronto, escuchó el sonido amortiguado de unos pasos. Se volvió, pero nadie había entrado en la capilla. Sin embargo, allí estaba aquel sonido apenas audible. Bernardo frunció el ceño intentando concentrarse, pero no podía identificar el origen.

Empezó a pensar que era fruto de su imaginación, ya que la pequeña iglesia solo tenía una puerta de entrada y no había ningún recoveco en el que alguien pudiera esconderse. Trató de olvidarse del asunto y regresar a sus rezos y pareció lograrlo durante unos instantes, hasta que los pasos regresaron. Dos pasos y silencio.

Bernardo miró en su entorno, pero ninguno de los monjes que lo rodeaban parecía haberse dado cuenta. Entonces lo comprendió. Los pasos no provenían de alrededor suyo, sino de encima de sus cabezas, pasos furtivos de alguien que deseaba espiarlos situado sobre el techo de madera. En ese mismo momento, la voz siseante y un tanto aguda del obispo Oppas interrumpió la oración de los monjes.

—¡Hermanos! —comenzó levantando las manos hacia los monjes—. Nos trae aquí una misión.

El obispo se detuvo por un instante, satisfecho de haber captado su interés. Era un hombre bajo pero con un cuerpo poderoso que se asemejaba más al de un guerrero que al de un monje. Su rostro era ancho, con fuerte mandíbula y mentón, y sus ojos brillaban inteligentes; en la oscuridad de la capilla, a Bernardo le parecieron taimados. Se preguntó de qué misión estaría hablando el obispo.

—Mañana comenzará algo que se recordará siglos después de que todos nosotros hayamos sido llamados a la derecha del Señor. Mañana, Pelayo levantará el crucifijo y la espada y con la ayuda de Dios aplastará a los infieles que han osado invadir esta tierra antes bendecida.

A pesar de su vocación religiosa, Bernardo siempre se sentía incómodo ante aquella visión de un dios vengador que tomaba parte en un bando. Hacía mucho que había descubierto que el mal habitaba en el corazón de los hombres sin importar su origen o el dios al que veneraban.

—Es nuestro deber —continuó Oppas elevando la voz— acompañar al nuevo rey para asegurarnos de que la conquista responde a los designios de nuestro Dios.

El último comentario llamó la atención del abad. No acababa de entender la intención del obispo, pero había puesto énfasis en la palabra «nuestro», como si Pelayo pudiese obedecer a algún otro dios.

Al lado de Bernardo, Anselmo escuchaba con los ojos muy abiertos, absorto en las palabras, como sediento de ellas.

—Aunque el infiel es enemigo de todos nosotros, también habitan en nuestras filas aquellos que, tras escudos, espadas y cruces cristianas, siguen adorando a dioses paganos en privado.

—Dicen las malas lenguas —susurró Anselmo al oído de Bernardo— que Pelayo se ha dejado arrastrar por el culto a Deva, la pagana diosa celta, y que la culpable de ello es Gaudiosa, a la que algunos consideran una bruja.

Bernardo recordó la mirada de Gaudiosa el día anterior. Le había parecido una mirada altiva y orgullosa, con un deje de superioridad, todos ellos rasgos humanos, tal vez defectos del alma, que, sin duda, la mujer compartía con Pelayo. Pero no había visto al maligno en sus ojos. Quizá estaba allí y él no era capaz de verlo.

Oppas siguió hablando y Bernardo trató de retomar el hilo de su discurso. La luz de la mañana ya se anunciaba y el abad miró hacia el techo. Entonces la vio: una pequeña luz que provenía del artesonado de madera. Pero no era luz del día, vibraba, como si una persona portara una lámpara.

Estaban siendo espiados.

Miró a los demás, pero nadie parecía haberse dado cuenta. Oppas seguía hablando y todos lo miraban sin prestar atención a cuanto pudiera suceder a su alrededor.

—La espada reconquistará Hispania para los cristianos —siguió exhortando el obispo—, pero solo la cruz la asegurará. Somos nosotros los que empuñaremos la cruz, nuestras manos son puras. Nosotros somos los elegidos de Dios. Si la mano que empuña la espada no lo es, quizá su destino sea morir en el campo de batalla.

Bernardo se asombró de una alusión tan directa a la muerte de Pelayo. Miró de nuevo hacia arriba y vio que la luz se había apagado. Quizá el espía ya había escuchado cuanto necesitaba.

Los monjes se recogieron en las celdas tras las oraciones. Bernardo meditaba acerca de lo sucedido cuando

Anselmo llamó a su puerta. Abrió y lo dejó pasar sin poder evitar la sensación de haber sido molestado en su intimidad.

—Oppas quiere hablar con nosotros.

El abad tardó unos instantes en comprender lo que Anselmo, con un brillo de excitación en la mirada, le acababa de decir.

—¿Quiere volver a reunir a todos los monjes? —preguntó temiendo la respuesta.

—No, solo a nosotros dos.

Bernardo no creía en las casualidades. Se agitó inquieto. Primero habían sido las miradas de Pelayo, de Gaudiosa y del castellano; luego, el espía en la capilla. Y ahora esto.

—Eso es lo extraño —continuó Anselmo—, quiere que nos veamos en la capilla, a medianoche.

—¿No le habrás hablado acerca de...?

—Por supuesto que no —respondió Anselmo con una mirada intensa que a Bernardo no le pareció que escondiese una mentira—. Jamás haría eso —añadió dolido—. Nuestro voto lo prohíbe.

Bernardo se tranquilizó al pensar que Anselmo no estaba detrás de la llamada del obispo. El ambiente de Auseva lo incomodaba y quizá se estuviera volviendo paranoico. Ambos permanecieron pensativos el resto del día mientras el tiempo transcurría denso, pesado. Hasta que llegó la hora de la cita.

Envueltos en sus capas, recorrieron en silencio la pequeña distancia hasta la capilla. El abad pensaba que no podían parecer más sospechosos a los ojos de los guardas que vigilaban la muralla y le extrañó que no les dieran el alto. Tal vez las habladurías fuesen verdad y Wyredo ya estuviera al tanto de su reunión.

Cuando entraron en la pequeña iglesia, no pudo evitar la tentación de mirar hacia el techo buscando una luz. Allí estaba.

Bernardo bajó la mirada mientras notaba cómo se le aceleraba el corazón. Al levantarla de nuevo, se encontró de frente con el obispo Oppas. A su derecha, Anselmo ya se había arrodillado y le besaba la mano. El obispo miró intrigado a Bernardo, como si creyera que estaba retándolo. Él se arrodilló con rapidez y besó la mano a la vez que bajaba la cabeza.

—Levantaos, hermanos míos —dijo Oppas con un tono de voz que a Bernardo se le antojó de adulación para ganarse su simpatía.

La mirada del obispo, sin embargo, era desconfiada, la de alguien que busca evaluar a su enemigo antes de tomar un curso de acción. Los dos religiosos se levantaron incómodos.

—Quería hablar con vosotros —continuó el obispo—. Aún no he podido visitar vuestro monasterio, pero debéis saber que era buen amigo del anterior abad, Esteban. Lamenté profundamente su pérdida.

Bernardo estaba seguro de que había sido la peste lo que lo había mantenido alejado de San Salvador de Valdediós, pero se abstuvo de expresar su opinión.

—Por supuesto, ilustrísima —respondió Anselmo al ver que su abad no reaccionaba—, os recibiremos gustosos cuando lo deseéis.

—Bien, bien —dijo el obispo dando la sensación de que no tenía prisa por responder a la invitación.

Bernardo recordó que Esteban le había hablado en alguna ocasión del obispo y no en muy buenos términos. «Peligroso» fue la palabra que había utilizado. En todo caso, le pareció temeroso de la peste. Quizá prefería dejar pasar algo más de tiempo para evitar el contagio, lo que para él era muy conveniente.

—Y decidme, hermanos —continuó Oppas con su tono meloso—, ¿cómo van las cosas en San Salvador?

—Todo en orden —respondió Bernardo adelantándose esta vez a Anselmo.

Bernardo se sentía incómodo con aquella charla que no le parecía inocente. El brillo en los ojos de Oppas, que había ido en aumento durante la conversación, era de pura codicia. Decidió que era mejor que él respondiese al obispo, no se fiaba de Anselmo.

El rostro de Oppas se contrajo en un gesto de contrariedad. Se había percatado del intento del abad por mantener las distancias.

—Veréis —prosiguió Oppas adoptando una pose más envarada—, quería hablar con vosotros de reliquias.

Bernardo notó náuseas y una sensación de vértigo. No se podía creer que conociese el secreto y que se hubiese decidido a hablar de él con aquella indiferencia. Miró a Anselmo, que, con la boca abierta, parecía tan sorprendido como él. Su expresión, si la situación no hubiera sido tan peligrosa, le habría parecido cómica.

—No sé a qué se refiere, ilustrísima —respondió Bernardo tratando de mostrarse inocente.

A su lado, Anselmo se movió inquieto. Oppas miró al abad entornando los parpados, como si lo analizara por primera vez. Después se miró la mano derecha, como comprobando si tenía las uñas suficientemente limpias. Bernardo tuvo la sensación de que trataba de decidir cómo enfocar la conversación.

—Como sabéis, entre estas murallas se reúnen los restos del otrora poderoso ejército visigodo. Mañana comenzará el Concilio de Auseva y, si el Señor está con nosotros, el ejército cristiano se levantará y expulsará al demonio musulmán de esta tierra bendecida.

Oppas hizo una pausa que a Bernardo se le antojó

más un gesto de teatralidad que un paréntesis para ordenar sus ideas.

—Cuando el ejército cristiano avance victorioso, que lo hará, necesitará toda la ayuda espiritual que podamos brindarle. Para ello, he decidido que reuniremos todas las reliquias que atesoramos en iglesias y monasterios. Acompañarán a Pelayo en su reconquista.

Anselmo no pudo reprimir un suspiro de alivio y se relajó visiblemente. Parecía que Oppas no se refería a la reliquia secreta, sino que buscaba cualquier reliquia menor.

—Somos un monasterio pequeño —respondió Bernardo asintiendo y mostrándose colaborador—, no disponemos de ninguna reliquia de valor considerable.

—Aun en los monasterios más pequeños pueden encontrarse objetos de un valor incalculable —insistió Oppas—. Y aquellos que las encontrasen serán investidos con los más altos honores de la Iglesia.

Aquel burdo intento de comprarlos volvió a poner en alerta a Bernardo.

—Buscaremos todo cuanto pensemos que pueda ser de ayuda, ilustrísima —replicó Bernardo tratando de dar por cerrada la conversación.

—Hacedlo —respondió el obispo con un gesto displicente—, pero recordad lo que os he dicho. Cada uno tendrá que asumir las consecuencias de sus decisiones.

14

Año 1207

Giovanni Bernardone contempló el fastuoso *triclinium* en el que esperaba, como había hecho años atrás el abad Guy Paré, a ser recibido por Inocencio III. Del Palacio de Letrán emanaban un lujo y un poder que el humilde monje jamás había soñado contemplar. Tapices, frescos y esculturas adornaban el lugar dejando boquiabierto a todo aquel que tuviera la oportunidad de contemplar la opulencia de Roma.

Giovanni miró sus pies descalzos cubiertos de polvo y sudor y no pudo evitar sentir una punzada de vergüenza al ver la riqueza que derrochaba la estancia en la que, desde hacía horas, esperaba.

A su lado, el obispo Guido estaba incómodo. No sabía cómo tratar a aquel desarrapado a quien había acompañado hasta Roma. En el fondo, aunque pensaba que aquella audiencia con Inocencio iría mal, no había podido evitarlo. El joven Bernardone se había convertido en alguien importante en el norte de Italia. Predicaba en nombre de Dios y había atraído fieles a la Iglesia a pesar de su aspecto o quizá a causa de él. Ahora, con la inconsciencia que lo caracterizaba, estaba decidido a crear su propia orden, los Hermanos Menores, pero necesitaba que Inocencio III le aprobase la regla por la que se guiaría.

El obispo Guido deseaba que todo fuese bien, pero Giovanni era impredecible y bien podría hacer enfadar al sumo pontífice, lo que a él le ocasionaría problemas importantes. Quizá acabara perdiendo su báculo obispal.

Volvió a examinar a Giovanni, que seguía mirando sus pies, reflexionando. De pronto, levantó la cabeza y se dirigió a Guido con los ojos extraviados.

—Roma persigue a los puros de corazón. Ordena asesinar a quienes no juran, no matan y no comen carne, pero deja libres a aquellos que desenfundan la espada, asesinan y cometen adulterio. Sus manos están llenas de sangre.

El obispo miró horrorizado al joven Giovanni, que había vuelto a bajar la cabeza y a sumirse en sus pensamientos. Aquello era precisamente lo que Guido temía que sucediera en presencia de Inocencio III.

La puerta del salón papal se abrió de repente y el obispo se lamentó, ya era demasiado tarde para cambiar de idea. Trató de refrenar su ansia de huir y, junto a Giovanni, caminó hasta encontrarse frente al sumo pontífice.

Inocencio miró con curiosidad al recién llegado. Su fama de predicador le precedía y el papa estaba al tanto de la razón de su visita. Como ya le habían avisado, aquel hombre parecía un pordiosero, vestía ropas ajadas y hechas jirones. A pesar de que se había detenido a tres o cuatro metros, Inocencio podía notar el hedor que desprendía. Era de reducida estatura y tenía el rostro ovalado, aunque su frente era plana y estrecha. Tenía una mirada cándida, casi inocente, pero sus orejas estaban erguidas y eran puntiagudas. Estaba flaco, casi en los huesos, lo que acentuaba su aspecto enfermizo.

«Un simple —pensó Inocencio—. Fácil de manipular.»

El obispo Guido fue el primero en hablar.

—Mi muy amado y venerado sumo pontífice. Llegamos hasta vos para que tengáis la gracia de conceder a vuestro humilde siervo Giovanni Bernardone la aprobación de la regla de su orden, los Hermanos Menores.

Inocencio miró a ambos entornando los ojos.

—Y decidme, mi buen obispo, ¿acaso el hambre ha retirado las últimas fuerzas del cuerpo de Giovanni para que no pueda hablar por sí mismo?

—Donde hay fe no puede haber hambre —intervino Giovanni con la mirada extraviada—. El altísimo y glorioso Dios ha iluminado las tinieblas de mi corazón. Me dio fe incondicional, esperanza firme y caridad perfecta, sentido y conocimiento para que pueda cumplir su santa y veraz voluntad.

Giovanni se adelantó y tendió un pergamino a Inocencio III con la regla de su orden, titulada *Forma Vitae*. El papa tomó el pergamino y lo leyó en silencio durante un tiempo que al obispo se le antojó interminable. La mente de Inocencio trabajaba para encontrar la mejor manera de utilizar a aquel joven y ponerlo al servicio de sus intereses.

—Aprobaré vuestra regla —dijo súbitamente—. Aunque antes os pediré que hagáis algo por mí.

—Dichoso el siervo que atiende a su señor —respondió Giovanni.

Inocencio asintió satisfecho.

—Quiero que hagáis un viaje al norte, hasta la tierra llamada Occitania. Tierra de herejes —añadió rechinando los dientes—. Se autodenominan «cátaros» porque adoran a un gato negro y se entregan a prácticas desvergonzadas y lujuriosas. Predicad la fe verdadera en mi nombre. Y buscad un pequeño objeto que me ha sido robado por los herejes, algo con un gran valor sentimental para mí, pero sin ningún valor material. Os lo describiré. Entretanto, yo cuidaré de vuestra orden. Y cuando os multipliquéis en número y gracia, venid a referírnoslo y os concederemos otras gracias más importantes.

La audiencia terminó e Inocencio se encontró a solas de nuevo. No pudo evitar sonreír. Toda fe necesita sus mártires y él acababa de encontrar a uno.

De pronto, el despacho del vicario de Cristo se abrió de par en par y un monje soldado entró con paso decidido y se detuvo a escasos metros de Inocencio III. El soldado inclinó la cabeza, le tendió un documento lacrado y pronunció tres palabras que no presagiaban buenas noticias.

—Mensaje del Languedoc.

Inocencio III miró con preocupación al emisario. Aunque deseaba que las noticias compensaran las malas nuevas que había traído el fracaso de la cruzada a Tierra Santa, no confiaba en ello. Apenas cinco años antes, todo parecía posible para él, la conquista de Tierra Santa y el exterminio de la herejía cátara.

Al este, su ejército, costosamente organizado para destruir a los musulmanes, había acabado desviándose a Constantinopla por culpa del usurpador Alejo IV y había prostituido su santo fin. Ni la excomunión que había dictado contra él había cambiado el resultado. El ejército de Dios se había convertido en una bandada dedicada al pillaje.

En el Languedoc, Pierre de Castelnau y Raoul de Fontfroide sí parecían haber logrado avances. La alianza entre los cistercienses y aquel inteligente monje, Domingo de Guzmán, había conseguido frenar el desarrollo del catarismo utilizando sus mismas armas, una prédica basada en la pobreza y la humildad. Aun así, el proceso era exasperantemente lento.

Inocencio abrió el sobre lacrado y leyó su contenido. Su rostro se crispó en un rictus de furia: Pierre de Castelnau había sido asesinado.

El papa sintió que la ira se apoderaba de él. Los inmundos rebeldes cátaros habían tenido la osadía de atentar contra la vida de su enviado plenipotenciario. Pagarían caro aquel ultraje. Había tratado de extirpar la maldad cátara con delicadeza y recibía en pago una afrenta que pronto se cobraría. Se habían terminado los buenos modos.

En ese instante, un nombre acudió a su mente: Guy Paré. Había subestimado a aquel hombre que sin duda había entendido la necesidad de usar métodos expeditivos. Él sería su brazo ejecutor y esta vez tendría todo su apoyo. No habría más errores. Sangre y fuego era lo que necesitaba el Languedoc e Inocencio estaba dispuesto a dárselos.

Sonrió.

La abadía de Citeaux había gozado de renombre. Hasta allí habían acudido cientos de monjes buscando sumarse a una de las congregaciones más importantes de Francia, donde se acumulaba el saber de una buena parte de la cristiandad. Aquello había sucedido años atrás, cuando Guy Paré no era sino un joven monje que aunaba una fe y una ambición que le habían permitido alzarse con el poder absoluto en la abadía. Sin embargo, años después, Guy Paré había permanecido alejado y había dejado la abadía en otras manos menos diestras; su fama había decaído y en ese momento apenas unas decenas de monjes formaban la congregación.

Benoît de Angoulême, prior de Citeaux, agachó la cabeza, asustado por los gritos del abad Guy Paré. Estaba acostumbrado, pero en esta ocasión el terror lo atenazaba y no se atrevía a afrontar la mirada de su superior.

—No volverá a suceder, abad —musitó.

—No me cabe la menor duda de que así será. Pero necesitáis un severo correctivo para recordaros lo que supone incumplir las normas de este monasterio.

El prior no osó protestar, sabía que empeoraría el castigo. Esperó silencioso la sentencia.

—La flagelación —continuó Guy Paré— me parece una pena adecuada para tu crimen. Cincuenta latigazos. Veremos si así te corriges.

Benoît se retiró con presteza para evitar que el capricho del abad lo llevara a doblar el castigo. Guy Paré se quedó pensativo, le satisfacía la flagelación. No es que esperase que con ello el prior se corrigiera, pero le gustaba que sus monjes tuvieran claro que el destino de todos ellos estaba en sus manos. Por supuesto, no estaba dispuesto a reconocerse a sí mismo la excitación sexual que le producía.

Se recordó que al día siguiente visitaría el convento de Agencourt y tendría un encuentro a solas con la abadesa. En aquellos encuentros, el látigo tenía un uso diferente. Aunque una parte de la mente de Guy Paré no podía aprobarlo, era una pequeña transgresión que se permitía para poder volver a concentrarse en su tarea.

Su tarea. ¿Cuál era su tarea ahora que había sido apartado y enviado de vuelta a la abadía de Citeaux? Sentía que su vida y su talento se agostaban. Estaba llamado a grandes cosas, pero Jean, aquel maldito ladrón, le había robado su éxito, su futuro y su vida.

Miró a su alrededor y solo vio decadencia y ruina. Volvió de sus pensamientos cuando alguien llamó a su puerta.

—Abad, hay un mensaje de Roma para vos. Lleva el sello de Inocencio III.

El mundo se detuvo para Guy Paré. Una esperanza se abrió paso en su mente, pero trató de ahogarla con el realismo de la experiencia. Había sufrido demasiadas decepciones y demasiado duras.

—¡Dámelo! —dijo con un tono de urgencia que no logró reprimir.

El monje le dio la carta y desapareció sin mediar palabra, aunque Guy Paré percibió un brillo de curiosidad malsana en él. Ya lo castigaría en su debido momento.

Notó que le temblaba el pulso y contuvo el aire en sus pulmones al romper el sobre lacrado: «Mi muy querido abad Guy Paré...».

El abad sintió que había sido bendecido. Aquel comienzo no dejaba lugar a dudas. Volvería a Roma, al lado de Inocencio. Continuó leyendo mientras el ansia se apoderaba de él.

Mi corazón está triste. Hace más de un año que os tengo en mis plegarias. Mi trato hacia vos fue injusto. No supe valorar vuestro talento y determinación. Regresad. Tengo una misión a vuestra altura.

INOCENCIO III

Guy Paré se hallaba solo, pero si alguien hubiese estado con él en ese momento, habría visto asomar a su rostro una sonrisa triunfal. Una sonrisa que habría causado más terror que la más dura de las penitencias que hubiera podido infligir.

15

Año 2020

—¿Por dónde quieres empezar? —preguntó el teniente Luque.

Habían regresado andando a las dependencias que el Vaticano había puesto a su disposición, dos apartamentos individuales en la extensa área de visitas.

Tras descansar, habían salido a cenar a una minúscula *trattoria* cercana. Se trataba de un local atestado de romanos y turistas, con las mesas dispuestas de forma caótica y varios camareros que compaginaban una inexplicable eficiencia con el buen humor característico de los italianos. A Marta le chocó lo ajenos que estaban a lo que hacía unas horas había ocurrido a pocos centenares de metros de allí. Eligieron una pequeña mesa en un rincón. Marta escogió *gnocchi alla carbonara* y el teniente Luque se decidió por una lasaña de carne. Ambos coincidieron en el postre, unos *cannoli* rellenos de ricota y fruta. Tras encargar la cena, se sumergieron en su propio mundo.

—Quizá lo primero que deberías hacer es decirme tu nombre de pila —respondió Marta con una sonrisa cerrando el menú mientras el camarero se alejaba—. Me imagino que «teniente» no es tu nombre, ¿no?

El teniente Luque sonrió, pero esta vez era una risa franca y abierta.

—Me llamo Abelardo —dijo encogiéndose de hombros—. Por eso a veces prefiero que me llamen teniente.

—A mí me gusta. Ese era el nombre del compositor del *Quanta qualia*, un himno medieval que aparece mencionado en el libro de Jean.

El teniente pareció valorar la información, pero no resultó del todo convencido.

—Mis amigos me llaman Abel —añadió—. Puedes llamarme así si lo prefieres. ¿Algo más que quieras saber de mí?

—Supongo que casado —dijo Marta señalando el anillo que portaba en su mano derecha—. ¿Cuántos hijos?

—Así es —respondió mientras una ligera sonrisa se asomaba a su rostro—. Dos, Alba de cinco años y Mateo, de tres.

—¿Hay algo que quieras saber de mí? —ofreció Marta—. ¿Algo que aún no sepas?

El teniente dudó un instante y pareció que iba a negar con la cabeza, pero luego cambió de opinión.

—¿Cómo está Iñigo?

Marta notó un nudo de angustia en la boca del estómago. Aunque Abel no tenía la culpa, era una pregunta obvia que ella había provocado sin darse cuenta.

—No lo sé exactamente —respondió arrastrando las palabras sin evitar bajar la cabeza.

—Disculpa —se apresuró a decir Abel azorado por la situación—, no sabía que...

Su respuesta quedó suspendida en el aire. Marta logró contener la inquietud, que quedó atrapada en el fondo de su mente como un dolor sordo con el que ya había aprendido a convivir.

—No te preocupes, era una pregunta lógica. Iñigo y

yo estuvimos juntos muy poco tiempo —dijo recordando con una sonrisa los buenos momentos—, pero él necesitaba reencontrarse. Decidió unirse a una ONG en África, creo que en Ghana, y buscar su camino. Quizá algún día...

Un incómodo silencio se instaló entre ambos. Fue Abel quien lo rompió.

—Bien, jefa, ¿cuál es el plan?

A Marta le divertía la manera que tenía Abel de adaptarse a la situación. Su seriedad profesional contrastaba con su actitud relajada cuando no vestía el uniforme.

—¿Puedo serte sincera? —confesó aprovechando la ocasión—. No sé ni por dónde empezar. No soy policía, solo una restauradora.

—Ya lo imaginaba, pero yo sí. Haremos un buen equipo.

—Me serás de mucha ayuda. ¿Cuánto tiempo te permitirán estar aquí?

Abel se encogió de hombros.

—Mientras tu amigo el embajador no cambie de opinión o hasta que metamos la pata. ¿Quién sabe?

—No pareces muy entusiasmado.

—Solo soy realista. Yo empezaría por preguntarme quién querría robar la reliquia y por qué. ¿Alguna idea al respecto?

Marta había estado pensándolo sin llegar a ninguna conclusión.

—Toda la información de la que dispongo está desfasada ocho siglos. Sé más de los problemas de la Iglesia en el siglo XII que en la actualidad.

—¿Dónde podemos ponernos al día?

—En la Biblioteca Vaticana. Pero bucear en ocho siglos de historia cristiana puede ser una tarea fuera de nuestro alcance.

Abel se volvió y le hizo un gesto al camarero para pedir la cuenta.

—Entonces es mejor que empecemos mañana temprano.

Salieron y caminaron hacia sus apartamentos. Aún era temprano y las calles y los restaurantes estaban atestados de gente, pero el silencio era absoluto, conmovedor, casi aterrador. Todos miraban boquiabiertos las pantallas de los televisores que daban la noticia al mundo de la muerte de Pío XIII a causa de un infarto masivo sufrido mientras descansaba en sus aposentos vaticanos.

Por la mañana, Marta estaba nerviosa. No siempre se tenía la oportunidad de visitar el lugar en el que iba a entrar en unos instantes. Miró al teniente Luque, que, a su lado, parecía poco interesado y bostezaba aburrido mientras miraba por la ventana el tráfico de la calle.

Cuando la puerta de la Biblioteca Vaticana se abrió, dejó ver un amplio pasillo a cuyos lados se alineaban mesas en las que investigadores venidos de todos los lugares del mundo se enfrascaban en el estudio de antiguos documentos. El silencio solo era roto por el esporádico sonido de las páginas.

Avanzaron por el pasillo guiados por una monja bibliotecaria que había salido a su encuentro.

—Soy sor Judith —dijo haciendo un sencillo gesto con la cabeza—. Me han encargado ayudarles en cuanto necesiten.

—Muchas gracias —respondió Marta sin estar segura de que fuera una ayuda y no un modo de vigilar sus movimientos—. Hermana, ¿cuántos documentos hay en la Biblioteca Vaticana?

—Algo más de cuatrocientos mil —respondió como si conociera de memoria cada uno de ellos.

A su lado, el teniente Luque silbó impresionado y aprovechó que la hermana Judith caminaba delante, enseñándoles la biblioteca, para preguntarle a Marta al oído.

—¿Cómo vamos a encontrar nada en este mar de documentos?

Marta sonrió recordando lo perdida que está cualquier persona cuando se encuentra fuera de su hábitat natural.

—No te preocupes, si hay algo interesante, lo encontraremos, pero te apuesto lo que quieras a que no hallaremos nada que merezca la pena.

El teniente Luque la miró sin comprender.

—Y entonces, ¿qué hacemos aquí?

—Comprobar que no me equivoco. Quizá descubramos algún documento que, aunque aparentemente inofensivo, resulte ser una pista a seguir.

—¿Crees que nos ocultan algo?

—No lo sé —respondió Marta—. Pero sí sé que esta no es la biblioteca que quiero visitar. Esta es la Biblioteca Vaticana, recopilación del saber cristiano durante dos mil años, abierta al público. La que quiero visitar es otra más pequeña y escondida, la biblioteca secreta, con más de cien mil documentos mucho más interesantes. He hecho mis deberes —terminó sonriendo.

Se sentaron ante un moderno ordenador y la hermana Judith les explicó cómo acceder a los fondos digitalizados, la práctica totalidad de los fondos existentes.

Accedieron a la página de búsqueda y Marta meditó durante unos segundos. Luego introdujo un término y pulsó buscar. La palabra «Inocentius» le devolvió ciento ochenta documentos.

—Aún son demasiados —dijo en voz alta aunque hablando para sí misma—. Muchos hacen referencia a otros papas de nombre Inocencio, ya que en total hubo trece.

Añadió el número romano III para acotar la búsqueda, que le reportó cincuenta y dos resultados.

—Vaya —dijo mirando la pantalla.

—¿Qué sucede? —preguntó Abel, que parecía perdido, pero que había captado en el gesto de Marta que algo le resultaba extraño.

Marta señaló la pantalla del ordenador.

—Cincuenta y dos documentos de los ciento ochenta en los que se menciona a un papa llamado Inocencio se refieren a Inocencio III.

—Esa es una proporción muy alta. ¿Por qué crees que será?

—Fue un papa especial, elegido con solo treinta y siete años, lo que es extremadamente raro. Para algunos, fue el papa más importante que ha existido; para otros, un psicópata peligroso.

—¿Y cuál es tu opinión?

Marta meditó durante unos segundos la respuesta. Se sentía incómoda hablando sobre aquel tema en el Vaticano, como si las paredes tuvieran oídos.

—Probablemente las dos cosas. Promovió cuatro cruzadas: dos a Tierra Santa, una tercera contra los almohades en Hispania y una cuarta contra los cátaros. Reformó la Iglesia y estableció la obligación de la eucaristía y la confesión, pero a la vez causó miles de muertos en el Languedoc e impulsó la Orden de Predicadores, que fue la base de la brutal Inquisición medieval.

—Fue un hombre ocupado, no me extraña que haya tantos documentos sobre él.

Marta se quedó pensativa porque una conexión se

había establecido en su mente. Recordó que el caballero negro se había declarado cátaro. ¿Podría haber alguna relación entre el caballero negro e Inocencio III? Guy Paré era el enviado papal en la cruzada contra los cátaros y Marta estaba segura de que buscaba la reliquia. Aquella era la conexión. Demasiadas coincidencias. En su cabeza comenzaron a abrirse hipótesis. Aún no tenía la suficiente información, pero, al menos, ya sabía qué estaba buscando.

Revisaron los documentos durante todo el día, aunque en realidad Abel no fue de mucha ayuda. No encontraron nada que pareciera interesante, pero Marta tomó una buena cantidad de notas. Dieron las gracias a la hermana Judith y regresaron a los apartamentos.

—¿Qué haremos mañana? —preguntó Abel durante la cena.

—Asaltar la biblioteca secreta —respondió Marta medio en broma.

O quizá no.

16

Año 1207

Raymond VI, conde de Toulouse, señor de todos los territorios comprendidos entre Toulouse y Montpellier, estrujó el papel que tenía en su mano con tanta fuerza que sus nudillos se tornaron blancos, casi tanto como su rostro.

No daba crédito a lo que acababa de leer, pero la carta era clara y directa. Era acusado por Roma de crimen de herejía por proteger y alentar el catarismo en sus territorios. Había sido juzgado y condenado sin permitirle defenderse de las acusaciones.

El sello lacrado del papa Inocencio III se desmenuzó en sus manos como un mendrugo seco y Raymond VI, brazos enormes, mandíbula poderosa y una estatura que impresionaba a sus enemigos, se volvió hacia su consejero personal, el perfecto cátaro Marius, que se mostraba calmado, inalterable.

Como siempre.

—Me pedirás ahora que permanezca impasible ante esta infamia.

Marius se bajó la capucha, algo que hacía pocas veces, y miró al conde con gesto severo. Raymond recordó que hacía dos años que aquel hombre era su asistente, y seguía siendo un misterio para él. Ocultaba algún pasado. Sin embargo, le había sido fiel y sus consejos siempre eran útiles.

—En realidad, lo que dice esa carta no es ninguna infamia. Es la verdad. A ojos de Roma, la herejía cátara anida en lo más profundo de vuestras tierras. Yo mismo soy la prueba.

Raymond gruñó contrariado: como de costumbre, Marius tenía razón, era despiadadamente claro. Sin embargo, él no era un hereje, Dios le traía sin cuidado. Era cierto que dejaba que la herejía campara a sus anchas, así alejaba a las hienas de Roma que ansiaban tanto el poder como los bienes terrenales.

—Sin duda —continuó Marius—, esto es obra del obispo Foulques. Nos odia.

—Sois vosotros los que ponéis en evidencia al obispo de Toulouse con vuestro rechazo a las riquezas y vuestro buen Dios.

Marius se encogió de hombros y esbozó una amplia sonrisa.

—Estoy seguro de que no querréis debatir conmigo las diferencias teológicas entre católicos y cátaros.

—Desde luego que no —gruñó Raymond de nuevo—. No sois mi consejero para velar por mi alma. Condenada está. ¿Qué haríais ahora?

—Nada. Dejadlo estar. Escribid a Inocencio diciéndole que sois su más humilde servidor. No tiene pruebas contra vos, no le deis la razón para que así sea.

Raymond masculló algo ininteligible para Marius.

—Como siempre, tienes razón. Me vendrá bien entrenar mi paciencia.

—Escribid también al rey Pedro II de Aragón. Habladle de la injusta acusación y solicitad su ayuda.

El conde de Toulouse se alejó sin responder con la carta de Inocencio aún en su puño. Tenía mucho en lo que pensar.

17

Año 718

El castillo de Auseva sobresalía por encima de las frondosas copas de los árboles que lo rodeaban. A su alrededor, las macizas montañas astures parecían protegerlo. Era el comienzo de la primavera y el cercano bosque empezaba a llenarse de vida con las inquietas ardillas buscando comida tras el largo invierno y las madrugadoras aves entonando sus cánticos.

En el castillo, la voz de los monjes se elevó en medio del sobrecogedor silencio de la pequeña iglesia. Como era costumbre, el inicio de la misa era el introito, un canto grave y triste que encogió el corazón de los presentes.

Por la puerta del fondo de la iglesia, donde se habían situado Bernardo y Anselmo, entraron siete monjes portando sendas antorchas.

Bernardo recordó que representaban los dones del Espíritu Santo al Hijo de Dios. Tras ellos avanzaba, bajo palio triunfal, el obispo Oppas personificando la figura viva de Jesucristo. Miraba al frente, como si hubiese decidido no rebajarse a mezclarse con el resto de los presentes. Dos acólitos caminaban a su lado. Lo acompañaron hasta un trono, en el que se sentó solitario.

Cuando el introito finalizó, el silencio se extendió

por la iglesia y Bernardo miró hacia la primera fila, donde Pelayo, vestido con sus mejores galas, encabezaba el nutrido grupo de nobles que habían acudido a Auseva a nombrarlo rey.

A Bernardo le extrañó la ausencia de Gaudiosa y recordó las palabras de Anselmo acerca de su devoción a los dioses celtas. En Auseva estaban presentes fuerzas poderosas.

El abad asistió al resto de la misa perdido en sus propios pensamientos, con la sensación de que estaba involucrado en un peligroso juego. Aquello solo podía significar una cosa: el conocimiento de la existencia de la reliquia había saltado los muros de San Salvador. Le asaltó la necesidad de regresar para ponerla a salvo, pero aquello era del todo imposible. Al día siguiente, tendría lugar la coronación de Pelayo y desaparecer solo serviría para evidenciar lo que quizá solo sospechaban.

Salió de sus pensamientos cuando Anselmo le dio un codazo. Los asistentes se retiraban en silencio del oficio recién terminado. Mientras caminaban por el pasillo central hasta la salida, Bernardo vio a Wyredo observándolo con expresión sombría desde el fondo de la iglesia. El castellano le hizo un gesto con la cabeza que no dejó lugar a dudas: era una orden. Wyredo se volvió para salir de la iglesia y tras cruzar la puerta se desvió a la izquierda.

Bernardo notó que el pulso se le aceleraba y, a pesar de que nadie se había percatado, se sintió observado por todos los que estaban a su alrededor. Al salir, miró a su izquierda y vio al castellano desaparecer por una puerta lateral. Bernardo aprovechó la confusión para deslizarse tras él sin mirar atrás. Cruzó una puerta custodiada por dos soldados que le dejaron pasar para después bloquear el paso, como si hubieran recibido orden expresa. Llegó hasta un pequeño y oscuro pasillo donde lo esperaba el castellano con el ceño fruncido.

Era un hombre imponente, con una cabeza enorme que surgía del tronco sobre un cuello poderoso. Su mandíbula era cuadrada y cubierta de una barba espesa que le daba un aire fiero. Pero lo que más impresionaban eran sus ojos, un poco juntos, que fijaban una mirada obsesiva en los demás, y unas cejas rebeldes y gruesas que transformaban su aspecto en el de alguien permanentemente enfadado.

—¿Querías hablar conmigo? —preguntó Bernardo con un tono demasiado agudo.

—Un mensaje y una advertencia —respondió Wyredo sin cambiar su expresión.

Bernardo asintió y esperó, temeroso de conocer el mensaje que quería transmitirle, pero más aún de descubrir cuál era la advertencia.

—En unos instantes, iré a buscarte a tu celda. Me acompañarás. Alguien quiere hablar contigo. Sabrás quién es a su debido tiempo. Hasta ese momento, mantendrás esta conversación en secreto.

El abad asintió de nuevo. Trató de adivinar quién podía querer hablar con él y el porqué de tanto secretismo. Por un momento, pensó en preguntar acerca del objeto de la reunión, pero sintió que aquello podía ser peligroso y que Wyredo solo le daría la información que le pareciese necesaria.

—La advertencia es sencilla —continuó el castellano—. Si alguien se entera de todo esto, estás muerto. Si traicionas a mi rey, estás muerto. Si haces algo que no debas, sea lo que sea, estás muerto.

Después miró a Bernardo con una intensidad tal que no dejaba lugar a dudas: cumpliría su amenaza. El religioso tragó saliva y volvió a asentir. Wyredo dio media vuelta y desapareció a grandes zancadas sin darle tiempo a añadir nada más.

Cuando Bernardo se recobró y se giró hacia la salida,

se encontró de frente con los dos soldados que le habían franqueado el paso. Lo miraban con una sonrisa desdeñosa, como si estuvieran encantados de evitar que su jefe se ensuciase las manos en el caso de tener que ejecutar la sentencia que había dictado. Uno de ellos escupió al suelo y se apartó para dejarlo pasar. Cuando lo hizo, le golpeó el hombro con el suyo.

Otra advertencia.

Bernardo caminó de regreso a su celda con paso lento, pensativo, intentando comprender lo que acababa de suceder. ¿Con quién iba a reunirse? ¿Podía tratarse del propio Pelayo? Desechó esa idea por imposible. ¿Qué querían de él? Bernardo apartó esas reflexiones de su mente para centrarse en lo más inmediato. El primer problema era qué hacer con Anselmo, no veía cómo podía ocultarle la reunión que iba a tener. En cuanto entró en la celda, el prior lo asedió a preguntas por su ausencia al final del oficio.

—¿Dónde has estado? ¿Por qué has desaparecido?

Bernardo había tenido tiempo de preparar una excusa.

—Varios soldados me han pedido consejo espiritual —mintió—. Parece que sienten la cercanía de la guerra.

En aquel mismo momento llamaron a la puerta. Dos soldados de porte marcial y mirada feroz esperaban del otro lado.

—Ven con nosotros —dijeron señalando a Anselmo.

Los dos religiosos se miraron sorprendidos, sobre todo Bernardo, que no entendía por qué los soldados preguntaban por Anselmo y no por él.

—Yo... Yo... —tartamudeó el prior, que no parecía ansioso por acompañarlos.

—Nuestro sargento necesita ayuda espiritual. Nos ha enviado a buscar un monje con el que pueda expiar sus pecados. Tú —dijo señalando a Anselmo sin dejar lugar a dudas.

Anselmo miró a Bernardo con expresión de cordero degollado y este comenzó a comprender la situación. Entonces le sonrió y le dirigió un gesto de asentimiento.

—Ve, Anselmo, no hay misión más importante que ayudar a nuestro rebaño a recuperar su camino.

El prior pareció tranquilizarse y Bernardo lo vio alejarse, una figura diminuta entre dos fornidos soldados. Caminaba arrastrando los pies, como un reo camino del patíbulo. El abad cerró la puerta y pocos segundos después volvieron a sonar golpes en la misma. Su intuición había sido correcta.

—Acompañadnos, hermano Bernardo —dijo uno de los soldados con voz un poco más amable que los anteriores—. El castellano busca ayuda espiritual.

Bernardo fue conducido a través de largos pasillos hasta la zona noble del castillo. Su nerviosismo comenzó a ser superado por su curiosidad. Se detuvieron delante de una puerta ante la que había otro soldado con la espada preparada, como si pensara que un ejército enemigo pudiese aparecer por el pasillo. El soldado se volvió, golpeó la puerta y la abrió sin esperar respuesta. Los soldados que acompañaban a Bernardo le hicieron un gesto para que entrase. Al otro lado esperaba el castellano y otro hombre, de espaldas, que se volvió al oírlos entrar.

—Te agradezco la presteza en acudir a mi llamada —dijo Pelayo con rostro amable ante la sorpresa de Bernardo.

El abad no pudo evitar captar la ironía en la frase de Pelayo, como si hubiese estado en sus manos negarse a acudir. Decidió ser cuidadoso y esperar.

—Es un honor haber sido llamado para serviros si necesitáis consejo espiritual.

Un destello inteligente iluminó los ojos de Pelayo, que pareció meditar su respuesta.

—Consejo es precisamente lo que necesito, abad Bernardo. Toda ayuda es necesaria en tiempos difíciles.

Bernardo no podía obviar la casualidad de haber sido el elegido. Caminaba por terreno resbaladizo.

—¿Qué duda os atormenta, mi señor?

—Sin duda conocéis el reto al que nos enfrentamos. Hace apenas unos años, nuestros dominios se extendían del Mediterráneo a Finisterre y de los Pirineos hasta el templo de Hércules, en Gades. Hoy sobrevivimos como vulgares salteadores de caminos y nuestro otrora temido ejército cabe entre los muros de este castillo.

Pelayo hizo una pausa y miró al castellano, que permanecía silencioso e inmóvil.

—Mañana comienza el futuro —continuó—. Debemos tener la pasión de luchar cada día, de ganar cada escaramuza, cada batalla. Debemos recuperar cada metro, cada aldea, cada provincia. Siempre avanzando, siempre algo más cada día, como si fuera el primero. Es la única forma de ser que nos llevará a cumplir nuestro destino.

Hablaba con fervor, casi con rabia, como si pudiese ver su futuro y estuviera ansioso por llegar a él. Bernardo no sabía adónde quería llegar Pelayo, pero optó por esperar a que se decidiera.

—No podemos permitirnos ningún error. Hace siete años, una traición nos arrebató el poder.

—Mi señor Pelayo, no sé adónde queréis ir a parar ni qué tiene esto que ver conmigo.

—Algunos de los soldados que lucharon hace siete años contra los musulmanes, cuando Roderico fue derrotado, juran que nuestro rey fue traicionado por los hijos de Witiza.

Bernardo miró a Wyredo, que, viendo que el abad seguía sin entender, comenzó a irritarse.

—¿Dónde has estado todo este tiempo, monje? —dijo cruzando los brazos frente a él.

Pelayo puso una mano sobre el brazo de Wyredo para detenerlo.

—¿Sabes quiénes son los hijos del traidor Witiza?

Bernardo negó con la cabeza. Sentía que estaba a punto de conocer una pieza más de un intrincado rompecabezas que apenas empezaba a desentrañar.

—El mayor de los dos traidores se llamaba Sisberto y murió durante la batalla —Wyredo escupió para mostrar su desprecio—. El menor aún vive y se encuentra entre nosotros.

—¿Y cuál es su nombre si tal cosa es de vuestro conocimiento?

—Oppas —dijo tranquilamente Pelayo—, el obispo Oppas, líder espiritual de los cristianos en Hispania.

Bernardo miró a Pelayo y a Wyredo y comprendió las implicaciones de aquella afirmación. La aparente unidad contra los musulmanes no era tal y un paso en falso podía costarle la vida. Se encontraba en medio de dos facciones que luchaban a vida o muerte y que estaban dispuestas a hacerle pagar una supuesta infidelidad.

—Entiendo —dijo meditando su respuesta—, pero sigo sin comprender qué esperáis de mí.

—Lealtad —respondió Pelayo mirándolo a los ojos y sosteniendo su mirada, como si quisiese confirmar la verdad en su alma.

—La tenéis, mi señor —replicó el religioso sin desviar la vista.

—¿La tenemos? —preguntó Wyredo con un deje de incredulidad—. Entonces vamos a ponerla a prueba.

El abad siguió mirando al futuro rey sin hacer caso a las dudas de Wyredo. Sentía que Pelayo era franco y directo, y que era a él a quien tenía que convencer. Con Wyredo nunca lo lograría.

—¿Qué quería Oppas cuando os convocó en la iglesia anoche? —preguntó Pelayo en un tono que parecía querer transmitir confianza.

—Nuestra ayuda. Nos habló de la importancia de daros todo el apoyo necesario para iniciar vuestra ardua tarea. No quiere traicionaros, sino ayudaros.

Wyredo gruñó ante la afirmación, pero Pelayo reaccionó con calma y obvió la reacción de su castellano con un gesto.

—¿Os pidió algo? —preguntó.

Bernardo decidió que no tenía sentido mentir y recordó al espía sobre el tejado de la capilla. La conversación no buscaba información, solo poner a prueba su lealtad.

—Sí —respondió con tranquilidad—, nos pidió que pusiéramos en sus manos las reliquias que pudiéramos atesorar en el monasterio.

—¿Y qué le respondisteis?

—Que no hay grandes reliquias en San Salvador de Valdediós. Somos un pequeño cenobio de apenas diez monjes, pero le aseguré que haríamos cuanto pudiéramos para ayudar.

Pelayo asintió. Parecía satisfecho al comprobar que Bernardo no le había mentido.

—Y decidme, abad Bernardo, si no tenéis grandes reliquias, ¿por qué Oppas os concede tanta importancia como para llamaros en medio de la noche?

Bernardo sintió que Pelayo notaba su intranquilidad. No tenía una respuesta plausible para aquella pregunta que no fuera la verdad, y la verdad no era una opción.

—No lo sé, mi señor.

Pelayo iba a hacer otra pregunta cuando alguien llamó a la puerta. Wyredo dejó pasar a un soldado que le dijo algo al oído, tras lo cual lo despidió con un gruñido. Cuando cerró la puerta, se volvió hacia Bernardo con los ojos encendidos de furia.

—Dime, monje —le espetó—, si tanta es tu fidelidad a mi señor Pelayo, ¿cómo explicas que el prior de tu monasterio se encuentre en este preciso momento en los aposentos de Oppas?

—Creía que... —tartamudeó Bernardo—. Creía que estaba con vuestro sargento.

—Así era —respondió Wyredo mientras se acercó hasta casi echarse encima de Bernardo—, hasta que salió para ir a contarle todo al obispo traidor.

—Yo no soy un traidor.

Bernardo respondió mirando a Pelayo en busca de ayuda.

—Si vos no lo sois —respondió Pelayo—, quizá vuestro prior sí lo sea.

Bernardo quiso defender a Anselmo, pero en realidad no confiaba en él. ¿Por qué estaba con Oppas? ¿Habría decidido contarle lo de la reliquia? Se volvió hacia Pelayo e intentó reunir toda la entereza de la que fue capaz.

—Mi maestro, el abad Esteban, me enseñó que dar nuestra confianza a otro es el mayor regalo que se puede conceder. Yo debo pediros que lo hagáis, jamás os he traicionado.

—Vuestro maestro era un hombre sabio. Os doy mi confianza... de momento. Espero que la paguéis con lealtad.

Cuando Bernardo abandonó el salón, Pelayo se quedó pensativo. ¿Qué buscaba Oppas en aquel monasterio perdido en las montañas? ¿Qué era aquella reliquia y por qué era tan importante?

Pelayo se volvió hacia Wyredo.

—Vigílalo —ordenó—. Quiero saber todo lo que

hace, con quién se reúne y por qué. Y quiero saber de qué reliquia están hablando. No me gusta que algo suceda entre estos muros y no estar al tanto.

Wyredo no respondió. Hizo un leve gesto con la cabeza y desapareció. Tenía una misión y él nunca le fallaba a Pelayo.

Bernardo regresó a la celda que compartía con Anselmo con la cabeza bullendo de preocupación. Se encontraba inmerso en una lucha soterrada y tenía la inquietante sensación de que todo aquello le sobrepasaba. No sabía qué iba a decirle al prior cuando se vieran ni si debía preguntar por su reunión con Oppas. Quizá si lo hacía, despertaría sospechas, por lo que finalmente decidió no anticiparse y esperar a que el otro diera el primer paso.

—¿Dónde estabas? —preguntó Anselmo cuando cruzó la puerta.

Parecía una pregunta hecha sin mala intención, pero Anselmo no había podido evitar un brillo malicioso en su mirada. Bernardo resolvió que era mejor no esconder con quién había estado. Quizá Oppas ya tenía sus propios informadores.

—Con el castellano —respondió fingiendo un gesto de disgusto—. Quería consejo espiritual. Parece que a todos les ha entrado prisa por arreglar sus asuntos con el Señor. La guerra produce extraños cambios en los hombres.

Anselmo no parecía convencido y lo miró entornando los ojos, como si sospechase. No se atrevió a preguntar nada porque sabía que el secreto de confesión lo impedía, pero tampoco mencionó a Oppas, lo que, a todas luces, significaba que había decidido ocultar su reunión con el obispo.

Bernardo notó un nudo en la garganta. Anselmo lo estaba traicionando.

18

Año 1208

El obispo de Toulouse, Foulques, sonrió satisfecho. El momento había llegado al fin. Tomó la carta que Inocencio III había enviado a todos los obispos del Languedoc y la releyó mientras se pasaba la lengua por los labios.

> Venerables obispos, abades e hijos de la jerarquía eclesiástica. Los herejes a la fe cristiana y a la Iglesia son enemigos mortales de la cristiandad. Viven en medio del pueblo cristiano, mas son tanto más peligrosos cuanto más difícilmente se distingue al lobo disfrazado de oveja y más a mansalva comete este estragos en el redil.
> Pronto la espada purificará Occitania.
> Estad preparados.

Aunque ya había anochecido, el obispo Foulques se levantó y se encaminó al castillo del conde. Quería ver el miedo en sus ojos cuando le leyera la carta. Los soldados le abrieron paso sin preguntar y el obispo se dirigió hacia el patio de armas, sabedor de que el conde se encontraría allí con sus capitanes.

«Quizá esté conspirando con el hereje Marius», pensó con una mueca de desagrado.

Se equivocaba.

En aquellos instantes, Raymond departía con un caballero desconocido. Vestía de blanco, con una cruz de ocho puntas en el pecho.

«Un cruzado —pensó—. Un hermano hospitalario. Pero ¿qué hace visitando a Raymond?»

El obispo se acercó con discreción y se situó tras una columna que le permitía ocultarse. La información era poder. Escuchó al conde dirigirse afectuosamente al caballero.

—Mi buen Roger —saludó Raymond colocando sus manos sobre los hombros del caballero.

—Renaud —respondió el caballero bajando la voz—. Ahora me hago llamar Renaud de Montauban. Ya os explicaré.

Oculto entre las sombras, Foulques frunció el entrecejo.

«Vaya, vaya —pensó—. Debe de haber una buena razón para que un caballero cambie de nombre. Mujeres, juego o poder.» En este caso, podría ser cualquiera de las tres.

—Tu llegada me es propicia —continuó el conde—. Tus manos y tus ojos son más necesarios que nunca.

—Decidme qué necesitáis —respondió el caballero negro.

—Soplan vientos de guerra. Pierre de Castelnau, el legado papal, ha sido asesinado. Inocencio III piensa que yo mandé matarlo. No lo hice, aunque ganas no me han faltado. Necesito que lo pruebes.

Hasta ese momento, el obispo Foulques había pensado que Raymond VI era culpable del asesinato del legado. Pero las sorpresas aún no habían terminado.

—Sé que no mandasteis asesinarlo —respondió el hospitalario.

Se hizo un extraño silencio entre el conde Raymond y el caballero.

—Explícate —ordenó el conde.

—Fui yo quien lo hizo. No sabía quién era, pero me crucé con él y con sus secuaces. Si no llego a intervenir, habrían matado a un perfecto que iba desarmado. Me vi obligado.

Raymond pareció meditar las posibles consecuencias de aquella información.

—Hiciste lo correcto. Aunque me has colocado en una posición insostenible.

—¿Qué puedo hacer para remediarlo?

—Necesito que recorras mis territorios para conocer cómo están las cosas y saber si contaré con la ayuda de los vizcondes si llegara a ser necesario. Mientras, yo me reuniré con Marius para pedirle consejo.

La referencia al perfecto Marius hizo que un brillo de malicia asomase al rostro del obispo Foulques.

«Ese maldito hereje —pensó—. Aunque Raymond no sea culpable de la muerte de Pierre de Castelnau, merece un castigo por sus coqueteos con los miserables cátaros.»

—¿Quién es Marius? —oyó el obispo preguntar al recién llegado.

—Mi consejero —respondió Raymond—. No andará lejos, me gustaría que os conocierais.

—Será la próxima vez. Partiré de inmediato si me dais vuestro permiso. A mi regreso tendremos oportunidad.

El caballero se alejó y desapareció. Foulques continuó pensativo, ceñudo. Había sido, en su grado de obispo de Toulouse, el principal consejero del conde y ahora había sido sustituido por un hereje.

«¡Marius! —pensó mientras chirriaba los dientes—. Ese advenedizo que se esconde tras su túnica sin dejar ver su rostro.» Quizá había llegado la hora de que la Hermandad Blanca entrara en acción. Los estaba entrenando para ello.

Justo en aquel momento, el perfecto hizo acto de presencia.

—¡Ah, Marius, estas aquí! —exclamó Raymond—. Si hubieses llegado hace unos instantes, habrías conocido a... Renaud de Montauban, un fiel caballero a mis órdenes.

—Sin duda —respondió el perfecto—. ¿Y qué noticias os traía el caballero?

El obispo sintió que una pequeña luz se encendía en un rincón de su mente. Dos coincidencias. Marius no había aparecido hasta que el extraño caballero había abandonado el lugar y además se mostraba interesado en él. Foulques archivó la información en su cabeza y continuó prestando atención. Sin embargo, el conde y su consejero abandonaron el patio hacia los aposentos privados. Allí no podría escucharlos.

Abandonó el castillo y tomó una estrecha calle empedrada. Aunque un testigo externo hubiera creído que caminaba pensativo, sin una dirección clara, él sabía perfectamente adónde se dirigía.

La Hermandad Blanca. Crearla había sido su mejor idea. Contaba ya con veinte miembros y se convertiría en la resistencia en la sombra a la herejía cátara. Su propio ejército, cuya misión era la agitación y los asesinatos selectivos guiados por la mano de Dios.

El obispo Foulques tenía un trabajo que encargarles. Seguirían a aquel misterioso caballero hospitalario, informarían de sus movimientos y, en el momento oportuno, acabarían con él. Foulques ya lo había juzgado y condenado por estar a las órdenes de Raymond, por haber matado al legado papal y seguramente por hereje. De esto último no estaba seguro, pero no era necesario. Sería un asesinato preventivo. Él era la voz y la espada de Dios en el Languedoc; si lo decidía, era suficiente.

Llamó a la puerta de una pequeña casa situada entre otras muchas en una insignificante callejuela de Toulouse. Tres golpes seguidos, una pausa y tres golpes más. La puerta se abrió en silencio, sin que ninguna voz preguntase quién era. No hacía falta.

Una vela solitaria en el centro de una enorme mesa hacía danzar las sombras de los inmóviles participantes de aquella reunión secreta que había sido convocada con tanta urgencia. Todos permanecían callados, esperando que el obispo Foulques tomara la palabra.

Nada parecía indicar que fuera a hacerlo.

Permanecía ensimismado, perdido en sus pensamientos. Pero nada más lejos de la realidad. El obispo creaba expectación. Quería que los presentes entendieran la importancia de aquella reunión. Cuando lo logró, levantó la cabeza. Miró a su alrededor, a los doce sirvientes de la Hermandad Blanca. Estaban serios, deseosos de recibir instrucciones.

La inmensa mesa estaba casi vacía, solo una enorme cruz blanca de puntas redondeadas decoraba el tablero.

—Bienvenidos —dijo con voz profunda, solemne—. Somos los elegidos de Dios, la pureza en mitad de la depravación, el fuego limpiador de la maldad del mundo. Su luz. Cambiaremos el destino de la cristiandad.

El obispo esperó en silencio a que sus palabras penetrasen en la mente de los presentes y les hiciera comprender su importancia. Hizo un gesto hacia el hombre situado a su derecha, al que ya había explicado sus planes, y este tomó la palabra.

—Tenemos una misión: Renaud de Montauban, aunque sospechamos que ese no es su verdadero nombre.

Ha pasado varios años en Siria, pero no sabemos nada de su vida anterior. Viste como un caballero hospitalario, pero no es uno de ellos. Es cátaro.

El leve murmullo que recorrió la mesa se vio interrumpido por un enérgico gesto del portavoz. A Foulques le agradó el rechazo al pecado de herejía. Sonrió. Aguardó a que el silencio se instalase de nuevo entre los elegidos. Veía la rabia creciendo en el interior de cada uno de ellos. Querían actuar y él les daría lo que necesitaban.

—La hora se acerca. Roma ha llamado a la cruzada contra la herejía cátara. Debemos prepararnos y golpear sin piedad, extirpar el mal de raíz. Aquí, el mal se llama Marius; fuera de estos muros, Renaud de Montauban. Debemos poner fin a sus vidas.

Los doce hombres asintieron. La sentencia estaba dictada.

Foulques estaba satisfecho. Escribiría a Inocencio III para hacerle saber que su Hermandad Blanca actuaría pronto sobre Marius y sobre aquel caballero al servicio del conde Raymond que había ocasionado la muerte de Pierre de Castelnau. Se levantó sin añadir nada y abandonó la estancia. Se verían de nuevo en unos días, con dos fríos cadáveres sobre la mesa.

19

Año 2020

Marta cerró los ojos y dejó que el agua cayera sobre su cabeza. Puso el agua tan caliente que su piel enrojeció mientras trataba de eliminar el cansancio y la tensión de los últimos días. El sonido producía en ella un efecto hipnótico, casi anestésico. Los tres días transcurridos en la Biblioteca Vaticana la habían dejado exhausta.

Pensaba que obtener el acceso a la biblioteca secreta sería sencillo, pero se había equivocado. Las innumerables trabas la habían obligado a amenazar con dejarlo todo. Por fin, a la mañana siguiente, tendría acceso libre a los documentos reservados y dejaría de navegar entre papeles irrelevantes.

Marta cerró el grifo de la ducha y dejó que las gotas se deslizasen por su piel, antes de coger la toalla y secarse.

«¿Qué espero descubrir?», pensó reconociendo que estaba perdida.

No tenía ninguna prueba de que la muerte del papa tuviera que ver con la reliquia. Sus únicos argumentos eran la coincidencia de su visita y las casualidades; por mucho que le molestase reconocerlo, también existían.

Salió envuelta en la toalla y se dirigió al pequeño armario de su habitación de la residencia de invitados del

Vaticano. Le gustaba, era grande pero acogedora, sencilla y práctica.

Dejó la toalla sobre la silla y se concentró en escoger su ropa. La temperatura de la habitación era cálida, pero sintió una corriente de aire y se fijó en que se había dejado la ventana ligeramente entornada. Un escalofrío le recorrió el cuerpo, pero no a causa del frío: no recordaba haber abierto aquella ventana.

Su cuerpo se paralizó cuando, a su espalda, escuchó el ruido de una respiración y el susurro de alguien deslizándose.

Se volvió y se enfrentó a una figura encapuchada que, armada con un cuchillo, la miraba inmóvil junto a la cortina de la ventana de la habitación. Vestía ropa oscura y un pasamontañas negro.

Marta tomó aire y gritó a pleno pulmón.

—¡*Fuoco*! ¡*Aiuto*! ¡*Fuoco*!

Aquella repentina reacción sorprendió al encapuchado, que pareció dudar. A pesar de no verle el rostro, Marta leyó su vacilación. Todo parecía fácil y ahora, de pronto, se complicaba.

La figura dio un paso hacia ella y el filo del cuchillo brilló en su mano en el mismo momento en el que se escuchó un estruendo procedente de la puerta de la habitación. Alguien la golpeaba con fuerza. Al segundo golpe, la puerta se abrió con violencia y el teniente Luque apareció en el umbral con la expresión desencajada.

Durante un lapso que a Marta se le antojó eterno, la escena quedó suspendida en el aire. Luego, los tres reaccionaron de manera simultánea. El teniente Luque se abalanzó sobre el atacante, pero este fue más rápido. De un paso, se plantó ante la ventana y saltó sin que pudieran impedirlo.

«Como un gato», pensó Marta antes de ser consciente de su desnudez.

Optó por dejar que el teniente se asomara a la ventana mientras ella se cubría de nuevo con la toalla. Cuando levantó la cabeza, el teniente Luque negaba a la vez que cerraba la ventana.

—¿No piensas saltar tras él?

A pesar de la situación, Marta no pudo evitar el comentario irónico. Enseguida se arrepintió, el teniente Luque acababa, probablemente, de salvarle la vida.

—¿Para qué si lo más interesante está aquí dentro?

Marta soltó una carcajada.

—Me lo merezco —respondió—. A veces no sé mantener la boca cerrada en los momentos más inoportunos. —El teniente Luque hizo un gesto con la mano para que Marta olvidara el asunto—. Espero que lo que hayas podido ver quede entre nosotros —añadió ella.

—No te preocupes por eso. Soy una tumba. No veo una forma creíble de explicárselo a mi mujer.

—¿Quién era ese hombre? —preguntó Marta cambiando de tema.

—Alguien interesado en quitarte de en medio. Quizá haya llegado el momento de poner fin a todo esto.

Marta negó con la cabeza. Sus dudas se habían disipado. Ahora estaba claro que todo tenía que ver con la reliquia. Su robo, la muerte del papa y de su secretario y ahora el intento de acabar con ella. Los que estaban detrás de aquello querían borrar cualquier huella del objeto. Como si nunca hubiese existido. O quizá lo querían para ellos porque era algo realmente importante y nadie debía descubrir por qué.

—Ni por asomo —respondió categórica—. Acabamos de dar un salto importante en nuestra investigación.

—Ah, ¿sí? ¿Cuál?

El teniente Luque no parecía muy convencido, pero aun así Marta había despertado su curiosidad.

—El hombre que me atacó iba vestido de negro casi por completo.

El teniente la contempló en silencio, parecía haber aprendido a esperar a que Marta se explicara. Ella asintió con una tímida sonrisa.

—Llevaba un único adorno: una pequeña cruz blanca tejida. Una cruz extraña, de puntas redondeadas.

—Podríamos preguntar aquí en el Vaticano qué significa esa cruz —sugirió el teniente.

Marta volvió a negar con la cabeza. Se dio cuenta de que no estaba asustada por haber sido objeto de un ataque, sino emocionada por la situación.

—De ningún modo. Esto solo debemos saberlo nosotros. Es información valiosa. Es poder. Y ventaja.

—De acuerdo —respondió el teniente—, pero al menos haremos saber al comandante Occhipinti que has sido atacada y que debe reforzar la seguridad.

Un profundo silencio se instaló en la habitación. Ninguno de los dos quería verbalizar lo que había acudido a sus mentes: ¿cómo podían estar seguros cuando nadie había podido garantizar la seguridad del papa?

20

Año 1208

El caballero negro se detuvo y acarició su montura, que pifió inquieta; parecía intuir la cercanía de comida y descanso. Contempló maravillado los muros de Carcasona que relucían brillantes al sol del atardecer. Era una ciudad orgullosa, casi arrogante, como si sintiera que esos muros que la rodeaban fuesen una protección inexpugnable. El caballero negro sabía que no había muralla que resistiese el paso del tiempo ni a la obstinación de un atacante decidido.

Se acercó y dos soldados de la guardia salieron a su paso con gesto sombrío y movimientos nerviosos. Aquello era una buena muestra del estado de tensión de toda Occitania. El caballero negro les entregó un salvoconducto firmado por el conde de Toulouse y los soldados le franquearon el paso, aún desconfiados.

Mientras cruzaba la puerta de la muralla exterior de Carcasona algo captó su atención. Dirigió la mirada a lo alto del castillo vizcondal y vio una escena insólita. Allí, en la más alta almena de la muralla, mirando hacia el este como si sobre sus hombros recayese la tarea de vigilar el mundo, había una mujer.

Era joven. Un ceñido vestido perfilaba su cuerpo y una larga melena negra caía en cascada sobre su espalda.

Su mano izquierda descansaba sobre el parapeto de piedra y la derecha se apoyaba en una espada. Era una imagen de delicadeza y fortaleza a la vez. El caballero negro no podía dejar de contemplarla.

El soldado de la puerta siguió la mirada del caballero negro con una mueca irónica.

—Es la prima del vizconde —dijo el soldado—. Philippa de Pereille es su nombre. Abandonad toda esperanza, está más interesada en ser guerrera que en el amor cortés.

El caballero negro no respondió al soldado y volvió a mirar hacia arriba. En ese preciso instante, la joven volvió la cabeza y le devolvió la mirada. Luego su interés regresó al este.

—Vigila cada día desde allí, como si el ejército católico —escupió al suelo al pronunciar la última palabra— fuese a aparecer mañana frente al castillo y ella sola fuera capaz de detenerlo. Dicen que es hábil con la espada —continuó con un gesto de no creer aquellos rumores— y que tanto ella como su hermana han recibido entrenamiento de caballero.

El caballero negro atravesó Carcasona sin cruzarse con nadie, la ciudad parecía desierta. Enseñó a los soldados del palacio vizcondal el salvoconducto del conde Raymond y fue recibido de inmediato por el vizconde.

Dos cosas sorprendieron al caballero negro. La primera fue su juventud, le pareció casi un niño. Durante un instante sintió compasión por él, no podía ser consciente de lo que se le venía encima. La segunda era que el vizconde no estaba solo, sino acompañado de su prima. Aún portaba su espada y miraba al caballero negro con determinación y cierta hostilidad. Aun así, de cerca, el caballero negro no pudo evitar fijarse en su belleza.

—Permitid que os presente a mi prima, Philippa de Pereille. Ha sido enviada por su padre, Guillaume de Pereille, señor de Lavelanet y Montsegur. Está aquí para convencerme de que prepare la defensa de la ciudad, tiene la extraña teoría de que el primer golpe de la cruzada será en Carcasona —dijo mirando de reojo a Philippa.

—Quizá deberíais hacer caso a la dama Philippa —respondió el caballero negro.

La expresión hosca de Philippa se convirtió en extrañeza. Pareció que iba a hablar, pero se retuvo.

—No veo por qué —respondió el vizconde—. Pero agradezco al conde Raymond su preocupación por Carcasona.

El caballero negro contuvo un suspiro de frustración. El vizconde podía ser valiente, pero su juventud le hacía ser ingenuo.

—Vuestro tío el conde opina que Roma no se atreverá a lanzar su cruzada sobre Toulouse, ya que se halla bajo la protección del rey de Aragón, Pedro II. Piensa que lo hará sobre otro lugar del Languedoc.

El rostro del vizconde se ensombreció. Tal vez fuese ingenuo, pero también inteligente. Pareció erguirse, como si súbitamente entendiera el envite en el que se hallaba inmerso.

—Decidle a mi tío que afrontaremos juntos nuestro destino. Somos hombres libres y aquel que desee quitarnos la libertad tendrá primero que quitarnos la vida.

El caballero negro asintió. A lo mejor defendido por hombres valientes como aquel, el Languedoc tenía alguna oportunidad.

—No temo por Carcasona, sus murallas son sólidas. Quizá Béziers es la plaza que debéis reforzar. Tiene menos defensas y el ejército cruzado la encontrará nada más entrar en el Languedoc.

—Béziers está bien defendida, puede resistir meses antes de caer.

El caballero negro vio que no lograría convencer al vizconde, así que, tras presentar sus respetos, se despidió. La dama Philippa lo detuvo antes de que llegara a la puerta.

—Iré a Béziers —anunció ella con tono resuelto—. ¡Acompañadme! Todas las espadas serán pocas.

—Creedme, dama Philippa —dijo mirando aquellos ojos azules que le parecieron profundos, insondables—, lo haría con gusto, pero debo dirigirme a Saint-Gilles junto al conde. —Philippa lanzó un suspiro de tristeza—. Pero os aseguro —continuó el caballero negro— que, si el golpe cae sobre Béziers, allí estaré, junto a vos, para defenderla hasta el fin.

El caballero negro abandonó la ciudad de Carcasona con la caída de la noche, perdido en sus pensamientos, recordando los meses pasados en Crac de los Caballeros junto a su compañero y amigo Simón de Montfort. También aquel castillo parecía inexpugnable, pero decenas de hombres valerosos habían perecido defendiéndolo, para fracasar en el intento. Habían sido vidas desperdiciadas por la búsqueda del honor, de la fama, o por la defensa de unas ideas que al caballero negro cada vez le parecían más lejanas y extrañas.

Esto era sobre lo que meditaba cuando el ataque cayó sobre él. Un hombre menos experimentado no habría tenido opción, pero sus atacantes habían confiado en exceso en la sorpresa y en la superioridad numérica.

Aunque fue derribado de su caballo, en un instante estaba de nuevo en pie, frente a sus enemigos y con la espada preparada. Aprovechó para estudiar a los tres hombres que tenía ante él. Sus miradas eran decididas, pero no frías, sino alimentadas con la furia demente que nace del odio. Aquello era personal para ellos. Cometerían errores. Dos de ellos no parecían especialmente dotados para el arte de la lucha, su manera de sujetar la espada y su posición corporal mostraban que solo el hombre del centro era peligroso.

El caballero negro tomó una rápida decisión y atacó al hombre de su izquierda lanzándole una estocada directa que su enemigo solo pudo evitar retrocediendo. Trastabilló y cayó al suelo, quedando fuera de acción por unos instantes durante los que dejó de preocupar al caballero negro, cuya mirada regresó a sus dos rivales en pie. Como esperaba, el de la derecha se abalanzó sobre él tratando de sorprenderlo por la espalda.

Nunca vio venir su muerte.

El caballero negro había girado sobre sí mismo y, tras agacharse, había lanzado una estocada hacia arriba y había introducido la espada en el pecho de su enemigo hasta traspasarlo por completo.

El tercer hombre dudó. Más entrenado en el arte de matar, se percató de que se enfrentaba a un rival fuera de sus posibilidades. Se volvió sobre sus talones y desapareció en el bosque.

El caballero negro no necesitó darse la vuelta para saber que el tercer enemigo había optado por huir. Ya en soledad, en mitad de la noche, rebuscó entre las pertenencias del muerto. No encontró nada de interés salvo un detalle que llamó su atención: bajo su capa, llevaba un sayo de tejido negro y, sobre el mismo, una gran cruz blanca de puntas redondeadas bordada.

El caballero negro había visto innumerables cruces en su vida, pero aquella le resultaba extrañamente desconocida. Necesitaba información. Subió a su montura y la espoleó. Debía llegar a Toulouse antes del amanecer.

21

Año 718

El tañido de una campana llamó a los monjes de Auseva a la oración. Acudieron sin dirigirse la palabra, pero esta vez el silencio entre ellos tenía otro significado. Para Bernardo implicaba secretos, intrigas e infidelidades. Seguía reflexionando sobre lo sucedido el día anterior con Pelayo y Oppas. No era capaz de decidir su rumbo de acción, se sentía como un insignificante monje, alejado del poder y de reglas que, a duras penas, lograba comprender.

Suponía que aquel sería un día tranquilo, ya que iba a dar comienzo el Concilio de Auseva y todos los señores y el propio Oppas habían sido llamados a participar.

Se sorprendió al comprobar que la liturgia sería diferente aquel día. La pequeña iglesia se encontraba repleta de damas que, aprovechando la ausencia de sus señores, habían decidido acudir acompañadas de sus séquitos. Al frente de todas ellas, serena y altiva, estaba la dama Gaudiosa. Cuando sus miradas se cruzaron, Bernardo sintió que el rubor se instalaba en sus mejillas y tuvo la sensación de que todos los presentes se percatarían de su azoramiento. Se puso la capucha y se colocó tras el altar, en una discreta posición desde la que podía observar la iglesia. Cuando comenzó la ceremonia, levantó la cabeza y su mirada se cruzó de nuevo con la de Gaudiosa, que lo contemplaba con una media sonrisa, como si hubiera adivinado el impacto que obraba sobre él.

Bernardo estuvo distraído, tratando de evitar el cruce de miradas hasta que todo terminó. Suspiró aliviado y bajó del altar para dirigirse hacia la salida cuando la dama Gaudiosa le salió al paso.

—Disculpad, abad Bernardo —dijo con una sonrisa divertida; todo aquello no parecía ser más que un juego para ella—. Desearía confesarme de mis pecados.

Aquella manera de dirigirse a Bernardo era del todo inapropiada y las risas poco disimuladas de sus damas de compañía empeoraron la situación. El abad reaccionó intentando no revelar la incómoda posición en la que estaba.

—Por supuesto, dama Gaudiosa —respondió adoptando una pose de seriedad que intentó fuese severa—. Si existe arrepentimiento sincero, nuestro Señor siempre escuchará y perdonará.

Bernardo y Gaudiosa se dirigieron a una zona de la iglesia alejada de los oídos, que no de las miradas, de los presentes. Bernardo vio que Anselmo los vigilaba con expresión de curiosidad desde el otro lado de la iglesia.

—Y decidme, dama Gaudiosa, ¿qué es aquello que os aflige?

Gaudiosa inclinó la cabeza y amplió su sonrisa. Bernardo sintió que era la única persona que existía en el mundo, como si aquella iglesia, el castillo y todo cuanto existía tras sus murallas hubiese, súbitamente, desaparecido. Fue un momento, el instante que transcurrió hasta que ella empezó a hablar, pero Bernardo supo que no saldría jamás de su memoria.

—Me aflige, abad Bernardo, no poder ayudar a mi

señor, saber que él abandonará estos muros para cumplir con su destino y que yo quedaré atrás con el deseo de volver a verlo y el temor a que no regrese jamás.

Bernardo sintió el incontrolable deseo de hacer algo para consolarla en aquellos instantes, pero no pudo evitar sentir también una punzada de envidia, incluso celos, por el modo en que Gaudiosa hablaba de Pelayo.

—Me reconfortaría el corazón ayudaros, pero no sé cómo podría hacerlo, excepto escuchándoos cuando lo necesitéis.

—No es poco en este trance —asintió Gaudiosa.

Había hablado con gesto triste, pero, de pronto, alzó la cabeza como si se le acabase de ocurrir algo. A Bernardo, sin embargo, le pareció una actuación ensayada, una impostura.

—Quizá podríais convertiros en mi guía espiritual, mi confesor. Caminaríamos juntos tras mi señor Pelayo, orando para que nuestras plegarias lo protejan.

La oferta tentó a Bernardo: abandonar San Salvador de Valdediós y unir su destino al de Pelayo y Gaudiosa. Se vio a sí mismo envestido como obispo, quizá de León, quién sabe si de Toledo cuando este fuera reconquistado. Y todos y cada uno de los días de su vida contemplando aquellos ojos, espiando aquella sonrisa.

Luego el abad recordó su promesa: cuidar de la reliquia que había sido puesta en sus manos. Además, presentía que en la oferta de Gaudiosa había algo más, un precio a pagar: la propia reliquia. Ni siquiera ella había logrado esconder el brillo delator de su mirada.

—Es un honor que la dama Gaudiosa haya pensado en mí para tan alto honor, pero soy el sencillo abad de un insignificante monasterio. Os defraudaría.

Gaudiosa lo miró frunciendo el ceño ligeramente, más sorprendida que enfadada por el rechazo.

—Prometedme que lo pensaréis —dijo colocando una delicada mano sobre el brazo de Bernardo.

—Os lo prometo, dama Gaudiosa. Ahora debo regresar a mis obligaciones.

Bernardo se levantó y se alejó caminando por el pasillo de la iglesia. Cuando ya iba a salir, no pudo reprimirse y miró hacia atrás. Gaudiosa se había girado y lo observaba inmóvil, con la espalda y el cuello erguidos. Era, sin dudarlo, la mujer más bella que había contemplado.

Dos días después del encuentro de Bernardo con Gaudiosa, al atardecer, los monjes fueron llamados a la sala principal del castillo. Acudieron nerviosos, cuchicheando, ya que aquello solo podía significar que el Concilio de Auseva había terminado y que se les iba a comunicar qué decisiones marcarían el futuro del reino visigodo en Hispania. Los rumores no habían cesado, pero nadie parecía tener claro cuál había sido el resultado.

Bernardo y Anselmo entraron en la sala, donde reinaba un silencio expectante, y ocuparon su sitio, detrás de los caballeros. Más de un centenar se había reunido en el amplio salón que había sido engalanado para la ocasión. Bellos tapices decoraban las paredes y en los laterales reposaban los pendones de los principales señores allí reunidos.

—¡Mira! —le dijo Anselmo a Bernardo al oído—. Hay un trono al fondo de la sala y sobre él un baldaquino con una corona. Eso solo puede significar una cosa: ¡tenemos nuevo rey!

La puerta principal de la sala se abrió de par en par y Pelayo y Gaudiosa avanzaron como lo habían hecho días antes, pero esta vez su pose era solemne. Gaudiosa había perdido incluso su eterna sonrisa. Pelayo continuó hasta el trono, donde se sentó con un brillo de orgullo y de arrogancia en los ojos. Gaudiosa se apartó a un discreto segundo plano, pero su mirada era triunfal, la de alguien que ha logrado lo que tanto ansía.

Por un lateral del salón apareció el obispo Oppas, que se colocó al lado de Pelayo sin que ambos intercambiaran mirada o gesto alguno. Bernardo tuvo la indudable sensación de que se evitaban. Quizá era solo su imaginación, pero la charla con Pelayo y el castellano le hacía apreciar mejor los gestos o, en este caso, la ausencia de ellos.

Wyredo apareció con paso lento por el pasillo portando una bandeja en la que descansaban un manto púrpura, una espada y un cetro dorado, y se dirigió hacia el trono. Todo transcurría en un silencio solemne.

Oppas tomó el manto púrpura y lo colocó sobre los hombros de Pelayo mientras recitaba unas palabras en latín que Bernardo no fue capaz de comprender.

—El manto púrpura define su condición regia —susurró Anselmo.

El obispo tomó después el cetro dorado, lo depositó en manos de Pelayo y le pidió que pronunciara el juramento del rey a su pueblo.

—Yo, Pelayo, juro lealtad y fidelidad al pueblo y a la patria visigoda, así como prometo velar por la persistencia de la fe católica en todos los rincones de mi reino.

Anselmo emitió un bufido ante la mención a la fe católica de Pelayo y Bernardo le dirigió una mirada reprobatoria.

Oppas levantó la espada en su mano y la puso sobre las rodillas de Pelayo. Lo exhortó a tomarla y a jurar que dedicaría su vida a expulsar a los invasores de Hispania. Cuando hubo terminado, se volvió hacia los presentes y les pidió que pronunciasen el juramento del pueblo al rey. Como una sola, la voz de los presentes se elevó poderosa, resonando dentro y fuera de las murallas del castillo.

El silencio regresó y a Bernardo le pareció aún más impresionante que el coro de voces del juramento. Oppas sacó de su túnica una pequeña jarra de aceite y vertió unas gotas sobre la frente de Pelayo, ungiéndolo de esta forma como monarca.

Bernardo miró a Gaudiosa, que tenía la vista en Pelayo. Era una mirada de orgullo, pero también de nerviosismo. Sus brazos colgaban anhelantes a ambos lados de su cuerpo, pero sus manos se mostraban tensas. Su respiración era rápida y sus pechos se elevaban a intervalos cortos. De pronto, su expresión cambió del orgullo a la extrañeza, de la extrañeza a la sorpresa y de esta al miedo.

Bernardo se volvió hacia Pelayo, cuyo rostro sereno había mudado. Su tez estaba blanca, se sostenía sobre su espada y un espasmo de dolor contraía su semblante. Levantó una mano y pareció que iba a hablar, pero, de repente, se desplomó.

22

Año 1208

A los verdaderos cristianos:

Ante la gravísima cuestión de la creciente herejía en el corazón de la cristiandad, ha llegado la hora de actuar. Nadie, rey u obispo, caballero o simple soldado, puede permanecer impasible ante lo que sucede en Occitania. La más grave de las herejías hunde sus raíces en tierra bendecida y es necesario arrancarla para evitar que arruine la cosecha. Despojadlos de sus tierras, la fe ha desaparecido, la paz ha muerto, la peste herética y la cólera guerrera han cobrado nuevo aliento. Os prometo la remisión de vuestros pecados a fin de que pongáis coto a tan grandes peligros. Poned vuestro empeño en destruir la herejía por todos los medios que Dios os inspire. Con más firmeza todavía que a los sarracenos, puesto que son más peligrosos, combatid a los herejes con mano dura. Yo os convoco a que, puestos en pie, os reunáis en Lyon en el verano del próximo año para expulsar de nuestra tierra la maldad y la podredumbre.

INOCENCIO III VICARIO DE CRISTO

Inocencio III frunció el ceño. Releyó la carta que acababa de redactar y decidió que le satisfacía. El momento estaba próximo. Un golpe devastador del ejército de Dios aniquilaría a Satanás antes de que el mal fuera demasiado extenso.

Regresaron a su mente las palabras de Guy Paré de unos años antes. El arca de la alianza aún existía y la reliquia guardada por Santiago y sus secuaces era la llave que la abría. El poder absoluto estaba escondido en el Languedoc, al alcance de su mano. Sin embargo, dudaba. No quería dejarse arrastrar por los delirios de Guy Paré.

«No importa —pensó—, aplastaré la herejía cátara y descubriré cuánto hay de verdad en esa leyenda.»

Mandó llamar a Giotto. Había que entregar copia de aquella carta a todos los obispos y señores de la cristiandad. Pero Giotto tendría además otra misión: llevaría personalmente la misiva a la abadía de Citeaux para dársela al abad Guy Paré. Él sería su mano ejecutora, sabría qué hacer y no dudaría.

Raymond VI contempló la expresión de Marius, el perfecto, con interés. Siempre se mostraba tranquilo, calmado, pero tenía la esperanza de que ante la carta de Inocencio III declarando la cruzada, su rostro se quebrase.

Tampoco esta vez sucedió. Marius devolvió el manuscrito a Raymond pronunciando una sola palabra, que era más bien una orden.

—¡Acudiréis!

Raymond VI lo miró perplejo.

—Si acudís —explicó Marius sin poder evitar una leve sonrisa—, vuestro condado sobrevivirá. Nadie se atreverá a atacar Toulouse si os presentáis allí y tomáis la bandera de la cristiandad.

—Si crees que haré algo así, es que estás loco de atar. Jamás traicionaré a mi pueblo.

Marius miró divertido al conde de Toulouse y negó con la cabeza antes de continuar.

—Nada quedará de vuestro pueblo si os oponéis a Roma. Uniros a la cruzada limpiará vuestro nombre, protegerá vuestro condado y os dará tiempo para lograr la ayuda del rey Pedro II de Aragón.

—No empuñaré la espada contra mis súbditos —negó Raymond con expresión hosca.

—Nadie dice que lo hagáis, solo que estéis allí. Usaréis vuestra influencia para lograr disensiones entre los cruzados.

El conde de Toulouse miró al perfecto con el ceño fruncido. Sabía que tenía razón, aunque sería una situación difícil de soportar. Aún no podía imaginar que la realidad iba a ser peor que el más oscuro de sus presagios.

Giotto tuvo que contener, una vez más, la sensación de repulsión que le generaba el abad Guy Paré. Había rumiado durante días su desagrado por verse involucrado en los actos de aquel ser despreciable, ruin y cruel, pero era lo suficientemente inteligente como para saber que llevar la contraria a Inocencio III era una mala idea. Por ello, se guardó sus pensamientos y observó cómo la expresión de Guy Paré se transformaba en una mueca de satisfacción y arrogancia.

«El odio infesta a este hombre», pensó Giotto.

El sicario del papa deseó más que nunca ser la mano ejecutora de la orden que, tiempo atrás, le había dado el propio Inocencio. Pero aún no había llegado el día. Giotto tenía paciencia.

Frente a él, Guy Paré sintió una alegría desbordante. No solo Inocencio III le pedía su ayuda, sino que lo ponía al mando de su cruzada. Miles de hombres armados que le permitirían no dejar piedra sobre piedra en casa de sus enemigos y erradicar el mal de toda Occitania. Se veía a sí mismo marchando triunfante, destruyendo las ciudades emponzoñadas con el veneno de la herejía, limpiándolas con el fuego renovador de la verdad única, purificándolas con el eficaz filo de la espada.

Giotto estaría a su lado y, aunque no confiaba en aquel silencioso asesino, estaba seguro de que le sería de utilidad; evitaría manchar sus propias manos de sangre, aunque aquello nunca le había molestado mucho.

Simón de Montfort caminaba inquieto por el salón de su castillo. Apenas llevaba unos meses allí desde su regreso de Siria, y ya se sentía encerrado. Echaba de menos su vida de cruzado en Tierra Santa, la camaradería de sus compañeros de armas, la amistad que había trabado con algunos de ellos, en especial con Renaud de Montauban, aquel taciturno y letal amigo.

Ahora había vuelto a su pequeño castillo, donde se agostaría lejos del fragor de la batalla, cerca de aquella esposa con la que se había visto obligado a casarse para disponer de la dote necesaria para guerrear en los Santos Lugares; una mujer que se sentía únicamente interesada por los rezos, las insulsas fiestas y por quejarse de cuanto sucedía a su alrededor.

Simón meditaba seriamente sobre regresar a Crac de los Caballeros cuando la puerta del salón se abrió y entró su castellano. Simón lo miró con desconfianza, tenía la sensación de que su esposa y él habían intimado en su ausencia. Apartó esa imagen de su cabeza, no porque le molestara, ya que no sentía ninguna atracción por su mujer, sino porque le generaba un regusto amargo.

El castellano se acercó y sin mediar palabra le tendió una carta. Luego esperó hierático. Simón de Montfort la leyó y una ligera sonrisa se marcó en su rostro. Aquella era su oportunidad. No iba a ser necesario desplazarse hasta el otro extremo del mundo. La cruzada lo esperaba allí mismo, a las puertas de su casa. Lucha, triunfo, poder y gloria. Era todo lo que Simón de Montfort ansiaba de la vida.

El obispo Foulques notó que la excitación le secaba la boca. Inocencio III lo exhortaba a continuar con la actividad de su Hermandad Blanca. Una decena de herejes habían sido ya sus víctimas y otros tantos pagaban su atrevimiento en los sótanos de su palacio y le proporcionaban valiosa información sobre sus enemigos.

Nadie, sin embargo, le había podido decir nada sobre el pasado de Marius. Había salido de la nada y pocos habían visto su rostro o sabían cómo era. Aquello lo intrigaba.

Por otro lado, en su carta, Inocencio parecía especialmente interesado en aquel extraño caballero al servicio del conde de Toulouse. Le pedía que le hablara de él al abad de Citeaux, a quien parecía haber puesto al frente de la cruzada. Foulques le escribiría para darle toda la información de la que disponía. Debía lograr que la cruzada se dirigiese a Toulouse. Allí residía el mal, profundo y arraigado.

23

Año 2020

Dicen que el sentido que mejor evoca el pasado es el olfato. El aroma a pergamino y a papel antiguo en el que los siglos habían dejado su huella transportó a Marta un año atrás. El recuerdo del *scriptorium* de Silos regresó a su memoria. La glosa 39. El sepulcro. La reliquia. La Sombra.

Las imágenes se sucedieron en su mente y de pronto vio al monstruo, su monstruo particular, empuñando una pistola contra la sien de Iñigo.

El sonido de la cancela de la puerta de la biblioteca secreta se confundió en su cabeza con la detonación del disparo. Tardó unos segundos en volver a la realidad. El teniente Luque la miraba interrogante.

—Vamos —dijo Marta al fin—, tenemos mucho trabajo por delante.

Marta, el teniente Luque y los dos escoltas gentileza del comandante Occhipinti entraron en uno de los lugares mejor guardados del mundo.

«¿Cuántos secretos ocultan estas paredes?», se preguntó Marta.

Ella indagaría en algunos de ellos. Estaba convencida de que los más importantes tampoco se hallaban allí, sino escondidos en algún lugar profundo, sin acceso salvo para los elegidos, pero aquello no le importaba. No buscaba evangelios apócrifos ni misterios de los primeros días de la cristiandad, le bastaba con encontrar algún detalle trivial, un hilo del que tirar hasta conectar dos eventos o informaciones. Los secretos más relevantes siempre están a la vista, solo es necesario tener la clave que los descifra.

Marta sabía qué tenía que hacer, las condiciones habían sido claras. No tenía permitido hacer copias ni sacar fotos, solo podía tomar notas, pero las importantes las escribiría en su mente, donde nadie pudiera husmear.

Fue conducida hasta la sala León XIII, la sala de consultas, donde buscaría en los extensos índices ayudada por uno de los custodios de la biblioteca. A Marta le sorprendieron las reducidas dimensiones de la sala, apenas una docena de sencillas mesas encajonadas entre dos muros de libros antiguos.

Trató de ordenar sus pensamientos, lo que no parecía fácil rodeada de personas que la miraban expectantes. El teniente Luque pareció captar su incomodidad y se acercó a los dos escoltas para darles conversación. Marta lo miró agradecida.

Dedicó la primera hora a entender cómo estaba organizado el archivo. Cuando se dio por satisfecha y estaba dispuesta a comenzar su búsqueda, la puerta del salón se abrió y entró un hombre con sotana. Marta notó que el custodio se envaraba, por lo que intuyó que se trataba de alguien importante.

Era un hombre de sonrisa amable, con unas gafas sin montura que le otorgaban un aire erudito y una frente despoblada. El cabello encanecido le daba un aspecto respetable. El desconocido amplió su sonrisa y se dirigió a Marta.

—Permítame que me presente —dijo en español con unos modales un tanto ceremoniosos—. Manuel Godoy Valdivia, archivista general.

—Marta Arbide —respondió algo cohibida—. Tienen ustedes un archivo maravilloso.

La sonrisa del archivista se hizo aún más grande. A Marta le cayó bien aquel hombre, pero se obligó a recordarse que debía estar alerta. El teniente Luque los miraba desde una distancia prudente, vigilante como siempre.

—No dude en solicitar mi ayuda si lo necesita —respondió el archivista—, aunque he puesto a su disposición a mi mejor custodio —añadió señalando al hombre que la había adiestrado en el uso del archivo—. Está usted en buenas manos.

—Me está siendo de gran ayuda —respondió Marta para mayor satisfacción del custodio—. Sin él, me sería imposible manejarme aquí.

Manuel Godoy sonrió de nuevo y se alejó dejándolos solos. Marta suspiró, tenía ganas de empezar la búsqueda y no se lo estaban poniendo fácil.

Tres días después de la llegada de Marta a la Biblioteca Vaticana, todo lo que había conseguido eran dos cuadernos llenos de anotaciones y un gran dolor de cabeza. Había iniciado su búsqueda sin una idea clara de qué estaba tratando de encontrar. En los fondos de la biblioteca no había ninguna referencia a la reliquia, lo que la llevaba a pensar que pocas personas conocían de su existencia dentro o fuera de los muros del Vaticano.

Al tercer día había cambiado de táctica y había decidido seguir el rastro de los protagonistas de la historia de la reliquia: el propio Jean, el caballero negro Roger de Mirepoix y el abad Guy Paré.

De Jean no encontró nada, como si jamás hubiese existido. Del caballero negro solo pudo ver unas pocas anotaciones. Lo que más llamó su atención fue verlo referenciado entre los caballeros hospitalarios luchando en los Santos Lugares. Sin duda, no podía ser el mismo, ya que el caballero negro había muerto en 1199. Quizá un familiar suyo con el mismo nombre había peleado en Siria unos años más tarde.

La pista de Guy Paré dio sus frutos. Había mantenido correspondencia con el mismísimo papa Inocencio III tras ser nombrado por este su legado contra los cátaros. La luz regresó a la memoria de Marta al recordar que el caballero negro había profesado esa fe. Todos parecían inexorablemente unidos.

En una de las cartas de Guy Paré a Inocencio III algo llamó su atención. Ambos hablaban de forma sutil sobre un misterioso objeto que no nombraban. El abad explicaba que había descubierto un rastro en el Languedoc, la región donde los cátaros extendían su herejía. En su respuesta, el sumo pontífice exhortaba a Guy Paré a seguir el rastro y a ponerse en contacto con el obispo de Toulouse, de nombre Foulques, para solicitar su ayuda.

«La urgencia es grande —decía la carta de Inocencio III—. Nuestros esfuerzos se verán recompensados y nada impedirá ya que recuperemos los Santos Lugares para el Dios verdadero.»

Marta comprendió que ambos hombres pretendían utilizar la reliquia como arma. Ocho siglos después alguien seguía creyendo lo mismo.

Entonces se encendió la chispa.

Al buscar información sobre el obispo de Toulouse, Marta halló una carta de este a Inocencio III en la que le informaba de la creación de la Hermandad Blanca, un grupo de hombres que actuaría contra los cátaros en Toulouse, y le describía su símbolo distintivo. Marta sintió un escalofrío. Se trataba de una gran cruz blanca de puntas redondeadas.

24

Año 718

El caos se había apoderado de Auseva. A la caída del nuevo rey le habían seguido momentos de desconcierto en los que los gritos, los lamentos y las amenazas se habían entremezclado hasta que Wyredo había tomado el mando y reinstaurado el orden en el salón principal. Los monjes habían sido enviados de vuelta a sus celdas y los rumores corrían por el castillo. Según algunos de ellos, Pelayo había muerto y los señores de la guerra escogían un nuevo soberano antes de enfrentarse a los ejércitos musulmanes.

—¿Qué ha podido suceder? —preguntó Anselmo.

Bernardo decidió guardarse para sí mismo las sospechas que lo habían asaltado desde el mismo instante en el que había visto crisparse el rostro de Pelayo.

—Quizá sea solo una indisposición —mintió evitando mirar a Anselmo—. Lo que está claro es que, suceda lo que suceda, ocurre en un mal momento.

Alguien golpeó la puerta de la celda y ambos se sobresaltaron. No sabían si Pelayo aún vivía, pero el tenso aire de pesimismo que se había extendido por el castillo encogía los corazones de todos.

Bernardo abrió la puerta aún meditando sobre las palabras de Pelayo acerca del traidor Oppas. No se quitaba de la cabeza que el desfallecimiento del rey se había producido después de que el obispo lo ungiera con el aceite.

Al otro lado de la puerta, se encontró a una joven doncella, una de las damas de compañía de Gaudiosa que, nerviosa, se sujetaba las manos a la vez que mostraba una expresión asustadiza.

—Mi dama os pide que acudáis a los aposentos del rey. Ha oído que sois un sanador y teme que Pelayo muera si no recibe tratamiento inmediato.

Bernardo se volvió hacia Anselmo y descubrió en él una extraña mirada que no pudo o no supo interpretar. Salió al pasillo y siguió a la doncella por el mismo camino que había recorrido apenas dos días antes. Cuando llegaron, la habitación estaba atestada. El rey yacía en su cama, sin sentido, mientras la dama Gaudiosa le sujetaba la mano y colocaba paños fríos sobre su frente.

El abad se sorprendió del repentino pensamiento que acudió a su mente: «Ojalá algún día alguien sujete mi mano de ese modo».

A su alrededor, varios caballeros discutían airadamente mientras Wyredo trataba de establecer el orden. Bernardo se colocó en medio de la habitación y comenzó a rezar en voz alta una oración que utilizaba cuando quería consolar a los enfermos de peste negra. Poco a poco, se fue haciendo el silencio en la estancia. El abad incluso sorprendió una mirada de respeto en el castellano.

Cuando todo el mundo se detuvo a mirarlo, reunió todo el aplomo del que fue capaz y dio una orden con voz rotunda.

—Salid todos, excepto la dama Gaudiosa. Pelayo necesita descanso y no le hacéis ningún bien aquí.

Los caballeros fueron abandonando la habitación hasta que finalmente solo quedaron Gaudiosa, Wyredo y Bernardo mirando a Pelayo debatirse entre la vida y la muerte. Wyredo fue el primero en hablar.

—¡Haz algo, monje! —dijo con los ojos encendidos de furia—. Si mi señor muere —añadió evitando mirar a Gaudiosa—, tú morirás con él.

Bernardo miró a Wyredo con severidad tratando de mostrar que no se sentía impresionado.

—Si quieres salvar a tu señor, envía a buscar al boticario del castillo y que se presente aquí de inmediato.

Wyredo partió y Bernardo y Gaudiosa quedaron en silencio mientras esta miraba a Pelayo con gesto desolado.

—¿Morirá? —preguntó más para sí misma que para Bernardo.

—Haré cuanto pueda para evitarlo —respondió él sin estar seguro de si debía dar esperanzas a la reina.

Se acercó a Pelayo, que sudaba profusamente. Estaba pálido y tembloroso y le sujetó la frente, que ardía de fiebre. Lo desnudó de cintura para arriba y buscó posibles causas de su enfermedad. No vio nada extraño, pero no era necesario, la sospecha ya se había instalado en su mente.

Wyredo regresó a la carrera con un pequeño y asustadizo boticario que miró a Bernardo con gesto suplicante.

—¿Cómo puedo ayudaros, abad Bernardo?

—¿Disponéis de manzanilla, violeta, tomillo y digitalia?

El boticario pensó unos instantes y respondió con un gesto afirmativo.

—Bien —respondió Bernardo—. Necesito que preparéis dos infusiones. La primera, de manzanilla, violeta y tomillo. La segunda, de digitalia. Y pedid también paños calientes en abundancia.

El boticario pareció dispuesto a decir algo, pero dudó. Miraba a hurtadillas a Wyredo, a quien parecía tener terror.

—Habla —dijo Bernardo bajando la voz para tranquilizarlo.

—¿Digitalia? ¿Estáis seguro?

Bernardo afirmó con la cabeza y el boticario salió corriendo a buscar las plantas. Cuando aún no había salido por la puerta, Wyredo se acercó al abad con el ceño fruncido.

—¿Qué es esa planta que queréis darle a mi rey, monje?

Bernardo lo miró y dudó si contestar.

—Un veneno —dijo al fin.

Wyredo hizo amago de sacar su espada, pero Bernardo esperó tranquilo a su reacción.

—¿Aún no lo entiendes, castellano? —continuó sin arredrarse—. Tu rey ha sido envenenado y solo esta planta puede ayudarlo.

—Eso espero, por tu bien —respondió señalándolo con el dedo—. Te repito que si Pelayo no sale vivo de esta habitación, tú tampoco lo harás.

Cuando el boticario regresó, Bernardo preparó las infusiones. Añadió una dosis generosa de cada planta a la primera infusión y se la hizo beber a Pelayo, que había comenzado a hablar en sueños. El rey sufrió una arcada y vomitó. Gaudiosa lanzó un grito.

Bernardo asintió satisfecho. La infusión tenía como objetivo producir el vómito y había tenido el efecto esperado. No pensaba que el veneno hubiese sido ingerido, pero prefería no dar nada por hecho.

La infusión de digitalia fue más difícil de preparar. Una dosis insuficiente no tendría efecto y demasiada lo mataría. Bernardo añadió lo que consideró adecuado. Notó que se le aceleraba el pulso ante la atenta mirada del boticario, el ceño fruncido de Wyredo y el gesto esperanzado de Gaudiosa.

Cuando Pelayo hubo tomado la infusión, Bernardo mandó cubrir su cuerpo con paños calientes y ordenó a todos retirarse hasta la mañana. Se quedó a solas con él en la que podía ser la última noche del rey. Y quizá también la suya.

Tras una noche larga y solitaria para Bernardo en la que veló a Pelayo mientras sentía que la desesperanza se incrustaba en lo más hondo de su corazón, llegó la mañana. Un gallo cantó lejano en alguna parte del castillo y despertó al abad de un sueño que se esfumó de su mente dejándole un amargo regusto en la boca. Levantó la mirada y se dio cuenta de que se había quedado dormido en la silla, con la cabeza apoyada en el lecho de Pelayo que, ya despierto, lo miraba sorprendido.

Su tez había recuperado el color y sus ojos, la transparencia. Su mirada parecía serena y enfocada. Su pecho subía y bajaba rítmicamente y la respiración había dejado de ser entrecortada.

Bernardo iba a romper el incómodo silencio cuando la puerta de la habitación se abrió de golpe y Gaudiosa entró con el rostro contraído por la duda y el temor. Su gesto se transformó por completo cuando vio a Pelayo despierto y recuperado. Gaudiosa se abalanzó sobre él y Bernardo aprovechó para retirarse a una discreta distancia.

Wyredo cruzó también la puerta y se sorprendió al ver a Pelayo repuesto. Bernardo creyó atisbar una sonrisa en su rostro, si tal cosa era posible.

—Acercaos, abad Bernardo —dijo Pelayo con un gesto amistoso—. Creo que os debo la vida.

El religioso se acercó un tanto azorado y colocó su mano sobre la frente del rey. Estaba fría.

—Decidme, abad Bernardo, ¿sabéis qué ha podido causarme este mal?

Pelayo leyó la duda en los ojos de Bernardo y, para sorpresa de este, sonrió como si ya tuviese la respuesta a la pregunta.

—Oppas —dijo Pelayo más como una afirmación que como una pregunta.

Bernardo asintió.

—¿Cómo lo hizo?

Lo había preguntado desapasionadamente, no como alguien que había estado a punto de morir envenenado, sino como quien indaga para estar preparado.

—Veneno —respondió Bernardo—. Sospecho que diluido en el aceite con el que os ungió. Por eso habéis sobrevivido, porque aplicado sobre la piel es mucho menos efectivo.

—Lo mataré, juro que lo mataré. —La voz de Wyredo sonó áspera, cargada de odio y resolución.

Pelayo levantó la mano para calmar al castellano, que siguió, no obstante, rumiando su venganza. El rey, sin embargo, parecía más interesado en comprender.

—¿Cómo lo supisteis?

—Lo primero que llamó mi atención fue que al ungiros no tocó el aceite con los dedos como indica el rito, sino que lo vertió directamente de la jarra.

En aquel preciso momento sonó un golpe en la puerta y esta se abrió. Quien entró por la misma no fue sino el obispo Oppas acompañado de varios monjes entre los que se encontraba Anselmo. Se dirigió directamente al lecho y, sin mirar a nadie más que a Pelayo, le habló:

—Mi corazón se alegra de veros recuperado, mi rey Pelayo. Temimos por vuestra vida y juntos —dijo señalando a sus monjes con un gesto del brazo— rezamos toda la noche por vos.

Bernardo miró a Wyredo, que echaba chispas por los ojos y parecía dispuesto a saltar sobre Oppas a la primera orden de Pelayo.

—Sin duda, mi buen Oppas —respondió el rey.

Bernardo estaba atónito. No acababa de comprender las reglas de aquel extraño juego al que ambos parecían estar jugando.

—Vuestras plegarias han sido escuchadas —continuó Pelayo— y gracias a ellas me encuentro ya recuperado y deseoso de salir al encuentro de mi destino. Esta experiencia me ha hecho más sabio, ya que he aprendido que cualquiera de nosotros puede morir hoy mismo.

Oppas pareció entender la velada amenaza del rey, pero también parecía preparado y no se dejó amedrentar.

—Sois un hombre sabio y afortunado. Rezaré por vos cada noche hasta que se cumpla vuestro destino.

Oppas giró sobre sus talones y, sin esperar respuesta, salió de la habitación seguido por su escolta de monjes. Cuando se quedaron a solas, Wyredo se arrodilló junto a la cama de Pelayo y apoyó su cabeza sobre el jergón.

—Dejad que sean mis manos las que hagan que ese degenerado sea enviado al infierno.

—No, mi buen Wyredo. Sé que lo harías gustoso, pero Oppas es más útil vivo que muerto. Si lo matamos, muchos caballeros se volverían en nuestra contra, suspicaces respecto a nuestra fe.

Pelayo no pudo evitar desviar su mirada un instante hacia Gaudiosa. «Entonces los rumores son ciertos —pensó Bernardo—. Gaudiosa no profesa la fe cristiana.» Aquello lo hizo sentirse incómodo. Dios castigaba a los infieles y quizá él no había escogido el bando adecuado en aquella guerra. Luego recordó a Oppas ungiendo a

Pelayo con el aceite y se dio cuenta de que tampoco quería estar del otro lado.

—Necesitamos a todos los caballeros de los que podamos disponer. Nos enfrentamos a un ejército muy superior en número. Dejadme ahora, debo meditar cuál será nuestro siguiente paso.

25

Año 1209

La pequeña ciudad de Saint-Gilles, cerca de Lyon, era la puerta de entrada al Languedoc y bullía de expectación. Las callejuelas que rodeaban la iglesia estaban atestadas de una masa de lugareños sedienta de sangre. No todos los días podían asistir a la flagelación de un conde. No era uno de ellos, ni siquiera un vulgar ladrón, sino un poderoso señor que iba a someterse a la Iglesia.

Estaban allí para disfrutar.

Raymond VI apretó los dientes con tal fuerza que su rechinar fue escuchado por quienes se encontraban a su alrededor. Miró hacia la iglesia y vio que el obispo Milón ya esperaba a los pies de la escalinata. Soltó un bufido mientras se deshacía de la capa dejando el torso desnudo y miró al caballero negro, que asintió en silencio, sorprendido aún por el sacrificio que el conde iba a realizar por su pueblo.

Raymond VI impresionó a los asistentes. Era un hombre enorme, una cabeza más alto que los que lo rodeaban, y su sumisión era así más inexplicable.

Un silencio sepulcral se extendió por la plaza de la iglesia cuando el conde puso rodilla en tierra y comenzó a hablar.

—Yo, Raymond VI, conde de Toulouse y de toda Occitania, me postro ante el representante del único Dios verdadero. Juro por todos los santos y por el cuerpo de Cristo...

Un murmullo recorrió la plaza ante las palabras del conde. La mención directa al cuerpo de Cristo exacerbó a la multitud.

—... que perseguiré la herejía allí donde se encuentre, hasta el último confín de mis territorios.

El obispo Milón, enviado de Roma, sonrió satisfecho. Podría transmitir a Inocencio que el conde había mostrado una adecuada sumisión.

Pero la lección aún no había concluido.

El obispo se adelantó y se situó a la espalda de Raymond. Cuando el látigo restalló en sus manos, el silencio se hizo aún más profundo.

—Yo, Milón, legado de Inocencio III, escucho satisfecho tu renuncia a la llamada de Satanás y tu retorno, como hijo pródigo, a la Santa Iglesia de Roma. Mas he aquí que debes saber que todo crimen merece su castigo. Que los doscientos latigazos que vas a recibir sirvan de aviso para aquellos que osen desviarse del recto camino de Dios.

Esta vez los murmullos se elevaron incrédulos entre el gentío. Doscientos latigazos eran un castigo desproporcionado y la mayoría de los presentes dudó que un hombre pudiera soportar semejante penitencia, pero Raymond VI no era un hombre normal. Cuando el legado papal hubo alcanzado la cifra de los doscientos latigazos, varios hechos habían tenido lugar.

La muchedumbre que atestaba la plaza y que había permanecido muda durante el castigo observaba impresionada la templanza del conde Raymond. Su espalda se había abierto en innumerables heridas por las que la sangre manaba empapando su ropa, pero el conde no había dejado escapar ni un solo gemido de dolor, ni la más mínima protesta.

El legado papal, poco acostumbrado al esfuerzo físico, resoplaba exhausto, con el rostro enrojecido. El cabello, empapado de sudor, le caía sobre la frente dándole un aspecto desaliñado que contrastaba con la dignidad del conde.

Para mayor sorpresa del populacho, este se puso en pie y se irguió, inmune al dolor. Luego, habló con voz clara.

—Acepto este castigo y espero sirva de lección a aquellos que se han desviado del camino. Pido a Dios que me dé fuerzas y me permita unirme a la justa cruzada que limpiará Occitania de la herejía.

El propio obispo Milón estaba impresionado.

—¡Sin duda Dios ha obrado un milagro! —gritó—. ¡En su infinita sabiduría y bondad, ha protegido al conde y escuchado su arrepentimiento. Solo así se puede explicar tal maravilla!

La muchedumbre comenzó a dispersarse, pero unos pocos presentes seguían observando la escena. Uno de ellos era Simón de Montfort, que había descubierto a su compañero en Siria, Renaud de Montauban, ayudando al conde Raymond, intentando sin éxito obligarlo a sentarse para tratar sus heridas.

—¡Renaud! —exclamó Simón de Montfort—. Ni en mis mejores sueños esperaba verte tan pronto. Me alegra saber que nuestras espadas se unirán de nuevo contra los herejes.

El caballero negro se levantó sorprendido y abrazó a Simón de Montfort, pero su rictus se envaró y permaneció silencioso.

—Esperaba un mejor recibimiento de mi hermano de

armas —continuó Simón extrañado ante la fría acogida del caballero negro.

—¡Disculpa, Simón! Me ha sorprendido verte aquí, me alegro de que volvamos a encontrarnos.

—Ansío volver a pelear a tu lado —dijo Simón de Montfort colocando las manos sobre los hombros del caballero negro.

—Siento decirte que tendrás que esperar. Parto en una misión al servicio del conde Raymond.

Simón de Montfort miró sorprendido al caballero negro.

—¿Qué misión puede ser más importante que acompañar a vuestro conde en esta santa cruzada? ¿No irás a defender Carcasona con el vizconde Trencavel? —preguntó Simón con sorna.

Un incómodo silencio se extendió entre los dos hombres. La sonrisa de Simón de Montfort se petrificó en su rostro.

—Debo ayudar al conde, Simón —respondió el caballero negro—. Ya hablaremos a mi regreso.

A unos pocos pasos de allí, Giotto observaba la escena con una sonrisa torcida. «¡Así que este es el hombre al que busca con tanta ansia Guy Paré! —pensó—. Renaud de Montauban. Roger de Mirepoix. ¿Quién sabe qué más sorpresas esconde este enemigo de Roma?»

Giotto se confundió entre el gentío y decidió seguir al conde y al caballero negro. Pronto oscurecería y tendría una oportunidad. Sería rápido y certero, y aquel hereje cátaro al servicio del conde Raymond dejaría de ser un problema para Inocencio.

El obispo Foulques también contemplaba la escena satisfecho. La humillación de Raymond colmaba sus expectativas. Sin embargo, con respecto a su rectificación, no se hacía demasiadas ilusiones. Conocía el mal que habitaba entre las murallas de Toulouse y ese mal tenía un nombre: Marius. Hasta que ese hombre no desapareciera, no tendría descanso. Volvería a escribir a Inocencio, la cruzada debía dirigirse a Toulouse.

El caballero negro se arrebujó en su capa. El motivo no era el frío de la noche, sino la necesidad de pasar desapercibido. Había sido enviado por el conde Raymond, quien, a regañadientes, había aceptado que buscase a alguno de los médicos judíos que vivían en Saint-Gilles.

Se movía sigiloso aprovechando las sombras, con la experiencia del hombre curtido en mil batallas, la misma que hizo que una alarma, un sexto sentido, le dijera que algo iba mal. Quizá había sido el compacto silencio que lo acompañaba, tal vez un movimiento furtivo entre las sombras o a lo mejor el leve roce de una capa en la oscuridad. Lo cierto es que, cuando el desconocido se abalanzó sobre él, estaba prevenido.

Desenvainó la espada y detuvo, en el último instante, la estocada mortal que enfilaba hacia su corazón.

Giotto maldijo en silencio. La sorpresa, la oscuridad y su habilidad solían ser suficientes. Aquel caballero parecía estar hecho de una pasta especial. «Un felino», pensó Giotto evaluando la situación. Pocas veces encontraba a un rival tan diestro.

El caballero negro miró al hombre que acababa de intentar matarlo. No podía verle el rostro, pero, por su manera de moverse, no sería un adversario sencillo.

Ambos se miraron, callados, como si el tiempo se hubiera detenido. Si un observador casual hubiera presenciado la escena, habría creído que se trataba de dos estatuas.

De pronto, Giotto dio un paso atrás, se giró y desapareció en la noche, dejando al caballero negro solo y pensativo.

Aquello no era una casualidad, tenía el presentimiento de que volverían a encontrarse. No imaginaba que en su próximo encuentro con aquel desconocido él sería derrotado y su vida quedaría a merced de aquel asesino despiadado.

26

Año 2020

Marta respiró aliviada cuando el avión de Air France aterrizó en el aeropuerto de Toulouse. Necesitaba alejarse del ambiente opresivo del Vaticano, donde cada sombra parecía esconder a un enemigo y donde se sentía vigilada a cada paso que daba.

Había dedicado el vuelo a repasar sus notas y decidir cómo enfocaría la conversación que, en apenas unas horas, tendría con Pascal Flavé, profesor de historia medieval de la Universidad de Toulouse y uno de los mayores expertos mundiales en el controvertido mundo de los cátaros. En aquella herejía medieval se fundían historia y superstición, pero el paso del tiempo había borrado cualquier rastro de verdad dejando un eco mágico e irreal.

A su lado, en el avión, el teniente Luque dormitaba relajado. Nunca parecía ponerse nervioso, ni siquiera cuando Marta lo había sacado del Vaticano sin darle ninguna explicación y casi sin tiempo de preparar las maletas.

—Al menos dime por qué vamos a Toulouse.

—Aquí no —había sido la escueta respuesta de Marta.

Una vez que el avión hubo despegado, Marta lo puso al corriente de su descubrimiento, que no pareció impresionar demasiado al guardia civil.

—Estoy segura de que se trata del mismo símbolo. Una cruz blanca de puntas redondeadas.

—Suponiendo que tengas razón, sigo sin ver el vínculo de esa cruz con la reliquia.

—La cruz aparece por primera vez en Toulouse pocos años después de que aparezca la reliquia y vuelve a aparecer ahora, días después del robo de la misma. No creo en las casualidades.

El teniente Luque se había limitado a asentir, reclinar su asiento y pedir a Marta que lo despertase antes del aterrizaje en Toulouse.

El Departamento de Historia Medieval de la Universidad de Toulouse se situaba en un moderno edificio desprovisto de personalidad que hizo que Marta torciera el gesto. Hubiera deseado encontrar una antigua construcción de piedra y madera. Era su lado romántico, que la llevaba a imaginar cosas y a decepcionarse luego con la realidad. «Como con Iñigo», pensó.

Pascal Flavé también fue, en cierto modo, una decepción. Esperaba encontrar a un profesor entrado en años, con vestimenta clásica, y quizá hasta descubrir en él el inconfundible aroma del tabaco de pipa. Sin embargo, se encontró con un joven vestido con unos cómodos pantalones vaqueros y con el pelo recogido en una moderna coleta.

Marta había decidido que el teniente Luque esperase en la cafetería de la universidad. Creía que una entrevista en solitario sería más fácil de explicar que si se hacía acompañar por un guardia civil.

—Como le indiqué por teléfono, soy restauradora —comenzó Marta—. En mi tiempo libre he comenzado a escribir una novela. Le agradezco su ayuda.

—¿Qué quiere saber sobre los cátaros? —preguntó el profesor a bocajarro antes de esbozar una sonrisa irónica.

—¿Cómo sabe que mi interés es sobre esa época?

El profesor Flavé amplió su sonrisa y se encogió de hombros.

—Cada pocos meses, alguien se sienta en mi despacho por la misma razón. Espero que usted, al menos, haya leído lo suficiente sobre el tema antes de venir. El último no se había molestado en hacerlo y pretendía que yo le enseñase todo cuanto sabía.

Marta asintió tratando de mostrar que aquel no era su caso.

—En realidad, yo quería hacerle preguntas sobre un asunto muy concreto.

—Usted dirá.

—La Hermandad Blanca.

La mirada del profesor se iluminó.

—Ese es un asunto muy interesante y poco estudiado. Dígame, ¿por qué le interesa ese aspecto tan concreto?

—He encontrado poca información al respecto —tanteó Marta, que no estaba dispuesta a contarle demasiado al profesor.

Pascal Flavé se echó hacia atrás en la silla, entrelazó los dedos de las manos y pareció organizar sus pensamientos.

—La Hermandad Blanca fue creada a principios del siglo XIII por el obispo de Toulouse, Foulques, con el objetivo de luchar contra los cátaros en el corazón mismo del Languedoc.

—¿Luchar? ¿En qué sentido?

—En el más puro sentido militar. Era, por así decirlo, una guerrilla urbana creada para asesinar impunemente a sus enemigos.

Marta asintió intentando animar a su interlocutor a proseguir con su relato.

—La mayor parte de los historiadores creen que la Hermandad Blanca desapareció tras la toma de Toulouse en 1215. Otros creen que algo más tarde, en 1242, tras la caída de Montsegur.

—¿Y usted qué cree?

El profesor se encogió de hombros como si aquello no tuviera importancia.

—Quién sabe. Lo lógico es que ambas desaparecieran a la vez.

—¿Ambas?

—¿No sabe que además de la Hermandad Blanca existió también una Hermandad Negra?

Marta no pudo disimular su sorpresa.

—Nadie sabe cómo surgió. Algunos han sugerido que fue creada por un tal Marius, perfecto cátaro; otros, por el propio conde Raymond. Incluso hay quien afirma que estaba compuesta por mujeres.

—¿Mujeres?

Pascal Flavé hizo un gesto con la mano mostrando su desacuerdo con aquella hipótesis.

—Si le interesa, hay un pequeño libro escrito por un aficionado a las connotaciones esotéricas de los cátaros.

—¿Y cuál es el título de ese libro?

—*La Hermandad Negra* —respondió el profesor.

«Otro hilo del que tirar», pensó Marta.

Quizá ya había obtenido suficiente información, pero no se resistió a realizar otra pregunta.

—¿Sabe usted si en la cruzada cátara algún bando utilizó un objeto al que concedieran un poder especial?

Esta vez el profesor Flavé no pudo evitar una sonrisa condescendiente. Marta supuso que había tenido que escuchar teorías disparatadas de los que se dejan arrastrar por la magia de lo desconocido.

—¿Algo como el santo Grial? Curiosamente la leyenda del santo Grial comienza poco antes de la cruzada cátara con la obra de un poeta y trovador francés llamado Chrétien de Troyes acerca de un misterioso objeto proveniente de Jesucristo. Hay quien sostiene que el grial era custodiado por los cátaros, que lo llevaron a Montsegur.

Marta no pudo evitar sonrojarse al pensar lo que debía de estar pensando aquel profesor de ella, pero necesitaba información y aquella podía ser valiosa.

—Me refería a algo que pudiera ser considerado un arma.

—No. A no ser que crea también en la existencia del arca de la alianza, pero, que yo sepa, nadie la ha relacionado con los cátaros. —Su sonrisa se amplió—. Quizá ese sea un buen material para su novela.

—Muchas gracias, profesor —dijo Marta dando por finalizada la entrevista.

Se levantó, se dieron la mano y Pascal Flavé la acompañó a la puerta. Antes de salir, una pregunta sobrevoló la mente de Marta.

—¿Qué puede contarme de Roger de Mirepoix? —dijo dándose la vuelta—. He leído mucho acerca de él y he pensado que quizá hubo más de uno con su nombre.

El profesor meditó un instante antes de responder.

—No lo creo. Fue un soldado al servicio del conde de Toulouse, un actor importante durante la guerra cátara. Su nombre es uno de los 222 mencionados en la lista de Béziers.

—¿Qué lista?

—¿No la conoce? La que el legado papal, Guy Paré, dio al vizconde de Béziers antes de arrasar la ciudad.

Marta localizó al teniente Luque en la pequeña cafetería de la Facultad de Historia rodeado de jóvenes estudiantes con un gesto de incomodidad que se esfumó cuando la vio aparecer.

—¿Qué tal te ha ido? —preguntó.

Marta había tenido tiempo para pensar en si era conveniente contarle lo que había descubierto y había decidido que no. Se había vuelto desconfiada y aún recordaba cómo el teniente se había puesto del lado de la Iglesia la última vez.

—Bien. La Hermandad Blanca existió, aunque según el profesor desapareció hace siete siglos.

—¿Bien? Más parece un callejón sin salida —respondió el teniente dando un sorbo a su café a la vez que hacía un gesto de desagrado por el sabor.

—Quizá no. El profesor me ha recomendado un libro. Voy a acercarme a la biblioteca a echarle una ojeada.

El teniente Luque miró con desconsuelo a su taza de café y luego a Marta. Suspiró.

De camino a la biblioteca, Marta se detuvo en la pequeña librería de la facultad por si encontraba algún título que le llamase la atención. Se sorprendió de la cantidad de volúmenes que trataban sobre la herejía cátara. Se acercó a la librera, que la atendió por encima de sus pequeñas gafas de leer.

—Discúlpeme. ¿No tendrán por casualidad un ejemplar de un libro titulado *La Hermandad Negra*?

—Creo que me queda un ejemplar en algún sitio. Sí, aquí —dijo tras rebuscar en una de las estanterías.

La librera puso en sus manos un librito de tapa blanda que mostraba en su portada un pequeño símbolo rojo sobre fondo negro. Marta se sobresaltó. Aunque de una manera tosca, aquel símbolo era un nudo de Salomón y tenía un inquietante parecido con la reliquia de Jean.

Marta pagó el libro y se dirigió a la biblioteca. Allí buscó un lugar entre la pléyade de estudiantes y durante unos minutos se sumergió en la lectura de aquel extraño libro.

Cuando terminó, al menos una cosa tenía clara: su siguiente paso sería una visita a Carcasona. Allí, hacía setecientos años, había sucedido algo que debía investigar.

27

Año 718

Los viejos muros del monasterio de San Salvador de Valdediós aparecieron tras un recodo del camino. Por encima de ellos se asomaba la torre de la pequeña iglesia, que amenazaba ruina desde hacía varios años. La vegetación comenzaba a cubrirlo todo y las obras, tanto tiempo pospuestas por la necesaria dedicación de los monjes al cuidado de los enfermos, se habían vuelto urgentes.

Aun así, Bernardo no pudo evitar que una sonrisa asomara a su rostro, había echado de menos lo que consideraba su hogar. Lamentó no saber quién lo había construido, quién, con sus habilidosas manos, había colocado cada piedra quizá con la secreta esperanza de que algún día albergara una gran congregación dedicada a la oración y a la transmisión de la palabra de Dios.

A su lado, Anselmo caminaba malhumorado. Hubiera deseado continuar en el castillo, sin duda se sentía importante junto a Oppas, quien parecía haberlo acogido bajo su ala.

Bernardo había decidido abandonar Auseva y regresar a su trabajo, lejos de conspiraciones y envenenamientos, de reyes y obispos. Quería recuperar la tranquilidad, pero pronto descubriría que esta iba a durar menos que el rocío en un día de verano.

Unos días después de su llegada, recibieron una visita inesperada. En cualquier otro momento, habría acogido con dicha aquella ilustre presencia, que hubiera honrado el humilde monasterio. Sin embargo, cuando el obispo Oppas descendió de su caballo ayudado por un Anselmo que parecía estar al tanto de que aquello iba a suceder, Bernardo sintió un estremecimiento.

Oppas lanzó una mirada a su alrededor sin poder evitar un rictus de desprecio.

—Abad Bernardo —dijo tendiendo una mano para que Bernardo la besara—, veis que cumplo con la promesa de visitaros.

—No os esperábamos, ilustrísima —respondió Bernardo dirigiendo una mirada reprobatoria a Anselmo—. Habríamos preparado una recepción a la altura de vuestra visita.

Oppas sonrió, pero su gesto pareció falso. Bernardo recordó que aquel hombre estaba dispuesto a todo y no le quedaban dudas de su intención al visitarlos.

Había venido a buscar la reliquia.

El abad acompañó al obispo en su visita al monasterio mientras los sorprendidos monjes preparaban unos aposentos lo más dignos posible. Después de la cena y la oración, el obispo pidió a Bernardo y Anselmo que compartieran con él unos instantes a solas.

Oppas parecía tranquilo, pero Anselmo se agitaba inquieto y su mirada saltaba de un punto a otro, como si temiera posarse en algún lugar y perderse lo que iba a suceder.

—Abad Bernardo —comenzó el obispo cuando tomaron asiento en el vacío refectorio—, lamenté mucho la pérdida de vuestro predecesor, el abad Esteban, a quien el Señor se llevó a su lado. Éramos grandes amigos.

Bernardo recordó las palabras del abad Esteban hablando del obispo en términos no demasiado amables, pero no dijo nada y esperó a que el obispo continuara. Oppas pareció molesto por el silencio.

—Veo que Esteban escogió bien a su sustituto. Me habló muy bien de ti y no puedo por menos que estar contento de haber aprobado en su momento tu nombramiento.

El intento de Oppas por hacerle ver que su posición dependía de él le pareció burdo, pero sobre todo inútil. Bernardo no tenía ninguna ambición que se pudiera comprar.

—Os lo agradezco, ilustrísima. Es un honor.

Oppas asintió complacido.

—Por otro lado, sé que también tenéis el reconocimiento de nuestro rey, que asegura que le salvasteis la vida. Decidme, abad, ¿cómo lo hicisteis?

Aquella pregunta, oculta tras un velo de genuina curiosidad, no podía ser respondida con la verdad sin delatar que conocía su intento de magnicidio.

—El rey exagera, sin duda. Solo tenía fiebre y mal de tripas, probablemente por el momento transcendental que estaba viviendo. Ayudé a que su cuerpo hiciera el trabajo.

—Bien, bien —se apresuró a responder el obispo—. Debemos dar gracias al Señor de que al final todo saliera bien.

—Sin duda —respondió Bernardo mientras se preguntaba por dónde vendría el siguiente ataque.

El obispo Oppas lo miró con una leve sonrisa que esta vez trataba de aparentar amabilidad. Sin embargo, al abad le produjo más angustia que los modos más rudos o cínicos que había mostrado. Era la antesala del momento crítico.

—Si recordáis —comenzó Oppas como si el tema fuera casual—, en el castillo de Auseva hablamos de reunir todas las reliquias posibles para con ellas mostrar a nuestros ejércitos que Dios está de su lado en la batalla.

El obispo hizo una pausa, quizá buscando una reacción, pero Bernardo permaneció callado, tratando de asimilar lo que su mente había intentado apartar desde que Oppas había desmontado del caballo.

—Quizá sea este el momento de aprovechar mi visita para tal fin —continuó al ver que Bernardo no respondía—. Anselmo me ha confirmado que atesoráis aquí alguna reliquia de gran valor.

Bernardo no daba crédito a lo que estaba oyendo. Anselmo había traicionado el juramento prestado. Lo miró acusadoramente y este bajó la mirada avergonzado.

—Como os dije en Auseva, nada de verdadero valor se esconde entre los muros de este humilde monasterio. Contamos apenas con un pequeño pedazo del hueso de nuestro santo fundador que los locales veneran con fervor. Está a vuestra disposición.

—Y, sin embargo, Anselmo me habló de una reliquia con cierto poder...

—Sin duda, ilustrísima, Anselmo ha magnificado las cosas, llamándoos a confusión. Es un devoto de nuestro patrono y da más valor a su reliquia del que probablemente tiene.

Un silencio tenso se instaló en el refectorio. Anselmo no levantó la cabeza ni se animó a contradecir a su abad. Quizá no había desvelado la totalidad del secreto del monasterio a Oppas. Bernardo, por su parte, se había visto obligado a mentir al obispo y no podía dejar de tener la sensación de que este sabía que mentía.

Oppas frunció los labios elevando su barbilla, como si estuviera valorando qué rumbo de acción tomar. Al final pareció relajarse y su boca volvió a esbozar una sonrisa que no llegó hasta sus ojos.

—No hay que precipitarse —dijo al fin—. Pelayo aún tardará en reunir a su ejército. Hasta ese momento, reflexionad y orad para pedir ayuda al Señor. Él guiará vuestro paso hasta la decisión más sabia.

El obispo se levantó dando por terminada la conversación, pero luego miró a Bernardo sin sonreír.

—En una lucha de poder, uno pierde o gana. Y si pierde, desaparece. Esa es la regla. Cuando el momento llegue, todos nosotros deberemos escoger a quién ofrecer nuestra lealtad. La nuestra es con Dios y no con los hombres, por muy reyes que sean. El tiempo no es infinito. Somos mortales. Todos nosotros.

Al día siguiente, Oppas partió de regreso a León sin que se volviese a discutir el asunto de la reliquia. Bernardo aprovechó la marcha del obispo y de su séquito para tener una conversación con Anselmo. Temía lo que pudiera suceder, pero no podía dejarlo pasar, por lo que, decidido a aclararlo todo, se dirigió hacia la celda del prior. Cuando este lo vio llegar, movió sus manos con nerviosismo.

—Deja que te explique —empezó ansioso.

—Adelante —respondió Bernardo resuelto a mantener la calma.

Anselmo se sorprendió de su tranquilidad, quizá esperando un ataque directo.

—Yo jamás le hablaría de la reliquia a nadie —aseguró tras dudar unos instantes—. Como le dijiste al obispo Oppas, quizá fui demasiado entusiasta, pero te juro que solo le hablé de la pequeña reliquia que veneran nuestros escasos feligreses.

Bernardo sintió que Anselmo le mentía, aunque su gesto era de arrepentimiento, casi de súplica. Aun así, no se fiaba de él.

—Te creo —dijo pensando que Anselmo no reconocería su traición—. No hace falta que te recuerde todo lo que está en juego, siete siglos de una promesa que nosotros debemos cumplir.

—Sí, sí, lo entiendo.

Anselmo asintió aliviado, pero Bernardo notó en él una duda, como si quisiera añadir algo más y no se atreviera.

—De todas formas —añadió finalmente el prior—, me preocupa que estemos entre dos facciones en pugna y es igualmente peligroso que cualquiera de las dos sepa de la reliquia.

Las palabras de Anselmo, que miraba de soslayo a Bernardo, eran una clara advertencia. Conocía la cercanía de Bernardo a Pelayo, cómo le había atendido en su lecho, cómo había hablado con Gaudiosa en la iglesia. El prior esperaba que no hablase de la reliquia con Pelayo e insinuaba a la vez que su fidelidad estaría con Oppas.

—Jamás —respondió Bernardo tajante—. Nadie debe saber lo de la reliquia. En todo caso, Pelayo no tiene ningún conocimiento al respecto porque yo he actuado con una discreción que tú deberías haber imitado.

Anselmo aceptó la reprimenda como si se sintiera merecedor de la misma.

—Entonces, todo aclarado —dijo aliviado porque la conversación llegara a su fin—. Volvamos a nuestra vida y olvidemos cuanto pasó en Auseva. Pelayo y Oppas partirán a la batalla y nosotros desapareceremos en un rincón de su memoria.

Bernardo asintió con la sensación de que Anselmo se equivocaba. Recordó que tanto Pelayo como Wyredo sabían que Oppas buscaba algo y estarían al tanto de la visita de este al monasterio.

El obispo, por su parte, no parecía un hombre que dejara pasar una oportunidad como aquella. Había olido una presa y no iba a dejarla escapar. Algo le decía al abad que volverían a saber de él.

Una idea comenzó a formarse en su mente. Exigía arrojo y él no estaba seguro de poseerlo. Decidió que tenía tiempo para meditarlo antes de escoger un curso de acción.

Sin embargo, los acontecimientos pronto le dejarían claro que estaba equivocado.

28

Año 1209

Odio visceral, ancestral y profundo.

Un sentimiento incontrolable impedía al conde Raymond VI pensar con nitidez. Ni todas las advertencias del perfecto Marius ni todos sus esfuerzos evitaban que sintiera aquel odio hacia el abad Guy Paré. No ayudaba el porte arrogante de este, que miraba al ejército que se había congregado en Valence con una expresión de superioridad insoportable.

El conde Raymond y la flor y nata de los caballeros cristianos de occidente se habían reunido en la muralla de Valence para contemplar el mayor ejército jamás visto en aquella tierra. A sus pies, veinte mil caballeros, soldados y mercenarios se arracimaban tensos e impacientes, deseando ponerse en marcha y cumplir la misión para la que habían acudido hasta Occitania.

Además del odio, otra sensación se abría paso en la mente del conde: la sorpresa. No entendía qué atraía la atención de Guy Paré, que miraba de forma obsesiva en su dirección. Sin embargo, no era a él a quien parecía observar, sino a Roger, que se agitaba inquieto a su lado, como si no le fuese del todo extraña la atención que despertaba en el abad de Citeaux.

Raymond tenía otras cosas de las que preocuparse, pero no pudo reprimir la tentación de preguntar al caballero negro por aquella fijación obsesiva.

—¿Qué sucede?

El caballero negro se encogió de hombros, pero para Raymond, que lo conocía bien, fue un gesto envarado. Colocó su mano sobre el brazo del caballero negro y lo miró a los ojos.

—No me has mentido nunca, por eso confío en ti. No comiences hoy, cuando más necesito a aquellos que no me traicionarían.

—Conocí a Guy Paré hace años en desafortunadas circunstancias, cuando yo ayudaba a Arnaldo, el abad de Leyre.

El caballero negro se sentía incómodo no diciendo toda la verdad, pero creía que era mejor no hablar sobre la reliquia. Raymond lo miró con gesto aún desconfiado.

—Quiero que vayas a Béziers —dijo cambiando de tema—. Necesito estar seguro de que estará bien defendida en caso de que Guy Paré decida atacarla.

El caballero negro quiso protestar, pero recordó que Philippa había acudido allí y se reconoció a sí mismo deseando volver a ver a aquella joven obstinada y valiente.

—¿Crees que se atreverá a atacar Béziers?

No bien hubo formulado la pregunta el caballero negro, recordó la crueldad de Guy Paré y su pregunta quedó respondida.

—Quizá se conforme con un escarmiento en algún castillo menor, pero lo dudo. Debemos estar preparados.

A apenas unas decenas de metros de ellos, el abad Guy Paré hacía un esfuerzo titánico por controlarse. Debería sentirse exultante ante la oportunidad que le había concedido Inocencio III al ponerlo al frente del ejército cruzado. A su alrededor, caballeros venidos de lugares lejanos le rendían obediencia, como si él mismo fuera el vicario de Cristo. Y, sin embargo, Guy Paré solo tenía ojos para uno de aquellos caballeros. Allí, como uno más, al lado del conde hereje, estaba el caballero negro.

Ahora se hacía llamar Renaud de Montauban, pero él sabía que Roger de Mirepoix era su verdadero nombre. El obispo Foulques no parecía tener dudas al respecto. Además, ahora sabía que era el responsable de la muerte de Pierre de Castelnau, el enviado de Inocencio III al Languedoc.

La mente de Guy Paré regresó al pasado y recordó cómo nueve años antes aquel demonio le había robado la reliquia y había desaparecido delante de sus narices. Allí estaba la oportunidad que había anhelado: atraparía al caballero negro y la reliquia volvería a sus manos, donde siempre debió estar. Si Arnaldo estaba en lo cierto, buscaría el arca de la alianza y se convertiría en el hombre más poderoso de la cristiandad. Todos lo temerían. Como debía ser.

Escribiría a Inocencio III para informarle de que aún seguía la pista de la reliquia y de que era probable que esta estuviera en manos del conde Raymond. La cruzada tomaba un nuevo sentido para él.

Guy Paré vio que el caballero negro se despedía de Raymond y partía en alguna misión secreta. Llamó a Giotto, que apareció a su lado como si el pensamiento del abad hubiese sido suficiente.

—Síguelo, lo quiero vivo. No lo dejes escapar.

Giotto afirmó con la cabeza y siguió los pasos del caballero negro. Sonrió, volvería a tener su oportunidad. Y esta vez no fallaría.

Aquella misma noche, en el atestado salón principal del castillo de Valence, el murmullo se fue atenuando cuando Guy Paré hizo acto de presencia. Los principales señores de la cruzada se habían reunido para decidir cuál sería el primer paso de su ejército.

El legado papal paladeó el momento y se dirigió con parsimonia hacia el centro del salón, mientras notaba cómo todos los caballeros seguían, expectantes, sus pasos.

—Debemos decidir dónde asestaremos el primer golpe —dijo Guy Paré.

El silencio se extendió por el salón. Ninguno de los presentes se atrevía a hablar, intimidados por la presencia del conde Raymond. No en vano, aquellos eran sus dominios y nadie quería enemistarse con él. Al final, fue el propio conde quien habló.

—Propongo que nos dirijamos hacia el castillo de Lastours, o quizá al de Minerve.

Guy Paré entrecerró los ojos y sonrió. Tenía que reconocer que aquel era un hábil intento. Raymond proponía dirigir las tropas hacia dos castillos menores, inexpugnables, donde el ejército cruzado se enfangaría en un asedio prolongado, lo que minaría su empuje inicial.

—Quizá el castillo de Toulouse sería más apropiado —respondió el abad.

Raymond sintió cómo le hervía la sangre ante la descarada provocación, no podía creer que Guy Paré se hubiera atrevido a tanto. El resto de los presentes miraron al conde esperando su explosión, pero Raymond fingió no haberlo escuchado.

—Mis informantes me indican que allí se han reunido un buen número de jerarcas cátaros —continuó.

Para frustración de Guy Paré, la conversación se dirigió hacia cuál de los dos castillos sería conveniente atacar primero. De pronto, una voz se alzó sobre las demás.

—¡Béziers!

Todos miraron a Simón de Montfort, que había nombrado lo que otros no habían osado en presencia del conde.

—Béziers es donde deberíamos golpear —prosiguió—. Es un bastión del catarismo, una ciudad importante y está cerca. Su escarmiento será un ejemplo para toda la región.

Guy Paré sonrió satisfecho.

—Miles de inocentes que no tienen culpa viven allí —contestó Raymond lanzando una mirada asesina a Simón de Montfort.

—Nada tienen entonces que temer —interrumpió Guy Paré—. Béziers será el lugar donde el ejército de Dios demostrará que no admite traiciones —añadió mirando al conde—. Está decidido.

29

Año 2020

La ciudad de Carcasona apareció en el horizonte. De pronto, Marta y el teniente Luque parecían haber sido transportados a la Edad Media. Su muralla, en perfecto estado de conservación, protegía una multitud de torres que se elevaban sobre la misma mirando orgullosas en lontananza. Atravesaron el hermoso puente de piedra que daba acceso a la ciudad y cruzaron una de las puertas de la muralla de la antigua ciudad medieval siguiendo a los grupos de turistas que día y noche la visitaban atraídos por el aroma a historia que allí se respiraba.

Ascendieron por las calles empedradas esquivando las tiendas de recuerdos y las terrazas de los restaurantes hasta alcanzar la zona alta de la ciudad.

—¿Me vas a contar qué hacemos aquí?

El teniente Luque se había quitado la chaqueta y remangado la camisa y resoplaba por el esfuerzo. Marta no pudo evitar sonreír. Había subido a buen ritmo sabiendo que el estado de forma de Abel no era como el suyo.

—Seguimos una pista que hallé en Toulouse. Pero eso no es lo que debería preocuparte.

El teniente se detuvo y miró a Marta poniendo los ojos en blanco. Estaba claro que no le gustaba que jugara con él. Ella hizo caso omiso y siguió andando, obligando al teniente a darle alcance.

—Está bien, tú ganas —dijo cuando llegó a su altura—. ¿Qué debe preocuparme?

—Los dos hombres que nos siguen desde que entramos en Carcasona.

El rostro del teniente se mantuvo impasible. Continuó caminando como si Marta no hubiese dicho nada, pero se detuvo en una tienda de *souvenirs* e hizo que miraba un escudo medieval. Aprovechó el reflejo del escaparate para comprobar lo que Marta decía.

—¿Y ahora qué hacemos? —preguntó ella cuando el teniente Luque regresó a su lado.

—Nada —respondió—. Seguir paseando o ir adonde quiera que vayamos. No sabemos si son amigos o enemigos.

—¡Ah! ¿Es que tenemos amigos en todo esto?

El teniente hizo caso omiso del tono irónico de Marta.

—De todas maneras, se está haciendo tarde. Busquemos un hotel y un restaurante y mañana tomaremos decisiones. Siempre que antes me cuentes qué demonios hacemos aquí.

Dos horas más tarde, el teniente Luque apartaba el tenedor de su plato y miraba con el ceño fruncido a Marta.

—Creo que es el momento de que te sinceres conmigo.

—No sé si debo —respondió Marta tras meditarlo—. ¿Para quién trabajas?

El teniente Luque esbozó una sonrisa y suspiró antes de contestar.

—No trabajo para el Vaticano si eso es lo que temes. Solo respondo ante las autoridades españolas. De hecho, aquí en Francia no soy más que un turista.

—Eso significa que si yo decidiera irme sola en este momento, tú no harías nada.

El teniente Luque volvió a sonreír, pero esta vez fue una sonrisa diferente, como si lo que había dicho Marta hubiese sido una ocurrencia.

—¿Y quién te iba a proteger de tus perseguidores? Bueno, siempre puedes preguntarles por sus intenciones y pedirles con educación que no te sigan.

Marta se dio cuenta de que tenía razón. Debía confiar en él porque no había nadie más en quien hacerlo. A su mente vino la mirada de la Sombra un año antes y se recordó que en aquel juego las apuestas eran muy altas. Echó de menos a Iñigo, él la hubiera ayudado con su buen humor. Trató de quitárselo de la cabeza y de regresar a la conversación.

—Bien —dijo tomando una decisión—, veo que no tengo más remedio que confiar en ti —añadió con una sonrisa apaciguadora.

El teniente Luque le tendió la mano y Marta se la estrechó.

—Te contaré todo cuanto he descubierto.

Marta le habló de la Hermandad Blanca, de la Hermandad Negra y del libro que había encontrado. Luego le habló de Guy Paré, de Inocencio III y de la cruzada contra los cátaros; de cómo el abad que había perseguido a Jean y al caballero negro estaba al mando de esta y de cómo seguía buscando la reliquia que Marta había encontrado en Silos. Sin embargo, se abstuvo de contarle sus sospechas acerca del uso de la reliquia como arma. Ni siquiera estaba muy segura de que así fuera y, en todo caso, no quería que el teniente Luque considerase que estaba perdiendo el equilibrio mental.

—Al menos sabemos que no encontró la reliquia —finalizó Marta.

Decidieron retirarse a descansar para levantarse temprano.

—Te acompañaré a la habitación —dijo el teniente Luque mientras subían en ascensor.

—Teniente, le recuerdo que es usted un hombre casado —respondió Marta aun sabiendo que el comentario era inocente.

—Sabes a lo que me refiero. Me gustaría asegurarme...

Ambos se detuvieron de golpe ante la puerta entreabierta de la habitación. El teniente Luque colocó un dedo sobre sus labios y le pidió que se alejase. Cruzó el umbral y desapareció en el interior mientras Marta se quedaba en el pasillo, esperando oír ruido de pelea en cualquier momento.

Marta miró inquieta a ambos lados del corredor y también a la zona en sombras y cada recodo le pareció amenazador. Al cabo de un minuto, el teniente Luque se asomó al vano de la puerta y le hizo un gesto para que entrara.

Toda la habitación estaba revuelta, su maleta abierta y su ropa desperdigada por el suelo. A Marta le costaba procesar lo que estaba ocurriendo. Recorrió la habitación y al entrar en el baño se paró súbitamente y observó aterrada las dos palabras escritas en el espejo con su lápiz de labios:

«Pronto morirás.»

—Olvídate de eso —dijo el teniente detrás de ella—. Solo quieren asustarte.

Marta lo dudó. Lo que decía el teniente no concordaba con su mirada preocupada.

—¿Qué buscaban? —preguntó Marta sorprendida por su propia actitud distante con lo que estaba viviendo. «Quizá estoy acostumbrándome», pensó.

—Tu cuaderno de notas —aventuró el teniente—. O el libro sobre la fraternidad negra que compraste.

—Lo primero puede ser, lo segundo no tiene sentido. Pueden encontrarlo en cualquier librería.

El teniente Luque asintió con la cabeza.

—¿Se lo han llevado?

—¿El cuaderno? No, lo llevo en el bolso, no me separo de él. Aprendo rápido.

—Hoy dormiremos los dos aquí, yo lo haré en el sillón. Iré a por mis cosas a la otra habitación. Cierra por dentro y no abras hasta que no estés segura de que soy yo.

Marta cerró con llave y recogió la ropa esparcida por el suelo y sobre la cama mientras trataba de entender por qué razón ella era un objetivo tan importante como para desear quitarla de en medio. El teniente Luque volvió cinco minutos después con su maleta.

—¿Todo bien en tu habitación? —preguntó Marta.

El teniente negó con la cabeza con gesto serio.

—Todo revuelto también, aunque no falta nada. Sigo pensando que solo intentan asustarnos.

—¿Dejaron algo escrito en tu espejo?

—No, supongo que no encontraron mi lápiz de labios —dijo en un intento de mostrar buen humor, aunque a Marta le sonó forzado.

El teniente dejó su maleta en una esquina y se volvió hacia Marta.

—Saldré a hacer una llamada. Mi mujer se preocupa si no llamo para saber cómo están las cosas en casa.

El teniente Luque salió de la habitación y bajó al vestíbulo del hotel. Aparentaba tranquilidad, pero en su mente aún resonaban las palabras escritas en el espejo de su habitación:

«O ella o tu mujer.»

30

Año 1209

Inocencio III estaba concentrado. Aquel endemoniado juego de escaques se le resistía y su ayudante, más diestro en el arte de las sesenta y cuatro casillas, no podía reprimir una leve mueca de satisfacción que estaba desquiciando al sumo pontífice. Si no era capaz de encontrar una solución, su rey estaba irremediablemente perdido.

De repente, alguien llamó a la puerta de sus aposentos y otro de sus asistentes entró y se acercó a entregarle un pergamino. Inocencio suspiró aliviado, despidió a sus ayudantes con un gesto displicente y abrió el documento con el sello del abad Guy Paré. Lo leyó con detenimiento y notó que su ira se desbordaba.

—¡Traedme pergamino y tinta! ¡Rápido!

El grito de Inocencio III sorprendió a sus asistentes. Rara vez alzaba la voz, lo que indicaba que estaba muy enfadado.

Volvió a leer la misiva escrita por Guy Paré desde Montpellier. Era una larga carta en la que el abad dedicaba apenas unas líneas a explicarle el avance de la cruzada. El resto era una narración intensa, deslavazada e inconexa acerca de la reliquia. Parecía que Guy Paré había encontrado la pista de uno de sus ladrones y que este servía al conde de Toulouse. Insistía en que la reliquia estaba relacionada con el arca de la alianza y que esta era un arma cuyo poder les permitiría arrasar con sus enemigos. Inocencio se percató de que Guy Paré había utilizado el plural, lo que le parecía inaceptable y peligroso. La carta exhortaba al papa a que le permitiese llevar al ejército cruzado hasta las murallas de Toulouse para recuperar la reliquia.

Debía detener de inmediato aquel desvarío de Guy Paré. Dirigir la cruzada a Toulouse despertaría la ira de Pedro II de Aragón, bajo cuya tutela estaba el condado de Toulouse. No había que precipitarse. Si los cátaros tuviesen el arca, ya la habrían utilizado contra ellos. «Quizá más adelante —pensó Inocencio—, pero antes es necesario dar una lección a toda Occitania.»

Escribiría a Guy Paré para reconvenirlo, a Giotto para que lo vigilase y a Foulques para que le informara de qué estaba sucediendo en Toulouse.

Desde Roma manejaba a sus tres peones.

Aún no había amanecido y la ciudad de Toulouse permanecía silenciosa, adormilada tras una bochornosa noche de verano. Nadie había dormido bien por el calor, pero aún menos por la falta de noticias sobre lo que sucedía al este.

Marius no era una excepción.

Incapaz de conciliar el sueño, había decidido acercarse a visitar a un vecino cuya esposa le había rogado que se pasase a darle el *consolamentum* antes de que el desenlace de su larga enfermedad se lo impidiese. Esperaba llegar a tiempo.

Rara vez salía en solitario, sobre todo en las últimas semanas, en las que las calles de Toulouse se habían tornado peligrosas para los cátaros. La Hermandad Blanca los acosaba cada vez con menos disimulo.

Aquella noche Marius había decidido arriesgarse, esperaba que la hora temprana fuese suficiente para evitar a sus enemigos.

Pronto iba a comprender lo equivocado que estaba.

Entró en la calle de los curtidores y, como siempre, arrugó la nariz. Le resultaba difícil comprender cómo alguien podía tolerar aquella fetidez punzante. La mezcla del olor de la piel de los animales y de los productos que utilizaban para curtirlas penetraba por la nariz y la garganta y se quedaba allí irritándolas. Apretó el paso y a punto de alcanzar su destino dos sombras se materializaron frente a él. Cuando vio la cruz blanca en sus pechos, fue consciente del error que había cometido.

Las sombras dieron un paso adelante y desenvainaron sendos puñales.

La sensación que asaltó a Marius no fue de miedo, ni siquiera de rabia, sino de desconsuelo por no haber podido cumplir su misión. Su vida, que había sido intensa y emocionante pero incompleta, pasó por su mente, fugaz, desordenada.

Para su sorpresa, no sintió el frío del acero, ni dolor. Un empujón lo lanzó al suelo apartándolo de su destino.

—¿Quién eres? —preguntó uno de los asaltantes.

La figura encapuchada del recién llegado no respondió. Marius tuvo tiempo de estudiarlo mientras plantaba sus piernas en el suelo y balanceaba la espada con una extraña elegancia.

Los dos atacantes se miraron indecisos ante aquel inoportuno escollo. Un desconocido armado había complicado sus planes. Aun así, dieron un paso adelante. El primero de ellos atacó de forma directa, pero el desconocido esquivó el golpe interponiendo la pierna para que el otro trastabillara y cayera al suelo. El segundo fue más prudente y, manteniendo la distancia, lanzó una puñalada. El caballero la evitó con facilidad, giró en redondo y golpeó el rostro de su enemigo con la empuñadura de la espada. El puñal cayó a los pies del diestro espadachín. Desarmado, el segundo hombre se volvió y, sin esperar a su compañero, se perdió en la noche.

El desconocido acercó su espada al cuello del asaltante caído. Marius pudo ver cómo este abría mucho los ojos, aterrado ante la posibilidad de morir.

—¡Piedad! —rogó.

El caballero apartó la espada e hizo un gesto con la cabeza, dejándolo escapar con vida. Después, ayudó a Marius a ponerse en pie.

—¡Gracias! —tartamudeó Marius.

Una sensación extraña lo embargó. No era solo alivio o agradecimiento, era sorpresa. Aunque su salvador no había hablado e iba cubierto de pies a cabeza, Marius tenía la absoluta certeza de que no se trataba de un hombre.

Era una mujer.

Finalmente, como si ese secreto no importase ya, la desconocida habló.

—Jean de la Croix, necesitamos tu ayuda.

Su voz había sido urgente, casi apremiante, y Jean, que siempre había creído que su secreto estaba a salvo tras la máscara de Marius, sintió que todo se desmoronaba a su alrededor.

Primero había sido la aparición del caballero negro y ahora había caído la máscara de su disfraz. Aquella mujer lo había llamado por su nombre.

La noche era cerrada aún y las sombras parecían amenazantes. El eco del monasterio de San Juan, donde había sido torturado diez años antes, regresó a su mente vívido, casi palpable, y una sensación de mareo lo invadió.

La encapuchada lo sujetó para evitar que cayera y lo acompañó por las estrechas calles de Toulouse hasta una pequeña puerta de madera. Lo ayudó a entrar, después de mirar a ambos lados; Jean acompañó su mirada temiendo ver materializarse algún nuevo horror en la noche.

Aunque lo intentaba, no conseguía asirse a su pasado más inmediato. Ni los años de reclusión en la abadía de Les Chateliers, tras haber escapado de Guy Paré y escondido la reliquia, ni su posterior peregrinación por Occitania, donde había renegado de su fe para acogerse a la fe cátara, ni los dos años pasados al servicio de Raymond VI habían sido suficientes.

Había tratado de ocultar quién era, jamás mostraba su rostro en público. Tal era así que algunos pensaban que estaba desfigurado por el fuego o por alguna enfermedad.

—¿Quién eres? ¿Cómo sabes mi nombre?

Las preguntas se amontonaban en su cabeza y las posibles respuestas lo asustaban o, más inquietante aún, abrían nuevas preguntas.

—Mi nombre es Esclarmonde de Pereille y soy la Fortaleza. Tú eres Jean de la Croix y hace diez años robaste una reliquia y la escondiste.

Jean miró a Esclarmonde con recelo. Pocas personas vivas conocían aquella información y no podía considerarlas amigas.

—¿Cómo sabes eso?

—Siempre lo supimos, siempre estuvimos cerca. Como somos mujeres, pasamos desapercibidas. Nuestras armas son el disimulo y la discreción.

Jean recordó su viaje de huida con la reliquia. El monasterio de las Huelgas en Burchia, el de Santa María en León, la curandera de Agnana y todas las demás mujeres que lo habían ayudado en su huida. Ahora las veía bajo una nueva luz. Desechó ese pensamiento y trató de regresar al presente.

—¿Qué queréis de mí?

Esclarmonde miró largamente a Jean evaluando si era merecedor de aquella confianza.

—Hace mil doscientos años, Jesucristo entregó dos reliquias.

Jean abrió muchos los ojos. Aquello era lo último que hubiera podido imaginar.

—¿Dos? —preguntó sin poder evitarlo.

—Sí, dos. De la primera reliquia ya conoces la historia, tú has sido uno de sus protagonistas. La segunda fue entregada a María Magdalena. Ella y las que la sucedieron la han protegido formando un grupo custodio de mujeres. A través de la historia, algunos hombres nos han ayudado y ahora necesitamos que seas uno de ellos.

Jean miró a Esclarmonde con cierta aprensión. La última vez que alguien le había pedido ayuda había sido diez años atrás en la abadía de la Sauve-Majeure. Él había aceptado y aquello le había costado la tortura y casi la muerte. Estuvo tentado de negarse, pero el nuevo Jean, el que había decidido abandonar su retiro en la isla de Ré para dedicarse a una fe con la que se sentía más cómodo, lo obligaba a ayudar a aquella mujer.

—¿Y qué esperáis que haga?

—Que distraigas a nuestros enemigos. Aun sin saberlo, se acercan peligrosamente a nuestra reliquia. Necesitamos que desvíes su atención.

Un súbito vacío se instaló en el estómago de Jean, una sospecha acerca de las intenciones de Esclarmonde se abrió paso en la bruma de su desconcierto. Necesitaba meditar, ya que las preguntas se amontonaban en su mente. ¿Por qué en la historia que el abad Pierre de Didone le había contado en la Sauve-Majeure antes de morir solo había una reliquia? ¿Con qué intención fueron separadas? ¿Para qué servían una vez unidas?

Decidió ganar tiempo.

—¿Adónde queréis que desvíe la atención de Guy Paré?

—Aquí. A Toulouse. A vuestra propia persona.

31

Año 718

La noche era profunda en el monasterio de San Salvador de Valdediós. El silencio casi absoluto al que estaban acostumbrados los monjes en aquel alejado cenobio apenas era roto por el susurro de las hojas y el eventual ululato de las lechuzas. Los monjes dormían y Bernardo no era una excepción. De repente, despertó de un sueño extraño y desagradable cuyas imágenes se le escaparon de la memoria no bien hubo abierto los ojos. Le costó un momento volver a la realidad, no estaba muy seguro de si continuaba en Auseva o si había regresado a San Salvador de Valdediós.

El hermano Severino sacudía su hombro mientras su expresión reflejaba que sucedía algo importante.

—¿Qué hora es? —acertó a preguntar Bernardo—. ¿Qué ocurre?

—La medianoche aún está lejos, solo lleváis dos horas de sueño, abad. Lamento despertaros, pero hay una visita que pregunta por vos.

—¿Y de quién se trata a esta hora tan extraña?

No había terminado de formular la pregunta cuando un presentimiento lo asaltó. Fuera lo que fuese, tenía que ver con lo sucedido en Auseva.

—No lo sé —respondió Severino—. No ha querido

darme su nombre. Viste como un soldado y temo que si no salís pronto, acabará derribando la puerta.

Aquello fue suficiente para que Bernardo adivinase quién estaba ante la puerta del monasterio. Se vistió con prisa mientras enviaba al hermano Severino a tranquilizar a la visita. Cuando llegó a la puerta, se encontró la misma cerrada y al hermano Severino ante ella con expresión asustada.

—No sabía si dejarlo pasar sin conocer quién era ni sus intenciones.

Bernardo le sonrió y le pidió que abriera la puerta y se retirara.

—Yo me encargo —dijo tratando de tranquilizarlo.

Cuando un indeciso Severino se retiró, el abad terminó de abrir la puerta y salió.

—Buenas noches, castellano Wyredo. Debe de ser urgente el motivo de vuestra visita si no podéis esperar al amanecer para llamar a un monasterio. Los monjes nos acostamos temprano.

El castellano Wyredo miró a Bernardo como si estuviese dispuesto a agarrarlo del cuello y estrangularlo, pero el abad ya se había acostumbrado a sus modales y habían dejado de causarle temor. Quizá esto último era una imprudencia por su parte, pensó Bernardo.

—No estaría aquí si no fuese necesario. Pero no soy yo quien quiere veros.

El castellano se apartó y una figura encapuchada apareció tras él, se acercó y se descubrió.

—Dama Gaudiosa —dijo Bernardo con una leve inclinación de cabeza—. Vuestra visita es un honor para nuestro monasterio.

—Abad Bernardo, disculpad el atrevimiento por habernos acercado a veros como vulgares salteadores, pero la urgencia da alas a la osadía.

Bernardo miró a Gaudiosa, que, a pesar de la oscuridad y las ropas poco favorecedoras, seguía desprendiendo un halo de belleza difícil de explicar.

—¡Pasad! —respondió Bernardo apartándose—. Lamento decir que poco puedo ofreceros salvo nuestra hospitalidad, somos una congregación muy humilde.

Gaudiosa entró y caminó curiosa, fijándose en cada pequeño detalle, hasta que llegaron al refectorio.

Wyredo se detuvo junto a la puerta y echó un vistazo al interior, como si buscase en cada hueco a un posible enemigo. Cuando se dio por satisfecho, escogió un punto desde el que vigilar las entradas y permaneció de pie, alerta, sin llegar a relajarse.

—Decidme, dama Gaudiosa, ¿a qué debo el honor de vuestra visita?

Bernardo no dudaba acerca de qué había venido a buscar Gaudiosa. No creía en las coincidencias y apenas habían transcurrido dos días desde la visita de Oppas. Ambos querían la reliquia y Bernardo sabía que tarde o temprano tendría que tomar partido. La dama lo miró largamente, como si meditara la mejor forma de acercamiento.

—Sabemos que ayer os visitó el obispo Oppas. —Dijo la frase sin perder la calma. Era una mujer directa, que no parecía necesitar dar rodeos. «¡Qué diferente a Oppas!», pensó Bernardo.

—Así es. Nos honró con su presencia. Estaba interesado en conocer cómo afrontábamos la epidemia de peste.

Bernardo se dio cuenta de que Gaudiosa era humana. Un ligero envaramiento en la espalda y un rostro más rígido. Una reacción habitual al nombrar la muerte negra.

—¿Ese fue el único motivo de su vista? —preguntó cuando recuperó la compostura.

—No —respondió Bernardo tratando de dominar su

nerviosismo—. Buscaba hacerse con una reliquia que atesoramos junto a nuestro altar, el dedo incorrupto de nuestro fundador.

—¿Y vos qué hicisteis?

—Se la ofrecí. Es una reliquia que nos es muy querida, pero dudo que su poder pueda cambiar el destino de esta guerra.

—¿No creéis en vuestras propias reliquias?

Bernardo sonrió cansado, dudando de si explicar a Gaudiosa en qué creía y en qué no.

—He visto morir decenas de personas por la peste. Algunas de ellas vinieron a rezar aquí, con la fe del que cree, pero sus plegarias no fueron escuchadas.

—Los dioses no siempre escuchan las plegarias de los simples mortales —respondió Gaudiosa, que parecía hablar más para sí misma que para Bernardo.

El abad asintió comprendiendo que las palabras de Gaudiosa hacían referencia a algo que él desconocía, como si su fe tampoco hubiese sido atendida.

—¿Puedo sincerarme con vos, abad Bernardo?

—Por supuesto, dama Gaudiosa.

Gaudiosa hizo un gesto a Wyredo para que los dejara a solas. El castellano no pareció muy convencido, pero tras pensarlo un instante desistió y abandonó el refectorio. Gaudiosa se acercó a Bernardo y bajó la voz, confidente.

—Oppas usa su posición como obispo para tratar de usurpar el trono de Pelayo. Quiere su muerte para colocar como sucesor a su sobrino. Está dispuesto a todo.

—Mi sitio debe estar siempre del lado de la fe. Ese fue mi voto.

—¿Aunque esa fe se use solo para lograr el poder? Juro, abad Bernardo, que Oppas no dudaría en traicionar su fe cristiana. Ya lo ha hecho antes, cuando traicionó a Roderico.

Gaudiosa pareció por un momento mucho más joven. Se mostraba frágil, casi suplicante.

—¿Puedo haceros una pregunta, dama Gaudiosa?

Asintió silenciosa, como si temiera la pregunta que iba a formular Bernardo o, peor aún, como si temiera la respuesta que ella le daría y sus consecuencias.

—¿Qué fe profesáis?

El silencio se extendió entre ambos y Gaudiosa respondió resignada.

—Vuestras sospechas son ciertas, abad Bernardo. No profeso vuestra fe. Acudo a la diosa Deva cuando lo necesito.

Gaudiosa levantó la mirada. No parecía avergonzada y Bernardo no pudo por menos que admirar su franqueza. Podía haber mentido y no lo había hecho.

—Pero no es importante lo que yo crea —continuó recobrando la seguridad—. Lo importante es lo que cree Pelayo. Él es cristiano y recuperará Hispania para el cristianismo.

—No entiendo que no os haya pedido pública conversión. Así sería fácil despejar las dudas y evitar rumores y cuchicheos.

Gaudiosa negó con la cabeza, una tímida sonrisa de cariño dominaba su rostro.

—Él jamás haría algo así. Tiene unas profundas convicciones y jamás intentaría cambiar las de los demás.

En aquel momento, al escuchar aquella confesión de Gaudiosa, Bernardo comprendió algo sobre sí mismo. No era un hombre de fe, era un hombre de convicciones. La fe era solo un pálido sustituto para justificar que la convicción no era suya, sino que la compartía con otros. La balanza se inclinaba hacia Pelayo.

—Dama Gaudiosa —dijo Bernardo tomando una decisión—. No temáis, no haré nada que perjudique a nuestro rey. Tenéis mi palabra, ya os la di hace unos días.

—Quizá haya llegado el momento en que las palabras no son suficientes. Cada uno de nosotros debe ocupar el puesto que le dicte su conciencia.

—Quizá —respondió Bernardo—. Pero seré yo quien decida si el momento ha llegado.

Los días que siguieron a las visitas de Oppas y Gaudiosa fueron tranquilos para el abad. La rutina regresó al monasterio, pero su fino velo no acertaba a cubrir la tensión que se respiraba. Los monjes atendían a los enfermos y hasta la peste parecía dar una breve tregua. Bernardo comenzó a plantearse que podía ser el momento de iniciar las obras tanto tiempo postergadas.

Una tarde todo saltó por los aires.

Los siete monjes que aún albergaba el monasterio habían terminado sus oraciones y se disponían a regresar a sus obligaciones cuando Anselmo se acercó a Bernardo. Su porte era serio, casi melodramático, y Bernardo se dio cuenta de que el momento había llegado.

—Queremos hablar contigo.

Anselmo hizo un gesto con la cabeza hacia Severino para dejar claro que aquello no era solo idea suya. Bernardo conocía lo suficiente a Severino como para saber que eso no era así; el prior lo había convencido de que se pusiera de su lado sin darle toda la información.

—Convoco el Consejo Protector —añadió tratando de no dejar lugar a dudas.

Bernardo percibió su nerviosismo, como si no estuviera seguro de vencer en aquel envite.

—Queda convocado entonces —dijo Bernardo con tranquilidad.

Aquella calma y la rápida aceptación tomaron por sorpresa a Anselmo, que tardó unos instantes en reponerse.

—Estamos inmersos en una guerra —comenzó Anselmo, algo envarado, un discurso que parecía tener preparado—. Una lucha por la hegemonía del cristianismo cuya resolución es crítica para poder enfrentarse a los demonios musulmanes.

Hizo una pausa, quizá esperando que Bernardo objetara, pero este se limitó a mirarlo y esperar a que continuara.

—Nuestra fidelidad debe estar con Oppas, máxima representación del cristianismo en Hispania, y no con Pelayo, un usurpador desposado con una hereje, que nos entregaría sin dudarlo para seguir en el poder.

Bernardo se sorprendió de la rabia y el odio con los que Anselmo hablaba de Pelayo. Estuvo tentado de interrumpirle, pero se abstuvo al ver que Severino miraba al prior completamente absorto. Severino era la clave en aquella lucha.

—Propongo que entreguemos la reliquia a Oppas y que sea él quien guíe a los cristianos a la victoria.

Bernardo vio asentir a Severino, pero creía que aún tenía una oportunidad. Sabía que el monje podía ser convencido de una cosa o de la contraria. Ordenó sus ideas antes de responder.

—Te equivocas en una cosa, Anselmo. Nuestra fidelidad no debe elegir entre Oppas o Pelayo. Es para nuestro juramento, aquel que nos obliga a guardar la reliquia y protegerla hasta que llegue aquel para quien fue predestinada.

Bernardo vio por el rabillo del ojo que Severino asentía de nuevo. La lucha estaba equilibrada. Anselmo no pudo evitarlo y dejó escapar una leve sonrisa. Estaba preparado para la objeción.

—Oppas es sin duda aquel para quien la reliquia fue predestinada. Ha llegado el día.

—No pondré la reliquia en manos de alguien que quiere utilizarla para buscar el poder.

—¿Y para qué más pudiera ser utilizada? Pero dejémonos de discusiones. Votemos.

Ambos dirigieron su mirada hacia Severino, cuya expresión se transformó en algo parecido al pánico.

—Yo... Yo... —balbuceó.

—La decisión es sencilla, Severino —se apresuró Anselmo—. Ya hemos hablado de esto.

Severino miró a Bernardo con un gesto de súplica, como si esperase que diera su brazo a torcer y no lo obligara así a decantarse. El abad negó con la cabeza. Severino miró entonces a Anselmo, que le devolvió un gesto enfadado, esperaba que aquello fuese más sencillo. Finalmente, Severino bajó la mirada y negó con obstinación.

—Yo no puedo tomar esta decisión. No estoy preparado. Necesito tiempo para pensar.

Bernardo decidió aprovechar la situación.

—Bien, aquí termina este Consejo Protector.

Se levantó y se alejó caminando mientras un aliviado Severino y un enfadado Anselmo lo veían marchar.

«He ganado tiempo —pensó Bernardo—, pero no mucho. Anselmo pronto convencerá a Severino y volverá a intentarlo. Tengo que hacer algo antes de que esto suceda.»

32

Año 2020

Marta miró hacia el cielo azul y dejó que el calor de la mañana le calentara el rostro. El sol refulgía sobre las almenas del castillo condal y las torres, de un gris oscuro, se aclaraban hasta casi fundirse con el color más suave de la piedra de los paramentos. El contraste entre el gris y el azul acentuaba la sensación de irrealidad de aquella fortaleza que parecía sacada de un cuento medieval.

Marta volvió su mirada hacia la larga fila de turistas que esperaban a entrar en el castillo condal y atravesaban el puente que lo separaba del resto de la ciudad. Apoyó la mano en la piedra sillar y la deslizó, disfrutando de su rugosidad. Siempre se sentía reconfortada al hacerlo, le transmitía estabilidad y seguridad.

A su lado, el teniente Luque tenía cara de fastidio. Miraba de vez en cuando a ambos lados de la cola, como si pudiese sorprender a sus perseguidores entre los turistas.

—¿No tienes ropa más cómoda? —observó Marta—. Desentonas entre tanto turista. Parece que lleves un cartel que dice POLICÍA.

Ella se había puesto un vestido azul ligero que le daba un aire juvenil. Para cualquier espectador ocasional, parecía una joven despreocupada visitando uno de los monumentos más apreciados de Francia. El teniente Luque miró su ropa como si la viese por primera vez.

—Yo siempre visto así —respondió—. Y no estoy de vacaciones.

Marta tampoco sentía que estuviera de vacaciones. Su corazón latía desbocado y no era a causa de los dos desconocidos que la perseguían ni por la amenaza que habían dejado en el espejo de su habitación, sino por el mensaje llegado a través de los tiempos que iba a poder contemplar en unos instantes.

Cuando el sonido de la cancela de la puerta despertó a los primeros de la fila, Marta dio un respingo. Sonrió al teniente Luque tratando de aparentar una calma que no sentía.

La mayoría de los turistas se dirigió hacia las murallas a ver las impresionantes vistas de la ciudad, pero ellos enfilaron hacia el castillo condal. Visitaron en solitario el museo y Marta regresó a un año antes, cuando había recorrido junto a Iñigo el museo del monasterio de Silos. En silencio, mientras aquellos recuerdos la asaltaban, se dio cuenta de lo mucho que lo añoraba y de cuánto hubiese disfrutado él de aquella búsqueda.

Se dejó arrastrar por el recuerdo y la añoranza y no se percató de que ya se encontraba frente al objeto que estaban buscando. Al verlo, aún incrédula, señaló el tapiz al teniente Luque. Era una enorme pieza que ocupaba prácticamente una pared completa del museo. Lo miró asombrada, era el tapiz del que hablaba el libro que había comprado en Toulouse.

El lugar donde transcurría la escena tejida era Carcasona, en el ángulo superior derecho se apreciaban el castillo y la muralla.

Marta se agachó junto al pequeño cartel situado al lado del tejido mientras que el teniente se retiraba para verlo desde un segundo plano. Observaba el tapiz con curiosidad, sin hacer comentarios.

La tarjeta indicaba que estaba fechado a principios del siglo XIII y que mostraba la batalla de Carcasona, evento importante en la lucha contra la herejía cátara en 1209.

Marta se retiró unos metros hasta ponerse a la altura del teniente Luque. Juntos observaron la obra en silencio.

—¿Qué buscamos? —preguntó él al fin.

Ella señaló el centro del tapiz, donde se veía a dos caballeros en combate.

—¿Ves el caballero de la izquierda? ¿No te llama nada la atención?

El teniente se acercó más y señaló un pequeño detalle: el caballero portaba una pequeña cruz blanca de puntas redondeadas.

—La Hermandad Blanca —dijo para sí mismo.

Marta sonrió. Era como si para él, hasta ese momento, todo hubiese sido fruto de su imaginación.

—Ahora mira al caballero de la derecha —lo guio Marta.

—Lleva una cruz roja sobre fondo negro.

—¿Algo más?

El teniente Luque volvió a mirar y al cabo de unos instantes negó con la cabeza.

—Es una mujer —dijo Marta—. Mira su cabello y la forma de su cuerpo.

—¡Tienes razón! ¿Y por qué el artista decidiría representar a una mujer?

Marta sonrió divertida.

—¿Te has parado a pensar que quizá la guerrera fuera en realidad una mujer?

Vio cómo él enrojecía azorado.

—Tienes razón, había dado por supuesto...

Marta hizo un gesto con la mano para que olvidase el asunto.

—Ahora dime qué más ves.

—Hay tres figuras que acompañan al caballero de la Hermandad Blanca y otras tres a la de la Hermandad Negra. Las tres primeras son dos caballeros y un monje.

—Así es —respondió Marta—. El autor del libro indica que al menos uno de los caballeros podría ser Simón de Montfort y al monje lo identifica como Guy Paré, legado papal al mando del ejército cruzado.

—¡Guy Paré! —exclamó Abel sorprendido—. ¿Nuestro Guy Paré?

Marta asintió satisfecha.

—Las tres figuras de la derecha —continuó el teniente cada vez más animado— son también dos caballeros y un monje.

—En cierto modo, sí. El monje es en realidad un perfecto cátaro. Viste una sencilla túnica negra y...

Marta se quedó muda de asombro.

El teniente Luque la miró sabiendo que había descubierto algo importante. Esperó a que continuase, pero ella solo tenía ojos para dos detalles que no podían pasar inadvertidos y que daban a lo que había sucedido en Carcasona en 1209 un nuevo sesgo.

—¿Qué ocurre? —le preguntó.

—Salgamos de aquí —fue todo lo que ella respondió.

Abel echó un último vistazo al tapiz, se encogió de hombros y caminó tras Marta, que ya se dirigía hacia la salida.

Marta cruzó la puerta del museo y salió al aire libre. Inspiró profundamente, como el buceador que se ha sumergido demasiado tiempo y necesita tomar aire con desesperación.

—Dame unos minutos a solas —dijo cuando el teniente Luque llegó a su lado—. Necesito pensar en las consecuencias de lo que he visto.

El teniente la miró con desconfianza.

—Te prometo que te lo contaré todo en cuanto haya aclarado mis ideas.

Marta miró hacia arriba y vio la muralla de Carcasona y las torres defensivas. «Aquel es un buen lugar para pensar», se dijo. Le señaló la torre a Abel, que asintió con la cabeza a la vez que le hacía un gesto indicándole que le daba diez minutos.

Se concentró en subir a las murallas, tratando de no pensar en nada más que en el esfuerzo físico. Cuando llegó a la torre, se asomó a la almena y contempló la ciudad bajo sus pies.

—Un bello lugar para morir —dijo una voz a sus espaldas.

Marta se volvió y se enfrentó a un hombre al que reconoció como uno de sus perseguidores. Su envergadura la hizo sentirse desamparada.

—¿Por qué? —preguntó intentando ganar tiempo y deseando que el teniente Luque la hubiera seguido.

—Por entrometida. Por husmear en secretos fuera de tu entendimiento.

—Ya tenéis lo que queréis. La reliquia.

El hombre rio a carcajadas. A Marta le pareció que era la risa de un fanático que considera que está a punto de cumplir una orden divina.

—¿La reliquia? Sí, es importante, pero no es más que el comienzo. Cuando hayamos cumplido nuestra misión, el mundo estará a nuestros pies.

El desconocido avanzó y Marta supo que era el mismo hombre que había intentado matarla en el Vaticano. Se sujetó a la piedra de las almenas y por un momento pensó que tocar aquellas piedras antes de morir tenía algo de poético.

De pronto, alguien golpeó en el costado al hombre, que ya se abalanzaba sobre ella, y lo derribó.

«Abel ha llegado a tiempo», pensó Marta con un inmenso alivio.

Sin embargo, las sorpresas aún no habían terminado. Marta vio al teniente Luque aparecer corriendo por las escaleras y lanzarse sobre el atacante caído, que forcejeaba con quien le había salvado la vida. Lo redujo con eficiencia profesional y solo entonces Marta miró al otro hombre, que a su vez la miraba a ella con una sonrisa que hizo que se estremeciera.

—¡Iñigo! —exclamó.

Iñigo se abalanzó sobre ella y la abrazó. Fue un abrazo largo y cálido. Marta olió el perfume de su colonia favorita y recordó los tiempos en que estuvieron juntos.

Cuando se separaron, Marta tuvo la sensación de que nada había cambiado en él. Quizá llevaba el pelo algo más largo y barba de varios días, pero su sonrisa permanecía intacta.

Iñigo fue el primero en romper el silencio.

—¿Estás bien? —preguntó.

Marta sintió que por primera vez en mucho tiempo lo estaba. Esperaría a que fuera él quien hablase, si finalmente tenía algo que decir. Asintió a la pregunta de Iñigo.

—Ven, hay alguien a quien quiero presentarte.

Iñigo se volvió e hizo un gesto con la mano. Una mujer joven dio un paso adelante y con una amplia sonrisa le tendió la mano a Marta.

—Hola —dijo en castellano, pero con un ligero acento francés—, me llamo Ayira.

A Marta se le formó un nudo de decepción en la garganta. Iñigo solo había tardado unos meses en sustituirla. Y además se trataba de una mujer muy hermosa. Era alta y estilizada, como solo las mujeres de rasgos mestizos podían serlo. El tono de su piel brillaba y su sonrisa de dientes blancos en un rostro perfectamente simétrico se extendía hasta unos ojos negros que le daban un aire misterioso, casi salvaje.

Marta le dio la mano de manera automática mientras sentía las lágrimas pugnando por abrirse paso.

—Disculpad —dijo volviéndose hacia donde estaba el teniente Luque sujetando al asaltante.

En aquel mismo instante, dos gendarmes se acercaban a pedir explicaciones de cuanto allí estaba sucediendo.

—¿Quién eres? ¿Quién te envía? —preguntó Marta.

El hombre que la había atacado no respondió. No la miraba, tenía la expresión desencajada. A Marta le pareció que era de puro terror. Siguió la mirada del hombre y no le quedó duda de qué era lo que le asustaba tanto.

Ayira.

De pronto, el hombre le dio un golpe al teniente Luque, se incorporó y, antes de que nadie pudiera reaccionar, corrió hasta la almena de la muralla y saltó al vacío.

33

Año 1209

La ciudad de Béziers bullía de actividad. Ante la inminente llegada del ejército cruzado, los soldados preparaban las últimas defensas y, a marchas forzadas, trataban de entrenar para la lucha a los más jóvenes y a los ancianos. La plaza principal era una cacofonía de espadas entrechocando y gritos de soldados que se esforzaban en convertir en guerreros a los que no lo eran. El gremio de canteros construía o reforzaba la muralla en sus puntos más débiles mientras los comerciantes recogían sus mercancías aún sin saber si aquella guerra les arrebataría todo cuanto tenían. Incluso los habitantes que no tenían nada que hacer se movían inquietos y formaban corrillos nerviosos buscando información o inventándosela. Todo para no pensar en lo que podía llegar a suceder si las tropas enemigas tomaban la ciudad.

Alejada de aquel ajetreo, Philippa de Pereille se maldijo a sí misma en silencio.

Los cruzados se hallaban a dos días de distancia de Béziers, la ciudad aún no estaba preparada para responder a un ataque y el vizconde la había dejado al mando de su cónsul para refugiarse en Carcasona; y, mientras todo aquello sucedía, ella no podía alejar de su mente a aquel misterioso caballero negro.

Nunca le habían interesado mucho los hombres. Sabía que era una mujer bella, podía deducirlo por la mirada lasciva de aquellos con los que se cruzaba. Pero con el caballero negro todo era diferente. La miraba de otra forma, no con indiferencia, sino con respeto. Incluso su falta de interés le resultaba atractiva.

Philippa decidió subir a la almena desde la que se había acostumbrado a mirar hacia el este, sintiéndose culpable por desear que el caballero negro estuviera allí. No pudo evitar una punzada de decepción al descubrir que no era así.

Sacó su espada, la apoyó en el suelo y observó las obras de refuerzo que el caballero negro había organizado. Se asombró de cuánto había logrado.

Descubrió que el caballero negro se encontraba en el patio de armas discutiendo con el cónsul. Gesticulaba enfadado mientras el cónsul negaba, tozudo, con la cabeza. Philippa los había visto discutir en innumerables ocasiones. El caballero negro lo instaba a seguir reforzando las defensas, pero el cónsul creía que el caballero negro exageraba, que las murallas de Béziers resistirían el asedio.

Miró hacia el este, esperando ver los pendones del ejército invasor, pero solo le respondieron el trino de las aves y el ulular del viento entre los árboles.

—¿Qué buscáis aquí, Philippa? —dijo una voz a su espalda.

Philippa se volvió y se enfrentó al caballero negro tratando de reprimir un ligero temblor en sus manos.

—Respuestas. Comprender el presente. Anticipar el futuro.

—No hay respuestas. No hay futuro. Solo hay el aquí y ahora.

—El presente es esto —respondió Philippa con un mohín de tristeza señalando con la mano hacia las murallas—. Veinte mil almas asustadas por algo que no comprenden, que no pueden evitar, pero que los puede llevar a la muerte.

El caballero negro asintió.

—Nadie puede evitar morir, solo a veces podemos elegir cómo. Morir como hemos tratado de vivir, luchando por aquello en lo que creemos. Es lo que yo hago aquí. Es lo que tú haces aquí.

Philippa miró por un momento al caballero negro. En la profundidad de sus ojos, el miedo al futuro se disipó hasta casi desaparecer y se dio cuenta de que aquel preciso instante tenía un significado para ella mucho mayor de lo que Roger jamás llegaría a conocer.

Apenas tres días después de la conversación entre Philippa y el caballero negro, el ejército católico llegó a Béziers. Lo primero que escucharon los habitantes de la ciudad asediada fue el sonido de cuernos y tambores anunciando su llegada. Poco después, un grupo de caballería ligera portando estandartes y banderolas apareció en lontananza seguido por el grueso de la caballería cruzada. Desde las murallas de Béziers, era difícil estimar su número, pero aquellos defensores más templados calcularon que lo formaban al menos cien *conrois*, cada uno compuesto por veinte caballeros cubiertos por pesadas y brillantes armaduras, sargentos y escuderos. Detrás de ellos avanzaban lanceros, ballesteros y demás infantería, así como mercenarios en un número que minó la moral de los defensores.

Los soldados comenzaron a disponer las tiendas a la vista de los muros de la ciudad con un trajín que era observado por los defensores. Cuando el ejército se hubo instalado, enviaron a un mensajero a pedir la rendición de la ciudad. Al día siguiente, la puerta de la muralla de Béziers se abrió en silencio y el obispo de la ciudad la cruzó nervioso.

Detrás, los habitantes y sus defensores lo contemplaban. Había sido elegido portavoz en una audaz decisión que trataba de apaciguar al ejército atacante. La ciudad se presentaba así como inocente de herejía y el obispo, un hombre tímido que consideraba que todos los habitantes de Béziers, herejes o no, eran su rebaño, había accedido.

Frente a él, el ejército cruzado esperaba tenso, más deseoso de pelear que de parlamentar, pero conocedor de que las ciudades se conquistaban por medio de la sed y el hambre.

El obispo se detuvo frente a Guy Paré sin saber muy bien cómo comportarse.

—¡Regresad a la ciudad! —ordenó un colérico Guy Paré—. Y decidle al vizconde Trencavel que su cobardía solo es equiparable a su traición a la fe verdadera.

El obispo acusó la violencia verbal del legado papal, pero logró reponerse y respondió con timidez, sujetando sus manos en el regazo, quizá evitando así que temblaran.

—El vizconde no está en Béziers, sino en Carcasona, pero me ha pedido que sea yo quien atienda vuestras peticiones, que trasladaré al cónsul.

Guy Paré gruñó molesto y fulminó al obispo con la mirada.

—Mi petición es fácil de atender —respondió adoptando un tono gélido—, la población de Béziers debe abandonar la ciudad, entregar sus llaves al legado papal y sufrir el castigo que decidamos por crimen de herejía.

—Pe... pero abad, la población de Béziers es inocente en su inmensa mayoría. No todos deben ser castigados por ello.

Guy Paré sonrió, lo que hizo estremecerse al obispo.

—En su inmensa mayoría —respondió el abad alargando las palabras.

El obispo sintió un escalofrío pensando en la suerte que sus convecinos cátaros podían correr en manos de aquel hombre.

—Y como somos hombres razonables —continuó Guy Paré—, no haremos pagar a justos por pecadores. Entregadnos a los hombres y mujeres de esta lista y salvaréis al resto de las almas de la ciudad. Estas —añadió señalando la lista— ya están condenadas.

El obispo desplegó el pergamino y observó horrorizado la interminable relación de nombres, todos ellos vecinos y amigos suyos. Le llamó la atención un nombre desconocido que parecía haberse añadido a la lista en el último momento:

Pierre Roger de Mirepoix.

El cónsul de Béziers caminaba indeciso mientras el obispo, el caballero negro y Philippa lo miraban expectantes.

—Quizá debamos ceder —dijo al fin pareciendo tomar una decisión.

—¡Jamás! —respondió Philippa—. Lucharemos mientras sigamos en pie.

El cónsul la miró con desagrado, como si le molestara que le llevaran la contraria o que fuera una mujer quien lo hiciera.

—Debo pensar en el destino de las veinte mil personas que aquí habitan, no en el de una pequeña parte de ellos.

—Son más de doscientas personas —suplicó Philippa evitando mirar al caballero negro, que no había participado aún en la discusión.

Philippa estaba asombrada por la fría reacción de Roger al ver su nombre en la lista. No parecía una sorpresa para él.

De pronto, el caballero negro enfocó el asunto desde otro punto de vista.

—¿Qué haría el vizconde en vuestro lugar? —preguntó.

El cónsul meditó la respuesta.

—Resistir —respondió bajando la cabeza—. Es joven e impulsivo, pero no es él quien está aquí. Soy yo.

—Entonces no entreguéis su ciudad a los atacantes. Entregádsela a él cuando regrese.

El cónsul parecía dudar. El caballero negro lo vio debatirse entre ser pragmático o arriesgarse. El empujón final llegó del lugar más inesperado.

—No cedáis —dijo el obispo.

Todos se volvieron sorprendidos hacia él.

—Todos somos cristianos. Todos servimos al mismo Dios. Nadie debe morir por ello. No es lo que Jesús nos enseñó.

El caballero negro asintió. Philippa sonrió aliviada. El cónsul suspiró.

—Está bien —respondió—. Lucharemos.

34

Año 718

Un profundo horror se reflejaba en la mirada de Álvaro, un joven monje del monasterio de San Salvador de Valdediós. Su rostro se contrajo en un rictus de repugnancia mezclada con miedo.

Miedo a la muerte.

Había llegado dos días antes como un cervatillo asustado. De familia humilde, la hambruna que asolaba Hispania había llevado a su padre a dejarlo en el monasterio. Allí, al menos, tendría algo que comer. Era casi un niño y, aunque su vida había sido dura, nada le había preparado para enfrentarse a la muerte negra.

—¡Ven, acércate, Álvaro! —dijo Bernardo sintiendo que se le partía el alma en pedazos.

Sabía que quizá estaba condenando al joven a una muerte terrible, pero necesitaba todas las manos disponibles para atender a los enfermos.

El muchacho se acercó indeciso y, venciendo la natural repugnancia, hizo sin rechistar todo lo que el abad le pidió.

«Será un buen monje —pensó Bernardo—. Si sobrevive.»

Cuando terminaron, acudieron a lavarse al pequeño

arroyo junto al monasterio. El muchacho estaba pálido y finalmente una arcada lo hizo vomitar. Bernardo lo miró con respeto, pero no pudo evitar una sonrisa. Severino se acercó a ellos y le guiñó un ojo a Bernardo, divertido por el mal rato que el muchacho, sin duda, superaría.

—Llegan noticias de Auseva —dijo con calma esperando ver la reacción del abad.

—¿Y bien? ¿Cuáles son esas noticias? No tengo todo el día.

Bernardo se arrepintió de inmediato del tono de sus palabras. Se sorprendió de que su respuesta fuera tan parecida a la que habría dado Esteban, su maestro. «Quizá es que ser abad te cambia el carácter», pensó resignado.

Severino lo miró algo dolido, pero enseguida se repuso. Bernardo agradeció para sí mismo que fuera tan comprensivo.

—Pelayo ha llamado a los caballeros a reunirse en Auseva con la luna nueva. Parece que el ejército de Táriq ibn Ziyad se dirige hacia aquí.

El abad contestó con un gruñido. Aquello iba a precipitar muchos acontecimientos. Miró a Severino, que parecía indeciso.

—¿Tienes algo más que decirme?

—Sí. He pensado mucho en la última conversación del Consejo Protector. Creo que Anselmo tiene razón, deberíamos entregar la reliquia al obispo Oppas. Con él al frente de un ejército unido y custodiando la reliquia, Dios estará de nuestro lado y venceremos.

Bernardo se levantó cansado. Luchar contra la peste, el hambre y la desesperación ya le parecía bastante batalla.

—¿Traicionarás tú también nuestro juramento?

Severino agachó la cabeza. Bernardo percibía su lucha interior y lo difícil que estaba siendo para él tomar esa decisión.

—No importa, Severino. No será necesario que cargues sobre tu espalda el peso de una decisión que a todos nos viene, probablemente, demasiado grande.

—No entiendo, Bernardo, ¿qué quieres decir?

—No podía permitir que la reliquia fuese entregada. Para evitar vuestra traición, he decidido traicionaros yo. No me siento muy orgulloso, pero era necesario.

—¿Qué has hecho, Bernardo?

—He ocultado la reliquia. La he alejado de todos, de Oppas y de Pelayo, fuera del alcance del poder terrenal.

Severino se quedó pensativo por unos instantes.

—Quizá hayas hecho bien, Bernardo. No lo sé, no veo con claridad. Pero sí sé que Anselmo no se quedará quieto. Considera todo esto una misión de Dios.

—¿Y qué puede hacerme?

—¿Él? Nada. Pero lo que has hecho llegará a otros oídos menos escrupulosos, los de alguien dispuesto a hacer lo que sea. Quizá deberías pensar en huir.

Bernardo colocó la mano sobre el hombro de Severino con gesto amistoso.

—Gracias, Severino, te agradezco tu preocupación. Los enfermos me necesitan. Ahora regresa al monasterio y dile a Anselmo cuanto te he dicho.

En respuesta a su gesto, Severino posó su mano sobre la de Bernardo. Asintió y sin decir nada más desapareció camino del monasterio.

El abad se volvió hacia el joven monje, que parecía repuesto y terminaba de lavarse, poco interesado en las discusiones de los viejos monjes.

—¡Ven! —dijo Bernardo—. Supongo que no queda nada dentro de tu estómago. Tendrás hambre.

El obispo Oppas sonrió satisfecho. Tenía motivos para ello, descansaba sobre su lecho, relajado, después del apasionado encuentro sexual con el que había sido sorprendido.

Cuando unos días antes había recibido la carta de un pariente lejano rogándole que acogiera a su hija bajo su protección, no había imaginado lo bella y predispuesta que aquella joven podría llegar a ser. Sin duda, tendría un lugar a su lado. Al fin y al cabo, Gosvinta, su actual concubina, ya empezaba a dejar atrás su antigua lozanía.

Ya descansada, la mente de Oppas regresó al monasterio de San Salvador de Valdediós. Pronto se haría con la poderosa reliquia allí atesorada. Hacía unos días que Anselmo le había confesado lo que se ocultaba tras aquellos muros y ahora solo esperaba la confirmación de que el monje había cumplido su misión.

Aún recordaba lo nervioso que el prior se le había acercado, tartamudeando una inconexa historia que Oppas había tardado en desentrañar. Recordaba también el brillo de codicia en sus ojos, sin duda esperaba algo a cambio. Oppas estaba agradablemente sorprendido de la lealtad de Anselmo, pero sabía que esta era una virtud sobrevalorada y que a los muertos no era necesario recompensarlos.

Por último, las noticias de Auseva también eran propicias. El ejército de Táriq ibn Ziyad avanzaba a buen ritmo y Pelayo aún no había reunido más que a un puñado de caballeros a su alrededor. Como ya había sucedido siete años antes, su alianza con los demonios musulmanes daría, una vez más, su fruto. Una vez muerto o capturado Pelayo, él recogería los restos del reino visigodo, y con la poderosa reliquia en su poder añadiría Hispania al dominio cristiano.

Pocos hombres podían llevar el báculo obispal y la corona real sobre su cabeza. Él lo haría.

Mientras Oppas soñaba despierto, alguien llamó a la puerta. Su secretario y mano derecha, Ervigio, entró y se acercó hasta el lecho. Oppas se percató de que Ervigio no pudo evitar una mirada fugaz al cuerpo desnudo de la joven que estaba tumbada en la cama.

—Un sobre lacrado ha llegado desde San Salvador. Disculpad la interrupción, pero me ha parecido importante.

—¡Dádmelo y retiraos! —ordenó Oppas con un gesto de urgencia y despachando también a la joven.

Cuando se encontró a solas, abrió el sobre con un ligero temblor de nerviosismo. Tuvo que releer la escueta carta hasta aceptar que su perfecto plan parecía haberse disuelto en el aire.

—¡Ervigio! —gritó notando cómo la bilis se le acumulaba en la garganta.

El secretario entró aparentemente sorprendido, pero Oppas se fijó en que lo había hecho demasiado rápido. Sin duda estaba espiando; como su lascivia hacia su nueva concubina, aquel era otro pecado imperdonable. El obispo anotó aquello en su mente, quizá Gosvinta no fuera la única purgada.

—Preparad una partida de inmediato. Seis de nuestros mejores soldados. Nos dirigimos a San Salvador de Valdediós.

Ervigio hizo un gesto de afirmación con la cabeza y salió corriendo a prepararlo todo. No se le escapaba que algo había salido mal en el monasterio. Llegó hasta el cuerpo de guardia y comenzó a dar órdenes a voz en grito. De todas maneras, aquel no era su problema, y un pequeño grupo de monjes tampoco podía serlo.

35

Año 1209

Los ojos de Guy Paré se deleitaban con el espectáculo de las llamas como muchos otros hombres y mujeres lo habían hecho antes. El ser humano se había sentido atraído por el fuego desde el inicio de los tiempos. Primero, por miedo a lo desconocido. Después, por necesidad de alimentarse y calentarse. Luego, como arma.

Para el abad de Citeaux, legado papal y jefe del ejército cruzado, el fuego anunciaba una victoria inesperada. Los cruzados se habían preparado para un sitio prolongado, incómodo e incierto tras la negativa de la ciudad a rendirse.

Hasta que algo había sucedido, una traición interna quizá, un descuido a lo mejor. Por alguna razón desconocida, las puertas de Béziers se habían abierto y el ejército cruzado había penetrado las defensas. Guy Paré creía que había sido intervención divina. Dios estaba con ellos.

En realidad, no importaba. Su ejército recorría las calles de Béziers castigando a los infieles, limpiando a golpe de espada la tierra putrefacta, contaminada por la herejía.

Mientras Guy Paré seguía contemplando el fuego divino, uno de sus hombres se acercó con noticias de lo que estaba sucediendo tras los muros.

—La ciudad ha caído —dijo el hombre con tono serio, preocupado.

—¿Qué sucede? —preguntó Guy Paré—. ¿Algo no va bien?

El soldado parecía incómodo, tenía el rostro demudado.

—Los mercenarios...

Guy Paré sabía que el ejército cruzado estaba compuesto en su mayor parte por mercenarios, hombres que no luchaban por más ideales que su beneficio personal, siempre dispuestos al pillaje, que no dudaban en robar y asesinar cuando les convenía.

—... están matando sin piedad a cuanto enemigo encuentran a su paso.

—¿Y bien? —preguntó Guy Paré sin dar muestras de que aquello le preocupase lo más mínimo.

—No distinguen entre herejes y buenos cristianos. Habría que dar la orden de detener la matanza.

El abad Guy Paré lo meditó unos segundos.

—Matadlos a todos. Dios distinguirá a los suyos.

Al otro lado de la muralla, el caballero negro observaba el profundo corte que había sufrido en el brazo. Un enemigo había aparecido por sorpresa y, aunque había podido evitar una muerte casi segura, su destreza no había sido suficiente para evitar la herida. Podía soportar el dolor, pero le incomodaba para sujetar la espada en un momento inoportuno.

A su alrededor, el caos se había adueñado de Béziers. El humo de las hogueras cegaba sus ojos, el olor de la sangre invadía sus fosas nasales y los gritos de los hombres, mujeres y niños matando o muriendo se habían instalado en su mente. Estaba seguro de que jamás lograría desalojarlos de allí. Ni los combates más duros que había vivido en Siria lo habían preparado para aquella carnicería.

Se tomó un respiro. Trataba de decidir su próximo paso cuando descubrió frente a él a un hombre armado con una espada que lo miraba con una sonrisa torcida que le heló la sangre.

—Volvemos a encontrarnos —dijo el recién llegado—. Esta vez morirás.

El caballero negro no tuvo dudas. Recordó el callejón oscuro de Montpellier.

—¿Quién eres? —preguntó intentando ganar tiempo.

—La muerte.

Su sonrisa se ensanchó dejando ver los dientes, dándole un aspecto aún más feroz. Giotto dio un paso adelante y lanzó una estocada al pecho del caballero negro, que la apartó poniéndose en posición de guardia.

—Eres diestro en el arte de la espada —dijo Giotto—. Pero no lo suficiente.

El caballero negro no contestó. Sabía que las batallas no se ganaban hablando, sino con el fino equilibrio de la concentración. Como era su costumbre, se movió a la defensiva. Siempre era mejor esperar, estudiar al enemigo, prepararse para aprovechar la oportunidad.

Hasta ese día aquello había bastado, pero aquel espadachín con acento italiano no parecía cometer errores. Al cabo de unos minutos, estaba convencido de que su rival era mejor que él.

Giotto, por su parte, admiraba en silencio a su adversario, el mejor que había tenido en su vida, aunque no lo suficientemente bueno. Tenía una leve tendencia a desguarnecer su flanco izquierdo y el cansancio empezaba a hacer mella en él. La herida de su brazo sangraba y el dolor a veces crispaba su rostro. Giotto siguió hostigándolo mientras en su cabeza depuraba la táctica para vencerlo.

El caballero negro notaba que se le agotaban las fuerzas. Si seguía así, cometería un error fatal. Decidió arriesgarse y lanzó una estocada tratando de coger desprevenido a su rival. Giotto la detuvo y volvió a sonreír.

—¡Menos mal! —exclamó—. Me estaba aburriendo.

Su tono de voz era calmado, como si no acusara el cansancio. Ni siquiera parecía sudar. La duda se instaló en la mente del caballero negro. Quizá había llegado su hora.

Giotto olió la incertidumbre y lanzó el ataque definitivo. Avanzó de costado castigando el flanco derecho del caballero negro. Tal y como el italiano había previsto, se cubrió bien, pero desprotegió el lado izquierdo. Giotto cambió el peso de su cuerpo y dio una estocada que hizo trastabillar al caballero negro. Antes de que este pudiera recobrarse por completo, le asestó el golpe decisivo.

El caballero negro apenas pudo evitar la muerte, pero su espada cayó al suelo restallando sobre la piedra como una campana fúnebre avisando de su defunción.

Giotto dio un paso y colocó su espada en el cuello del caballero negro.

—¡Es una pena! Has sido un rival casi digno, pero ahora debes morir.

—¡Aún no! —dijo una voz a su espalda.

Los dos hombres se volvieron a la vez para mirar sorprendidos a la recién llegada, que sostenía su espada en alto con una gracia que ninguno pudo dejar de admirar.

Philippa de Pereille había llegado justo a tiempo. Había recorrido Béziers salvando mujeres y niños, luchando contra rivales que la aventajaban en peso y altura y, secretamente, buscando al caballero negro en medio de la desolación.

—¡Vaya, vaya! ¡Qué tenemos aquí! —respondió Giotto—. Al menos no morirás solo —añadió volviéndose hacia el caballero negro.

El caballero negro se sintió trasladado a un mundo de pesadilla. Además de morir, iba a presenciar cómo aquella valerosa dama perdía su vida en un vano intento por ayudarle.

Giotto avanzó resuelto, elevó la espada y descargó un golpe cuya fuerza habría derribado a muchos adversarios. Philippa, sin embargo, anticipó el impacto y se movió a un lado con una destreza que sorprendió tanto a Giotto como al caballero negro. Pasó al ataque con los certeros movimientos de alguien bien entrenado en el arte de la lucha. Durante unos instantes, el caballero negro contempló absorto la escena.

Giotto atacaba, pero Philippa se defendía con habilidad. El caballero negro tuvo que reconocer que jamás habría pensado que una mujer pudiese luchar con tanta pericia.

Philippa notaba que su cuerpo temblaba de angustia. Había sido entrenada por su padre, que, añorando haber tenido un hijo varón, había adiestrado a sus hijas, Esclarmonde y Philippa, como tales. Sin embargo, ella nunca había peleado a muerte y sabía que un pequeño error supondría el fin.

El caballero negro se levantó y recogió su espada del suelo. No estaba dispuesto a ver morir así a Philippa. Balanceando el metal en el aire, se colocó a su lado y le sonrió.

Giotto no podía creer lo que estaba sucediendo. Una vez más se le escapaba la victoria cuando ya era suya. Con su carácter práctico, dio media vuelta y desapareció.

—¿Cómo puedo agradecerte que me hayas salvado la vida? —preguntó el caballero negro cuando se quedaron a solas.

Sin contestar a la pregunta, Philippa le hizo un gesto con la cabeza para que la siguiese y desapareció por uno de los callejones que subían hacia la catedral. El caballero negro salió tras ella y la alcanzó en el mismo instante en que llegaba a la plaza.

Ambos contemplaron horrorizados la catedral de Béziers ardiendo como una antorcha. Las llamas se elevaban furiosas, reptando por los muros hasta la torre, que amenazaba con venirse abajo. Del interior llegaba el eco apagado de los gritos de los que allí se habían refugiado.

Philippa emitió un grito ahogado que alertó a un grupo de mercenarios que habían bloqueado con tablones la puerta de entrada a la catedral. El caballero negro vio cómo la ira se encendía en su rostro. Su piel se tornó del color del fuego y en sus ojos se atisbó una oleada de furia.

Avanzó blandiendo la espada. Los soldados menospreciaron el peligro y antes de que pudieran reaccionar, dos de ellos caían muertos. Cuando el resto se disponía a atacar, el caballero negro ya se había colocado al lado de Philippa.

Al terminar la lucha, ocho cuerpos yacían a sus pies y ambos se descubrieron cubiertos de sudor y sangre. Un aterrador silencio se había adueñado de la plaza y los gritos y lamentos que poco antes llegaban del interior se habían extinguido por completo.

—Todos muertos —pensó Philippa en voz alta—. Llegamos tarde.

Tenía la mirada perdida. Había dejado caer los brazos y la espada, era el rostro de la desesperanza. El caballero negro no supo qué decir, solo escuchaba el crepitar de las llamas y el sonido del viento a su alrededor. Sintió un enorme vacío en su interior por no poder consolar a Philippa.

En aquel preciso instante, se escucharon ruidos de caballos y un numeroso grupo de soldados hizo su aparición en la plaza. Al frente estaba Simón de Montfort. Su mirada se cruzó con la del caballero negro y durante un instante el mundo quedó en suspenso.

—¡Atrapadlos! —bramó Simón—. ¡Los quiero vivos!

El caballero negro reaccionó y cogió de la mano a Philippa. Juntos corrieron por las calles de Béziers. Decenas de cadáveres flanqueaban sus pasos, hombres y mujeres, ancianos y niños, todos asesinados, desmembrados, desfigurados.

Huyeron como si una pesadilla se hubiese apoderado del mundo, con la angustia impidiéndoles respirar, temiendo que sus enemigos les dieran alcance. Huyeron como si su evasión pudiera negar la realidad de lo que acababan de vivir.

El caballero negro corría sin rumbo, pero Philippa parecía saber adónde se dirigían. Se detuvieron frente a una pequeña puerta de madera que se abría a un pasillo que descendía hacia la oscuridad. Ambos se sumergieron, apenas alumbrados por el fuego de una antorcha, en un mundo de ecos ahogados, de olor a humedad y espacios cerrados y de sombras que huían a su paso.

De repente, otra puerta los detuvo. Philippa desapareció en la oscuridad y regresó con una llave que los condujo de regreso al mundo. Estaban fuera de las murallas.

36

Año 2020

Marta, el teniente Luque, Iñigo y Ayira fueron trasladados con presteza y amabilidad a la sede de la Gendarmería Nacional de Carcasona, que se encontraba en un moderno edificio que a Marta se le antojó como un búnker diseñado no tanto para evitar que alguien pudiera entrar, sino para evitar que pudiera salir. Se hallaba muy cerca del puente viejo y a unos escasos centenares de metros de la ciudadela de Carcasona.

Fueron necesarias varias horas de declaraciones para que la gendarmería de Carcasona se diera por satisfecha y decidiese que todo aquello no había sido sino un robo con huida que había terminado mal.

Durante todo ese tiempo permanecieron incomunicados, aunque Marta tuvo la sensación de que la consideración hacia el teniente Luque había sido especial. Cuando finalmente pudo hablar con él, este se encogió de hombros y esbozó una sonrisa.

—Entre los cuerpos y fuerzas de seguridad siempre hay un trato especial, pero creo que en este caso se debe a que jugué el comodín de la llamada.

—Ah, ¿sí? ¿A quién llamaste?

—A la embajada. Creo que han estado muy ocupados hablando con nuestra embajada y con la del Vaticano.

A Marta el interrogatorio le había servido para distraerse de Iñigo y Ayira, del dolor que había sentido al verlos juntos. Lo que no se borraba de su memoria era la mirada de terror de aquel hombre al ver a Ayira. Estaba segura de que su presencia había tenido que ver con el posterior suicidio.

«¿Quién era en realidad aquella mujer? —pensó—. ¿Quién se suicida por esa razón? ¿Quién cree que no hay otra salida para no caer en manos de aquella mujer? ¿Será todo un juego de mi mente?»

Cuando todo hubo terminado, los cuatro regresaron a la recepción del hotel y se acomodaron en los confortables sillones.

—He reservado dos habitaciones en este mismo hotel —le dijo Iñigo a Ayira—. Me ha parecido lo más práctico.

Marta sintió renacer algo de esperanza. Dos habitaciones. Luego pensó que quizá Iñigo solo estaba mostrando tacto hacia ella y se sintió mal por haber espiado la conversación. Le entraron ganas de llorar, de olvidarse de todo y regresar a casa, pero luego recordó lo que había visto en el tapiz.

—Bien —dijo el teniente Luque con un gesto contrariado—. ¿Alguien me va a explicar qué está sucediendo aquí?

Marta trató de evitar una sonrisa. El tono del teniente Luque había sido el que hubiera utilizado un padre para reprender a sus hijos tras una trastada.

Iñigo y Ayira intercambiaron una mirada. Ella asintió aceptando que fuese Iñigo quien diese explicaciones.

—Hace unos días Ayira vino a verme a Adís Abeba, donde trabajo para la ONG que ella dirige.

—Iñigo está haciendo un gran trabajo con nosotros —añadió Ayira poniendo su mano sobre el brazo de Iñigo.

Él se sonrojó y Marta sintió celos al recordar que antes era ella quien lograba que se ruborizara.

—Me dijo que estabas en Roma, en el Vaticano, y que estabas en peligro. Y parece que tenía razón.

—¿Y cómo sabías tú que estaba en peligro? —preguntó Marta dirigiéndose a Ayira por primera vez.

Ayira dudó antes de contestar. Miró al teniente Luque y luego a Marta.

—No sé si es conveniente que...

—Tengo toda la confianza en Abel —dijo Marta interrumpiéndola.

Marta había utilizado a propósito el nombre de pila del teniente Luque. Era un intento pueril de poner celoso a Iñigo, pero este pareció no reaccionar.

—Bien —dijo Ayira resignada—. Quizá todo esto le suene un poco extraño, pero existe una organización llamada la Hermandad Blanca.

—Lo sabemos —respondió Marta—. Una cruz blanca de puntas redondeadas.

Esta vez fue Marta quien sorprendió a Ayira, que hizo un gesto de respeto.

—¡Vaya! Veo que eres tan buena como me han dicho.

Marta miró a Iñigo y enarcó las cejas. Él sonrió divertido.

—Esa organización no solo intenta matarte —continuó Ayira bajando el tono—, sino que ha robado la reliquia y está detrás del asesinato del papa.

El teniente Luque, que parecía seguir la conversación con cierto aburrimiento, dio un respingo.

—¿Cómo sabe usted eso?

Ayira sonrió al ver que había captado la atención de todos.

—Tengo mis fuentes —dijo por toda respuesta.

—Eres de la Hermandad Negra —aseveró Marta y esta vez fue Ayira quien dio un respingo—. Siete siglos en lucha —continuó negando con la cabeza— por una forma diferente de ver el mundo y un objeto sin valor.

—¿Por una forma diferente de ver el mundo? —respondió Ayira sin poder evitar una mueca despectiva—. Puedes llamarlo así. La de ellos incluye matar, como has podido comprobar, ¿o ya no te acuerdas de Federico?

Marta recordaba muy bien a la Sombra. Todavía soñaba con él de vez en cuando. Pero había algo en Ayira que la hacía desconfiar. Había aprendido que nada es lo que parece. Además, no había respondido a su insinuación sobre la ausencia de valor de la reliquia, la había obviado, y Marta sabía que a veces es tan importante lo que alguien dice como aquello que omite.

—¿Nos ayudarás? —preguntó Ayira.

Marta miró a Iñigo, que la contemplaba expectante, sin duda convencido de las buenas intenciones de Ayira. Luego miró al teniente Luque, que esperaba su respuesta con las cejas enarcadas y una sonrisa irónica.

—Aún tengo un par de preguntas —respondió Marta—. ¿Cuál es la misión de la Hermandad Negra?

—Evitar el daño. Impedir que la reliquia caiga en manos de la Hermandad Blanca. Desenmascararlos.

—Pues no lo están haciendo muy bien.

De inmediato, se lamentó de haber sido tan mordaz.

—Tienes razón —aceptó Ayira—. Aunque hoy te hemos salvado la vida.

Marta no pudo evitar pensar que había sido Iñigo quien la había salvado, pero se abstuvo de verbalizarlo. En su lugar, lanzó la segunda pregunta que tenía pensada.

—¿Quién conforma la Hermandad Negra?

—Mujeres —respondió Ayira—. María Magdalena

fue la primera. Jesús le encomendó ser el poder en la sombra, velar para que su legado no se desviase. A lo largo de la historia, muchas mujeres importantes han formado parte de la hermandad. Hoy creamos ONG e impulsamos las artes y las ciencias. Yo presido un consejo formado por siete mujeres, las siete virtudes —dijo sonriendo—. Yo soy la Fortaleza.

El silencio se extendió entre los cuatro. Necesitaban asimilar lo que Ayira les acababa de contar. Marta seguía dubitativa, pero los rostros del teniente Luque y de Iñigo permanecían mudos de asombro.

—Está bien —respondió Marta—. Os ayudaré. ¿Qué necesitáis de mí?

Ayira asintió satisfecha.

—Que nos ayudes a encontrar la reliquia y que cuando lo hagas, nos la entregues. Nosotras la protegeremos.

Marta dudó. No estaba convencida de las intenciones de la Hermandad Negra, pero siempre podía cambiar de parecer más adelante.

Asintió.

—Lo haré.

Acordaron ir a cenar los cuatro para decidir su siguiente paso, pero antes Iñigo y Ayira fueron a instalarse en sus habitaciones. Marta y el teniente Luque se quedaron solos.

Ambos se miraron y el teniente le dedicó una sonrisa irónica.

—¡Vaya rival!

—No sé a qué te refieres —respondió Marta.

Marta sabía perfectamente a qué se refería, pero no quería darle la satisfacción de reconocerlo. El teniente se puso serio y entornó los ojos.

—¿Me lo vas a contar? —preguntó.

—¿El qué?

—Hay algo que no le has contado a la nueva amiga de Iñigo. ¿Qué descubriste en el tapiz?

Marta dudó si responder. No es que desconfiara del teniente, sino que aún estaba molesta por la presencia de Ayira y por los celos que, sin poder evitarlo, sentía de ella.

—Descubrí dos cosas. ¿Recuerdas las tres figuras que acompañaban a la guerrera de la Hermandad Negra? Una era otra mujer, tan parecida que solo podía ser su hermana.

El teniente Luque asintió.

—¿La que llevaba el bastón de mando y la espada?

Marta se quedó boquiabierta.

—¡No me había fijado en eso! —exclamó Marta mientras sacaba su móvil y lo comprobaba en la foto que había hecho del tapiz—. ¡Aquí está!

—Y eso significa...

—¡La Templanza!

Marta se volvió hacia Abel, que la miraba sin entender.

—Una de las siete virtudes. Hace referencia a las que instituyó el papa Gregorio el Grande en el siglo VI. Lo hizo para ayudar a los cristianos, para que pudieran mantenerse alejados del mal, de los siete pecados capitales. ¡Y mira la otra!

—¿La que blande la espada? ¿No es una balanza lo que lleva en la mano izquierda?

—Así es. La Justicia. Otra de las siete virtudes. Ambas pertenecen a la Hermandad Negra.

—¿Y las otras dos figuras? —preguntó el teniente Luque—. Dijiste que habías descubierto dos cosas.

Marta recordó la imagen del tapiz y no pudo evitar sonreír. Fue una sonrisa de cariño, la misma que se dibuja en el rostro al ver la fotografía de alguien querido que desapareció mucho tiempo atrás.

—Esas son las que llamaron mi atención. Un caballero completamente vestido de negro, el único que en la escena no lleva adornos ni ornamentos. Y un monje con un libro en la mano y un martillo de cantero en la otra.

—¿No estarás insinuando...?

—Así es —dijo Marta, a quien todo aquello le parecía cada vez más evidente—. El caballero negro y Jean.

—¿Pero no fue el cadáver del caballero negro el que encontraste en la iglesia de San Vicente hace diez años?

—Así lo creía yo, pero cada vez tengo más claro que no sucedió de esa manera.

El teniente Luque se sumió en sus pensamientos tratando, probablemente, de asimilar cuanto acababa de escuchar y sus consecuencias.

—¿Por qué no le has dicho todo esto a Ayira? —preguntó al fin.

—Porque la información es poder. Porque no conozco aún sus intenciones. Porque probablemente ella ya sabe todo eso.

En aquel momento, Iñigo y Ayira reaparecieron conversando animadamente. Marta y el teniente interrumpieron sus confidencias.

Pero Marta sabía que aún faltaba un porqué. Un porqué que no tenía intención de compartir con nadie. En el tapiz, colgada del cuello, la figura de Jean llevaba la reliquia bien visible. A su lado, la Templanza llevaba un colgante gemelo. Otra reliquia exactamente igual. Algo que Marta no comprendía.

Aún.

37

Año 1209

Una lágrima puede secar el corazón de un hombre. El vizconde Trencavel, en su aún corta vida, jamás había derramado ninguna. Aquella que se le escapó cuando el caballero negro y Philippa le informaron de la muerte de veinte mil de sus súbditos en la masacre de Béziers fue la última que nadie lo vio verter.

Ni siquiera iba a derramarlas durante la más horrible de las torturas que iba a sufrir en los siguientes meses.

Aquella última lágrima sepultó al joven vizconde, apagó la luz de sus ojos y transformó su rostro en una efigie pétrea.

—Lo pagarán frente a los muros de Carcasona —fue todo lo que dijo, apretando los dientes.

El caballero negro y Philippa se miraron asustados ante la reacción del vizconde.

—El ejército cruzado avanza —dijo el caballero negro—, hay que preparar las defensas de la ciudad.

—No —respondió categóricamente el vizconde—. No nos dejaremos atrapar dentro de los muros de la ciudad para que el hambre y la sed nos derroten. Saldremos a vencerlos a campo abierto.

El caballero negro lo miró como si creyese que había perdido el juicio.

—Es una locura, vizconde. Apenas contáis con mil soldados. Son suficientes para defender la ciudad, pero no para vencer a un ejército que os supera en número.

El caballero negro vio en la mirada del joven un fuego helado. No sería fácil convencerlo.

—Sabio consejo el que os dan, vizconde Trencavel. Quizá deberíais tomarlo en consideración.

El vizconde, el caballero negro y Philippa se volvieron a la vez para ver quién había hablado desde la puerta del salón vizcondal. La primera en reaccionar fue Philippa.

—¡Hermana! —dijo corriendo a abrazar a la recién llegada.

El caballero negro observó a ambas mujeres con curiosidad. Eran parecidas físicamente, pero había algo en la recién llegada que las diferenciaba, una cierta frialdad, un envaramiento al caminar, la manera en que alzaba la barbilla. Vestía ropas sencillas, oscuras, las de alguien acostumbrado a una vida poco cómoda. Ceñía una espada a su cintura que, por sus movimientos, no parecía decorativa. Después de haber visto a Philippa luchar, se imaginó que su hermana mayor sería al menos tan diestra como ella, pero mucho más mortífera.

Al lado de la hermana de Philippa esperaba silencioso un perfecto cátaro. Una capucha le cubría la cabeza sin dejar ver sus facciones. Nadie le dirigía la palabra y él observaba, hierático, la escena.

Philippa se dirigió a su hermana señalando al caballero negro.

—Esclarmonde, este es Roger de Mirepoix. Viene de luchar en Tierra Santa y estuvo conmigo en Béziers, defendiendo valerosamente la ciudad.

Esclarmonde se acercó al caballero negro y pareció valorar con su mirada si lo que estaba viendo se correspondía con los elogios de Philippa.

—Os agradezco que cuidarais de mi hermana.

—Es más bien al revés. Fue ella quien me salvó la vida.

El monje se acercó a Philippa y tomó sus manos entre las suyas.

—Jamás había conocido dos hermanas tan valerosas. Dejad que me presente. Soy Marius, perfecto cátaro de Toulouse al servicio del conde Raymond. Aunque fui conocido por otro nombre —añadió mientras retiraba su capucha—. Yo era Jean de la Croix.

El caballero negro tardó un instante en reaccionar. Después de diez años todo le parecía irreal y la leve esperanza que siempre había tenido curó un pedazo de su corazón, que ya creía muerto. Se acercó y abrazó a Jean.

—Pensé que habías muerto —dijo sin recuperarse de la sorpresa.

—Yo pensé lo mismo de ti.

Jean miró al caballero negro con otros ojos. Había cambiado. No solo eran los diez años transcurridos, veía en sus ojos una mayor profundidad, menos ligereza, había ganado en cercanía y quizá en sabiduría. Los dos hombres volvieron a abrazarse.

—Seguro que tendrás muchas cosas que contarme. ¿Qué sucedió cuando me robaste el manuscrito? —añadió Jean con una sonrisa.

El caballero negro iba a contestar, pero Esclarmonde los interrumpió.

—Ya habrá tiempo para el reencuentro de dos viejos amigos. Ahora tenemos algo mucho más importante que decidir: el destino de la cristiandad.

Un pesado silencio se extendió por el salón y todos

miraron expectantes a Esclarmonde. La hermana de Philippa mostraba un semblante serio, casi solemne.

—Mi nombre es Esclarmonde de Pereille, pero también soy la Templanza, guardiana mayor, escogida entre las siete virtudes, para proteger el legado que Jesucristo confió a María Magdalena.

—¿Qué legado? —preguntó el caballero negro, que no acababa de entender nada de lo que Esclarmonde había dicho.

—La reliquia —respondió Jean como si aquello lo explicara todo.

Esclarmonde explicó entonces la historia de las dos reliquias y de cómo un grupo de mujeres había guardado la que había sido entregada a María Magdalena a semejanza de lo que había ocurrido con la entregada a Santiago.

—Somos siete —dijo Esclarmonde— y cada una de nosotras representa una de las siete virtudes. Yo soy la Templanza y Philippa es la Justicia.

El caballero negro miró a Philippa con otros ojos. Ya no era solo una mujer hábil con la espada deseando hacer justicia. Se había desprendido de su juventud y había adquirido un aura mágica, como si en ella habitase la sabiduría de muchas eras.

—¿Cuál es el poder de las dos reliquias? —preguntó el caballero negro.

—No me está permitido hablar de ello —respondió Esclarmonde.

El caballero negro miró a Jean, que parecía ensimismado, como si supiese que esa pregunta no iba a tener respuesta.

—¿Por qué nos cuentas todo esto? —interrumpió el vizconde Trencavel.

Esclarmonde lo miró con gesto severo.

—Porque si la reliquia cae en manos de Inocencio III,

Roma será tan poderosa que los cátaros serán solo un vago recuerdo perdido en el tiempo.

—¿Y dónde está esa reliquia? —preguntó obstinado el vizconde—. Si tan poderosa es, nos será de utilidad para derrotar a nuestros enemigos.

—No es ese su poder. Permanecerá escondida, pero es necesario alejar a Guy Paré de ella. Y para eso necesitamos un cebo poderoso.

De nuevo, se hizo el silencio hasta que el caballero negro verbalizó lo que todos estaban pensando.

—¿Y qué o quién será ese cebo?

—Yo —respondió Jean—. Yo lo alejaré de la reliquia.

38

Año 718

La pequeña sala del hospital del monasterio de San Salvador de Valdediós estaba prácticamente vacía. Una docena de jergones se alineaban en el suelo y Bernardo los miró con una mezcla de alegría y tristeza. Alegría por no tener enfermos de peste a los que atender, tristeza porque todos ellos habían perecido. La peste aparecía de forma repentina y se esfumaba de igual modo, como si nunca hubiera estado allí. Bernardo se volvió hacia el único jergón ocupado y observó sorprendido el trabajo de Álvaro. El joven monje parecía estar especialmente dotado para atender a los enfermos y había curado la herida con una habilidad que superaba a la del propio abad. Era cierto que era poco profunda, pero Álvaro la había limpiado y vendado con delicadeza, evitando el dolor de la paciente mientras apaciguaba su nerviosismo con palabras de ánimo y tranquilidad. Bernardo puso una mano sobre el hombro del aprendiz y asintió orgulloso.

—Serás un buen monje sanador.

Vio que Álvaro se sonrojaba y pensó que era debido a su elogio. Luego miró a la bella joven a la que había atendido y comprendió que era ella quien había causado su azoramiento.

—Esto será todo por hoy. Cuando termines de lavarte, ve a descansar.

En aquel momento, entró en la enfermería el hermano Severino con gesto preocupado y se dirigió hacia ellos con paso apresurado, lo que indicó a Bernardo que portaba malas noticias.

—Abad Bernardo —comenzó sin preámbulos—. El obispo Oppas y siete soldados se hallan en la puerta del monasterio y preguntan por vos. Son atendidos en este preciso momento por Anselmo.

Bernardo sintió que había llegado el momento que tanto tiempo había temido, aunque aún albergaba la esperanza de impedir lo que parecía inevitable. Miró a Severino, estaba indeciso, como si quisiese añadir algo. El abad enarcó las cejas y eso fue suficiente para animarlo a hablar.

—Hay algo más. Anselmo parecía esperar su llegada. No solo no se sorprendió, sino que pareció alegrarse de ello.

Los peores presagios de Bernardo se estaban cumpliendo: Oppas había venido a por la reliquia. «Bien —pensó—, estoy preparado para no ceder, aunque desconozco hasta dónde está dispuesto a llegar el obispo.» Recordó sus palabras unos días antes: «El tiempo no es infinito. Somos mortales. Todos nosotros».

Bernardo meditó unos instantes y cambió de opinión.

—Hermano Severino, decidle al obispo que me reuniré con él en breves instantes. Añade que debo asearme después de atender a los enfermos. Eso le hará ser paciente.

El hermano Severino se retiró sonriendo por el comentario de Bernardo, conocía la reticencia del obispo a entrar en contacto con enfermos y ancianos.

Bernardo se volvió hacia Álvaro, el joven aprendiz, que aún continuaba lavándose.

—Álvaro, ven aquí, necesito que me hagas un favor muy importante. Escucha atentamente.

Cuando el abad terminó de dar las instrucciones al muchacho, se lavó con calma y se dirigió hacia el edificio del monasterio con el corazón encogido por las circunstancias.

Oppas levantó la cabeza al verlo llegar y lo miró con un gesto de desaprobación. Bernardo pudo entrever también un poso de repugnancia, como si su trato con enfermos lo hiciera indigno de hablar con el obispo.

—Ilustrísima —dijo Bernardo con una alegría fingida—. ¡Cuánto honor es que nos visitéis dos veces en tan poco tiempo!

Hizo gesto de agacharse a besar la mano del obispo, pero retrocedió al ver su gesto horrorizado.

—Ya sabéis por qué estoy aquí, abad Bernardo. El tiempo de la equidistancia ha terminado.

Bernardo perdió la esperanza de poder prolongar la situación. Sí o no eran las únicas respuestas. Aun así, tenía que intentarlo.

—Obispo Oppas, como ya os dije, aquí no hay nada de valor.

—No finjáis más, abad. Las máscaras han caído. Anselmo me ha contado la verdad y ahora sé que me habéis traicionado, no solo a mí, sino a Roma.

Bernardo interrogó con la mirada a Anselmo, que se la devolvió con arrogancia.

—Entonces Anselmo también os habrá confesado que he escondido la reliquia. No fue depositada aquí para ser usada en la guerra. No os diré dónde está.

Oppas lo miró fijamente y luego estalló en una estruendosa carcajada que al abad le resultó sobrecogedora.

—Aún no entendéis la gravedad de la situación. Pagaréis con vuestra vida esa decisión.

Bernardo se encogió de hombros simulando tranquilidad, aunque temblaba por dentro.

—Entonces nunca sabréis dónde está la reliquia. Mi muerte es inútil, pero si el Señor quiere que así sea, será.

—Hay cosas peores que la muerte. Veremos si estáis preparado para ellas.

Las noches en el castillo de Auseva eran tensas, como el sueño de un animal salvaje. La oscuridad volvía amenazante cada sombra, pero los soldados de guardia temían tanto a los enemigos como a la ira del castellano si eran sorprendidos en falta.

El soldado de la puerta principal del castillo bostezó y gruñó molesto. El castellano había doblado la guardia y lo que prometía ser una noche bebiendo y visitando a las prostitutas locales se había convertido en una noche eterna a la intemperie.

El soldado cambió de postura y escrutó la oscuridad. Vio una sombra acercándose al castillo y no dudó en darle el alto y apuntar con su ballesta, presta a disparar. La sombra se acercó a la puerta y dejó caer la capucha. El soldado respiró aliviado, solo era un joven monje que parecía inofensivo. De todas maneras, tenía órdenes de no dejar entrar a nadie y no estaba dispuesto a incumplir una orden directa del castellano.

—Me envían de San Salvador de Valdediós.

—Ya te estás dando la vuelta y regresando por donde has venido.

—Pero es importante...

—Me importa una mierda lo que para ti sea importante, monje. Vuelve cuando haya amanecido.

Álvaro tragó saliva. Había tenido poco contacto con soldados en su vida y rara vez había sido para bien, pero el abad le había transmitido la importancia de aquella misión. No hubiese sido necesario hacerlo, su mirada de preocupación había sido suficiente. Álvaro tenía aprecio al abad, se había portado bien con él desde su llegada al monasterio, por lo que reunió coraje e insistió.

—Tengo que ver al castellano. Debo entregarle un mensaje. Es una cuestión de vida o muerte —añadió recordando las palabras de Bernardo.

El soldado dudó. No estaba impresionado por las palabras del monje, pero sí por su mención al castellano. Con él, cualquier error era castigado con severidad, pero despertarlo en medio de la noche tampoco le resultaba atractivo. Y eso que había quien decía que jamás dormía.

Álvaro percibió la duda en el soldado. Decidió jugar la última carta que el abad le había proporcionado.

—El mensaje para el castellano tiene que ver con el rey. Proviene del abad que le salvó la vida hace unos días.

Aquello fue demasiado para el soldado. Como todo el castillo sabía, el rey había estado a punto de morir y un extraño monje, inspirado por la mano de Dios, había rezado toda la noche y lo había devuelto a la vida. Ese era el rumor que corría.

—¡Espera aquí, monje! —ordenó el soldado.

Regresó al cuarto de guardia y despertó de un manotazo a su compañero, que dormía entre profundos ronquidos.

—¿Qué sucede?

—Hay un monje en la puerta. Quiere ver a Wyredo, necesito que busques al castellano.

—¿Estás loco? Ni por toda la cerveza del mundo haría algo así.

El soldado gruñó frustrado. Habría sido demasiado fácil.

—Está bien —dijo resignado—. Ocupa mi puesto, yo llevaré al monje ante Wyredo.

—De acuerdo —respondió el otro aliviado—. Pero recuerda que si Wyredo te corta el cuello, no me importaría quedarme con ese cuchillo tan bonito que tienes —añadió con una mueca irónica.

Álvaro esperaba en la puerta del castillo con el cuerpo entumecido por el frío. Había recorrido la distancia entre el monasterio y Auseva en plena noche, a buen paso, lo que lo había mantenido caliente, pero ahora estaba helado y hambriento.

La puerta se abrió y dos hombres cruzaron el umbral, el soldado de guardia y otro de mirada feroz. Álvaro estaba seguro de que se trataba del castellano, pero dio un paso atrás impresionado por su fiera expresión.

—¡Habla! —dijo el recién llegado sin saludar ni presentarse.

Álvaro tragó saliva.

—Me envía el abad Bernardo, de San Salvador de Valdediós. Tengo un mensaje para Wyredo, el castellano. Debo dárselo en persona —dijo el joven levantando la barbilla, dispuesto a no dejarse impresionar por aquel hombre.

—Yo soy Wyredo y conozco a tu abad. Dame su mensaje.

Aquello era una orden directa y la fingida seguridad de Álvaro se desmoronó. Trató de recordar las palabras exactas del abad, pero el esfuerzo, el hambre, el frío y el miedo nublaban su recuerdo. Comenzó con voz temblorosa.

—Oppas ha venido a buscar lo que no es suyo. No

romperé mi promesa, pero la fidelidad de los muertos es tan vana como la esperanza del moribundo.

Álvaro no comprendía las palabras, pero percibió que el castellano sí. Wyredo abrió mucho los ojos, dio un paso adelante y lo agarró del hábito a la altura del cuello. Lo arrastró hacia el interior del castillo y, haciendo caso omiso de las quejas del monje, lo llevó en volandas por pasillos y escaleras.

Álvaro estaba aterrorizado. Sentía que algo había salido mal y pensó que estaba siendo conducido a una profunda mazmorra donde moriría de frío o hambre, sino de algo peor.

De pronto, el castellano se detuvo delante de una puerta, la golpeó dos veces y sin esperar respuesta entró con el aún sorprendido muchacho colgado de su brazo.

Un hombre esperaba de pie frente a una ventana, de espaldas. Un extraño pensamiento vino a la mente de Álvaro: «¿Es que nadie duerme en este castillo?».

El hombre se volvió y contempló a Wyredo y al asustado monje.

—Dile a mi rey Pelayo lo que me acabas de decir.

39

Año 1209

El conde de Toulouse, Raymond VI, observó con admiración las murallas de su querida Carcasona. Esperaba que ante aquellos impenetrables muros terminase la cruzada. La matanza de Béziers había horrorizado a una parte del ejército y su carta a Inocencio III relataba con toda crudeza la carnicería que Guy Paré había permitido e incluso alentado. Esperaba una pronta respuesta de Roma poniendo fin a aquel sinsentido.

Si hubiera sabido lo equivocado que estaba, quizá habría actuado de otra manera.

Carcasona no era Béziers y, aunque habían transcurrido diez días desde la llegada del ejército cruzado, la ciudad resistía. El muro exterior había caído el primer día y el castellar poco después, pero los muros interiores, con sus veinte inexpugnables torres de defensa, permanecían intactos.

A pesar de ello, en el salón del vizconde Trencavel cundía el nerviosismo.

—Apenas nos queda agua. Salvo que llueva pronto, perderemos Carcasona —sentenció Esclarmonde.

—Eso está por ver —espetó el vizconde—. Aún cuento con mil caballeros dispuestos a todo.

Philippa se acercó al vizconde y puso una mano sobre su brazo.

—Recuerda Béziers —dijo—. Veinte mil almas fueron arrancadas sin piedad de este mundo.

—Y nada podrá evitar que Guy Paré repita aquí la matanza si entregamos la ciudad —insistió Trencavel.

El caballero negro permanecía silencioso. Miró a su izquierda a Jean, con el que había tenido tiempo de charlar durante aquellos días; como él, permanecía impasible. Su historia le parecía increíble: su retiro a la isla de Ré, su peregrinación por Occitania, su conversión a la fe cátara. Según le había reconocido, las vicisitudes que habían vivido juntos habían modificado su visión del mundo.

«Ha cambiado —pensó—. Sabe lo que quiere y ya no es un hombre con dudas.»

El caballero negro trató de apartar a Jean de su pensamiento y regresar a la discusión.

—No, no lo hará —intervino Philippa—. Hasta el mismo Pedro II de Aragón está aquí para mediar. Guy Paré no osará.

El vizconde se quedó pensativo. No parecía estar de acuerdo con Philippa.

—Quizá haya una manera —intervino el caballero negro—. Enviad un mensajero para parlamentar y pedid a los ciudadanos de Carcasona que se preparen para abandonar la ciudad. Escuchad mi idea.

El vizconde Trencavel ciñó su espada a la cintura, hizo un gesto con la cabeza al caballero negro y pidió que abrieran la puerta de la muralla.

—Recordad lo que debéis decir al final.

El joven vizconde se volvió hacia Esclarmonde, que era quien había hablado, y sin responder cruzó la puerta.

Avanzó con gesto sombrío hacia el legado papal, que esperaba con mirada despectiva al enviado de la ciudad a parlamentar. No tenía dudas de que entregaría Carcasona.

Cuando Trencavel llegó a la altura de Guy Paré se desvió y, sin mirarlo, se dirigió directamente al conde Raymond. Echó pie a tierra y bajando la cabeza levantó las llaves de la ciudad.

—Conde Raymond —dijo—, como humilde vasallo de Toulouse os rindo pleitesía entregándoos la ciudad de Carcasona.

Un silencio sepulcral se extendió entre los presentes. El legado papal enrojeció de ira, pero antes de que pudiera reaccionar, el conde de Toulouse se adelantó y tomó las llaves en sus manos.

—¡Levantaos! Vizconde Trencavel, habéis defendido con gallardía vuestra ciudad. ¡Escuchad todos! — dijo alzando la voz—. Nadie dañará a los habitantes de Carcasona o lo pagará con su vida. Abandonadla ahora sin temor alguno. Mi rey —dijo volviéndose hacia Pedro II—, ved que Carcasona está libre de herejes y es entregada en prenda a este ejército.

—Pe... pero —balbuceó Guy Paré, cuya ira solo era igualada por su sorpresa—, ¿no dejaréis escapar a los herejes...?

—No veo herejes aquí —respondió Pedro II—, solo buenos cristianos que desean la paz y dejan como prueba de su buena fe todas sus pertenencias y fortuna.

De pronto, las puertas de la ciudad se abrieron de par en par y las gentes de Carcasona la abandonaron ante el respetuoso silencio del ejército cruzado. Cuando el último poblador hubo traspasado las puertas, el vizconde Trencavel entregó su espada a Raymond y se volvió para unirse a su pueblo. Al pasar al lado de Guy Paré, se detuvo y miró al legado a los ojos.

—Recuerdos de Jean de la Croix —dijo con calma—. Os espera al oeste.

—¡Detenedlo! —ordenó a gritos Guy Paré con los ojos inyectados en sangre—. ¡Es un hereje! ¡Lo ha reconocido!

Un revuelo enorme se formó alrededor del vizconde, que fue apresado sin poder oponer resistencia.

—He dado mi palabra de que todos los habitantes de Carcasona serían respetados —dijo Raymond tras desenvainar su espada.

—¿Acaso contradices al legado en cuestiones de fe? Un reconocimiento de herejía no puede ser pasado por alto.

—Nadie más que vos ha escuchado tal confesión —respondió el conde con desprecio.

—¡Yo la escuché! —dijo una voz a espaldas de Guy Paré.

Todos se volvieron al escuchar la voz. Simón de Montfort dio un paso adelante.

—Ha sido una inequívoca confesión de herejía.

Aquella misma noche, los gritos del vizconde Trencavel se escuchaban amortiguados en la ciudad de Carcasona provenientes de los profundos calabozos del castillo.

No bien el último habitante de la ciudad la hubo abandonado, Guy Paré tomó posesión del castillo y comenzó con el largo pero satisfactorio proceso de obtener información del prisionero. No estaba resultando fácil. Por alguna razón que el abad no acababa de comprender, el vizconde no suplicaba por su vida, como si pensase que la muerte fuera un destino mejor que el deshonor.

El propio Guy Paré se ocupaba de la tortura disfrutando de los gritos de sufrimiento y del olor de la sangre.

—Decidme, vizconde, ¿merece la pena morir por un desconocido?

—Merece la pena vivir y morir por Occitania. Y por mi honor, algo que vos desconocéis.

—Decidme dónde está Jean de la Croix, ¿o debería llamarle Marius, el perfecto cátaro al servicio de vuestro conde?

El vizconde tensó su mandíbula y adoptó de nuevo un gesto de orgullo.

—Perded la esperanza, abad, no traicionaré a los míos.

Alguien golpeó la puerta de la sala de tortura y la abrió. Guy Paré no pudo impedir un gesto de contrariedad.

Era Simón de Montfort.

Al abad le gustaba tener sus reuniones importantes en la sala de tortura. Era un aviso para los demás acerca de lo que podía suceder si lo traicionaban. Además, le permitía calibrar de qué pasta estaban hechos sus hombres; pocos podían mantener una conversación mientras alguien era torturado a su lado.

Simón de Montfort iba a demostrar que él sí podía.

—Quiero que toméis el mando militar de la ciudad y de mi ejército —comenzó Guy Paré haciendo hincapié en que se trataba de su ejército.

—No encontraréis a nadie que lo desee más —respondió Simón con una sonrisa irónica.

Guy Paré lo miró enarcando una ceja. Había elegido al hombre adecuado.

—El deseo es una parte importante del asunto, lo reconozco. Y no tener un título nobiliario de importancia lo aviva. Ser vizconde no estaría mal, quizá algún día incluso conde. Pero además hay que reconocer que habéis mostrado arrojo en la batalla. Nadie os negará ese derecho.

—Y a cambio...

Guy Paré sonrió para sí mismo. Le caía bien Simón de Montfort. Era inteligente, aunque por eso mismo tendría que vigilarlo.

—Nada que no podáis comprometeros a hacer. Dirigiréis mis ejércitos hacia donde yo os diga y me ayudaréis a buscar a dos personas. Todo cuanto conquistéis será vuestro: castillos, tierras, riquezas y mujeres. Todo excepto una cosa.

Simón de Montfort sonrió. Poco le importaba lo que aquel abad quisiese para sí mismo si todo lo demás era para él, pero aun así estaba intrigado por aquel extraño interés.

—¿Y qué cosa es esa?

—Nada importante —dijo Guy Paré mostrando un aparente desprecio—. Una pequeña reliquia sin ningún valor material, solo espiritual.

Simón de Montfort no creía que Roma hubiese lanzado aquella cruzada contra los herejes por un simple objeto sin valor. Pero ya tendría tiempo de saber más sobre aquella fruslería.

—¿Y a qué dos hombres debo buscar y entregaros?

—El primero tiene como nombre Jean de la Croix, un vulgar ladrón con quien tengo una cuenta pendiente.

—¿Y el segundo?

—Un mercenario. Un caballero hereje. Su nombre es Roger de Mirepoix. —Y añadió con una sonrisa maliciosa—: Pero ya sé que lo conocéis bien.

El rostro de Simón de Montfort se petrificó. Aquello no se lo esperaba, pero era un hombre práctico y sabía que todo en la vida era temporal, incluso la amistad.

—Para ayudaros en esta última tarea contaréis con la inestimable ayuda de Giotto, mi escolta personal.

Simón de Montfort había visto luchar a Giotto en los muros de Carcasona: hábil con la espada, mortal con el cuchillo y silencioso como un felino. Un hombre peligroso. Tendría que cuidarse de él si no quería ser quitado de en medio cuando ya no fuese imprescindible.

Guy Paré intuyó su incomodidad.

—¿Algún problema? —preguntó.

—En absoluto.

40

Año 2020

Marta miró por la ventanilla del coche de alquiler y vio desfilar los inmensos viñedos que salpicaban aquel vasto territorio que anticipaba los ya cercanos Pirineos. Era el comienzo del otoño y las viñas comenzaban a mostrar tonos rojizos y ocres que le resultaban melancólicos, como su estado de ánimo.

A su lado, el teniente Luque conducía en silencio. No había abierto la boca desde su salida de Carcasona y su humor taciturno parecía haberse contagiado también a Iñigo y Ayira, que viajaban en el asiento trasero.

Marta pensó que quizá la causa del silencio era la desconfianza que se deslizaba entre ellos. Ella la sentía como algo físico, palpable. Desconfiaba de Abel, que simulaba ayudarle, pero quizá estaba al servicio del Vaticano, de la ley o de oscuros intereses políticos. Desconfiaba de Iñigo, que había regresado para restregarle que había pasado página. Desconfiaba de Ayira, que, envuelta en un halo de generosidad, escondía algo misterioso y amenazador.

—¿Por qué Peyrepertuse? —preguntó Ayira de repente.

Marta tuvo la sensación de que el interés de Ayira no

era casual. No se había mostrado muy entusiasmada ante su decisión de visitar aquel castillo en particular. Aquello había sido una victoria para ella, que se había mostrado inflexible.

—Debemos seguir la pista de la Hermandad Negra. Según el libro que compré en Toulouse, parece que fue allí donde nació. Pero eso ya lo sabías, ¿no?

Ayira asintió, aunque parecía algo molesta.

—Sí —respondió—, pero suponía que seguíamos la pista de la Hermandad Blanca. Al fin y al cabo, son ellos los que han robado la reliquia e intentado matarte.

—No me gusta dar nada por hecho.

Marta dio por terminada la conversación y una cierta tensión quedó flotando en el aire.

—Bueno, en todo caso, pronto saldremos de dudas —puntualizó Iñigo.

Marta sonrió para sus adentros. Sabía que a Iñigo aquella tensión se le hacía especialmente incómoda y que, de alguna forma, necesitaba mediar. En eso, al menos, no había cambiado.

De pronto, el teniente Luque lanzó un silbido de admiración y todos siguieron su mirada hacia la cima de una peña sobre la que se erguía lo que debía de ser la fortaleza de Peyrepertuse.

—No podía imaginar que fuera un lugar tan espectacular —admiró Marta—. Tengo muchas ganas de visitarlo.

Marta exploró con la vista la rocosa pendiente que ascendía vertiginosa hasta una cumbre plana donde la muralla no parecía sino una extensión de la misma piedra, una corona descansando sobre la cabeza de cabellos plateados de un viejo rey de la Antigüedad. La torre del castillo y la de la iglesia parecían dos vigías cerciorándose de que abajo, en el valle, nada perturbaba la tranquilidad del monarca.

Dejaron el coche en el aparcamiento y comenzaron la ascensión hacia la fortaleza por un estrecho camino habilitado entre peñascos y arbustos.

—No hemos tenido mucho tiempo para hablar —dijo Iñigo a Marta en un momento en el que caminaban separados del resto.

Marta dudó qué responder. Estaba tensa, pero no tenía derecho a pagar con Iñigo su estado de ánimo.

—No ha sido fácil, no hemos podido estar a solas.

Marta se volvió hacia Iñigo y vio una mirada franca y directa. Se acordó de que sí podía confiar en él porque en realidad nunca la había traicionado.

—Me gustaría que habláramos. A solas quiero decir.

—¿Quieres hablarme de tu nueva amiga? —respondió Marta sin poder morderse la lengua a tiempo.

Iñigo encajó el golpe con una sonrisa y un suspiro de paciencia.

—Nos conocimos hace apenas cinco días —dijo encogiéndose de hombros—. No deberías estar celosa.

—Yo no estoy celosa. —Un incómodo silencio se extendió entre ambos el tiempo suficiente para que Marta se arrepintiera de su infantil respuesta—. Tienes razón —dijo al fin—. ¿Hablamos esta noche tras la cena?

Unos minutos más tarde, accedían al castillo y recorrían la fortaleza integrados en un pequeño grupo de turistas que seguía con atención las explicaciones de un guía sobre el castillo, la muralla y los cátaros que allí habían habitado.

Marta tenía interés en visitar la iglesia de Santa María y la capilla de San Jorge. Allí esperaba encontrar algún vestigio, algún pequeño detalle sobre la Hermandad Negra, pero tenía que reconocer que daba palos de ciego.

Pronto descubriría que nada sobre aquella pequeña roca le iba a ser de utilidad, pero que un secreto se ocultaba en lo más profundo de Peyrepertuse y que saldría a la luz gracias a la pregunta de un turista.

—Hemos oído que Peyrepertuse está repleta de cuevas y pasajes secretos —dijo el visitante con el brillo en la mirada del que habla de lo mágico y desconocido.

—Así es —respondió el guía con un gesto de orgullo para sorpresa de Marta—. No en vano Peyrepertuse quiere decir «piedra horadada». Hace dos años, durante los trabajos de restauración, encontramos un pasadizo que se sumergía en el interior de la fortaleza.

Los turistas murmuraron excitados ante la idea de visitar aquellos lugares que habían estado escondidos durante siglos.

—De todos modos —continuó el guía—, me temo que los pasadizos tendrán que esperar a una próxima visita. Solo están abiertos para los arqueólogos y otros científicos.

La decepción se extendió entre los visitantes, pero Marta, sin embargo, sintió que su corazón se desbocaba. Se volvió hacia el teniente Luque, que la miró negando con la cabeza.

—Ni hablar —dijo categóricamente.

—No sé a quién tendrás que llamar, sobornar o amenazar, pero consigue que pueda entrar ahí abajo. Lo digo en serio —añadió poniendo los brazos en jarras para mostrar que no estaba dispuesta a aceptar una negativa.

El teniente Luque la miró con desesperación y lanzó un suspiro.

—¡De acuerdo! Veré qué puedo hacer.

Marta sonrió satisfecha y se volvió para continuar la visita. De pronto, se encontró de frente con Ayira y advirtió en ella una mirada de malicia que rápido desapareció con rapidez.

Marta sintió un escalofrío.

La sobremesa de la cena en el hotel se había prolongado y Marta comenzaba a ponerse nerviosa. Hacía un rato que removía los restos de su café deseando que llegase la hora de poder hablar a solas con Iñigo.

Sin embargo, el teniente Luque no parecía tener prisa y animaba a Ayira a que contase anécdotas de sus viajes a África con la ONG.

A Marta le sorprendía que un hombre casado como el teniente encontrara tan irresistible a una mujer como para no ser capaz de comportarse. Ayira sabía que era atractiva y jugaba con él convirtiéndose en el centro de su atención y disfrutando con ello.

A su lado, Iñigo estaba pensativo y desconectado de la conversación. Marta hubiese dado lo que fuera por saber qué tenía que decirle, sin estar muy segura de qué significaría para ella.

Finalmente, el teniente Luque pareció captar la incomodidad de Marta; o quizá fue consciente de que su interés por Ayira superaba la corrección.

—Bien —dijo carraspeando azorado—, va siendo hora de que nos retiremos.

Los cuatro se levantaron de la mesa, pero Marta e Iñigo no hicieron gesto de caminar hacia el ascensor del vestíbulo, lo que generó un momento incómodo.

—Iñigo y yo queremos estar un rato a solas para hablar —dijo Marta con tranquilidad—. Ya sabéis, dos viejos amigos que no se ven desde hace tiempo y que tienen mucho que contarse.

Iñigo sonrió divertido mientras el teniente Luque y Ayira se dirigían hacia el ascensor silenciosos y algo envarados. Marta miró a Iñigo y señaló los sillones de la recepción.

—Allí estaremos más cómodos —sugirió.

Iñigo asintió y ambos se sentaron a una prudente distancia el uno del otro. Al principio evitaron entrar en el asunto que les preocupaba y se limitaron a ponerse al día de lo que habían hecho en los últimos meses. Iñigo le contó su labor en la ONG.

—He disfrutado ayudando a personas que lo necesitan. Sobreviven sin casi nada material, pero afrontan la vida con una sonrisa en tan duras condiciones.

A Iñigo le brillaban los ojos al contarlo, pero Marta no pasó por alto que había utilizado un verbo en pasado, como si no pensase regresar, pero no se quiso hacer ilusiones.

Ella, por su parte, le habló de su trabajo, de sus padres y de los sucesos a los que había sido arrastrada por el teniente Luque. De pronto, Iñigo hizo una pregunta que cambió por completo el tono de la conversación.

—¿Has vuelto a ver a Diego?

Marta tardó un segundo en responder, sin entender la intención de Iñigo con aquella pregunta.

—No. ¿Por qué me preguntas eso?

—Pensé que a lo mejor estabais de nuevo juntos. Cuando me fui...

Iñigo dejó la pregunta en el aire, inseguro o quizá incómodo.

—Fuera lo que fuese lo que sucedió entre tú y yo no afecta a Diego. No tengo intención de volver atrás en mi vida.

—¿En ningún sentido?

Marta miró a Iñigo sin estar segura de cómo interpretar aquellas palabras.

—¿A qué te refieres? Por favor, habla claro.

—Me equivoqué. Sé que te hice daño —dijo bajando la cabeza. Parecía arrepentido e inseguro.

—¿Qué ha cambiado? —preguntó Marta temiendo escuchar la respuesta.

—Yo —respondió Iñigo tratando de recuperar la seguridad—. Cuando me fui, no sabía quién era. Un cura renegado, un pandillero arrepentido. Y entonces, un día, mientras veía a esos niños africanos sonreír a pesar de la dura vida a la que están condenados, comprendí algo.

—¿Qué fue lo que comprendiste? —preguntó Marta notando que su corazón latía desbocado.

—Que en mi vida solo ha habido una época en la que fui feliz. Contigo. Y creo que tú también lo fuiste. ¿Me equivoco?

Ella negó con la cabeza.

—Nunca fui más feliz ni me sentí más viva, pero no sé si recuperaríamos todo eso si estuviéramos juntos de nuevo. No ahora.

Marta se levantó y lo miró.

—Necesito tiempo. Pensar. Ahora soy yo quien necesita saber qué siento. ¿Lo comprendes?

Iñigo asintió con la cabeza, pero su expresión era de desolación.

—Lo entiendo. Te daré todo el tiempo que necesites. No tengo derecho a exigirte nada.

Marta le sonrió con ternura y caminó hacia los ascensores. Era cierto que necesitaba pensar, pero había algo de lo que estaba segura: sentía una alegría que ya creía perdida.

Inmensa. Arrebatadora.

Pero aún no estaba preparada.

41

Año 1209

El miedo es un arma que trasciende el espacio y el tiempo.

Si la victoria sobre Carcasona había sido suficiente para que cualquier castillo occitano dudara de si enfrentarse al ejército invasor, la matanza de Béziers había sido un aviso aún más claro para toda la región. Si entregaban los castillos sin luchar, sobrevivían; si los defendían, sufrían muertes atroces.

Uno tras otro, Fanjeaux, Limoux, Castres y Montréal habían mostrado sumisión a los ejércitos de Roma. Simón de Montfort estaba exultante. Tras solo un mes de guerra, ya dominaba varias de las principales plazas fuertes de Occitania y sus enemigos se rendían a su paso sin planear batalla.

Guy Paré, por el contrario, no compartía su entusiasmo. Se hallaba junto a él en el salón principal del castillo de Montréal y su rostro reflejaba frustración. En ninguno de los lugares conquistados habían podido encontrar a Jean de la Croix y al caballero negro.

—¡Son como sombras! Perseguimos sus ecos y se nos escurren entre los dedos como granos de arena.

En todos los castillos les reconocían que habían estado allí, aunque siempre parecían abandonarlo poco antes de que llegaran las tropas. Por lo visto, iban acompañados de dos herejes cátaras.

«Brujas, sin duda —pensaba Guy Paré—, pues portan espadas y dan órdenes a los hombres, como si Dios no hubiera dejado claro que las mujeres deben obediencia a los varones, a quienes ha confiado toda la sabiduría y el conocimiento.»

Sin que el abad pudiese imaginarlo, se estaba alejando hacia el oeste siguiendo el meticuloso plan que sus enemigos habían trazado.

—Si hubiéramos aprovechado este tiempo, ya estaríamos a las puertas de Toulouse.

—No entendéis la guerra —respondió Simón con acritud—. Toulouse no caería lo suficientemente rápido. Sería un sitio prolongado e incierto. Quizá cuando regresáramos a Carcasona, nos encontraríamos otra vez un castillo por conquistar. Ahora estamos asegurando el territorio y logrando los recursos necesarios para pagar este ejército. Las plegarias y las bendiciones no mantendrán con nosotros a los mercenarios.

Simón de Montfort miró a Guy Paré, pero este seguía enojado y no parecía haber escuchado nada de lo que le había dicho. En sus ojos solo se reflejaba el ansia de sangre, fuego y poder.

—¡No! —negó con la cabeza Guy Paré—. Es a Toulouse adonde debemos acudir. Allí se esconden esos malditos ladrones herejes. ¡Convoca a los señores de inmediato!

Aquella misma tarde, diez de los principales señores de la cruzada se habían reunido en el castillo de Montréal para decidir cuál sería el siguiente paso del temible ejército de Roma.

Simón de Montfort tenía los brazos cruzados y se mostraba apartado y silencioso. La decisión de Guy Paré le parecía un error, pero había sido incapaz de convencerlo de que aquello era contraproducente. Estaba fuera de sí.

La mayoría de los señores de la cruzada se había alineado con el conde Raymond. Lo consideraban su igual y tomando parte en la cruzada los había convencido de su buena fe. Por el contrario, todos veían al propio Simón como a un advenedizo que había aprovechado la ocasión para hacerse con lo que por derecho no le correspondía.

Entre los caballeros tampoco había aprecio hacia Guy Paré: les parecía irascible y cruel y no les gustaba que un simple abad, por muy legado papal que fuese, les diese órdenes.

Guy Paré, por su parte, pensaba que Inocencio III hablaba por su boca y creía que el ejército cruzado atendería sus órdenes sin fisuras. Pronto iba a darse cuenta de que había sobrestimado su poder.

—Caballeros —comenzó Guy Paré cuando el propio conde Raymond hizo acto de presencia—, he decidido cambiar la misión del ejército de Dios.

—Creo que hasta ahora nos ha ido muy bien —respondió con gesto enojado Guillaume de Nevers.

Guy Paré se volvió hacia el conde con un gesto brusco, como si su réplica hubiera sido de mal gusto, pero este lo miró con el ceño fruncido. Era un hombre de corta estatura, pero de estructura ósea poderosa. Sus piernas parecían dos pilares de piedra y sus brazos doblaban en grosor a los de un hombre normal. Por encima de un cuello robusto como el tronco de un roble, se aposentaba una cabeza rotunda. Su mirada era directa e insistente y muchos hombres hubieran dado un paso atrás ante ella. Guy Paré no era uno de ellos.

—Os equivocáis. Nuestra misión es erradicar de esta tierra la herejía cátara y no lo lograremos tomando castillos insignificantes y sintiéndonos satisfechos con ello.

—¿Y qué proponéis? —preguntó el conde de Nevers con tono irónico—. Podéis iluminarnos con vuestro conocimiento de estrategia militar. ¿Deseáis acaso que nos dirijamos a tomar Toulouse? —Terminó con una carcajada que no cambió el rictus del abad.

—Así es —respondió—. Eso es lo que he decidido hacer.

El silencio se extendió en el salón del castillo y las risas desaparecieron. Todos miraron al conde de Toulouse, que se mantenía tranquilo. Sabía que ese momento llegaría, Marius lo había predicho y por eso habían decidido juntos el rumbo de acción.

—He sido injustamente tratado —dijo comenzando un discurso preparado con meticulosidad—. Juré ante el único Dios verdadero luchar contra la herejía y fui azotado por ello. He luchado espada con espada, escudo con escudo, con cada uno de vosotros.

Raymond hablaba para los caballeros presentes. No se dirigía ni miraba a Guy Paré.

—No es suficiente —respondió el abad.

Raymond se permitió esbozar una sonrisa. Aquel era el momento que había estado esperando.

—Quizá no para vos —dijo, ahora sí, mirándolo a los ojos—. Pero sí para aquel que se sienta en el trono de Roma.

Sin prisa, con estudiada lentitud y dejando que la expectativa creciera entre los presentes, sacó un pergamino y lo desplegó.

—Aquí —dijo lanzando una mirada a su alrededor— tengo una carta del propio Inocencio III en la que reconoce mi esfuerzo contra los herejes y el precio que he pagado por ello. Pronto viajaré a París, donde el rey de Francia confirmará mi soberanía sobre estos territorios, como ya hace Pedro II de Aragón.

Esta vez fue Guy Paré quien se quedó mudo. Aquello podía ser el fin de la cruzada. Para Simón de Montfort, que había escuchado toda la discusión en un tenso silencio, se confirmaban sus peores presagios.

—Mañana al alba —continuó Raymond—, partiré de regreso a Toulouse con todos mis hombres.

El conde de Nevers asintió en silencio. La balanza se decantaba del lado de Raymond.

—Yo partiré también —dijo—. He dejado mis dominios desatendidos durante demasiado tiempo.

Uno a uno, los diez caballeros confirmaron que abandonaban la cruzada. Para ellos la misión había sido completada. En silencio, Raymond se levantó y salió del salón pasando por al lado de Simón de Montfort, que miraba el suelo con rabia contenida. Cuando levantó la cabeza, solo había dos personas en el salón: Guy Paré y él mismo.

Mientras el ejército cruzado se desmoronaba, los muros del castillo de Castres, donde se encontraban Jean y sus amigos, parecían sólidos. Aun así, Jean no se hacía ilusiones, sabía que no había muros lo suficientemente elevados como para detener a Guy Paré. Como un perro de caza excitado por la sangre, no soltaría su presa. Ese era su temor, pero también su esperanza. La esperanza de alejarlo de la segunda reliquia.

Jean había tenido mucho tiempo para pensar en ambas reliquias, la que él mismo había escondido ocho años antes en el monasterio de Silos y la que se encontraba guardada en algún lugar del Languedoc. Había llegado a la conclusión de que ambas debían estar juntas. Además, había recordado algo que había estudiado en la Biblia en su época de monje en el monasterio de Cluny. El profeta Ezequiel mencionaba las piedras sagradas que abrían el arca de la alianza. La reliquia no podía ser otra cosa que una de esas piedras sagradas.

Esclarmonde no había querido decirle dónde estaba la reliquia, pero tampoco le había preguntado por la suya. Habían terminado por obviar el asunto, pero Jean se sentía incómodo. Una vez más, no estaba seguro de si estaba siendo utilizado.

Con el caballero negro sí había tenido tiempo de hablar. Se habían contado lo que les había sucedido a cada uno en Sanctus Sebastianus y tras su separación en aquella pequeña iglesia en construcción desde donde Jean había saltado al mar creyendo que iba a morir. El caballero negro le había hablado de su viaje a los Santos Lugares, pero tampoco le había preguntado por la reliquia. Parecía que aquello no tuviese importancia para él, como si tras la muerte del abad de Leyre ya solo la guerra le importase. Un tácito silencio se había acabado adueñando de sus conversaciones en las cada vez más raras ocasiones en las que no abandonaba el castillo junto a Philippa para alguna misión de la que nadie se molestaba en informarle.

Silencios, secretos y enigmas.

Pero Jean había aprendido mucho en esos años, ahora no era un simple actor en aquella obra: iba a ser uno de los protagonistas.

42

Año 718

Un hombre sabe lo que es el miedo cuando ha notado en la garganta el frío metal de un cuchillo. En ese momento, cuando cree que va a morir, la importancia de las cosas pierde su orden habitual y sobrevivir se convierte en una pulsión que barre todo lo demás.

Bernardo trató de mantener la mente fría, pero el terror se iba apoderando de él. Primero habían sido las amenazas, que habían hecho poca mella en él y lo habían llevado a pensar que lograría salir indemne de todo aquello. Luego llegaron los golpes y el abad pensó que aquel no era más que otro peldaño en la larga escalera hacia su rendición. Decidido, sin embargo, a resistir, se preguntaba hasta cuándo sería capaz de soportarlo. Poco a poco, su resistencia había debilitado la confianza de sus torturadores, imposibilitados de amenazarlo con la muerte.

La puerta de la celda se abrió y Oppas entró acompañado de un soldado que sujetaba fuertemente a Severino. En aquel momento, Bernardo no comprendió lo que estaba a punto de suceder. Pronto lo haría.

—Tenías razón, abad —dijo Oppas en un tono extrañamente tranquilo—. Eres capaz de soportar el dolor y de sobreponerte al miedo, pero no pienses que estás hecho de una madera especial, muchos hombres lo hacen.

El obispo caminaba sin prisa por la celda y Bernardo comenzó a intuir que el verdadero miedo no nace de los gritos y de las amenazas, sino de palabras susurradas por quien está dispuesto a todo para lograr su objetivo.

Oppas hizo un gesto al soldado que sujetaba a Severino. Con el entrenamiento de la experiencia, el hombre extendió el brazo del monje sobre la mesa, abrió su mano derecha y con un movimiento preciso cortó su dedo meñique.

Bernardo y Severino gritaron al mismo tiempo, y el grito de Severino acabó en un gemido de dolor y desesperación. Cuando su voz se apagó, Bernardo levantó la cabeza con los ojos desbordados de lágrimas y se encontró con la burlona sonrisa de Oppas.

—Veo que también tú cedes. Es llamativo ver cómo puedes soportar tu propio dolor, pero no el ajeno. ¡Qué debilidad!

En aquel preciso momento, Bernardo se dio cuenta de que no podría vencer. Oppas ya había ganado.

—Mi buen abad —continuó el obispo—. ¿Cuántos dedos de vuestro buen hermano Severino serán necesarios para haceros entrar en razón?

—Por favor —suplicó Bernardo—. No será necesario.

—¿No? Tú has hecho que lo sea. Cuando nos digas dónde está la reliquia, puedes estar seguro de que te dejaré con vida. Quiero que cada día de tu existencia veas que tu hermano tiene solo nueve dedos y recuerdes que tú eres el culpable.

Bernardo miró a Severino, que contemplaba con un gesto de odio a Oppas. Su mirada se desvió hacia Bernardo y su rictus se calmó.

—No se lo des, Bernardo, no lo merece. Ahora lo entiendo. Si este es el precio que debemos pagar, lo haré gustoso.

—¡Qué enternecedor! —dijo Oppas—. Reconozco que no te falta valor, pero sí inteligencia. El abad sabe que todo ha terminado, ahora me acompañará adonde ha escondido la reliquia. No te preocupes, Severino, regresaremos pronto, pues mis soldados tienen la orden de ir cortándote dedos si no volvemos rápidamente con la reliquia. Y si se acaban los dedos, buscarán otras cosas que amputar.

—Os acompañaré, obispo Oppas, pero prometedme que no haréis daño a Severino.

—Os lo prometo, abad Bernardo. Severino, puedes volver a tu celda a que te sanen la herida. Ya no te necesito.

De pronto, la puerta de la celda se abrió con violencia y Wyredo traspasó el umbral con los ojos inyectados en sangre. Lo seguían varios soldados del rey que desarmaron con rapidez a los de Oppas ante su atónita mirada.

Cuando Bernardo pensó que no podía haber más sorpresas, el mismísimo rey Pelayo entró en la celda acompañado de Álvaro. El obispo lanzó una mirada de odio a Pelayo.

—¡Cómo os atrevéis! —dijo enfrentándose al rey—. Esto es un monasterio y está bajo mi absoluta potestad. Os ordeno que lo abandonéis de inmediato.

—Olvidas que soy el elegido para gobernar sobre todos los dominios cristianos de Hispania.

—¡No sois más que chusma! —escupió el obispo—. Hay salteadores de caminos que pueden reunir un ejército más poderoso que el vuestro.

Wyredo emitió un gruñido que fue creciendo en intensidad y antes de que Oppas pudiera reaccionar, se lanzó sobre él y lo agarró del cuello. El color del rostro del obispo fue cambiando del rojo al azul.

—Mi buen castellano —dijo Pelayo sin mucha prisa—, agradezco tu fidelidad, pero el obispo no debe morir así. Lo dejaremos ir.

Wyredo aflojó levemente sus manos y miró a Pelayo sorprendido. Estuvo a punto de objetar, pero su inquebrantable sentido de la obediencia se lo impidió.

—Vete, Oppas, abandona mi reino y no vuelvas nunca. Escuchadme todos —dijo alzando la voz—. Yo, Pelayo, rey de Hispania, ordeno que cualquiera que se encuentre con Oppas tendrá la obligación de darle muerte y que esta orden entre en vigor a partir del mediodía de mañana.

Wyredo soltó al obispo, satisfecho por que la ejecución de Oppas hubiera sido solo pospuesta.

Oppas tosió y escupió tratando de recuperar el resuello. Se levantó y lanzó una mirada de odio a su alrededor. Salió por la puerta solo, ya que sus soldados decidieron no arriesgarse a compartir un destino tan poco prometedor.

Bernardo se levantó y se acercó a Severino, lo ayudó a incorporarse y le cubrió la herida con un trozo de tela de su hábito.

—Hemos vencido —dijo Severino intentado esbozar una sonrisa.

El abad asintió sin estar muy seguro de sentirse vencedor. Oppas tenía razón, la herida de Severino le pesaría el resto de su vida.

—Abad Bernardo, lamento interrumpiros —dijo Pelayo—, pero ambos tenemos una conversación pendiente.

El rey y el abad decidieron salir a pasear por el claustro del monasterio. La luz comenzaba a descender y las sombras se alargaban dando un aire lánguido al monasterio que invitaba a caminar y a las confidencias antes de que la amenaza de la noche los empujara a guarecerse en el interior. El claustro era modesto, de reducidas dimensiones, con columnas de piedra sin adornos, pero que, a pesar de la sencillez, daban al conjunto un ambiente de recogimiento.

Bernardo se había asegurado de que Álvaro atendiese a Severino y, tras reunir al resto de los monjes para tranquilizarlos, les pidió que siguieran con su rutina. Había descubierto que Anselmo había abandonado el monasterio junto con Oppas. Aunque no fue una sorpresa para él, su corazón se entristeció porque significaba el final de una época en San Salvador de Valdediós.

Pelayo, por su parte, había enviado a sus soldados a vigilar los alrededores del monasterio. Incluso Wyredo había accedido a alejarse de su rey, no sin antes gruñir a sus hombres.

—Contadme la historia, abad Bernardo —comenzó Pelayo.

—Solo si me prometéis que no sois una versión más amable de Oppas.

Pelayo lanzó una carcajada que asustó a los pájaros que revoloteaban disfrutando de la frescura del claustro.

—Hay hombres que han sido castigados con severidad por palabras menos audaces que las vuestras.

—Disculpad, señor, no era mi intención faltaros, pero entenderéis que la desconfianza anide en mí.

—Lo entiendo, abad Bernardo. Os prometo que jamás usaré la violencia contra vos u otros monjes de este monasterio. No os quitaré nada por la fuerza si no queréis dármelo.

Bernardo miró a los ojos a Pelayo y volvió a ver en ellos honestidad y determinación.

—Hace muchos años que este no es un monasterio como los demás. Poseemos una reliquia que perteneció a Jesucristo.

Pelayo abrió los ojos asombrado ante las palabras del abad. Otro quizá no hubiese creído la afirmación de Bernardo, pero el rey asintió sin mostrar dudas. Como hombre práctico que era, dirigió su mente a tratar de entender las razones de la postura del monje.

—¿Y por qué la escondéis? ¿Qué esperáis que suceda?

Bernardo se encogió de hombros.

—Si alguna vez hubo una respuesta a esas preguntas, se perdió en la niebla del pasado.

—¿Y si este fuera el momento?

El abad esbozó una sonrisa triste.

—Ahora habláis como Oppas.

Pelayo asintió con el semblante serio.

—Tuya es la decisión. Como te he prometido, no intervendré. Te pido, no obstante, que lo medites, que sopeses lo que la reliquia puede representar para nuestra causa. Te deseo clarividencia.

Bernardo y Pelayo continuaron caminando en silencio mientras el día terminaba de caer. Al abad no se le escapaba que las palabras de Oppas en su primera visita al monasterio habían sido similares. Hasta que su paciencia se había agotado.

Deseaba que la paciencia de Pelayo fuese mayor.

—¿Creéis que Oppas volverá por aquí? —preguntó Bernardo.

—Lo dudo, aunque es un hombre impredecible, peligroso como un escorpión y escurridizo como una anguila. Quizá debería dejar por aquí a algunos hombres durante unos días, si os parece bien.

—Daría tranquilidad a nuestro cenobio, pero ¿no vais a necesitar a todos vuestros hombres muy pronto?

—Sí, hasta el último de ellos. Los retiraré cuando no quede más remedio.

Bernardo detuvo su marcha y miró a los ojos de Pelayo.

—Sois un buen hombre y seréis un buen rey.

Pelayo caminó un rato más al lado de Bernardo, luego se detuvo y devolvió la mirada al abad.

—Si sobrevivo.

43

Año 1209

El caballero negro escuchó atento en la noche, pero solo pudo percibir la tenue respiración de Philippa, quien, a su lado, tenía la mirada concentrada en la oscuridad.

Nada quebraba el silencio.

El caballero negro miró a Philippa e hizo un gesto afirmativo al que ella respondió de la misma forma. Tardó un segundo en reaccionar, absorto como estaba en los ojos de aquella joven que lo había cautivado como nunca lo había hecho ninguna mujer. Philippa no pareció percibir los pensamientos de Roger y este se obligó a apartar la mirada y dar un paso adelante, saliendo de la oscuridad.

Ambos se deslizaron silenciosos por las desiertas calles de Carcasona, que parecía una ciudad fantasma, casi abandonada tras la llegada de los cruzados. Habían aprovechado que el ejército al mando de Guy Paré se había disuelto y que los pocos caballeros leales a Simón de Montfort, junto con un nutrido grupo de mercenarios, habían partido a conquistar algún castillo de la región.

El caballero negro y Philippa tenían un objetivo: rescatar al vizconde Trencavel. Para ello debían entrar en el castillo condal, llegar hasta los sótanos, encontrar su celda y liberarlo, todo ello esquivando o deshaciéndose de los guardias.

Contaban con la ayuda de los pocos habitantes de Carcasona que habían regresado paulatinamente y que les habían ayudado a salvar el primer escollo, la muralla de la ciudad.

Era noche profunda y la llegada del invierno hacía que los guardias se refugiaran del frío, pero el caballero negro y Philippa tenían un plan. El primero se ocultó en las sombras mientras ella, desarmada, se dirigía a la puerta del castillo. Una bella y lozana joven sería un señuelo irresistible.

Antes de que los guardias pudieran reaccionar, cayeron al suelo sin vida. El caballero negro lamentó su muerte, pero había sido necesaria. No le gustaba quitar la vida sin dar una oportunidad a sus rivales.

Luego recordó Béziers.

Una vez dentro del castillo, siguiendo las instrucciones que les habían sido dadas, no tardaron mucho en encontrar los sótanos donde encerraban a los cautivos, aunque hubiese bastado con seguir el olor a humedad y orines.

El guardia del calabozo tuvo un mal despertar cuando notó el frío cuchillo en su garganta. No se movió, pero su mirada de terror fue suficiente para encontrar la misericordia del caballero negro.

—¿Dónde está el vizconde? —preguntó Philippa.

Tratando de no moverse, el carcelero señaló una puerta al fondo del pasillo.

—Pero llegáis tarde —musitó—, murió ayer mismo.

Philippa se llevó una mano a la boca para ahogar un grito, pero el caballero negro se mantuvo imperturbable. Había visto morir a demasiados hombres como para que aquella muerte le impresionara, por mucho que el vizconde le pareciese un joven audaz.

—¿Quién fue? —preguntó.

La duda se transparentó en el rostro del carcelero. La realidad del cuchillo en la garganta inclinó la balanza.

—El legado papal. Nadie habría sobrevivido a tal castigo. Antes de rendirse, resistió más allá del límite humano —dijo con un tono de respetuosa admiración.

—Llévanos hasta él.

El carcelero dudó.

—No sé si es conveniente que una dama...

La mirada de Philippa bastó para poner fin a la objeción del carcelero, que abrió la puerta y retrocedió hasta un rincón.

Philippa y el caballero negro se acercaron al cuerpo. Yacía boca arriba, con innumerables heridas. El rostro estaba demacrado y casi irreconocible por los tres meses de cautiverio, por la tortura y por el inhumano velo de la muerte.

El caballero negro miró el cadáver y luego a Philippa. Una lágrima se deslizaba por la mejilla de la joven, aunque su rostro permanecía impasible. Se sorprendió al reconocer que habría dado todo cuanto tenía para evitar esa lágrima.

Hacía tiempo que había olvidado lo que era el amor en aquel mundo de muerte y poder, pero ahora algo había cambiado en su interior. Sacudió la cabeza tratando de regresar al presente.

—Enciérralo —dijo a Philippa haciendo un gesto hacia el carcelero.

Cogió el liviano cadáver del vizconde en sus brazos, lo echó sobre su hombro y salió de la celda.

44

Año 718

Una tensa rutina se había adueñado de San Salvador de Valdediós. Los monjes habían regresado a sus quehaceres y, a simple vista, la normalidad se había instaurado en el monasterio. Trabajaban en el pequeño huerto tratando de extraer de la tierra los magros frutos de su esfuerzo mientras atendían a los enfermos que atestaban el pequeño hospital.

Para Bernardo, todo había cambiado.

Pequeños gestos, miradas y conversaciones que en otras circunstancias habrían pasado inadvertidas tomaban una nueva dimensión, como si se hubieran solidificado.

La ausencia de Anselmo, la herida de Severino y los soldados siempre a la vista de los muros eran continuos recordatorios de lo sucedido y, de un modo aún más inquietante, de lo que podía suceder.

El abad se había refugiado en la atención a los enfermos, dedicando a ellos largas jornadas y noches en vela, hasta la extenuación, en compañía de Álvaro, que parecía, sin embargo, capaz de ocuparse de todo él solo.

Una tarde, había entrado en el hospital y se había encontrado al monje hablando con uno de los afectados por la peste. Era un hombre joven que había llegado unos días antes con un avanzado estado de la enfermedad. Nada podía hacerse por él.

Ninguno de los dos pareció darse cuenta de la llegada del abad.

—Bebe un poco más de agua —dijo Álvaro mientras sujetaba la frente del enfermo y vertía unas pocas gotas en sus labios resecos—, te sentará bien.

El enfermo aceptó el agua y, con un visible esfuerzo, sonrió a Álvaro.

—Muy bien —continuó el joven monje—. Poco a poco. Hoy te veo mejor.

Bernardo contempló la escena sin atreverse a intervenir, hechizado por la manera en que Álvaro trataba al hombre. Cuando el joven terminó de atender al resto de los pacientes y regresó al refectorio, Bernardo decidió hablar con él.

—No he podido dejar de fijarme en cómo tratas a los enfermos. Tienes un don especial.

Álvaro, poco acostumbrado a los elogios, se encogió de hombros.

—Solo trato de ayudar en lo que puedo.

—No. Haces mucho más, los escuchas, los animas, les das esperanzas.

El joven miró al abad como si la respuesta fuese evidente.

—La esperanza es lo único que les queda.

—Pero ellos saben que les mientes, saben que van a morir y, aun así, tus palabras les reconfortan.

—Nadie que vaya a morir quiere escuchar la verdad. Yo les doy lo que necesitan para seguir luchando, aunque sepan que es una batalla perdida. Cuando yo era niño, mi abuelo decía que la verdad no siempre importa si alguien prefiere creer en una mentira.

Bernardo se quedó meditando las palabras de Álvaro y la certeza que encerraban: la verdad no importa cuando flaquea la esperanza.

En aquel momento, se abrió la puerta del refectorio y uno de los soldados que custodiaban el monasterio entró.

—Me envían para informaros de que nuestra misión aquí ha terminado. Partimos hacia Auseva, a encontrarnos con el resto del ejército.

—La guerra está próxima entonces —dijo el abad con un deje de tristeza.

—Sí —contestó el soldado, al que le brillaban los ojos con el fuego de la cercana batalla.

—¡Que Dios os bendiga! —fue todo lo que Bernardo pudo añadir.

El soldado asintió con la cabeza y se dispuso a salir. Se le veía con energía renovada, como si solo contemplara la posibilidad de la victoria. Antes de cerrar la puerta, se volvió de nuevo hacia Bernardo.

—Me han pedido que os recuerde que meditéis. No sé qué significa, pero quizá vos sí lo sepáis.

Bernardo sonrió al soldado y asintió. Tenía mucho en lo que meditar. Su juramento lo obligaba a proteger la reliquia, pero su voz interior lo impulsaba a hacer lo contrario. Quedarse al margen y esperar era lo correcto, pero ¿no era eso lo que sus antecesores y él mismo habían hecho durante siete siglos? ¿Estaba siendo fiel a un juramento o cobarde ante la necesidad?

45

Año 1209

La puerta del castillo de Bram chirrió quejicosa, pero acabó por elevarse para dejar paso a Simón de Montfort. En las murallas, la guarnición había obedecido las órdenes de entregar el castillo, vencidos por la falta de agua y comida y la aparición del cólera.

Simón de Montfort se preparó para entrar triunfante. Aquel no era un castillo cualquiera para él. Buena parte de su ejército lo había abandonado y se había quedado con poco más de veinte caballeros y un grupo de mercenarios. Las tornas habían cambiado y había perdido casi todos los castillos ya conquistados. Bram era el primero que recuperaba y serviría a un propósito mayor: sería un mensaje alto y claro para toda Occitania.

Entró a paso lento en el castillo. Más de cien hombres formaban la guarnición y ellos apenas eran doscientos, pero había sido suficiente.

La guarnición esperaba en el patio de armas, los defensores habían dejado sus espadas y lanzas amontonadas en señal de rendición. El capitán se acercó y tendió su espada a Simón de Montfort. Este no hizo amago de recogerla, sino que miró a sus hombres e hizo un gesto con la cabeza.

—Encadenad a los que puedan andar. A los que no, matadlos.

El capitán ahogó un grito de protesta mientras Simón de Montfort esperaba a que sus órdenes fueran cumplidas con rapidez y eficacia. Cuando comprobó que todos los hombres estaban encadenados, se irguió sobre su caballo y alzó la voz.

—Ahora partiréis todos hacia Minerve, quiero que sirváis de lección. Nadie se resiste a Simón de Montfort.

Se volvió hacia sus hombres.

—¡Arrancadles a todos los ojos, la nariz y el labio superior! Excepto al primero, al que dejaréis un ojo para que los guie.

Los gritos y las súplicas no ablandaron a Simón de Montfort, que observó impertérrito cómo su sentencia se cumplía sin excepción. Cuando todo hubo terminado y la macabra fila de tullidos partió hacia su destino, decidió que descansaría unos días en aquel castillo vacío antes de dirigirse a Minerve. Allí tenía previsto algo diferente.

Mientras Simón de Montfort meditaba sobre el siguiente paso de su ejército, el conde Raymond, ajeno a lo que sucedía en Minerve, llevaba varias horas esperando en el Palacio Real de París a que lo recibiera el rey Philippe Auguste. Sabía que estaba ejecutando un movimiento arriesgado, pero también necesario. Marius, o como había descubierto Raymond recientemente, Jean de la Croix, lo había conminado a hacerlo.

El conde aún se sorprendía de lo rápido que había confiado en aquel desconocido que se había convertido en su consejero. No sabía casi nada de él, solo que ocultaba un secreto que parecía compartir con la dama Esclarmonde.

—Su serenísima lo recibirá en unos instantes —dijo una voz a sus espaldas.

Apenas dos minutos después, el conde de Toulouse entró con paso firme y se dirigió con aplomo hacia el rey Philippe Auguste, que lo esperaba en su trono. A su lado, su hijo Louis, aún poco más que un adolescente, miraba con gesto serio, soportando estoicamente el aprendizaje de lo que algún día sería su responsabilidad.

Raymond se acercó y a una prudente distancia hincó la rodilla y esperó con la cabeza agachada a que el soberano de Francia le dirigiera la palabra.

—Mi buen conde Raymond —comenzó el rey—, siempre es un placer recibiros.

El conde levantó la cabeza y en la expresión del rey no vio placer, sino aburrimiento.

—Mi rey, acudo a su serenísima para traerle noticias de Occitania.

El rey le lanzó una mirada de interés y sus ojos se entornaron perspicaces. «Debo tener cuidado», pensó Raymond.

—He sido informado de cuanto ocurre en Occitania por el papa Inocencio. La herejía se extiende en vuestros dominios.

—Y luchamos contra ella —dijo el conde sin poder reprimir cierta ansiedad—. Yo mismo, junto a mis mejores caballeros, he tomado la espada para erradicarla.

—¿Pero...?

Philippe Auguste dejó la pregunta en el aire.

—¿Pero, su serenísima?

—Siempre hay un pero. Si no fuese así, no habrías venido a verme.

—Nada se os escapa, mi rey. Dos son las razones de mi viaje. La primera es mostraros mi más humilde vasallaje. Vuestros son mis territorios y por ello os rindo pleitesía.

Philippe Auguste sonrió satisfecho. Que el conde Raymond pusiera Occitania bajo su vasallaje era importante para extender su influencia al norte de los Pirineos, por donde Pedro II de Aragón pugnaba por expandirse desde hacía años.

—La segunda razón es hablaros de la injusticia que el legado papal, Guy Paré, comete en vuestros territorios.

La mención al legado papal pareció incomodar al rey, que se movió inquieto en su trono. Raymond había tocado fibra sensible, lo que lo animó a continuar.

—Una vez tomadas Carcasona y Béziers y depuesto el vizconde Trencavel, Guy Paré ha otorgado plenos poderes a Simón de Montfort sobre los territorios conquistados. Humildemente, os solicito que restituyáis mi soberanía sobre toda Occitania para que así pueda devolver la paz a vuestros territorios y seguir luchando contra la herejía.

El rey Philippe Auguste se quedó pensativo. Valoraba la propuesta del conde de Toulouse y lo que eso podía significar para afianzar su soberanía en el sur. No quería enemistarse con Roma, pero tampoco podía permitir que la Iglesia tuviera demasiado poder en sus territorios. Miró a Raymond y sentenció.

—Concedido.

Inocencio III tamborileaba con sus dedos sobre la mesa: estaba inquieto. Tenía que tomar una decisión y de ella dependía el futuro de la cruzada en Occitania.

Frente a él, depositadas sobre la mesa, había dos cartas.

La primera de ellas era del conde de Toulouse. Le hablaba de los cruentos métodos de Guy Paré y de Simón de Montfort. Nada nuevo para él, Giotto le informaba de todo cuanto acontecía, aunque esta vez Inocencio estaba horrorizado. En cualquier guerra la gente moría, a veces de maneras horrorosas, pero lo sucedido en Bram sobrepasaba los límites de un buen cristiano. Inocencio III negó con la cabeza consternado.

Raymond había conseguido el apoyo del rey de Francia, que había reconocido su soberanía. No sabía cómo lo había logrado, pero los informes de Giotto y del abad Foulques a través de su Hermandad Blanca parecían indicar que recibía consejo de un perfecto cátaro, un desconocido monje occitano de nombre Marius. Aquella bien podía ser una misión para Giotto.

La segunda carta era de Guy Paré. Acusaba a Raymond de hereje, de no plegarse a Roma, y pedía a Inocencio III su excomunión.

Inocencio gruñó molesto.

Miró la partida de escaques a medio terminar sobre su mesa buscando inspiración. Había mejorado mucho en su juego y había aprendido que, en ocasiones, era bueno desproteger una pieza para que el rival lo tomara por debilidad y se confiara.

Eso haría.

Proporcionaría a Raymond una falsa seguridad. Mientras tanto, Giotto y Foulques harían el trabajo sucio y él escribiría al rey Philippe y a Pedro II de Aragón. Dejaría tranquilo al conde, pero a cambio sería implacable con los herejes. Hasta que Raymond no lo soportara más y cometiera un error.

Era el momento de encender las hogueras.

Dos semanas después de la toma de Bram, las tropas de Simón de Montfort llegaron al castillo de Minerve, que esperaba aterrado la llegada del enemigo. El espectáculo de los soldados de Bram desfigurados había encogido sus corazones, pero habían decidido resistir, quizá porque no había alternativa.

Simón de Montfort salió de su tienda y miró hacia el castillo. Como si saludase su presencia, un silbido cruzó el aire y tomó forma de roca que se estrelló contra la muralla de Minerve reduciendo a polvo otro pedazo más de la misma. Los trozos saltaron desde el paramento produciendo un sonido ahogado de piedra derrumbándose junto con la esperanza de los defensores.

Simón de Montfort sonrió satisfecho.

Era la séptima jornada de asedio en Minerve y sería la última. Día y noche, cuatro catapultas lanzaban rocas sobre la muralla, tres de ellas apuntando a la puerta del castillo, lo que mantenía atareados a los defensores. La cuarta era la única importante, apuntaba al pozo de agua. Tarde o temprano lo destruiría y Minerve sería suya.

Había decidido que esta vez respetaría a la guarnición. Su objetivo, acordado con Guy Paré, era otro: las decenas de perfectos cátaros allí refugiados. Todos, sin excepción, serían quemados vivos.

La cuarta catapulta fue disparada con un chasquido. La roca proyectada trazó un alto arco sobre las murallas y cayó dentro de la fortaleza. Un grito sordo se elevó desde el interior de Minerve. El pozo había sido destruido.

Simón de Montfort sonrió.

Un mes después de la toma de Minerve, donde casi un centenar de perfectos cátaros habían sido brutalmente asesinados en la hoguera, la guerra se había equilibrado. Pedro II de Aragón, temiendo perder su poder e influencia, había hecho llamar a los contendientes con la idea de lograr un acuerdo que detuviese aquel sangriento horror.

En la sede del obispado de Uzes, acompañados del obispo de la ciudad y del rey Pedro II de Aragón, el conde Raymond y Simón de Montfort se midieron con las miradas. En ellas había odio, pero también respeto. Si aquellos dos hombres se hubiesen encontrado en el campo de batalla, la lucha habría sido a muerte. Pero ambos sabían que, aquel día, no podían luchar.

—La guerra debe terminar —sentenció el rey—. No puedo permitir que la pérdida de vidas continúe. El enemigo nos espera en el sur y es almohade, no otros cristianos.

El obispo de Uzes asintió, pero Raymond sabía que era solo una marioneta de Guy Paré sin capacidad de decisión. Cualquier acuerdo que de allí saliera sería invalidado por el legado papal si no satisfacía sus intereses.

—Mi rey —respondió Simón de Montfort—, si reconocéis mis derechos como vizconde de Béziers y Carcasona, retiraré mis ejércitos de inmediato.

Pedro II miró a Raymond, que asintió con una leve inclinación de cabeza. Sabía que ganar tiempo le daría la victoria y que ni siquiera la palabra de un rey duraba eternamente. Una vez que Roma mirase hacia otro lado, ya se ocuparía de retomar lo que era suyo.

—Bien —dijo el rey—. Estas son las condiciones de la paz. Reconoceré para Simón de Montfort y para su descendencia su derecho sobre el vizcondado. Y para sellar este pacto entre el vizconde y la corona de Aragón acordaré prometer a mi hijo Santiago, que se desposará con la hija del vizconde cuando lleguen a la edad adecuada. Ambos retiraréis vuestras tropas de territorio enemigo y prometéis no levantaros en armas el uno contra el otro. ¿Estáis de acuerdo?

Simón de Montfort y Raymond se miraron sin despegar los labios. El odio mutuo que sentían hacía que incluso una respuesta afirmativa tuviera poco valor para el rey de Aragón. Y, sin embargo, ambos ganaban con el arreglo.

—De acuerdo —dijeron ambos al unísono.

El obispo de Uzes sonrió satisfecho. Había sido más fácil de lo que pensaba.

—Para ratificar la paz, convocaré en Arlés un concilio de los obispos de Occitania que, sin duda, refrendará el acuerdo que, ante vos, mi rey, aquí se ha alcanzado.

La puerta de la sede del obispado de Arlés permanecía cerrada. Dentro tenía lugar el concilio de los obispos occitanos cuya única misión era, lejos de lo que el obispo de Uzes había creído, decidir si el conde Raymond era culpable de herejía.

Al frente del concilio se encontraba el abad y legado papal Guy Paré, que se hallaba exultante por el resultado final. Habían redactado las condiciones que Raymond debería cumplir y él sabía que serían absolutamente draconianas.

Fuera del salón, a la intemperie, estaban el conde de Toulouse y el rey de Aragón, Pedro II. Llevaban esperando varias horas y Raymond sabía que aquello no era sino otra provocación más contra la que resistir. Pedro II, sin embargo, no podía disimular su enfado.

—¡Escribiré a Inocencio III! ¡Nadie trata así a la corona de Aragón!

Raymond se mantenía calmado. Lamentaba no tener con él a su consejero Marius, pero conocía su posición al respecto y cómo debía actuar.

—Nada de cuanto hagamos cambiará el resultado de hoy.

El rey lo miró sorprendido, casi enfadado por el tono de funesta resignación de sus palabras.

—No lo creo —refutó—. He comprometido a mi propio hijo Santiago con la hija de Simón de Montfort para evitar que continúe esta guerra sin sentido.

Raymond sabía que el rey no actuaba así por generosidad. Prometiendo a su hijo de cuatro años con la hija de Simón de Montfort incrementaba su influencia en Occitania, evitaba que el rey de Francia lo hiciera y calmaba los miedos de Simón.

—Tras estas puertas no se halla Simón de Montfort, mi rey, sino Guy Paré. A él no le interesa la paz.

En ese preciso instante la puerta del Palacio Obispal de Arlés se abrió y el rey y el conde entraron dispuestos a enfrentarse a lo que allí les esperase. Conducidos por un asistente, llegaron a un enorme salón. Los obispos estaban sentados en semicírculo y Raymond y Pedro II tuvieron que permanecer de pie frente a ellos.

Guy Paré ocupaba el lugar central. Su rostro aguileño en un cráneo pulido le daba el aspecto de una calavera viviente, y la leve sonrisa despectiva que asomaba a su semblante le produjo un escalofrío al conde Raymond. A su alrededor, el resto de los obispos, todos ellos ancianos de gesto hosco, no presagiaban que aquel concilio fuese a terminar bien para Occitania.

—Aquí tenéis nuestras condiciones.

Había sido Guy Paré quien había hablado, sin molestarse en dar al rey de Aragón el tratamiento debido. Tendió el pergamino a uno de sus ayudantes, que se lo entregó a Raymond.

—Enviaré una carta a Inocencio con el trato que aquí hemos recibido —rugió el rey mientras el conde leía las condiciones.

Guy Paré lo miró con desprecio.

—Majestad —respondió con sequedad—. Debéis cuidar vuestras compañías, no sea que Roma os considere también a vos un hereje.

El rey iba a contestar cuando Raymond se anticipó y habló con un tono tranquilo que sorprendió a todos.

—Sabéis que no podemos aceptar vuestras condiciones. Hemos sido razonables. Hemos luchado contra la herejía y seguiremos haciéndolo hasta que acabemos con ella. A pesar de ello, Simón de Montfort se ha excedido quemando en la hoguera a miles de súbditos inocentes.

—¡Mentís! —gritó Guy Paré incapaz de contener un estallido de ira que transformó su semblante—. Mientras venís aquí con palabras lisonjeras y talante apaciguador vuestras tropas luchan contra el ejército de Roma y protegen a los herejes. ¿Acaso creéis que no sé que enviáis a vuestros hombres, incluso a vuestro consejero Marius, hereje reconocido, hasta el último confín de Occitania a ocultarse y a ocultar lo que me pertenece?

Un silencio sepulcral se extendió entre los presentes. Guy Paré fue consciente de que se había extralimitado revelando su interés personal en algo que casi todos desconocían. Raymond sonrió.

—¿Algo que os pertenece? Entonces admitís que esta no es una guerra contra la herejía, sino para vuestro interés particular.

Guy Paré balbució nervioso mientras los rostros interrogantes de los obispos presentes se volvían hacia él.

—¡Tergiversáis mis palabras! ¡Sin duda es el diablo quien habla por vuestra boca! ¡Excomunión!

Mientras Guy Paré, fuera de sí, gritaba anunciando que el poder de Dios caería sobre Toulouse, Raymond y Pedro II giraron sobre sus talones y abandonaron el palacio obispal. Una vez fuera, el rey de Aragón se volvió hacia el conde.

—¿Qué ha sucedido ahí dentro? —preguntó comprendiendo que Raymond le ocultaba algo.

—Nada que no supiéramos que iba a suceder. Venid, os contaré cuanto necesitéis saber.

46

Año 718

El vaho manaba de los ollares de los caballos en el frío de la mañana. Los animales piafaban inquietos, excepto el de Pelayo, que permanecía hierático, como su jinete, atento a lo que sucedía abajo en el valle.

El ejército visigodo esperaba al final del largo desfiladero y, aunque los soldados veteranos hacían bromas sobre las cabezas que cortarían, los más jóvenes miraban con cierto temor a las tropas que se acercaban, que los superaban en número de una manera inquietante.

Pelayo sabía que aquel podía ser su último amanecer, pero eso no le asustaba. Había cosas peores que la muerte. El deshonor, por ejemplo. Quizá él moriría hoy, pero lo haría como había vivido y se convertiría en un símbolo al que otros seguirían hasta que su pueblo recuperase lo que por derecho le pertenecía.

Solo una cosa le desasosegaba.

Miró hacia atrás y observó a lo lejos las viejas murallas del castillo de Auseva. Aunque no podía verla, sabía que allí, contemplando la batalla desde una almena, estaría Gaudiosa. Su anhelo era regresar y estrecharla de nuevo entre sus brazos. Era una gran mujer, su igual, aunque nunca podría reconocerlo en público. Aquello sería una debilidad que su pueblo no perdonaría. Era libre, algo indómita, como el pueblo vascón del que procedía, y Pelayo sabía que estaría a su lado hasta la muerte.

Desde la almena más alta del castillo de Auseva, Gaudiosa oteaba el horizonte. No veía al ejército musulmán, pero no necesitaba hacerlo, lo sentía, notaba su poder y el halo de muerte que desprendía.

Aunque su corazón albergaba un hilo de esperanza, su mente le decía que no volvería a ver a Pelayo con vida. Era un hombre único, sereno y templado como el mejor acero, justo y mesurado como si atesorase la sabiduría de la edad, pero joven y desenfadado cuando estaban a solas.

Horas antes, Gaudiosa, en la soledad de sus aposentos y lejos de las miradas de los que la condenaban por no creer en el dios cristiano, un dios que se le antojaba arrogante y cruel, había rezado a la diosa Deva para pedirle que se lo devolviera con vida.

La diosa Deva reflejaba la vida, el arroyo que corre por el bosque, la pequeña ardilla que atesora frutos secos para el invierno, el agua de lluvia sobre la tierra seca. Era una diosa humilde, a la que no le importaba compartir el mundo con otros dioses.

Quizá algún día el mundo sería un lugar en el que todo hombre o mujer pudiera elegir su dios en libertad, incluso no tener ninguno, sin que nadie se arrogase el derecho a obligar a los demás.

En la más alta almena de la muralla, Gaudiosa sintió un escalofrío. Aún era temprano y no había tomado la precaución de abrigarse. Escuchó unos pasos acercarse por detrás y alguien se colocó a su lado a mirar, como ella, el horizonte.

—Habéis venido —dijo Gaudiosa sin girarse—. No pensé que lo haríais.

—Hace unas semanas me pedisteis ayuda. No sería cristiano no dárosla.

—¿Vuestra ayuda será para mí o también para mi rey Pelayo?

Bernardo quedó en silencio, pensativo. No estaba seguro de por qué había venido ni qué haría a continuación.

—Recemos a Dios los dos juntos —dijo finalmente.

—Sabéis perfectamente que vuestro dios no es el mío, ¿o acaso no escucháis a aquellos que me acusan de brujería?

Bernardo admiró la franqueza de Gaudiosa. Incluso necesitando su ayuda era fiel a sí misma y valiente para defender sus creencias. Había pocos hombres que pudieran estar a su altura.

—¿Sois una bruja?

Gaudiosa esbozó una sonrisa triste, casi melancólica, como si desease que así fuese para tener el poder de evitar lo que iba a pasar.

—No, no lo soy. ¿Y vos? ¿Sois como los demás?

Esta vez se había vuelto y miraba al abad a los ojos intentando leer en el interior de su alma.

—¿Qué queréis decir con «como los demás»?

—Los que juzgan a los otros no por lo que hacen, sino porque creen en algo diferente. Yo les llamo los asustados porque es el miedo el que los controla.

Bernardo no pudo evitar sonrojarse. Tenía que reconocer que había juzgado a Gaudiosa por creer en algo distinto.

—Quiero creer que soy de los que aprende de sus errores. Me esfuerzo cada día.

—¿Sabéis por qué elegí estar junto a Pelayo?

—Es un gran hombre, reúne sabiduría y justicia, y será un gran rey. Un líder, alguien a quien todos seguirán a su destino, sea cual sea.

Gaudiosa negó con la cabeza sonriendo como quien ve a un niño equivocarse y decide mostrarse condescendiente.

—No lo comprendéis aún. Mi amor por Pelayo se debe a que me acepta como soy. No trata de cambiarme y ha elegido estar a mi lado pagando el precio que sea necesario.

Bernardo miró a Gaudiosa, que había devuelto la vista al desfiladero con una brizna de melancolía en sus ojos.

—El precio que yo pagaré si Pelayo muere hoy será acompañarle al otro lado. Es el precio por ser uno mismo y no lo que otros quieren que seamos.

Bernardo se quedó pensativo, tratando de comprender cómo aquellas palabras podían aplicárselas a él mismo. El silencio se extendió entre ambos hasta que se escuchó un rugido en la distancia.

—¿Escucháis, abad, el grito de la muerte? La batalla ha comenzado.

Dicen aquellos que han sobrevivido a una batalla que jamás se olvida, que te despierta cada noche durante el resto de tu vida.

Primero es el sonido, los gritos de los guerreros envalentonados que buscan asustar al enemigo. Luego llega el entrechocar de espadas, el silbido de las flechas y los alaridos de los heridos. Estos sonidos enardecen el alma y hacen sentir a todos que están vivos, que la gloria está cerca y que la muerte es cosa de otros.

Luego el ruido se amortigua y las imágenes toman vida. Sangre saliendo a borbotones de horribles heridas, miembros amputados, rostros desfigurados, cuerpos sin vida con los ojos muy abiertos acusando a los supervivientes por no ocupar su lugar.

Finalmente, también las imágenes quedan atrás y solo sobrevive el olor. El punzante olor de la sangre derramada se abre paso y se mezcla con el acre del sudor y de los orines de aquellos que no pueden soportar el miedo y con el de los restos humanos destripados al sol. Cuando todo termina, el olor a heces y a vómito rancio se apropia del lugar despreciando el valor que los soldados mostraban antes de la batalla.

Solo unos pocos pueden sobreponerse y luchar sin dejarse arrastrar por la locura. Pelayo era uno de ellos y a su lado, Wyredo, su fiel castellano, lo acompañaría hasta el infierno si fuese necesario.

La batalla había comenzado bien para los cristianos. Pelayo había decidido no pelear en campo abierto, donde podían ser aplastados por la superioridad numérica del enemigo, y había escogido el pequeño desfiladero, donde el número no era tan importante como la decisión y el arrojo.

Habían ocasionado importantes daños a las tropas de Táriq ibn Ziyad, pero no los suficientes. Pelayo veía empeorar la situación y a sus hombres caer a su alrededor. Había planificado aquella batalla hasta el último de sus detalles, pero había momentos en que era necesario improvisar, asumir riesgos, aun sabiendo que podía equivocarse y que aquello le costaría la vida a muchos de sus súbditos, incluso a él mismo. Era el peso de la corona, aquella parte que todos obviaban para dejarse atraer solo por el poder o la riqueza. Tomó una difícil decisión.

—¡Retirada! ¡Regresad a las murallas!

Aquel era un momento crítico y Pelayo sabía que se jugaba su vida y su futuro. El repliegue no debía convertirse en una desbandada.

El rey, junto a Wyredo y un selecto grupo de caballeros, esperó a que sus hombres se retiraran y contuvo a las reanimadas tropas musulmanas mientras retrocedía por el desfiladero.

De pronto apareció ante ellos un enorme soldado musulmán blandiendo una cimitarra. Apartó sin dificultad a uno de los soldados de la guardia de Pelayo y fue directo hacia el rey, que, a un grito de Wyredo, se volvió a tiempo para detener la estocada. El golpe fue brutal y, debido al mismo y al cansancio de la batalla, Pelayo tropezó y cayó al suelo.

El enemigo lanzó un grito triunfal y se abalanzó sobre él. Apenas tuvo tiempo de colocar su espada a modo de defensa. Entonces apareció Wyredo con un brillo de furia en los ojos. Golpeó con su cuerpo al atacante y lo desestabilizó. Luego ofreció su mano a Pelayo y juntos reemprendieron el camino de regreso.

La avanzadilla del ejército musulmán continuó su marcha. Pelayo escuchó el silbido de una flecha. Se giró y vio que la expresión de Wyredo cambiaba de la furia a la sorpresa. La flecha, proveniente de las filas musulmanas, lo había alcanzado en la espalda. Pelayo lo sujetó, lo levantó y cargó sobre su espalda al castellano, no sabía si herido o muerto, para regresar. Mientras, sus enemigos se lanzaban sobre ellos.

Allí entraba en juego la segunda parte del plan del rey.

Cuando la primera línea musulmana se adentró en el desfiladero, se encontró ambos lados atestados de arqueros cuya misión era facilitar la retirada de los suyos e infligir el mayor daño posible al enemigo.

Pelayo tuvo un momento de descanso y apoyó el cuerpo de Wyredo en un árbol. Tenía el rostro contraído de dolor, pero estaba vivo. La flecha le había alcanzado el hombro. Sobreviviría.

Con ánimos renovados, el rey levantó la cabeza y

pudo ver al poderoso ejército musulmán retrocediendo en el desfiladero.

Su plan había funcionado.

«Un día más», se dijo. Una pequeña victoria. Mañana sería otro día de lucha, al menos mientras pudiera blandir la espada.

Entre los vítores de sus soldados y bajo la mirada encogida de Gaudiosa, Pelayo alcanzó la puerta del castillo de Auseva con Wyredo al hombro.

47

Año 1209

La tarde caía sobre Toulouse. Jean de la Croix y Esclarmonde de Pereille se encontraban sobre la muralla de la ciudad. Jean pasó su mano por la densa piedra y recordó que en lo que ahora parecía una vida anterior había sido feliz tallando sillares como aquel en compañía de Tomás y los canteros. Aún atesoraba entre sus pertenencias unas preciadas herramientas que él mismo se había fabricado en Ré al echar de menos las que había perdido al huir diez años antes.

Tiempos felices. Tiempos que no volverían.

Esclarmonde y Jean se miraron. Compartían un secreto, pero también la desconfianza de guardar los suyos propios. Ella fue la primera en hablar.

—Debes confiar en mí.

Jean sonrió. Era una mujer directa.

—Ya lo hago —dijo abriendo los brazos—. Tú llevas una espada ceñida a tu cintura. Yo voy desarmado.

Esclarmonde enarcó una ceja, como si no hubiera entendido la ironía.

—Sabes a lo que me refiero. Debes decirme dónde ocultaste tu reliquia.

Jean sintió que le embargaba la desesperanza. Creía

que había logrado librarse de todo aquello, pero solo había sido un espejismo.

—Y dime, ¿qué harías si la tuvieras?

—Proteger ambas. Llevamos doce siglos demostrando que podemos hacerlo —respondió Esclarmonde con un brillo de orgullo en la mirada.

—Y, sin embargo, necesitáis mi ayuda.

Esclarmonde pareció molesta por el comentario.

—Nadie puede cuidar de las reliquias por sí mismo. Deberías saberlo. Nos necesitamos unos a otros.

Jean estaba de acuerdo, pero algo lo retenía.

—Y, no obstante, no me dirás dónde tenéis escondida la vuestra. No me parece muy equitativo.

Esclarmonde lo miró estimando si debía confiar en él. Negó con la cabeza, pero la negativa no iba tanto dirigida a Jean como a sí misma, como si estuviera tomando una decisión de la que podría arrepentirse.

—De acuerdo —dijo Esclarmonde—. Te llevaré a nuestro escondite.

Dos días después de la conversación entre Jean y Esclarmonde, ambos abandonaron Toulouse para dirigirse hacia el este, protegidos por la oscuridad de la noche, por un territorio silencioso pero plagado de espías y de ojos atentos a cuanto ocurría. Tras diez días de camino, llegaron a su destino.

Jean levantó la vista y sintió una mezcla de admiración y temor reverencial. Esclarmonde le había avisado acerca de la fortaleza de Peyrepertuse, pero nada le hubiera preparado para aquella impresión.

Se situaba en lo alto de un risco y, a modo de corona, se elevaba imponente, orgullosa e inexpugnable.

Esclarmonde miró a Jean y sonrió satisfecha. Había

terminado por convencerse de que mostrarle la reliquia y cómo estaba protegida lo persuadiría de cederle la otra.

Ambos comenzaron la subida hacia el promontorio y Jean se sorprendió de la cantidad de perfectos y creyentes que se dirigían hacia allí.

—Estamos reuniéndolos aquí para protegerlos de los cruzados —confirmó Esclarmonde—. En toda Occitania se han encendido las hogueras y se cuentan por centenas los cátaros que han sido arrastrados hasta ellas.

—¿Y no os preocupa que traer a tantos cátaros hasta aquí atraiga a los cruzados?

Esclarmonde miró perpleja a Jean, como si la pregunta que le acababa de hacer no tuviera mucho sentido.

—Este es solo uno de los muchos castillos dispersos en un vasto territorio. No podrán atacar todos. Y ahora sus ojos solo miran hacia Toulouse.

Jean no estaba seguro de que Esclarmonde estuviera en lo cierto. Conocía a Guy Paré y sabía que no se detendría ante nada.

Terminaron de ascender la pendiente que llevaba hasta la descarnada roca sobre la que la mano del hombre había construido la fortaleza.

Peyrepertuse.

A Jean no se le escapaba que el nombre de aquella fortaleza tenía un significado. Piedra horadada. Estaba a punto de preguntarle a Esclarmonde por la razón cuando un monje, vestido con harapos y descalzo, se les acercó, tomó la mano de Esclarmonde y la besó. Luego, sin dirigirles la palabra, se alejó de ellos.

—¿Quién era? —preguntó.

—Su nombre es Giovanni Bernardone, un clérigo converso que hace unos meses llegó hasta aquí para vivir entre nosotros. Huyó de Italia, de donde es originario, escandalizado por la vida de lujos que allí se vive y deseoso de hacerlo en la más absoluta pobreza y observancia de los evangelios.

Jean se quedó pensativo. Admiraba la decisión de Giovanni, él mismo se había visto atraído por la sencillez y humildad de los cátaros, pero había visto algo en los ojos de aquel hombre que no le gustaba.

Fanatismo.

Jean pensaba que las convicciones y los ideales eran importantes, pero que cuando se llevaban hasta el extremo y todo se supeditaba a ellos, siempre acababa alguien dañado. No sabía hasta qué punto estaba en lo cierto. El fanatismo de aquel hombre iba a cambiar su historia y la de la reliquia.

Tres días después de la llegada a Peyrepertuse nada había sucedido. Jean había explorado la fortaleza, paseado junto a sus muros, reflexionado en su bella iglesia, pero lo había hecho solo. Esclarmonde había desaparecido y él no quería saber dónde estaba o cuál era la razón por la que no cumplía con su palabra de mostrarle la reliquia allí escondida.

Al atardecer del tercer día, surgiendo de la nada mientras Jean contemplaba el valle desde la muralla, Esclarmonde apareció ante él.

—¡Ven, sígueme!

Él la miró sin comprender. Luego se percató de que aquella era una invitación importante. Estaba a punto de descubrir el paradero de la segunda reliquia.

Esclarmonde se dirigió hacia la iglesia de Peyrepertuse y Jean la siguió sin evitar recordar otra iglesia en la que diez años antes había tallado la figura de Santiago junto con Tomás y el resto de los canteros. Sonrió acariciando su bolsa, donde descansaban sus útiles. No pudo reprimirse y pasó la mano por la rugosa piel de aquella roca que resistía infatigable el paso de los años.

—¿Qué haces? —preguntó Esclarmonde más sorprendida que interesada.

—Nada —respondió con expresión culpable mientras se apresuraba a seguirla.

Su guía se volvió y siguió la marcha sin añadir nada más. Jean echó la mirada atrás, hacia la piedra que acababa de tocar y entonces lo vio. Medio oculta entre las sombras de la iglesia, una figura lo observaba inmóvil.

Giovanni Bernardone.

No le cupo duda alguna: aquellos harapos, los pies descalzos y su mirada, aquella mirada intensa, extraviada, que parecía querer traspasar cuanto veía a su alrededor.

Jean se volvió y alcanzó a Esclarmonde cuando esta descendía hacia la cripta. Llegaron hasta una pequeña puerta de madera que la joven abrió para introducirse en un mundo de oscuridad. Jean fue conducido por pequeños pasillos, escalones tallados en la roca y amplias cuevas naturales.

Miraba a su alrededor maravillado pensando en el secreto que guardaba aquella fortaleza. Las cavernas explicaban el origen del nombre de Peyrepertuse, pero además le otorgaban una belleza que le encogió el corazón. El mundo escondía innumerables misterios y él estaba descubriendo uno de ellos.

Pronto tuvo la certeza de que si se quedaba allí solo, se perdería sin remedio. Escuchaba los ecos de sus pasos y de los de Esclarmonde, aunque, si prestaba atención, otros sonidos se filtraban hasta él: el crepitar de las antorchas encendidas, el gorjeo del agua deslizándose por la roca y, ya tan tenue que no podía estar seguro de que no fuera fruto de su imaginación, el sonido de unos pies descalzos detrás de ellos, a lo lejos.

Estaba a punto de decirle algo a Esclarmonde cuando esta se detuvo de improviso y se introdujo por un pequeño corredor lateral hasta una amplia sala que iluminó con su antorcha.

Jean contuvo la respiración.

—¿Qué es esto? —preguntó cuando se recuperó de la sorpresa.

—La Sala de los Recuerdos —respondió Esclarmonde—. Aquí bajan todos los cátaros, al menos una vez en su vida, para tallar su nombre en la piedra y dejar constancia de su paso por el mundo cuando el olvido de los años ya no lo haga.

Jean se acercó a la piedra y pasó la mano por un nombre profundamente tallado en la roca. Otros eran meras iniciales, en ocasiones dibujos.

—Me ha parecido que te gustaría verlo.

Miró a Esclarmonde sorprendido por el inusual arrebato de sentimentalismo que acababa de mostrar. El rostro de la joven se volvió a cerrar y regresó la Esclarmonde seca y taciturna.

—Ahora debemos continuar —dijo.

Regresaron por donde habían entrado y retomaron el camino. Tras varios recovecos, subidas, bajadas y estrechos pasadizos, se detuvieron de nuevo.

—Es aquí —dijo Esclarmonde.

Jean vio un pequeño hueco, como decenas de otros que habían pasado en su camino. Nada parecía indicar que aquel fuera diferente. Esclarmonde le pidió que avanzara aún más.

Entonces lo vio.

No lo habría hecho si no se hubiera detenido en aquel punto exacto, era una pequeña oquedad disimulada en la roca. Esclarmonde introdujo la mano y extrajo una caja de madera de modesta factura. La abrió y Jean contempló, atónito, una copia exacta de la reliquia que había protegido durante meses.

Hasta ese momento no había llegado a creérselo. La imagen de la reliquia lo retrotrajo al pasado y por su memoria desfilaron la iglesia de Saint-Émilion, donde había robado la reliquia, y el monasterio de Silos, donde la había escondido.

Esclarmonde cerró la caja y la devolvió al hueco, después retomó el camino de regreso. Jean caminaba a su lado entre sorprendido y pensativo. Ella se detuvo y lo miró directamente a los ojos.

—Nadie encontrará mejor lugar que este para proteger ambas reliquias.

Jean tuvo que reconocer que estaba en lo cierto. Dudó qué hacer hasta que la voz de la joven lo devolvió a la realidad.

—¿Nunca te has preguntado para qué sirve la reliquia?

Lo había pensado innumerables veces, pero no había podido confirmar sus suposiciones. Negó con un gesto de la cabeza, esperanzado por que ella pudiera compartir el secreto.

—Son llaves, juntas abren un arca —le aclaró.

—¿Dónde está esa arca? ¿Qué contiene? —preguntó excitado al ver cómo se ratificaban sus sospechas.

—Nadie lo sabe. Desapareció y nadie ha vuelto a saber de ella, pero dicen que algún día aparecerá y entonces nosotras tendremos las llaves. Por eso necesito la tuya, una sola no sirve de nada.

—¿Tú dónde crees que está?

Esclarmonde miró a Jean como si dudase si compartir sus sospechas.

—En Jerusalén. Allí dice la Biblia que fue ocultada. En el templo de Salomón. Allí es donde yo iría a buscarla.

Continuaron su camino en silencio, cada uno sumido en sus pensamientos.

Más atrás, cerca de donde se habían detenido a hablar, una sombra se materializó. No hacía ruido al moverse. Era una de las ventajas de ir descalzo.

Jean se asomó a la muralla de Peyrepertuse, como había hecho cada día desde hacía diez, y miró al horizonte, hacia el norte. Las noticias que llegaban de la guerra tenían oprimidos los corazones de todos los que compartían destino en aquella alejada fortaleza. Por toda Occitania, los creyentes cátaros eran llevados a las hogueras y morían entre terribles gritos algunos o mostrando un valeroso silencio otros.

En Peyrepertuse, sin embargo, creían estar seguros. La distancia los protegía, pero Jean sabía que, tarde o temprano, los ojos de Guy Paré se volverían hacia allí y nada ni nadie podría protegerlos.

Por el camino que ascendía a la fortaleza, decenas de cátaros llegaban a Peyrepertuse con la vana esperanza de huir de las implacables tropas cruzadas. En ese mismo momento, un nutrido grupo se acercaba. Caminaban en fila, tercamente, como un pequeño ejército de procesionarias.

Jean imaginó que acudían a la iglesia de Santa María a dar las gracias por haber alcanzado su destino. Se equivocaba, al menos uno de ellos no tenía aquello en mente.

Giotto forzó la mirada sin levantar la cabeza para poder ver la fortaleza. Sabía que allí se ocultaba el hombre al que Guy Paré perseguía con tanto ahínco. La Hermandad Blanca había sido su informante, sus tentáculos se habían extendido por toda Occitania, secuestrando, asesinando y obteniendo información.

La misión de Giotto era capturarlo, vivo a ser posible.

Para ello, había trazado un largo plan. Disfrazado de cátaro se había inventado un pasado y se había unido a un denso grupo que se dirigía a aquella remota fortaleza. Había tardado en ganarse su confianza, pero aquello le facilitaría el acceso a Peyrepertuse. Cuando llegara, no buscaría la iglesia para rezar, solo el momento propicio para actuar.

Tres días después de la llegada de Giotto a Peyrepertuse, se desató el caos.

Esclarmonde había permanecido alejada de Jean, quizá convencida de que cuanto más tiempo pasase entre los muros de la fortaleza más dispuesto estaría a entregar su reliquia. Jean, por su parte, seguía dudando y agradecía que ella se mostrara respetuosa con su lucha interna.

Giotto también se había mantenido apartado, pero en su caso había dedicado el tiempo a preparar su plan y a conocer el terreno.

Hasta aquella tarde.

Había decidido que el fuego sería su aliado, ya que crearía mucha confusión y dividiría a los habitantes en dos grupos, los que intentarían apagarlo y los que huirían. Si Jean estaba en el segundo grupo, todo sería sencillo. Lo secuestraría fuera de los muros de Peyrepertuse aprovechando la situación.

Pero Jean no huyó.

El fuego comenzó en los establos y, ayudado por Giotto, se propagó con rapidez por un castillo atestado de refugiados. Antes de que pudieran reaccionar, las llamas lo envolvían todo.

Con los primeros gritos de socorro, Jean, que se encontraba en la muralla, bajó a ayudar a un grupo que se había reunido para extraer agua del pozo. Todo era en vano y el fuego avanzaba mientras el humo se adueñaba de Peyrepertuse impidiéndoles respirar. La nube era densa y Jean apenas podía ver lo que sucedía a su alrededor cuando se encontró con Esclarmonde.

Estaba exhausta, sucia de hollín y sudor y su gesto era de desánimo. Miró a Jean y una luz de entendimiento se iluminó en su rostro: el fuego era una distracción para robar la reliquia.

—¡La reliquia! —le gritó.

Salió corriendo hacia la iglesia. Jean logró a duras penas seguir el ritmo de la joven a través de los innumerables recovecos. Cuando llegó al lugar donde estaba escondida la reliquia, encontró a Esclarmonde con expresión desolada.

—¡La han robado! —exclamó.

Luego desvió la mirada de la caja y la dirigió hacia Jean.

—¡Fuiste tú! ¡Tú robaste la reliquia!

—¡Jamás haría tal cosa! —se defendió él—. No quiero tu reliquia. Y nunca quise la otra.

El rostro de Esclarmonde se relajó y adquirió una expresión de tristeza que sustituyó a la furia.

—Tienes razón —reconoció—. Discúlpame. No he debido acusarte.

Jean le hizo un gesto para que olvidara el asunto.

—¿Quién habrá podido ser? —preguntó para sí misma.

Una imagen vino a la mente de Jean: el rostro de un hombre descalzo y harapiento.

—Giovanni Bernardone.

Pronunció el nombre sin pensarlo y Esclarmonde lo miró sin comprender.

Jean le contó que había visto a Giovanni seguirlos el día que ella le había mostrado la reliquia. Recordó el sonido de los pasos que había creído escuchar en los pasadizos subterráneos y se reprochó no habérselo contado.

—Todo ha sido una distracción para poder huir con la reliquia, pero aún podemos evitarlo.

Esclarmonde salió corriendo. Jean no fue capaz de seguirla. Pronto se quedó atrás y se detuvo para tomar aliento pensando que podría encontrar la salida de aquel laberinto. De pronto, escuchó el sonido de una respiración a sus espaldas y la sangre se heló en sus venas.

—¿Quién eres? —preguntó a la sombra que lo observaba en silencio.

El desconocido se adelantó hasta salir de la oscuridad y su mirada fue suficiente para que Jean comprendiese que sus intenciones no eran amistosas.

—Me llamo Giotto —dijo con una sonrisa cruel— y me envía tu amigo, el abad Guy Paré.

Jean sintió que su peor pesadilla tomaba forma. Sabía quién era Giotto, Roger y Philippa le habían hablado de él y de su destreza con la espada. Vio cómo sacaba un cuchillo y el brillo de la hoja metálica le produjo náuseas.

Sin embargo, él ya no era la persona que diez años atrás se hubiera rendido sin luchar. Reunió todas sus energías y echó a correr esperando sacar ventaja de su limitado conocimiento de aquellas cuevas.

Tenía un objetivo: la Sala de los Recuerdos. Debía llegar allí a tiempo de encerrarse. Mientras corría, una sola idea ocupaba su mente: Esclarmonde volvería a por él si no salía de la cripta.

Fuera por la fuerza que le daba el miedo o porque Giotto no conocía los pasadizos como él, Jean pudo llegar hasta la sala y cerrar la puerta tras él. Instantes después, un fuerte golpe la sacudió. A pesar del miedo, Jean no pudo evitar sonreír cuando Giotto lanzó un juramento.

—Nadie vendrá a buscarte —dijo Giotto desde el otro lado de la puerta—. Están todos ocupados con el fuego. Tengo todo el tiempo del mundo.

Su voz sonaba calmada. Quizá tuviera razón. Jean no podía esperar ayuda, pero ¿qué podía hacer allí solo, encerrado y desarmado?

Entonces se le ocurrió una idea.

Buscó entre sus pertenencias. Allí estaba su pequeño martillo de cantero, apenas un juguete que se había construido para recordar su tiempo con Tomás y los canteros, pero sería suficiente. Tal vez no pudiera escapar de Giotto, pero dejaría un mensaje que hablaría por él.

Jean no sabía si habían transcurrido unas pocas horas desde que se había encerrado en la Sala de los Recuerdos o un día entero. No sabía si era de día o de noche, pero todo aquello no importaba. El problema era saber si su paciencia superaría a la de Giotto o no.

Nadie había venido a rescatarlo y la duda se abría paso en su mente. Peyrepertuse podía haber quedado destruida y nadie regresaría a por él. Esclarmonde habría salido en persecución de Giovanni Bernardone y nadie más sabía que él estaba allí.

Salvo Giotto.

Tarde o temprano tendría que salir y aunque aquel silencioso asesino no se escondiese entre los oscuros recovecos del mundo subterráneo de Peyrepertuse, quizá lo hiciera en algún punto de la enorme distancia que lo separaba de Toulouse.

Jean decidió que no podía esperar más, que debía enfrentarse a su miedo. También había tomado otra decisión aún más importante: el destino de la reliquia escondida diez años atrás en el monasterio de Silos y el suyo propio estarían ligados y junto a Esclarmonde encontraría el arca de la alianza y descubriría su poder.

En eso, al menos, la luz había llegado a su mente.

Abrió la puerta sintiendo el miedo crecer en su interior. La empujó en silencio hasta que quedó lo suficientemente entornada como para poder atravesar el umbral y aguardó.

A través de la capa de silencio y oscuridad que lo envolvía, se fue filtrando el sonido de alguna lejana gota de agua cayendo amortiguada sobre la piedra húmeda, pero no el temido deslizar de pasos que tanto angustiaba a Jean.

La paz del entorno contrastaba con su corazón desbocado, con su mente esforzándose en captar la mínima señal para volver a cerrar la puerta de la Sala de los Recuerdos.

Esperó intentando no emitir sonidos. Deslizó primero una pierna y luego la otra hasta traspasar el umbral.

Nada sucedió.

Aquel era un comienzo prometedor. Aunque sintiéndose expuesto y desamparado, poco a poco fue ganando valor y abandonó la sala. Una esperanza pugnaba por abrirse paso en su mente, agrandándose al no tener el filo de un puñal en su cuello.

Se acercó a la pared y sintió su tacto húmedo en la mano. Avanzó unos pasos, tratando de recrear en su cabeza la salida de aquel laberinto. Y así fue como, paso a paso, temiendo que su vida terminase en cualquier momento, alcanzó el exterior. Tardó unos instantes en acostumbrar los ojos a la tenue luz del sol que, mortecino en aquel frío invierno, devolvió algo de calor a su cuerpo.

Cuando pudo ver, descubrió un cuadro desolador. Algunos restos de humo se elevaban en volutas sobre las piedras y las maderas ennegrecidas por el hollín. La iglesia de Santa María y parte del castillo y de las murallas habían resistido la devastación, pero el resto era un páramo. Soplaba el viento y una ligera llovizna había comenzado a caer, lo que acentuaba la sensación de abandono.

Se asomó al borde de la muralla y oteó el horizonte, pero no pudo distinguir a nadie y le invadió la sensación de que bien pudiera ser el último hombre sobre la faz del mundo.

Se sentó sobre una piedra y meditó unos instantes. ¿Qué podía hacer? Darle la reliquia a Esclarmonde estaba fuera de lugar. Los cátaros ni siquiera habían podido evitar el robo de la suya. ¿Perseguir él también a aquel harapiento ladrón? Eso lo dejaba para Esclarmonde. ¿Irse y desaparecer como había hecho diez años atrás? Era una opción atractiva, pero ya no era el Jean de entonces; lo que había visto y vivido durante aquella década le había dado otra perspectiva.

Por fin se decidió: regresaría a Toulouse, hablaría con Esclarmonde, con el caballero negro, con Philippa y Raymond. Juntos decidirían su destino y lucharían contra Guy Paré.

Jean se levantó y emprendió el camino. Tardaría varios días en llegar a Toulouse y reencontrarse con sus amigos. «Sí —se dijo—, son mis amigos. Solo a quienes demuestran lealtad y bondad se les puede considerar como tales.»

No podía imaginar que pronto uno de ellos yacería muerto bajo un metro de tierra y que la mirada de Guy Paré se había vuelto definitivamente hacia Toulouse.

Jean no caminaba en busca de refugio. Caminaba hacia el peligro.

48

Año 2020

Sobre la peña rocosa de Peyrepertuse se respiraba historia. La piedra, labrada centenares de años atrás, tenía la marca del tenaz paso de los años, de la persistente intemperie que socava la piedra hasta desmenuzarla y de la más esporádica, pero asimismo destructiva, mano del hombre. En cualquier otra situación, Marta habría disfrutado de aquella ventana abierta al pasado; sin embargo, tenía el ceño fruncido.

Se miró en el pequeño espejo de la caseta de obra y observó con detenimiento el aspecto poco femenino que le daban el buzo y el casco que les habían dado antes de entrar en el mundo subterráneo de Peyrepertuse. No es que le importara demasiado, estaba acostumbrada, por su trabajo entre andamios, pero al ver a Ayira, que incluso con aquella vestimenta estaba atractiva, sintió una brizna de envidia.

Su rictus se transformó cuando se unieron a Iñigo y a Abel y no pudo evitar una sonrisa que hizo que el teniente, al que el buzo le quedaba pequeño, soltara un bufido.

—No quiero comentarios de ningún tipo —dijo muy serio— o alguien no regresará de las profundidades.

Cuando estuvieron preparados, apareció el arqueólogo que les iba a hacer de guía. Era un chico joven, con el cabello largo recogido en una coleta y un cierto aire de universitario despistado. No parecía muy contento de tener unos inoportunos visitantes a los que enseñar el lugar como si fueran turistas. Marta decidió que lo mejor era acercarse a él para romper el hielo.

—Hola —dijo en francés tendiéndole la mano de manera amistosa—, soy la doctora Arbide y soy restauradora de monumentos. Le agradezco su tiempo y que pueda responder a nuestro interés profesional.

—Soy el doctor Amade, responsable de la excavación. ¿Me permite preguntarle cuál es su interés y el de sus colegas?

Marta notó la desconfianza del arqueólogo y miró a Iñigo, Ayira y al teniente Luque, cuyo aspecto difícilmente encajaba con la definición de colegas.

—Mi especialidad es la restauración de piedra —respondió Marta tratando de apartar al resto de la conversación antes de que dijesen algo inoportuno— y me interesa especialmente la Edad Media y su contexto histórico.

El arqueólogo no pareció muy convencido con la explicación.

—Verá, doctora Arbide. Aquí apenas hemos empezado el trabajo de excavación, la mayor parte está por descubrir y el terreno está por consolidar. Les ruego que extremen las precauciones. Les enseñaré parte de los túneles y lo que llamamos la sala de grafitis.

—¿Grafitis?

—Sí, hemos descubierto una sala entera con inscripciones antiguas. La mayoría datan de los siglos XII y XIII.

Marta sintió que su corazón se aceleraba. Aquel era un hallazgo de gran importancia y le extrañó no haberse enterado por los periódicos. Mientras iniciaban el descenso, se lo hizo saber al arqueólogo. Este sonrió orgulloso.

—Así es —dijo con satisfacción—. Es un descubrimiento asombroso. Intentamos evitar que el público lo sepa hasta que podamos catalogar correctamente el yacimiento.

Marta sonrió comprensiva.

—Y el lugar se llene de visitantes como nosotros —completó.

—En efecto —respondió el arqueólogo con sequedad—. Hemos llegado.

Marta levantó la cabeza y contempló maravillada una gran sala cuyas paredes de roca estaban cubiertas de marcas, dibujos y nombres hasta donde podían apreciar a la luz de sus linternas. Los cuatro observaron el espectáculo con la boca abierta.

—¿Cuál era el propósito de esta sala?

Había sido Iñigo quien había lanzado la pregunta. Marta lo miró y él le hizo un discreto gesto que comprendió al instante: Iñigo entretendría al doctor Amade para que ella pudiera fisgar a su antojo. Marta aprovechó la respuesta del arqueólogo para alejarse del grupo.

Cientos de manos habían pintado, tallado o grabado nombres, dibujos y símbolos de todo tipo. Las zonas pintadas habían perdido nitidez hasta casi desaparecer en algunos casos. Perdidas para siempre. Los grabados, hechos con algún instrumento punzante, permanecían inalterados. Marta vio nombres ya olvidados, imágenes de plantas y animales reconocibles o mitológicos y un ingente número de marcas, letras y hasta garabatos.

De pronto, se detuvo como si alguien la hubiese golpeado en la frente. Su movimiento fue tan brusco que el resto se volvió hacia ella, pero reaccionó con rapidez y alejó su linterna de lo que acababa de descubrir. Tenía el pulso acelerado y tuvo que reprimir una exclamación de sorpresa.

Se repuso y continuó recorriendo la pared con la vista. Cuando creyó que había pasado tiempo suficiente, se volvió hacia los demás con una sonrisa fingida.

—¡Todo esto es increíble! —exclamó.

El arqueólogo asintió satisfecho y se lanzó a explicar lo que aquel descubrimiento suponía para el conocimiento científico en el campo. Marta aprovechó para estudiar a los cuatro tratando de adivinar si alguno de ellos se había percatado de lo que acababa de suceder. Ayira y el teniente Luque atendían al arqueólogo siguiendo sus explicaciones, pero Iñigo la miraba con expresión interrogante. A él no había podido engañarlo.

«Bien —pensó—, si es Iñigo no importa.»

Salieron de la sala de grafitis y recorrieron los pasadizos y cuevas de aquel extraño mundo subterráneo. En condiciones normales, Marta habría disfrutado de la visita, pero su mente no dejaba lugar para nada más que para lo que había descubierto.

Un grabado que parecía no diferenciarse del resto, pero que para ella lo significaba todo. Varios símbolos y un nombre, quizá irrelevantes para los demás, pero que escondían algo único, un detalle que solo ella habría sabido entender: la marca de cantero de Jean.

49

Año 718

Táriq ibn Ziyad estaba tranquilo, descansando en su tienda tras la batalla. Recostado sobre las alfombras, escuchaba a sus capitanes discutir el siguiente movimiento de su ejército. Eran optimistas, estaban enardecidos aún por la sangre y por haber podido esquivar, otro día más, la muerte que siempre sobrevolaba la dura vida que habían escogido.

La primera escaramuza se había desarrollado según lo previsto. Había perdido un buen número de hombres, lo que suponía un duro golpe para su ejército, pero podía permitírselo. La victoria supondría ahogar la ya escasa resistencia visigoda. El daño infligido a su enemigo era menor, pero la superioridad en número era tal que podía perder tres hombres si con ello ocasionaba una baja en el mermado ejército de aquel obstinado rey sin reino.

Táriq despidió a sus capitanes y se recostó de nuevo. Fuera de la tranquilidad de su tienda se escuchaba el sonido incesante de las tropas haciendo los preparativos de lo que podía ser un largo asedio.

La puerta de su tienda se abrió y el lugarteniente de su guardia personal entró acompañado de aquellos insufribles monjes traidores. Hizo un gesto de fastidio. Le habían sido de utilidad, conocían al enemigo y le habían proporcionado información interesante. Cuando dejaran de ser convenientes, los mataría. Sin remordimientos.

Oppas se acercó ávido a Táriq ibn Ziyad. Le seguía Anselmo, que se agitaba ansioso a su lado, incómodo y fuera de lugar, sin ningún otro sitio adonde ir.

—¡Debes actuar ya! —exhortó Oppas a Táriq—. El tiempo apremia.

Mi buen Oppas —respondió Táriq dejando escapar una sonrisa taimada que se extendió hasta dejar a la vista unos dientes afilados—. No me digáis cómo debo hacer mi trabajo o dejaré que mi lugarteniente te rebane el pescuezo. Tiene ganas de sangre.

—No lo entendéis —respondió Oppas subestimando la amenaza de Táriq—. Pelayo está a punto de conseguir un arma magnífica con la que cambiará el destino de esta batalla.

Táriq afiló la mirada. No le gustaba enfrentarse a Belay el-Rumi, Pelayo como lo llamaban los cristianos. Era un guerrero cuya fama le precedía. Miró a su lugarteniente, que se mostraba inquieto ante la referencia a la poderosa arma. El suyo era un ejército supersticioso y no quería que aquel rumor se extendiera entre los soldados ahora que estaba tan cerca de la victoria.

—Pronto, Oppas, pronto. Primero debo limpiar de arqueros el desfiladero. Luego esperaremos. El hambre, la sed y el miedo harán el resto.

—Quizá sea demasiado tarde. Traigo conmigo —añadió señalando a Anselmo— a alguien que puede atestiguar la importancia del objeto en cuestión.

Anselmo dio un paso adelante atenazado por el miedo. Bajó la cabeza, incapaz de mirar a los ojos a aquel hereje en cuyas manos lo había colocado el obispo. Sentía que estaba traicionando su juramento y que el obispo le había forzado a ello, pero ya era tarde para arrepentirse.

—Yo... —comenzó Anselmo sin saber muy bien qué debía decir.

—Callad, monje —dijo súbitamente Táriq—. Seguiremos el plan previsto.

No quería oír historias sobre objetos mágicos. Quizá en los días venideros tendría tiempo de hablar con Oppas sin la presencia de oídos indiscretos.

—Dejadme solo ahora —continuó—, tengo mucho en lo que pensar. Pronto regresarán del desfiladero las partidas de limpieza.

Cuando Oppas y Anselmo hubieron abandonado la tienda de Táriq, el lugarteniente se acercó al lecho.

—¿Y si tienen razón?

—¡Tonterías! Reúne de nuevo a los capitanes. Tenemos una batalla que preparar.

Una pertinaz llovizna caía testaruda dando un aspecto plomizo al amanecer. Los astures la agradecían, acostumbrados como estaban a ella, y esperaban que el ejército enemigo no disfrutara de la persistencia con la que empapaba a cuanto hombre o bestia saliera a la intemperie. A pesar de la hora temprana, el castillo de Auseva bullía de una silenciosa actividad. Pelayo ya había ocupado su puesto y aguardaba a que lo que quedaba de su ejército terminase los preparativos.

Los rostros que veía a su alrededor eran de preocupación, pero no de miedo a la muerte. Sin embargo, sabía que el terror estaba allí agazapado, presto a derramarse desbocado a la menor oportunidad. Su apuesta era arriesgada, pero permanecer escondidos en el castillo viendo cómo el agua y la comida se agotaban junto con la esperanza no era una opción.

Había urdido un plan.

Unas horas antes del amanecer, un selecto grupo de soldados había abandonado el castillo por las salidas secretas que, tiempo atrás, había mandado construir. Sus hombres habían tomado posiciones a ambos lados del desfiladero y, poco antes del primer rayo de sol, veinte vigías musulmanes habían sido abatidos sin percatarse de que la muerte se había arrastrado, silenciosa, hasta ellos.

Ahora Pelayo esperaba, tenso, con una mirada de determinación que infundía esperanzas en sus hombres. A su lado estaba Wyredo. Nadie había podido convencerlo de que se quedara atrás y los que lo habían intentado habían sucumbido ante su ira. Cabalgaría al lado del rey o moriría en el intento.

Pelayo levantó la espada y por el castillo se extendió un silencio absoluto que fue roto por el sonido del postigo de la puerta al deslizarse y por el prolongado chirrido de los goznes. Adelantó su caballo hasta el quicio de la puerta, volvió la cabeza y contempló a su ejército y sobre él, en las almenas, la figura recortada de Gaudiosa.

—¡Muerte! —rugió mientras espoleaba a su caballo.

—¡Muerte! —bramó su ejército tras él.

El ejército visigodo apareció como una ola en el campamento, cogiendo desprevenido al terrorífico ejército musulmán.

Táriq fue despertado por los gritos y el fragor de la batalla, pero apenas tardó unos segundos en vestirse y salir de su tienda. Miró al desfiladero y vio al rey Pelayo pelear contra su todavía desorganizado ejército. Los suyos acudían en oleadas y Táriq supo que aplastaría a su enemigo con el peso del número. Montó en su caballo y, seguido de su lugarteniente, salió al galope hacia el frente de batalla.

Pelayo vio venir a Táriq a distancia. La sorpresa había funcionado y los daños infligidos eran cuantiosos, pero no se hacía ilusiones. El ejército enemigo aún superaba en número al suyo. Se irguió sobre la montura y esperó.

El choque fue brutal. Las espadas salieron rebotadas, pero ambos lograron mantener el equilibrio sobre sus caballos. Pelayo vio furia y odio en los ojos de Táriq, pero estaba acostumbrado y le devolvió una mirada que le heló la sangre. Lanzó su montura hacia delante y trató de golpear a Táriq en un costado, pero este reaccionó, paró el golpe y lo devolvió sin pararse a pensar. Demasiado pronto para Pelayo, que apenas pudo detenerlo y fue derribado del caballo.

Táriq vio caer a su enemigo y no pudo evitar una sonrisa cruel. «No es tan bueno como dicen», pensó. La ventaja de su cabalgadura haría el resto. Se acercó lentamente a Pelayo, que trataba de ponerse en pie. Levantó el alfanje y lo dejó caer con todas sus fuerzas sobre el rey cristiano, que no pudo alzar su espada para intentar detener el impacto.

Pero alguien lo hizo por él.

Surgido de la nada, Wyredo había llegado a tiempo de evitar el fatal desenlace desviando la espada en el último instante. Táriq, rabioso por no haber podido vencer a Pelayo, no perdió el tiempo. Giró su montura, balanceó la espada y lanzó un golpe sobre Wyredo, que se interponía entre él y su enemigo. La espada describió un amplio arco y antes de que el castellano pudiera reaccionar, le seccionó la cabeza ante la atónita mirada de Pelayo.

El silencio se extendió por el campo de batalla, como

si ya no fuese necesario seguir peleando y el destino de la batalla se decidiera, en aquel preciso momento, entre Táriq y Pelayo.

Pelayo se levantó y Táriq leyó en su mirada el fuego abrasador de quien está dispuesto a vengar la muerte de un amigo.

Por vez primera dudó.

Pelayo desvió la mirada y pareció fijarla en algún punto sobre una enorme roca que dominaba el lugar. Táriq miró intrigado. Allí, sobre el promontorio, se veía una figura solitaria. Un monje.

Bernardo sintió como si todas las miradas del mundo se dirigiesen hacia él. «No dudes», pensó aterrado. Levantó los brazos sobre su cabeza y alzó la reliquia para que todos pudieran verla.

Aunque pocos entendían lo que estaba sucediendo, todos comprendieron que aquello era importante.

Táriq supo que aquella era la poderosa arma de la que le había hablado Oppas. Dudó. Miró a su alrededor y leyó el terror en los ojos de su lugarteniente. De manera súbita, como si de un único organismo se tratase, un escalofrío recorrió el ejército musulmán.

Un grito surcó el aire. Pelayo había recuperado su montura y una furia demente se había adueñado de él. Se abalanzó sobre Táriq sin pensarlo. Junto a él, todo el ejército cristiano bramó con una sola voz.

Lanzó una estocada que el musulmán logró detener. Sin embargo, el convencimiento de este estaba minado y vio la muerte en los ojos de su enemigo. El rey cristiano golpeó de nuevo con una ira desconocida y Táriq apenas pudo contener el golpe. Cuando se repuso, Pelayo estaba ya dispuesto de nuevo. Lo atacó de lado y avanzó. Táriq se preparó para detenerlo, pero Pelayo fintó, hizo girar su montura y su espada salió disparada y atravesó el pecho de su adversario, que respondió con un gorjeo de sangre saliendo de su boca.

Pelayo sacó la espada del pecho de Táriq, que cayó pesadamente al suelo, y bajó de su montura para acercarse con paso lento a él. Aún resistía, aunque de rodillas. Le sujetó la cabeza y se la cercenó de un solo golpe. Luego la levantó. Su enemigo aún parecía mirar con un gesto entre sorprendido y asustado, como si no acabase de entender lo que había sucedido.

El rey miró al lugarteniente de Táriq y le lanzó la cabeza. Aquello fue demasiado para aquel, que, aterrado por la muerte de su jefe y por la visión de aquel objeto de poder que había cambiado el signo de la batalla, hincó la rodilla y pidió clemencia.

Pelayo, cubierto de sangre, miró a su alrededor. Dio un paso adelante, hacia el lugarteniente, y antes de que este pudiese reaccionar, alzó la espada y la descargó sobre su cabeza.

—¡Muerte! —gritó.

Y su ejército respondió como un solo hombre.

50

Año 2020

El pasillo del hotel estaba a oscuras y el silencio hacía que el sonido de los pasos de Marta reverberara en las paredes tensando sus nervios. Llegó hasta la puerta de la habitación 204 y se detuvo.

Intentó tranquilizarse. No lo consiguió.

Temía la primera reacción de Iñigo ante aquella visita nocturna. No quería que la malinterpretase, ya que no tenía nada que ver con su conversación del día anterior, pero necesitaba su ayuda con lo que había descubierto.

Inspiró y soltó el aire buscando calmarse, y no pudo evitar recolocarse el pelo, una señal de inseguridad que indicaba cuánto le importaba seguir pareciéndole atractiva a Iñigo.

Llamó a la puerta con suavidad.

Iñigo tardó unos instantes en responder y abrió con un gesto de sorpresa que se transformó en una sonrisa.

—No te esperaba tan pronto —bromeó aunque su risa fue nerviosa.

Marta agradeció en silencio que también a él la situación le resultase incómoda.

—No vengo a verte por eso.

—Ah, ¿no? Es una lástima —dijo recuperándose de la decepción que apenas había asomado a su rostro.

—¿Puedo entrar? Prefiero que hablemos lejos de miradas indiscretas.

Iñigo se apartó y la dejó pasar extrañado.

—¿A qué viene tanto secretismo?

—Quería contarte algo que he descubierto y pedirte ayuda. Solo me fío de ti.

Iñigo se sentó en la silla de la habitación y le ofreció a Marta el único lugar disponible, la cama.

—El teniente Luque parece buena persona. Y en cuanto a Ayira, confío en ella. Está de nuestro lado.

Marta le sonrió.

—Una de las cosas que me gusta de ti es que siempre piensas bien de los demás. Te recuerdo que el teniente Luque entregó a la Iglesia la reliquia y el libro.

Iñigo la miró divertido.

—Se te olvida que nosotros robamos el libro y profanamos un sepulcro.

Marta asintió reconociendo que aquello era verdad.

—El teniente es un buen hombre. Me ha ayudado y protegido, pero sabe bien a quién sirve y no es a mí. En cuanto a Ayira, esconde un secreto, no es quien dice ser.

—¡Ah! ¿Y quién es entonces?

—No lo sé —reconoció frustrada—. Solo te pido que no compartas con ella lo que vamos a hablar.

Iñigo negó con la cabeza para sí mismo. No estaba de acuerdo, pero pareció intuir que Marta sería inflexible al respecto. Levantó los ojos hacia ella.

—Prometido.

Marta le tendió una hoja de papel. Él la desplegó. Un dibujo ocupaba buena parte de la hoja.

—Esto es lo que encontré en la sala de los grafitis esta mañana.

Iñigo miró con detenimiento la hoja antes de hablar.

—Son cinco símbolos. El primero es muy reconocible, aunque sorprendente, el símbolo de cantero de Jean. Luego está el de la reliquia repetido dos veces. Siempre me ha llamado la atención cuánto se parece al nudo de Salomón.

Marta asintió. Estaba ansiosa por explicarle cuáles eran sus sospechas.

—Me hace pensar que Jean quería enviar un mensaje a alguien que conocía —dijo Marta—. Creo que pudo ser al caballero negro.

—Eso es imposible —dijo Iñigo levantando la mirada—. Murió diez años antes en San Sebastián.

Marta sacó el móvil y se lo tendió a Iñigo para mostrarle una foto del tapiz de Carcasona donde se veía al caballero vestido de negro.

—Eso creíamos, pero nos equivocábamos. El caballero negro no murió emparedado en 1199, me lo ha confirmado un profesor de historia de la Universidad de Toulouse.

Iñigo tardó unos instantes en asimilar aquella información. Frunció el ceño tratando de encontrar una explicación satisfactoria.

—Supongamos que tienes razón, aunque ya me contarás algún día de quién era entonces el cadáver de San Sebastián. De lo que estamos seguros es que este es un mensaje de Jean, habla de la reliquia, pero no entiendo por qué aparece dos veces el símbolo.

—En mi opinión —respondió Marta aún sin terminar de creerse lo que había descubierto—, hay dos reliquias.

—¿Dos? ¿Y qué te hace pensar eso?

Esta vez no parecía convencido. Marta volvió a enseñarle la imagen del tapiz. Iñigo miró a las dos figuras que portaban sendas reliquias. Marta vio que parecía confuso. No había tenido tiempo para asimilar tanta información.

—¿Y qué significa el cuarto símbolo? —preguntó.

Marta lo había examinado varias veces y no había llegado a una conclusión. Era un rectángulo que parecía tener dos asas y dos pequeñas oquedades en el centro.

—No lo sé. Aquí es donde necesito tu ayuda. Parece una caja, quizá un cuadro, tal vez...

—Un arca —dijo Iñigo muy serio.

—¿Cómo que un arca? ¿No estarás insinuando que...?

Se hizo un silencio entre los dos que finalmente fue roto por Iñigo.

—El arca de la alianza.

—Es increíble —respondió Marta—. Siempre he pensado que el arca no existía, que no era más que un símbolo.

—Todo en esta historia es difícil de creer. Quizá las dos reliquias tienen alguna relación con el arca.

—¿Qué relación?

Iñigo se encogió de hombros.

—¿Y si juntas la abrieran? ¿Y si ambas fuesen necesarias? El arca de la alianza desapareció seis siglos antes de Jesucristo. Hay muchas teorías al respecto, algunas disparatadas. Hay quien cree que está en Etiopía, otros dicen que aún descansa en Jerusalén o que permanece escondida en algún punto cercano al mar Muerto. Incluso hay quien considera que nunca existió, que solo es una leyenda. Se menciona varias veces en el Antiguo Testamento y parece que para abrirla se necesitaban unas piedras, las piedras de fuego, ese es el nombre que les da el profeta Ezequiel. Aunque decía que eran doce.

Marta reflexionó un instante. Desde el principio,

desde el mismo instante en que había encontrado aquel libro un año antes, se enfrentaban a cosas difíciles de creer.

—Y nos queda el quinto símbolo.

Marta señaló una cruz grande con cuatro pequeñas cruces en cada esquina.

—Esta cruz fue un símbolo creado por el papa Urbano II para promover las cruzadas a Tierra Santa —dijo revisando sus notas—. También es conocida como cruz de Jerusalén.

Ambos se miraron en silencio. Habían comprendido lo que aquello significaba.

—¡Jean creía que el arca estaba en Jerusalén! —gritó Marta—. La bruma comenzaba a disolverse en su mente. Iñigo tenía ese efecto en ella, la ayudaba a pensar, a encontrar el camino correcto. Sintió que se le aceleraba el pulso, pero hizo un esfuerzo por volver a las reliquias y al arca—. ¿Y dónde estuvo escondida la segunda reliquia todo ese tiempo hasta aparecer en Occitania?

—Lo que sabemos es que, a principios del siglo XIII, la tenía esta mujer —dijo señalando la imagen del tapiz en el teléfono.

Marta asintió.

—Esto nos lleva de vuelta al principio. ¿Cuál era el mensaje que Jean quería enviar?

—Que había dos reliquias —respondió Iñigo—, que juntas abrían el arca de la alianza que estaba en Jerusalén y que ambas se habían reunido por fin.

—Pero eso no fue así. La primera reliquia seguía en Silos.

Se hizo un silencio momentáneo en el que los dos se perdieron en sus propias reflexiones.

—¿Y si le había sucedido algo a la segunda reliquia? —aventuró Iñigo.

Marta se golpeó la frente con la mano.

—¡Claro! Hay algo que aún no te he contado. Junto a los símbolos había un nombre. Al principio pensé que no tenía relación alguna con ellos, pero luego me di cuenta de que parecía hecho por la misma mano.

—¿Qué nombre?

—Un nombre que jamás había escuchado, de origen italiano, Giovanni Bernardone. —El rostro de Iñigo se iluminó con una sonrisa y Marta se dio cuenta de que aquel nombre desconocido para ella significaba algo para él—. ¿Sabes quién fue Giovanni Bernardone?

Iñigo asintió sin dejar de sonreír.

—Y tú también. Es una de las figuras más conocidas de la historia de la cristiandad. Aparece en todos los libros de historia de la religión y su influencia ha llegado hasta...

Marta se levantó y golpeó el hombro de Iñigo con el puño.

—¿Y me vas a decir quién fue o vas a seguir haciendo que sufra?

Iñigo lanzó una carcajada.

—¿Y por qué debo elegir y no disfrutar de ambas opciones? El hombre que buscamos es uno de los santos más conocidos de la Iglesia. Debemos seguir la pista a san Francisco de Asís.

Media hora más tarde, Marta abandonaba la habitación de Iñigo después de haber leído juntos cuanto tenía que decir la Wikipedia sobre san Francisco de Asís y haber trazado un plan para el día siguiente.

Cerró la puerta y lanzó un suspiro. Estar con Iñigo, descubrir todo aquello juntos, había reavivado aún más la llama en su interior. Le recordaba a su aventura del año anterior. Decidió irse a dormir y dejar todo aquello para la mañana siguiente. Se dirigió hacia el ascensor y pulsó el piso en el que se encontraba su habitación. No se había dado cuenta, pero mientras esperaba, la puerta de otra habitación permanecía ligeramente entreabierta y unos ojos espiaban su salida de la habitación de Iñigo.

Ayira frunció el ceño.

51

Año 1211

La tarde caía brumosa en aquel bosque denso y profundo de las cercanías del castillo de Lavaur. A pesar de la cercanía de su destino, Esclarmonde avanzaba desconsolada, tratando de sostenerse sobre su montura a pesar del cansancio, el sueño y el dolor que atenazaba sus músculos.

No había dormido las tres últimas noches, cabalgando sin cesar, persiguiendo el recuerdo de una sombra, un peregrino harapiento que parecía haberse esfumado junto con sus esperanzas de recuperar la reliquia.

Poco podía imaginar que Giovanni Bernardone no había provocado el fuego en Peyrepertuse y que la reliquia había sido robada días atrás por aquel extraño personaje que había abandonado la fortaleza cátara para desaparecer.

Al tercer día de búsqueda, Esclarmonde se había rendido a la evidencia de que necesitaba ayuda. Recordó que Philippa y el caballero negro habían acudido a Lavaur enviados por el conde Raymond. El caballero negro era su esperanza, sus dotes de rastreador le harían recuperar la borrosa huella de Giovanni Bernardone.

Al anochecer llegó al castillo de Lavaur donde, sin apenas tiempo para descabalgar, recibió malas noticias.

—Ambos partieron hace seis días —le informó el capitán de la guardia—. Dijeron que regresarían pronto, a lo sumo en un par de días o tres.

Esclarmonde dudó. No iba a ser fácil encontrarlos en aquel extenso territorio y además estaba agotada. Decidió que descansaría en Lavaur y trataría de encontrarlos al día siguiente. Se resistía a perder más tiempo esperándolos allí.

Dio las gracias al capitán y se retiró a dormir sin saber que aquella decisión, fruto del agotamiento y de la frustración, iba a resultar equivocada.

Al amanecer, cuando se levantó un poco más descansada y decidió comer algo antes de partir, se cruzó con la dama Guiraude, perfecta de Lavaur, que lanzó a Esclarmonde una mirada de compasión.

—No podéis partir —dijo con gesto de preocupación—. Estamos sitiados. Simón de Montfort y su ejército están a las puertas de Lavaur.

Por las malas nuevas que acababa de anunciar, Esclarmonde comprendió que la compasión de los ojos de Guiraude era hacia sí misma. Perfecta y figura conocida del catarismo, sabía que encontraría una muerte horrible si Lavaur caía en manos de Simón de Montfort.

Aquella misma tarde, el estruendo de las catapultas del ejército enemigo rugió en Lavaur resonando como el tañido de una campana en el corazón de Esclarmonde. Durante dos interminables días, de manera sistemática, la muralla de la fortaleza fue demolida, hasta que el ejército invasor, lanzando un último grito atronador, se abalanzó contra la insuficiente defensa del castillo.

Unos pocos defensores lucharon hasta el final y entre ellos se encontraba Esclarmonde.

Los pocos supervivientes de Lavaur recordarían durante el resto de sus vidas a aquella valerosa y hábil dama.

Recordarían cómo a su alrededor los enemigos caían mientras su espada oscilaba y silbaba. Recordarían cómo el resto de los defensores, animados por su ejemplo, dieron sus vidas sin temor en sus miradas. Recordarían cómo una flecha cobarde, lanzada a prudente distancia por un soldado que jamás habría osado medirse con Esclarmonde en buena lid, la hirió en el brazo que sostenía la espada. Recordarían cómo muchas otras flechas vinieron después, hasta que sus piernas no fueron capaces de sostenerla.

A la muerte de Esclarmonde le siguió un silencio sepulcral.

Aquella guerra maldita había causado miles de muertes: buenas y malas personas, soldados valientes y cobardes, muertes merecidas o no, deseadas o no, buscadas o no. Ninguna como aquella.

Simón de Montfort rompió el respetuoso silencio que tanto defensores como atacantes mantenían. Su voz resonó agria, inapropiada.

—¡Matad a todos los soldados! ¡Traed aquí a los demás! ¡Buscad toda la leña disponible! El fuego de la hoguera de Lavaur, avivado por los herejes aquí presentes, calentará nuestros cuerpos e iluminará toda Occitania.

Cuando sus órdenes fueron cumplidas, el patio del castillo quedó atestado por más de cuatrocientos herejes con la dama Guiraude al frente.

Simón de Montfort se acercó a ella. Era una dama de indudable nobleza, con una belleza tranquila y profunda, que lo miraba con la cabeza levantada, como si supiera que nada ni nadie podía doblegarla.

—Arderéis todos en el infierno —dijo Simón sujetando la barbilla de Guiraude.

—No —respondió la dama con calma—. No lo haremos. Arderemos hoy, aquí y ahora. Seréis vosotros quienes arderéis por toda la eternidad.

Simón lanzó una carcajada que sonó siniestra.

—Entonces, mi dama, permitidme que os libere de la muerte en la hoguera.

Simón de Montfort se volvió hacia sus soldados.

—Tomad a la dama Guiraude y llevadla fuera del castillo. Haced de ella lo que deseéis, os lo habéis ganado, es vuestro botín. Cuando hayáis acabado, atadla desnuda a un poste en el patio, quiero que muera lapidada. Nadie osa desafiar a Roma.

El humo de la hoguera duró dos días, pero su olor acre tardó mucho más en desaparecer. Los buitres que sobrevolaban el castillo de Lavaur recibieron al caballero negro y a Philippa como un presagio de lo que les esperaba.

Sus corazones se aceleraron al ver los muros derruidos, las lágrimas asomaron a sus ojos al ver los cadáveres de los soldados, como muñecos desmadejados, a su paso. Las moscas lo invadían todo y el olor era irrespirable.

El caballero negro miró a Philippa, que caminaba a su lado con una expresión vacía en los ojos. Cuando llegaron al patio principal, descubrieron los restos humeantes de la hoguera con decenas, centenares de restos humanos cuyas calaveras los contemplaban con cuencas acusadoras.

Roger ya había visto aquello en otras ocasiones. Tenía el corazón endurecido por la experiencia, pero quizá el impacto que la imagen causaba en Philippa se le había contagiado. La única idea que acudió a su mente fue que aquellos cadáveres habían sido personas cuyo único crimen había sido creer en algo que no se ajustaba al deseo de Roma. ¿Quién se arrogaba el derecho de quitar la vida a inocentes solo por ser diferentes? No merecía la pena ni morir ni matar por esos ideales. Intentó apartar esos pensamientos de su cabeza y miró de nuevo a Philippa, cuya expresión se había vuelto pétrea. No la había visto antes así. Parecía su forma de protegerse del horror, de encerrarse en sí misma, en cierto modo de negar la realidad.

—¡Vámonos! —dijo Philippa—. Aquí no hay nada para nosotros.

Caminaron en silencio haciéndose mutua compañía hasta que ella se detuvo de golpe. El caballero negro siguió su mirada hasta un cuerpo ensangrentado atado a un poste.

—Dama Guiraude —dijo Philippa casi en un susurro.

—¿La conocías?

Philippa asintió y el caballero negro la miró alarmado. En la coraza que se había construido aparecían las primeras grietas. Incluso ella tenía un límite.

Soltaron el cadáver de la dama Guiraude, lo cubrieron con una capa y el caballero negro cargó con él sobre sus hombros.

«Al menos a ella le daremos cristiana sepultura», pensó el caballero negro. ¿Cristiana? Solo sepultura, la religión solo causaba dolor, toda su vida había convivido con ella como si fuera parte del paisaje. Si no hubiera existido, el mundo sería un lugar mejor.

De pronto, escuchó un grito ahogado de Philippa.

—¡No, no, no! —la oyó repetir.

La joven se había inclinado sobre un cuerpo de entre los innumerables que se esparcían por el castillo. El caballero negro se acercó y dejó recostado en el suelo el cuerpo de la dama Guiraude.

Las palabras de Philippa se volvieron agudas y fueron sustituidas por un sollozo que terminó en un grito angustiado.

Esclarmonde.

El cuerpo de su hermana yacía atravesado por incontables flechas. Su rostro, sin embargo, estaba extrañamente sereno.

Philippa levantó la mirada hacia el caballero negro y este se dio cuenta de que la coraza había caído, de que el torrente acumulado se desbordaba. Se lanzó a sus brazos y sus sollozos se convirtieron en un llanto incontrolable. Temblaba de pies a cabeza. El caballero negro le susurró palabras de consuelo que a él mismo le parecían vacías. Hubiera deseado poder quitarle aquel dolor, estar en su lugar, sufrir por ella, pero no podía hacer nada de eso, solo estar allí proporcionándole el magro consuelo de su presencia. Sintió que la ira, la rabia y el dolor se apoderaban de él.

Cuando un rato después Philippa dejó de temblar, parecía un cascarón vacío, sin vida, y su mirada estaba perdida en algún lugar del que el caballero negro no podía hacerla volver.

La acompañó fuera del castillo hasta un pequeño claro en el bosque y la sentó en un tocón de madera. Cavó dos tumbas mientras Philippa, con la mirada perdida, sollozaba a ratos y regresó al castillo en busca de los cuerpos de Guiraude y Esclarmonde. Cuando terminó de enterrarlas, se sentó junto a Philippa en silencio, sucio de tierra y sudor.

Ella no habló, pero cogió la mano del caballero negro y así, inmóviles y silenciosos, permanecieron hasta que los venció el sueño.

Por la mañana, la coraza había regresado y solo pareció disolverse cuando dejaron atrás el claro del bosque y las tumbas. Hablaron poco, lo suficiente para decidir regresar a Toulouse, a varios días de marcha.

La noche antes de llegar a su destino acamparon a orillas de un pequeño río, junto a un grupo de árboles. Philippa parecía ensimismada y el caballero negro le concedió una respetuosa distancia. Cenaron con frugalidad y se envolvieron en sus capas. Alrededor de ellos se hizo la noche.

Un susurro, algún ruido nocturno o simplemente un sexto sentido hizo que el caballero negro abriera los ojos. Frente a él estaba Philippa. No hubo palabras. Ella se deslizó bajo su capa y con el sonido de la noche como telón de fondo hicieron el amor.

El caballero negro lo había deseado desde que la había conocido, pero jamás hubiera sospechado que sucedería de aquella manera. Hacían el amor, pero no había alegría. Ella parecía no verlo, a través del contacto físico parecía querer huir de cuanto había vivido en las últimas semanas. El caballero negro no estaba seguro de que Philippa lo deseara, pero de lo que sí estaba seguro era de que, en aquel momento, lo necesitaba. Si aquello era lo único que podía darle, si aquello ayudaba a sanar su corazón o su alma, él se lo proporcionaría aun sabiendo que quizá no pudiera pedirle nada a cambio.

Luego, el mundo se disolvió a su alrededor.

52

Año 2020

Marta se despertó de un sueño profundo del que únicamente recordaba que Iñigo y ella volvían a estar juntos huyendo de un asesino que trataba de atraparlos. En su sueño, el asesino unas veces tenía el rostro de Federico y otras el de Ayira.

Cuando regresó a la realidad, recordó que estaba en la habitación del hotel de Peyrepertuse, empapada en sudor, pero a salvo. Se levantó y se duchó con el regusto amargo de la pesadilla, que la acompañó hasta que dejó la habitación.

En el bufet del hotel, el teniente Luque y Ayira conversaban animadamente frente a un copioso desayuno. Marta no pudo evitar recordar su sueño y pensar que aquellos dos habían congeniado demasiado bien.

Había decidido que ambos debían quedar atrás. Iñigo y ella iban a seguir una nueva pista y Marta no quería desvelarla a nadie en quien no pudiera confiar. Serían solo ellos, como hacía un año, pero para eso era necesario quitárselos de encima, lo que no parecía fácil.

—¡Hola! —los saludó tratando de parecer despreocupada, pero evitando sobreactuar—. ¿Aún no ha bajado Iñigo?

El teniente Luque y Ayira negaron con la cabeza y continuaron con su conversación mientras Marta escogía su desayuno. Cuando regresó y se estaba sentando a la mesa, su móvil y el de Ayira emitieron sendos pitidos. Ambas habían recibido un mensaje.

—Parece que Iñigo no nos acompañará hoy, no se encuentra bien. Dice que nos espera para comer —dijo Ayira levantando una ceja hacia Marta.

—¡Qué extraño! —mintió esta—. Ayer estaba bien.

—Dejemos que descanse —terció el teniente Luque encogiéndose de hombros—. ¿Cuál es el plan para hoy?

La mirada de Ayira estaba fija en ella. «Sospecha algo», pensó.

—Fontfroide —respondió Marta dirigiéndose al teniente Luque para evitar mirarla—. El monasterio sale en el libro que encontré en Toulouse y quizá allí podamos encontrar alguna clave.

Ayira miró al teniente con una sonrisa irónica, con un punto de crueldad que no pareció querer evitar.

—Está perdida —dijo señalando a Marta con una leve inclinación de cabeza.

—Si no quieres acompañarme, no tienes por qué hacerlo. Yo voy a Fontfroide.

La abadía de Fontfroide se escondía junto a un pequeño bosque, alejada de las carreteras principales, y era uno de los monasterios más importantes del sur de Francia. Su papel en la cruzada cátara había sido primordial, ya que de allí había partido el legado papal que había sido asesinado, lo que le había proporcionado a Inocencio III la excusa que necesitaba para llamar a la guerra santa contra Occitania.

El teniente Luque conducía y Ayira y Marta mantenían un obstinado silencio, como si quien hablase primero fuera a perder una tácita competición. En realidad, a Marta le interesaba la situación, pues evitaba así incómodas preguntas que no podría responder, aunque, como resultado, sus nervios se habían ido tensando hasta el límite.

Al llegar, dejaron el coche en el aparcamiento vigilado por una fila compacta de cipreses. Entraron en el monasterio y, tras pagar la entrada, cruzaron la tienda de *souvenirs* hasta el interior sin mirarse ni dirigirse la palabra. Fontfroide era inmenso y durante la Edad Media, en su mayor momento de esplendor, había acogido a centenares de monjes y novicios.

Los tres se unieron a un grupo que recorría la bella iglesia del monasterio de la mano de una guía que, en francés y con motivado entusiasmo explicaba, la historia de la abadía.

Aquel era el momento que Marta había escogido para desaparecer.

Aprovechó que la guía señalaba una talla medieval en uno de los laterales de la nave y se dirigió, sin mirar atrás, hacia la salida del monasterio. Le temblaban las manos y el sudor le empapaba el cuerpo, y sentía que, en cualquier momento, iba a escuchar la voz de Ayira detrás de ella, acusadora, descubriendo sus intenciones y desbaratando sus planes.

En el aparcamiento esperaba Iñigo dentro de un coche de alquiler. Hasta ese instante, todo había salido tal como lo habían planificado. Mientras Marta, Ayira y el teniente Luque desayunaban y se dirigían sin prisa hacia Fontfroide, Iñigo había madrugado, había pagado su habitación y se había marchado a la cercana Perpiñán. Allí había retirado dinero de un cajero y había alquilado aquel coche para ir también hasta Fontfroide.

—Salgamos antes de que descubran que he desaparecido —dijo Marta mientras se subía al coche.

—Sí —respondió Iñigo—, hay un largo camino hasta Asís. Casi once horas.

Iñigo no parecía muy convencido con el plan. Era reticente a dejar atrás a Ayira, en la que seguía confiando. Tampoco veía necesario evitar desde ese momento el uso de tarjetas de crédito y de cualquier medio de transporte que dejara rastro de su destino.

Marta creía que así estarían seguros. Estaba equivocada.

53

Año 718

Bernardo había oído hablar de las batallas que reyes y señores disputaban en tierras lejanas, donde el poder era el premio y la muerte, el posible precio a pagar.

Nunca había vivido una de cerca y ni siquiera su experiencia ayudando a morir a los enfermos de peste lo había preparado para aquello. Cientos de cadáveres se amontonaban mientras los supervivientes, cubiertos de sudor y sangre, se afanaban en darles cristiana sepultura o en quemarlos en piras antes de que el hedor de la putrefacción hiciera imposible la tarea. Otros rebuscaban entre el amasijo de cuerpos tratando de descubrir un hálito de vida entre aquella pesadilla.

Bernardo no tenía tiempo para observar aquella orgía de muerte, tenía que ocuparse de los heridos que, entre aullidos de dolor, gemidos de sufrimiento y súplicas de ayuda, intentaban evitar ser uno más de los cadáveres enterrados aquel día. Pocos lo lograrían. Los más graves solo podían agonizar. Sus ojos reflejaban la angustia de la muerte, como si aquello no fuera con ellos y creyeran que otro debiera haber ocupado su lugar.

Tampoco lo conseguirían aquellos que habían perdido un brazo o una pierna. Incluso si su herida cicatrizaba sin pudrirse, pocos entre ellos querrían sobrevivir y acabarían quitándose la vida antes que dejar la casta de señores guerreros para pasar a la de tullidos.

Y, sin embargo, allí estaba Bernardo, dos noches sin dormir, haciendo lo único que estaba en sus manos. Gaudiosa había estado a su lado sin arredrarse ante el terrible espectáculo, ayudando y dando consuelo a los moribundos.

Aquel día Bernardo aprendió que cuando un hombre está a punto de morir, no hay mayor consuelo que tener a su lado a una mujer como Gaudiosa, una reina, bajo cuya atención los hombres parecían aceptar su destino sintiéndose importantes al morir. Comprendió que la muerte no es el peor de los destinos, sino el olvido, la irrelevancia y el abandono.

Mientras meditaba sobre todo aquello, Severino se acercó con aire preocupado.

—¿Aún aquí, Bernardo?

—Es tanta la necesidad que todas las manos son pocas.

Severino había decidido dejar el monasterio para ir a Auseva a ayudar y el abad le agradecía en secreto que su mirada no reflejara ningún rescoldo de la amputación que había sufrido a manos de Oppas.

—Debes lavarte y cambiarte de ropa o llegarás tarde. Debes oficiar la misa.

Bernardo abandonó su tarea a regañadientes y comenzó a lavarse. No se sentía incómodo por dejar su ocupación, sino por el protagonismo que iba a tener. Desde el final de la batalla, todos lo miraban con respeto, casi con miedo, y aquello lo irritaba.

Cuando llegó a la ceremonia en la pequeña iglesia del castillo, donde apenas unos días antes había entrado por primera vez, todos esperaban silenciosos, ensimismados, pensando en los hijos, esposos, padres o amigos que habían perdido en la batalla.

No había sitio para la alegría de la victoria.

Bernardo se acercó al altar y un murmullo recorrió la iglesia. Trató de hacer caso omiso y de concentrarse en el oficio. Pelayo lo miraba ceñudo y él se sintió inquieto, había una charla pendiente entre ambos.

Gaudiosa, por su parte, tenía una mirada serena, aunque parecía vagar perdida en sus pensamientos, como si aún tuviera delante los cuerpos heridos, los miembros amputados, y siguiera escuchando los gemidos y los gritos de dolor. Había envejecido en aquellos aciagos días y ya no parecía una joven reina, salvaje e indómita, sino una reina sabia que había aprendido que la corona conllevaba más sinsabores que alegrías. Bernardo sintió piedad por ella.

Cuando el abad tomó la palabra, el silencio se extendió por la iglesia. Leyó la lista de los caídos en batalla y cada nombre era respondido desde algún punto con un sollozo o un gemido. Las lágrimas se adueñaron del templo mientras Bernardo se sentía, por momentos, extrañamente tranquilo. Había visto morir a muchos hombres en su vida, aquello eran solo nombres en una lista, la mayoría desconocidos. Hasta que llegó al último: Wyredo, el castellano.

De pronto, la angustia se apoderó de él y sintió un torrente ascendiendo hasta su pecho. Recordó cuando conoció al castellano, lo rudo que había sido con él, cómo soportaba el peso de la responsabilidad en un mundo duro mostrando un carácter agrio, desabrido. Sin embargo, Bernardo había entendido que aquello era una pose, el papel que la vida le había otorgado. El hombre que de verdad habitaba en su interior era fiel y valiente, y poseía un coraje que él jamás tendría. Había dado su vida por sus ideales, mucho más de lo que la mayoría de los hombres podía lograr.

Cuando Bernardo levantó la vista, la expresión de Pelayo y Gaudiosa había cambiado. Solo en aquel momento fue consciente de la amistad que les unía a Wyredo. Una lágrima se deslizó por la mejilla del rey. Aquella lágrima significó para Bernardo más que ninguna de las que había visto o de las que jamás vería verter a un hombre.

54

Año 2020

La ciudad de Asís se erguía en todo su esplendor sobre un promontorio que dominaba el extenso valle de Umbra, una llanura aluvial delimitada al este por los Apeninos y al oeste por los montes Sibilinos. Desde la distancia, iluminada por el sol del atardecer, resultaba impresionante por su tamaño. Estaba rodeada por una alta muralla que ascendía desde la zona, donde sobresalía la basílica de Asís, hasta la zona vigilada por la catedral de San Rufino.

Marta nunca había estado allí, pero Iñigo conocía bien la ciudad porque la había visitado en varias ocasiones, aunque en circunstancias muy diferentes.

—Con una sotana —dijo Iñigo recordándolo con una sonrisa—. Ahora me parece que fue en otra vida.

Marta no pudo evitar sonreír también. Así había conocido a Iñigo tiempo atrás, cuando aquella aventura que aún continuaba no había hecho más que comenzar.

—¿Cómo es la ciudad?

Iñigo iba a responder, pero luego se lo pensó un segundo.

—Mejor lo decides por ti misma. Es especial.

Habían escogido una pequeña pensión con el sugerente nombre de Arco del Viento, cerca de la plaza de la catedral. Dejaron el coche de alquiler en uno de los numerosos aparcamientos de la ciudad que durante el día atiborraban los turistas y peregrinos durante unas horas, pero que de noche reposaban silenciosos y casi vacíos, y se dirigieron a pie hacia la pensión.

Marta contempló admirada los edificios y calles de Asís. Era tarde, casi la hora de la cena, y los turistas invadían las innumerables tiendas de *souvenirs* religiosos y los restaurantes.

—Ahora entiendo lo que quieres decir —reconoció—. Es cierto que es una ciudad especial. Es bella, pero está invadida por los turistas. Y luego está el ambiente religioso. La mezcla resulta perturbadora.

Iñigo asintió.

—Sabía que esa sería la sensación que te produciría. Para alguien no creyente no es fácil entender esta contradicción.

—Es como Jerusalén.

Iñigo miró a Marta sin comprender.

—Allí también la historia se hace real, es palpable —aclaró—. Te sientes extraña recorriendo lugares que están tan presentes en tu imaginario, pero a la vez no puedes dejar de pensar que algo está mal. Caminas por la ciudad viendo mujeres con nicab, judíos ultraortodoxos y turistas cristianos cantando salmos. Todo ese...

—¿Fanatismo religioso? —interrumpió Iñigo.

—Lo has dicho tú —se excusó Marta—, pero sí, me refiero a eso. La religión separa a los hombres, crea bandos, y yo no creo que seamos tan distintos unos de otros.

Iñigo asintió.

—En los últimos meses, mientras trabajaba con la ONG, he visto cómo en África viven con lo justo, algunos mueren de hambre, de sed o de enfermedades curables, pero la religión sigue presente. Supongo que creer en algo hace la vida más soportable para muchos, da esperanza en el futuro o en otra vida mejor.

Llegaron a la plaza de San Rufino, con la catedral al fondo ya cerrada dado lo avanzado de la hora.

—¿Cuál es el plan para mañana? —preguntó Iñigo mientras Marta miraba la fachada de la catedral asombrada por los detalles del rosetón y las delicadas decoraciones del pórtico.

—No estoy muy segura de qué buscamos, pero he pensado en visitar tres lugares: la catedral de San Rufino, la iglesia de San Damián y la basílica de Santa María de los Ángeles. Las tres existían cuando san Francisco de Asís vivió aquí. Empezaremos por ellas.

Entraron en la pensión. A propuesta de Marta, habían reservado una sola habitación doble con dos camas, lo cual Iñigo había aceptado sin discutir, aunque sin mostrar tampoco excesivo entusiasmo, quizá para no presionarla.

Marta, por su parte, necesitaba meditar antes de tomar una decisión con respecto a él, pero le parecía una tontería gastar en dos habitaciones. Sabía que Iñigo esperaría, que le daría el tiempo necesario para aclararse. Además, estaban agotados del viaje. Solo deseaban darse una ducha y dormir hasta el día siguiente.

Ya en el baño, Marta miró con curiosidad el original mando de la ducha. De color negro mate, le recordaba vagamente a la reliquia y la devolvió a la habitación del monasterio de San Zoilo, donde había descubierto a Iñigo leyendo a hurtadillas el libro de Jean. Entonces él era casi un desconocido, pero hoy se había convertido en alguien importante para ella, tanto como para plantearse si quería vivir su vida a su lado.

Mientras la pareja se sumergía en un reparador sueño, un avión aterrizaba en el aeropuerto de Roma.

El teniente Luque y Ayira habían reservado dos habitaciones en uno de los funcionales y aburridos hoteles del aeropuerto. Dormirían unas horas antes de continuar su camino hacia Asís, adonde llegarían avanzada la mañana.

—No imaginaba que seguirles el rastro iba a ser tan sencillo —dijo Ayira mientras esperaban a que les asignasen las habitaciones en el hotel.

—La policía sabe hacer su trabajo y hoy en día todos dejamos una señal electrónica de cuanto hacemos. Primero, localizamos el coche de alquiler en Perpiñán reservado a nombre de Iñigo Etxarri; después, realizamos un seguimiento de la matrícula a través de las cámaras de los peajes de la autopista hasta Italia. Finalmente, el soporte de los *carabinieri* ha sido suficiente para guiarnos hasta Asís.

—¿Y por qué crees que van a Asís? —preguntó Ayira.

El teniente Luque contestó sin dejar de mirar al frente con gesto enojado.

—No entiendo la actitud de Marta, por qué ha dejado de confiar en mí después de cómo la he protegido. Pero si quiere jugar a este juego, lo haremos. No tengo duda de que lo ganaré.

El enfado que mostraba Abel satisfizo a Ayira, que se permitió una leve sonrisa. Todo marchaba según lo previsto.

55

Año 1211

El caballero negro sentía sobre sus hombros el peso del mundo. Había salido a respirar a la muralla de Toulouse y contemplaba un cielo gris, enrabietado, a tono con su humor. Sentía que a su alrededor todo se hundía y que un halo de desesperanza había invadido la ciudad hasta su último habitante.

Solo él parecía inmune al desaliento.

El conde Raymond se mostraba colérico y huraño. Había sido excomulgado por Roma gracias a los esfuerzos de Guy Paré, y el ejército de Simón de Montfort avanzaba hacia Toulouse destruyendo poblados, reduciendo castillos a cenizas y enviando a la pira a cuantos se les oponían o simplemente se cruzaban en su camino. Raymond aún confiaba en que las sólidas murallas de la capital del Languedoc les protegieran, pero el caballero negro sabía que no había muro que resistiese si los defensores no creían en la victoria, y los rostros de los soldados no testimoniaban la fe necesaria.

Por su parte, Jean había regresado de Peyrepertuse cambiado. Roger sospechaba que algo había sucedido allí, sin duda la muerte de Esclarmonde debía de haberle afectado mucho, pero se negaba a hablar. A ratos se encerraba con el conde y, cuando salían, ambos lo hacían aún más taciturnos. El caballero negro sabía por experiencia que los líderes moldean el espíritu de los demás y en Toulouse hasta los más aguerridos capitanes del ejército occitano mostraban un humor lúgubre.

Él habría podido soportar todo aquello, sabía que la situación podía cambiar en un instante, pero no se sentía capaz de sobrellevar el estado en que se encontraba Philippa. Desde la noche en la que habían hecho el amor en el bosque, no se habían vuelto a ver. Nada más llegar a Toulouse, ella se había enclaustrado en sus habitaciones y se había negado a recibir a nadie, incluso a él.

El caballero negro aún se acordaba del tacto de su piel, sus ojos en la penumbra revelando deseo, ternura y tristeza, sus gemidos mezclándose con los ruidos de la noche. Ahora todo aquello había desaparecido, se había disuelto en un mar de rechazo o, peor aún, de indiferencia.

Aquella mañana había tomado una decisión y había entrado por la fuerza en sus aposentos. Recordaba, palabra por palabra, la conversación:

—¡Marchaos! No deseo ver a nadie, ni vivir. Este es un mundo sin sentido, donde solo el dolor y la muerte tienen un lugar.

—Escuchadme, Philippa. Puede que así sea, pero hay otras cosas: contemplar un nuevo amanecer, el calor de la amistad de quienes nos importan, el amor...

Philippa lo miró, pero en sus ojos no parecía haber vida ni lugar para aquellas cosas.

—Quizá en otra vida todo hubiese sido diferente. En esta vagaré sola hasta el fin de mis días.

Algo se había roto en el corazón del caballero negro. Tenía que reconocer que se había enamorado de aquella joven impetuosa y rebelde que le hacía sentir algo que ya creía olvidado.

Miró al horizonte, sacudió la cabeza y tomó una decisión antes de regresar al castillo: pediría al conde que lo enviara a alguna misión, lo más lejos posible de Toulouse. Tal vez podía regresar a Hispania y luchar contra los almohades con el ejército de Pedro II. Cualquier cosa menos quedarse allí.

Entonces lo oyó. En la lejanía, traído por el viento del este, escuchó el sonido de trompetas y de un ejército marchando. Simón de Montfort había llegado a Toulouse.

Aquella misma tarde, el conde Raymond reunió a sus capitanes tras recibir al mensajero enviado por Simón de Montfort instando a la rendición de la ciudad. El caballero negro y Jean estaban allí, pero no habían hablado; Jean solo lo había saludado con un lúgubre movimiento de cabeza.

—Simón de Montfort y su ejército se hallan frente a nuestros muros. Quieren que entreguemos la ciudad —dijo el conde con gesto endurecido conocedor de que se enfrentaba a una prueba de vida o muerte.

Un silencio obstinado y expectante fue la única respuesta que obtuvo. El conde miró a sus capitanes antes de volver a hablar.

—No entregaré la ciudad a quien masacra a mis súbditos y mutila a mis soldados. Toulouse resistirá el pulso de Roma.

Las palabras de Raymond surtieron efecto. Los capitanes levantaron sus miradas, elevaron sus barbillas y adoptaron una pose más marcial. El orgullo retornó a sus ojos. El caballero negro también sintió que el calor regresaba a su corazón: había esperanza.

—El rey Pedro II de Aragón, campeón contra los infieles en las tierras de Hispania, cabalga hacia aquí para ayudarnos.

Un murmullo de aprobación recorrió el salón, la confianza había regresado al castillo. Hasta en el último rincón de Occitania eran conocidos el valor y arrojo de Pedro II, que había permitido a los cristianos recuperar a los almohades un extenso territorio del otro lado de los Pirineos.

El caballero negro miró a los presentes y leyó lo que pasaba por sus mentes: con aquel paladín cristiano de su parte, Roma no se atrevería a atacar Toulouse.

Él no estaba tan seguro. El rey de Aragón tardaría en llegar varias semanas, en el mejor de los casos, probablemente varios meses. Antes tendría que consolidar el terreno conquistado para poder desplazar su formidable ejército hasta Toulouse. Llegaría tarde o solo con una pequeña parte de este.

De pronto, se abrió la puerta del salón y un soldado entró a la carrera, se acercó al conde y se arrodilló frente a él con la cabeza baja.

—¡Habla! —ordenó Raymond.

—Mi señor, traigo noticias. El obispo Foulques ha abandonado la ciudad.

El rostro de Raymond permaneció pétreo y el caballero negro supo que trataba de controlar sus emociones para no transmitírselas a sus caballeros, pero estaba afectado.

—No me sorprende —respondió—. Siempre fue una rata traidora. No le concedamos más importancia de la que tiene.

—El problema es que...

El soldado dudó, quizá temiendo un estallido de cólera del conde, pero este esperó con tranquilidad a que continuase. Raymond sabía que todos le miraban y que un líder debía mantener la calma en los momentos difíciles.

—... con él lo han hecho doscientos hombres de su

Hermandad Blanca. Han cruzado la puerta sur con el obispo a la cabeza y portando una cruz blanca cada uno. Se han unido a las tropas de Simón de Montfort.

La duda se extendió entre los presentes. Todo el ánimo y la confianza que Raymond había infundido a sus capitanes se difuminaron, como si nunca hubieran existido.

—Es una buena noticia —dijo una voz al fondo del salón.

Había sido el caballero negro quien había hablado. Todos se volvieron interrogantes hacia él. Hasta el conde Raymond y Jean lo miraron intrigados.

—Siempre he considerado que es mejor tener a los traidores fuera de la muralla que en su interior. Así evitaremos lo que sucedió en Béziers, donde alguien abrió las puertas a las tropas de Simón de Montfort. Además, son hombres poco entrenados en la lucha y molestarán más que ayudar a nuestros enemigos.

El razonamiento del caballero negro, expresado con el aplomo del soldado curtido, hizo que un murmullo de aprobación corriese entre los allí congregados.

—Sabias palabras —reconoció Raymond—. Enviaré un mensajero a Simón de Montfort para recordarle que Toulouse no acepta usurpadores. Pagará muy cara su osadía, y el obispo Foulques también. Preparemos la defensa.

Una neblina persistente impedía a los defensores de Toulouse estimar el tamaño del ejército que dirigía Simón de Montfort contra la ciudad y la falta de información exacerbaba los rumores y tensaba los nervios de los soldados.

En el campo atacante, el nerviosismo también hacía

mella. La noche había sido húmeda y fría y al mal humor de la soldadesca se añadía la tensión entre las dos cabezas visibles de la cruzada, el legado papal y Simón de Montfort.

—¡Te repito que todo esto es precipitado! ¡No estamos preparados para tomar Toulouse!

Simón de Montfort gritaba de pie ante el abad Guy Paré mientras este lo miraba displicente sentado cómodamente en su tienda.

—Quizá haya sobrestimado tu capacidad para liderar este ejército —respondió Guy Paré con tono provocativo.

Simón de Montfort enrojeció de ira y sus manos se crisparon en un gesto mecánico, como si deseara poder hacerlo alrededor del cuello del legado papal.

—Nos llevas al desastre —respondió tratando de contener la voz—. Y todo por tu afán de encontrar esa maldita reliquia.

—Esa maldita reliquia, como despectivamente la llamas, tiene más valor que el más grande ejército que haya existido jamás. Y se halla aquí, tras estos muros, junto con el ladrón que la robó.

Simón hizo un gesto de desesperación.

—No pienso lanzar mi ejército...

—¿Tu ejército? —preguntó Guy Paré entornando los ojos.

—Sí, mi ejército —respondió Simón golpeando con fuerza la mesa—. Aún no te he visto empuñar la espada en esta cruzada.

El abad sonrió con desprecio.

—Hay armas más poderosas que la espada para derrotar al enemigo. Pero no espero que alguien como tú lo comprenda.

—Ah, ¿sí? ¿Crees que con tus rezos doblegarás al conde Raymond?

—Dios está de nuestra parte.

Quien había hablado había sido el obispo Foulques, que hasta ese momento se había mostrado prudentemente discreto. Simón de Montfort lo miró a la vez que lanzaba un bufido que hizo retroceder al obispo, mucho menos seguro de su poder que Guy Paré.

—Mantendremos nuestras posiciones —sentenció Simón de Montfort— y nos prepararemos para un largo asedio. Y rezad para que el conde Raymond no decida salir a luchar, porque su ejército no es el de Béziers o el de Carcasona.

En aquel momento se abrió la tela que cerraba la tienda y un asustado soldado la cruzó y aguardó sin atreverse a hablar.

—¿Qué te hace pensar que puedes interrumpirnos? —bramó Simón de Montfort.

—Traigo un mensaje de Toulouse —respondió el soldado tragando saliva y esperando haber juzgado bien la importancia del mensaje.

—¿Y bien? —preguntó Guy Paré con tranquilidad mirándose las uñas de las manos—. No tenemos todo el día.

El soldado miró a Simón buscando su asentimiento antes de responder.

—El mensaje es de un tal Jean de la Croix y es para vos, abad. Dice: «Os espero a mediodía, a solas, frente a las murallas de la ciudad. Quiero mostraros algo».

Guy Paré, que había dado un respingo al escuchar el nombre de Jean, no respondió de inmediato. Simón de Montfort y el obispo Foulques lo miraron interrogantes, pero el legado papal trataba de analizar las implicaciones del mensaje.

—Decidle que allí estaré, pero que pagará con su vida cualquier traición. Id, no perdáis el tiempo.

Cuando el mensajero hubo abandonado la tienda, Foulques fue el primero en hablar.

—¿Iréis?

—¡Por supuesto que no! —respondió Guy Paré con una sonrisa cínica que heló la sangre del obispo—. Soy el legado papal y no me arrastro a parlamentar con esa chusma hereje. Iréis vos.

Esta vez fue Foulques quien tragó saliva y abrió mucho los ojos.

—¿Yo?

—Sí, ¿algún problema? Si tenéis miedo, haceros acompañar de vuestra Hermandad Blanca. Doscientos hombres con la cruz blanca y portando un crucifijo harán saber a la ciudad de Toulouse de qué lado está Dios en esta guerra.

El obispo asintió, pero no parecía ilusionado ante la perspectiva de acercarse a las murallas de Toulouse.

—Y si es una trampa —continuó Guy Paré, que parecía estar disfrutando—, la Iglesia de Roma se mostrará agradecida. Siempre lo hace con sus mártires.

56

Año 2020

Marta e Iñigo se habían detenido a observar el pórtico de la catedral de San Rufino en el mismo lugar en el que lo habían hecho la noche anterior. Tres grandes rosetones la adornaban y junto con el arco superior empequeñecían la puerta de acceso al templo. A su izquierda, la torre cuadrangular se asomaba, maciza, sobre la plaza.

Iñigo fue el primero en hablar.

—¿Entramos?

Marta lo miró y recordó al Iñigo con el que había violentado el sepulcro de Santo Domingo de Silos un año atrás. En sus ojos había el mismo brillo de resolución que entonces y Marta tuvo la sensación de que, en el fondo, ella ya había tomado una decisión. Sin embargo, algo la seguía reteniendo, como si antes fuese necesario que aquella aventura terminase bien.

—No —respondió disfrutando como antaño había hecho de provocarlo o sorprenderlo—. Lo dejaremos para más tarde. Primero iremos a la Porciúncula, junto a Santa María de los Ángeles.

—¿Qué esperas encontrar allí?

Iñigo no parecía sorprendido, pero había fruncido el ceño, como si la Porciúncula no mereciese su interés.

—Allí es donde todo comenzó para san Francisco de Asís, donde creó su comunidad y donde vivía cuando robó la reliquia de Peyrepertuse. Fue también donde murió. Tenía un significado especial para él. Pudo ser el lugar que escogió para guardar la reliquia.

—No lo creo —respondió Iñigo devolviendo a Marta la provocación.

Ella no pudo evitar sonreír. Siempre le había gustado aquel juego. Entornó los ojos poniendo gesto de exasperación.

—¿Y por qué no lo crees? Ilumíname con tu sabiduría.

Iñigo hizo como si no hubiese captado la ironía de Marta y colocó sus manos entrelazadas en la espalda. Sabía que Marta lo odiaba porque le recordaba los tiempos en que había sido sacerdote.

—La Porciúncula es muy pequeña. Nadie hubiese podido esconder nada allí sin que ya hubiese sido encontrado.

—¿Ni siquiera en la cripta?

Marta lanzó la pregunta con una expresión de inocencia fingida esperando encontrar en Iñigo una muestra de sorpresa, pero este se limitó a sonreír.

«¡Maldición! —pensó—. No consigo sorprenderlo, me conoce demasiado bien.»

—Vamos —dijo Iñigo—. Salgamos de dudas. En unos minutos descubriremos si la reliquia lleva allí ocho siglos esperándonos como lo hizo la otra. Solo espero que esta vez no acabemos violando el sepulcro del santo.

—No te preocupes. Esa será solo la última opción.

Tardaron unos minutos en llegar hasta la iglesia, que se situaba a una corta distancia de Asís descansando en la ladera de acceso a la ciudad, como si su sencillez le impidiese compartir la atención de la atestada urbe.

—Es como una *matrioshka* —dijo Iñigo mientras aparcaban el coche frente a la puerta.

—¿A qué te refieres?

Iñigo señaló la fachada de la iglesia.

—En realidad, esta es la basílica de Santa María de los Ángeles. La Porciúncula es una pequeña ermita, apenas una capilla, en su interior. Es muy antigua, dicen que fue construida en el siglo IV por el papa Liberio para guardar las reliquias de la Virgen.

Marta contuvo el aliento cuando se encontró frente a la pequeña capilla como Iñigo le había asegurado. Era de muy reducidas dimensiones, un escueto edificio de piedra profusamente decorado en su fachada principal.

—Si san Francisco de Asís levantara la cabeza, se enfadaría —dijo Iñigo mirando el fresco que adornaba la puerta.

—¿Por qué? Es muy bello.

Iñigo se mostraba contrariado, como si de verdad le doliese el estado de la ermita.

—San Francisco ansiaba la pobreza. Creía que el lujo y las posesiones lo alejaban de Dios. Reconstruyó esta iglesia con sus propias manos cuando el abad San Benito se la dio. Estaba abandonada y en muy malas condiciones. Él habría deseado verla pobre y humilde, no decorada con esta ostentación.

—Eran otros tiempos.

—En realidad, no. San Francisco odiaba el lujo de Roma. Para muchos, hoy en día eso no ha cambiado.

Entraron en la Porciúncula y Marta se detuvo ante una austera tumba que había en el lado izquierdo sobre la que colgaba un pequeño cartel: «Tumba de Pietro Cattani. 1221. Construida durante la vida de san Francisco de Asís».

Marta miró a Iñigo, que de inmediato leyó sus intenciones.

—Ni se te ocurra. No pienso entrar aquí esta noche como un vulgar ladrón.

—Pero... esta tumba es de la época —protestó Marta—. San Francisco pudo esconder aquí la reliquia.

—Lo dudo. Esta iglesia fue restaurada hace veinte años, después del terremoto que la destruyó. De haber sido encontrada la reliquia, ya no estaría aquí.

Marta miró a Iñigo con la boca abierta.

—Tú sabías eso antes de venir aquí. ¿Por qué no me lo has dicho?

Iñigo soltó una carcajada que atrajo la mirada reprobatoria de los visitantes más cercanos.

—¿Y perderme esa cara? Además, ¿de qué hubiera servido? Me habrías hecho venir de todos modos.

Marta relajó la mirada, le sonrió y le golpeó suavemente el hombro. Luego, de forma impulsiva, se alzó de puntillas y lo besó en los labios. Fue un beso rápido, casi robado, del que se arrepintió al instante, pero que no había podido reprimir.

—Perdona —dijo notando el rubor en sus mejillas—. No debería...

Iñigo sonrió complacido y posó un dedo sobre los labios de Marta para que guardara silencio. Luego la cogió del brazo y se dirigieron hacia el exterior de la iglesia. El corazón de Marta latía desbocado. Aquel leve beso había despertado la necesidad que tenía de Iñigo, el deseo que había reprimido frustrada por el rechazo y la soledad. Él parecía relajado a su lado, como si aquello no hubiera sucedido o no tuviera importancia, lo que a Marta le dolió un poco.

Abandonaron la iglesia cada uno perdido en sus pensamientos y sin percatarse de que alguien los observaba.

La mujer los siguió con la mirada mientras subían a su coche y apresuró el paso hasta el suyo. Una vez dentro, tras asegurarse de que no perdía a la pareja de vista, marcó un número de teléfono e informó de cuanto había visto.

Recibió órdenes de esperar.

57

Año 718

El castillo de Auseva había retomado la calma tras la batalla. A pesar de que la alegría de la victoria comenzaba a dibujarse en los ojos de todos, el recuerdo de los caídos empañaba las celebraciones. Así era la guerra: luchar para vivir otro día, recordar a los compañeros de armas que habían dado su vida por un ideal y prepararse para la siguiente batalla.

En los aposentos de Pelayo, en lo más profundo del castillo, las celebraciones hacía tiempo que no tenían sitio.

El rey dudaba y a su lado, Bernardo esperaba tranquilo a que se decidiese. El abad contemplaba los aposentos recordando que apenas unos días antes habían estado allí con Gaudiosa y Wyredo. Faltaba el castellano y, como si el cielo también lo echara de menos, no había parado de llover en los dos últimos días.

Pelayo finalmente se volvió hacia él.

—Muchas gracias, abad Bernardo.

Bernardo no supo qué responder. No sabía si se refería a la ayuda en la batalla o a la misa por los fallecidos. El monarca pareció captar la duda.

—Hablo de vuestro apoyo en el campo de batalla. Sin él quizá no hubiésemos vencido.

—Sí lo hubierais hecho. Solo necesitabais que alguien os lo hiciera ver.

Una sonrisa triste se esbozó en el rostro del rey, que dirigió una mirada cómplice a la reina. Gaudiosa tenía una expresión seria, meditabunda.

—¿Qué pensáis hacer ahora, abad Bernardo?

Pelayo parecía querer cambiar de asunto y Bernardo sospechó que se iban acercando a la cuestión que temía abordar.

—Regresar a San Salvador, aquel es mi lugar. Me espera mi congregación y la peste no da tregua.

El rey lo miró de soslayo, pero ahora más seguro del rumbo a tomar.

—Hace apenas unos días Gaudiosa os ofreció la posibilidad de acompañarnos a León y, si Dios así lo quiere, más allá. Yo os renuevo el ofrecimiento.

—¿Es a mí o a la reliquia a quien deseáis a vuestro lado?

El gesto de Pelayo se transformó y Bernardo se arrepintió de haberse mostrado inoportunamente cínico.

—A ambos.

Pelayo no parecía ofendido por la incisiva pregunta del abad. Mantenía la compostura y respondía con honestidad.

—Os agradezco el ofrecimiento, mi rey, pero no es mi deseo abandonar a los míos. Ni traicionar mi juramento.

—Severino os mostró fidelidad, sería un magnífico abad. Y si me permitís mirar más allá, el joven Álvaro lo relevará cuando sea necesario.

Bernardo sonrió, una vez más sorprendido por cómo el rey había pensado hasta en el último detalle.

—Tengo otros planes para Álvaro —respondió con tranquilidad—. Y en cuanto a Severino, no creo que desee ser abad. Demasiados quebraderos de cabeza —terminó con una sonrisa de cariño al pensar en el viejo monje.

Pelayo se le acercó y posó la mano sobre su hombro.

—Respeto vuestra decisión. Regresad a San Salvador, pero si algún día cambiáis de opinión, estaremos encantados de teneros con nosotros.

Bernardo asintió con una ligera inclinación de cabeza y se dispuso a abandonar la estancia.

—¡Esperad, abad! —interrumpió Gaudiosa—. ¿Puedo haceros una última pregunta?

—Por supuesto, mi señora. ¿Qué deseáis saber?

—¿Qué os hizo cambiar de parecer? ¿Por qué os dejasteis convencer y mostrasteis la reliquia en la batalla?

El abad miró a la reina y se sonrojó. Esta vez no era por el efecto que la reina causaba en él desde el mismo día en que la había conocido. Aquello había pasado y solo quedaban el respeto y la amistad. Dudó sobre si confesar o no, pero decidió hacerlo.

—No he traicionado mi juramento y jamás lo haré.

Bernardo dejó por un instante que la comprensión de sus palabras se abriera paso en las mentes de Pelayo y Gaudiosa.

—La reliquia nunca estuvo aquí. Fue un inofensivo guijarro del camino lo que levanté sobre mi cabeza.

Sonrió con timidez, con la vergüenza de quien confiesa una pequeña mentira a la que se ha visto obligado.

—Pero eso —continuó— solo lo sabremos nosotros tres.

58

Año 2020

La iglesia de San Damián se hallaba a unos minutos en coche de la Porciúncula, en la misma ladera con vistas a Asís. Marta e Iñigo dejaron el coche en un pequeño aparcamiento en el lateral de la iglesia y caminaron hasta detenerse frente a la fachada del monumento.

—¿Por qué crees que san Francisco pudo esconder aquí la reliquia robada?

Iñigo habló con la mano haciendo visera sobre la frente para poder contemplar el pórtico de la iglesia. El sol del mediodía se elevaba reluciente por encima de la pequeña torre del templo y lanzaba destellos a las piedras de la fachada, como si estas proyectasen la energía solar a su alrededor.

—No estoy muy segura. No sé cuánto sabía san Francisco de la historia de la reliquia, pero, si conocía su procedencia, quizá le pareció buena idea que descansara en manos de las hermanas pobres. Mujeres cuidando del legado de Jesús a María Magdalena.

Iñigo pareció valorar la idea de Marta.

—Tiene sentido. ¿En qué año fue eso?

—Alrededor de 1212.

—Encaja. Precisamente, poco antes san Francisco

restauró la iglesia de San Damián y la cedió a la hermana Clara para que fundara la Orden de las Hermanas Pobres.

—Me encanta que estés aquí conmigo.

Iñigo le dirigió una mirada inquisitiva ante el súbito cambio de tema. Ella se puso roja.

—¿Lo dices por mis conocimientos religiosos? —preguntó.

Marta sonrió al ver cómo Iñigo había obviado el fondo de su afirmación con una pregunta pretendidamente inocente.

—También por eso.

Entraron en la iglesia y la recorrieron sin prisa, deteniéndose en el fresco del ábside, que representaba a la Virgen con el Niño, a San Damián y a San Rufino, y la copia de la cruz de madera que, según la tradición cristiana, había hablado a san Francisco exhortándolo a restaurar la iglesia. Se fijaron en cada pequeño detalle mientras Iñigo contaba a Marta anécdotas de las vidas de san Francisco y santa Clara.

—Santa Clara fundó las hermanas clarisas o hermanas pobres. Hoy es una de las órdenes de mujeres más extendidas por el mundo.

—Sí, lo sé. La gente sigue llevándoles huevos cuando desean que les garanticen el buen tiempo el día de su boda.

Marta se encogió de hombros y meneó la cabeza ante lo que consideraba una superstición sin sentido. Iñigo estalló en una carcajada que resonó en la casi vacía iglesia.

—Al menos, reconocerás que es una costumbre inocua y que las monjas hacen unos dulces deliciosos con esos huevos.

Continuaron recorriendo la iglesia. Se detuvieron de nuevo frente a una imagen de santa Clara con su sayal marrón oscuro, su velo negro y el cordón de tres nudos del cual salía un rosario.

—Aquí está la fundadora. Siguió los pasos de san Francisco y fundó una orden cuyos votos eran la fraternidad, la pobreza y la alegría.

Marta se quedó callada durante un instante. Una idea pugnaba por abrirse paso en su mente cuando una voz interrumpió sus pensamientos y la idea se desvaneció.

—Veo que conoce usted bien nuestra orden. No es algo habitual en la juventud de hoy en día.

Ambos se volvieron para enfrentarse a una mujer menuda vestida con el hábito de las clarisas que los miraba desde un rostro ovalado en el que una amable sonrisa se extendía de la comisura de los labios hasta los ojos. La monja se había dirigido a ellos en un castellano con marcado acento italiano. Iñigo fue el primero en reaccionar.

—He recibido educación religiosa —respondió con tranquilidad—. Ya no visto hábito, pero el conocimiento siempre estará ahí.

La monja lo miró durante unos segundos con un brillo de inteligencia en los ojos. Luego se volvió hacia Marta, que tuvo la extraña sensación de que aquel no era un encuentro casual.

—No todos escuchan de la misma manera la llamada de Dios. Quizá tú la escuches algún día. Los caminos del Señor son inescrutables —añadió a modo de despedida.

Marta e Iñigo se quedaron en silencio, sin comprender el significado de aquellas palabras.

—Nunca he entendido esa expresión. Es como un comodín que los creyentes usan cuando no entienden algo o cuando ese algo choca con sus convicciones.

Iñigo se encogió de hombros.

—Vamos —dijo—, aún nos queda por visitar la catedral de Asís y ya avanza la mañana.

Salieron de San Damián y se subieron al coche en dirección a la ciudad. Mientras, en el fondo de la iglesia, la monja con la que acababan de hablar se reunió con la mujer que los había estado espiando en la Porciúncula.

—Son ellos, abadesa —dijo la última.

—Sí. Ha llegado el momento.

59

Año 1211

La niebla se había disipado y el sol lucía alto, como si hubiese decidido participar en el acontecimiento que iba a tener lugar frente a las murallas de Toulouse.

Los soldados de ambos ejércitos estaban expectantes, no sabían lo que iba a suceder, pero los rumores, a cada cual más inverosímil, corrían entre las tropas. En lo que todos coincidían era en que la batalla no parecía cercana y en que habría algunas conversaciones ante la puerta de la ciudad.

Todos se habían subido a las murallas y algunos hacían comentarios despectivos acerca del ejército cruzado, más con afán de elevar su moral que porque, llegado el caso, tuvieran la confianza de vencer a sus enemigos. Aun así, el silencio era la nota predominante y lo invadió todo cuando la puerta comenzó a abrirse y una figura cruzó el umbral, caminando con calma, y avanzó hasta detenerse junto al crucero de piedra que daba la bienvenida a la ciudad.

Era Jean de la Croix. A pesar de la serenidad que transmitía, su corazón palpitaba desbocado. De carácter eminentemente tímido e introvertido, sentía sobre su cabeza la mirada de cientos de personas, lo que producía en él incomodidad y la inconfundible sensación de que todo era un error y acabaría mal. Evitó la tentación de extender el brazo y acariciar la piedra del crucero y permaneció con las manos en su regazo.

Del lado del ejército cruzado, sonaron cuernos y trompetas y un vasto número de hombres, con una cruz blanca en el pecho, se adelantaron con ceremonia. Al frente estaba el obispo Foulques portando un crucifijo en alto. Parecía tenso e inseguro. Conforme se acercaba, elevaba la mirada hacia las murallas, temeroso quizá de estar colocándose a tiro de los arqueros que, en silencio, lo miraban avanzar.

Era un efecto buscado por Jean al colocarse frente al crucero, a apenas medio centenar de metros de la puerta. Era su protección en caso de que aquel arriesgado movimiento saliera mal. Aquel lugar preciso tenía una segunda significación que solo había compartido con un reducido grupo de personas: Raymond y el caballero negro.

El obispo Foulques se detuvo a unos metros de Jean sin saber muy bien cómo comportarse. Sostenía aún el crucifijo sobre su cabeza y Jean prolongó el silencio, jugando con su interlocutor, que no podría permanecer en esa postura mucho tiempo más.

—Doscientos hombres —dijo cuando pensó que Foulques ya había tenido suficiente—. Demasiados para enfrentarse a uno solo y desarmado. Esperaba al abad Guy Paré, pero veo que no ha tenido a bien acompañaros.

—No esperaréis que el legado papal, representante plenipotenciario de Inocencio III, se rebaje a hablar con un ladrón hereje.

Jean miró divertido a Foulques y a su séquito.

—Pero parece que el obispo de Toulouse sí puede hacerlo.

El obispo encajó el comentario con gesto malhumorado.

—Decid lo que tengáis que decir y rendid la ciudad al Dios verdadero o todos moriréis.

El gesto del obispo era impostado y la frase sonaba memorizada para parecer solemne. Jean no se dejó impresionar y mantuvo la calma. Era necesario para lograr su objetivo.

—Transmitid a Guy Paré que si quiere la reliquia tendrá que venir en persona a buscarla y no enviar a un esbirro para hacer el trabajo que él no osa llevar a cabo.

El obispo Foulques enrojeció de ira e hizo amago de llevar su mano a la empuñadura de la espada, pero se refrenó al escuchar el murmullo en las murallas y recordar a los arqueros. Miró a Jean sin saber qué decir y regresó a su campamento seguido por la Hermandad Blanca al completo.

Jean respiró aliviado. El primer asalto había salido tal como cabía esperar, pero también sabía que se acercaba el momento de la verdad. Cuando instantes más tarde Jean vio acercarse a Guy Paré, su corazón se encogió y dudó. Tenía miedo de no poder soportarlo.

Su mente volvió al oscuro y húmedo sótano del monasterio de San Juan. El hombre que se acercaba seguía viviendo en las pesadillas que lo acosaban cada noche.

Guy Paré caminaba con la mirada puesta en él, con una sonrisa torva cuyo objetivo era hacerle creer que sabía en lo que estaba pensando. No parecía temer a los arqueros de la ciudad y tras él, en formación, le seguía toda la Hermandad Blanca con el obispo Foulques al frente.

El abad aceleró el paso hasta detenerse a unos metros de Jean y enseñó los dientes antes de hablar.

—Sabía que volveríamos a vernos. Dame lo que he

venido a buscar y quizá, solo quizá, te dejaré marchar con vida.

Jean controló su corazón y le devolvió una mirada glacial tratando de mostrar que no le tenía miedo. Guy Paré cambió el gesto y su rostro reflejó una leve sorpresa. Pareció comprender que no se enfrentaba a la misma persona a la que había torturado una década antes. Jean se descolgó del cuello una pequeña bolsa de cuero, la abrió y vació el contenido sobre su mano. La reliquia. La mirada de Guy Paré brilló ávida.

—Esto es cuanto tengo que enseñaros. Será vuestra si retiráis el ejército de Occitania, dais por finalizada la guerra y devolvéis al conde Raymond todo cuanto es suyo.

Una sonrisa lobuna asomó al rostro del abad.

—Has cambiado —reconoció—. Te atreves a jugar un juego peligroso para el que, sin embargo, no estás preparado.

Jean depositó la reliquia sobre el crucero de piedra y miró al abad dejando escapar una sonrisa.

—Acabad con esta guerra y yo mismo iré a Roma a entregar la reliquia a Inocencio III.

—¡No seas estúpido! —gruñó Guy Paré—. ¡No confío en ti, arrasaré Toulouse hasta los cimientos y buscaré la reliquia entre los restos carbonizados de tu cadáver!

Guy Paré había terminado gritando para que sus palabras llegaran hasta las murallas de la ciudad. Jean volvió a sonreír.

—¿Dejaréis que vuestra arrogancia os aleje de lo que tanto ansiáis? La reliquia... el arca...

El abad abrió los ojos sorprendido por la revelación. Él estaba en lo cierto, aquella reliquia tenía el poder de abrir el arca de la alianza.

Jean asintió.

—En efecto, esta reliquia abre el arca de la alianza. Y yo la poseo, pero no la quiero para mí. Señor, aparta de mí este cáliz —añadió sonriendo—. Pero tampoco será vuestra.

Abrió su hábito y sacó de él algo que Guy Paré tardó un segundo en reconocer: un martillo de cantero. Antes de que el abad pudiera reaccionar, Jean lo levantó por encima de su cabeza y de un certero golpe lo descargó sobre la reliquia. El impacto resonó como el martillo de un herrero y pedazos de la reliquia saltaron por doquier mientras una nube de polvo se elevaba lanzando reflejos de la luz del sol. El rostro de Guy Paré se crispó y lanzó un grito ahogado. Señaló a Jean con un dedo acusador que temblaba de ira.

—¡Maldito! —bramó—. ¡Te mataré!

Como había sido planeado, Jean se volvió y salió corriendo hacia la puerta de la muralla. Sus piernas apenas podían sostenerlo y por un instante le invadió la sensación de que caería al suelo para ser despedazado por sus enemigos. Giró la cabeza y vio que el abad se había quedado paralizado, pero la Hermandad Blanca al completo, con el obispo Foulques a la cabeza, se había lanzado en su persecución.

Corrió cuanto fue capaz mientras escuchaba el silbido de las flechas volando sobre su cabeza. Con la puerta ya cercana, no se entretuvo en mirar lo que sucedía detrás de él. Si lo hubiera hecho, habría visto una carnicería. Los miembros de la Hermandad Blanca, lanzados en pos de él, no vieron llegar la muerte. Todos, sin excepción, incluido el obispo Foulques, murieron sin llegar a entender que sobre ellos se cerraba una trampa mortal que había sido meticulosamente preparada.

Cuando Jean cruzó el umbral de la puerta de la muralla de Toulouse, esta no se cerró. Por el contrario, se abrió de par en par y Jean tuvo el tiempo justo de apartarse para evitar ser atropellado por la vanguardia del ejército occitano.

El propio conde Raymond cabalgaba al frente de sus huestes con el caballero negro a su derecha, los ojos de ambos inyectados en sangre. Les seguían cientos de hombres que gritaban enfurecidos por el recuerdo de las atrocidades que el ejército invasor había cometido por todo el Languedoc.

Jean vio miradas extraviadas y muecas crispadas de hombres que sabían que matarían o morirían, que quizá no volverían a ver a sus hijos, a sus mujeres, una nueva alborada. Un grito se elevó desde las murallas de Toulouse cuando los soldados defensores vieron a su ejército cargar contra los cruzados.

A un capitán menos experimentado, la súbita carga podía haberle tomado por sorpresa, pero Simón de Montfort estaba curtido por la experiencia de mil batallas. Su ejército maniobró como un solo hombre y antes de que la avanzadilla impactara con la primera línea defensiva, sostenida por sus mejores hombres, un muro de lanzas esperaba la acometida. Detrás, a gritos, Simón de Montfort los exhortaba a permanecer impasibles ante la visión de los enormes corceles de batalla que se abalanzaban sobre ellos transportando la muerte.

El choque fue brutal.

El caballero negro sobrevivió al primer impacto y junto con el conde Raymond penetró las filas de los lanceros sembrando el caos y la muerte a su paso. Sintió el calor de la batalla, cuando la tenue línea entre vivir y morir se desvanece y cualquier error se paga con el último suspiro. Sus músculos estaban tensos, su mirada, concentrada, la mano que asía la espada, agarrotada por la fuerza con la que la sujetaba. Su mente estaba en blanco, no pensaba, se limitaba a actuar dejando que su instinto reaccionase y tratando de alejar del pensamiento que era su mano la que llevaba la muerte a sus enemigos. Era él o ellos y en aquellos momentos la duda y la compasión se disolvían, pulverizadas por la necesidad primaria de sobrevivir. También sentía furia. Y dolor. El recuerdo del rechazo de Philippa pesaba en su corazón.

Cuando logró controlar la montura, se encontró de frente con Simón de Montfort. Ambos se conocían lo suficiente para saber que uno de los dos no saldría con vida de aquel encuentro. Se detuvieron un instante, mirándose con ira, pero también con respeto, reconociéndose como iguales.

De pronto, un caballero pasó junto a Roger y se lanzó sobre Simón. Era el conde Raymond, que embistió con fuerza a su enemigo. Este paró el golpe mientras maniobraba con la montura. Raymond lo superaba en fuerza y envergadura, pero la pericia y experiencia del cruzado compensaba con creces su desventaja física.

Raymond atacaba con rabia, pero poco a poco el esfuerzo físico comenzó a pasarle factura. Simón sentía que su momento llegaba. Esquivó un golpe del conde y lo atacó en su flanco izquierdo antes de que hubiera tenido tiempo de rehacerse. La estocada desequilibró a Raymond y el cruzado aprovechó la ocasión para golpear con la empuñadura de la espada el rostro de su rival. Raymond cayó del caballo golpeándose pesadamente contra el suelo. Su cabeza impactó contra una roca. Quedó tendido, inerte, y un grito ahogado se elevó desde las murallas.

Simón bajó del caballo y se acercó decidido a ejecutar al caído, pero el caballero negro se interpuso entre ambos.

—Por fin nos vemos las caras —dijo Simón—. Tu fidelidad a la herejía te costará la vida.

Simón de Montfort sabía que solo su antiguo camarada lo separaba del triunfo total sobre Occitania, pero Roger no dudó. Sabía que hacerlo equivalía a la muerte y que de lo que él hiciese dependía el futuro de la guerra. Balanceó la espada, fijó las piernas y esperó el ataque de Simón.

De repente, su peor pesadilla se materializó detrás del cruzado. Avanzando hacia él, con la espada presta y una sonrisa victoriosa vio aparecer a Giotto.

El caballero negro sabía que podía vencer a Simón, pero luchar contra ambos a la vez quedaba fuera de sus posibilidades. Fue consciente de que su hora había llegado y se dijo a sí mismo que aquella era una buena manera de morir. Había vivido y luchado con honor y con honor iba a despedirse del mundo. Solo lamentaba no volver a ver a Philippa, sus ojos, su cabello, su forma de mirarlo.

De pronto, un soldado se plantó a su lado. Portaba el estandarte del conde de Toulouse y, con un gesto preciso, lo clavó sobre la tierra. Un yelmo cubría por completo su cabeza, pero el caballero negro vio que era joven, muy joven, de complexión delgada y poca altura. «Un muchacho —se dijo—. Valiente sin duda, ya que va a morir.» Aun así, le agradeció en silencio el no morir solo.

Giotto seguía mirando al caballero negro sin prestar mayor atención al recién llegado, al que había despachado de un simple vistazo.

—Tú y yo tenemos una cuenta pendiente —dijo señalando con la espada a Roger.

Sin embargo, el joven no perdió el tiempo hablando. Desenvainó su espada y avanzó lanzando una estocada hacia el italiano. Aunque lo cogió por sorpresa, este detuvo el golpe con un movimiento elegante. Después se volvió hacia el soldado y lo miró con fastidio, molesto por tener que retrasar su venganza. El joven soldado insistió con un ataque directo a Giotto, pero esta vez habló antes de hacerlo.

—¡No toques a mi hombre! —dijo Philippa mientras se quitaba el yelmo y el cabello le caía en cascada sobre los hombros.

En su rostro se reflejaba la furia de la que no tiene miedo a morir, de la que lucha por algo más importante que ella misma. Otro murmullo nació en la muralla de Toulouse y se extendió por todo el ejército de la ciudad. Todas las miradas se centraron en aquellos dos combates singulares.

Por un lado, Simón había decidido no esperar y atacar al caballero negro. Sus ojos, inyectados en sangre, lo miraban desde un rostro enfurecido, cubierto por una barba espesa allí donde el yelmo no lo tapaba por completo. El caballero negro tuvo la certeza de que aquel día no moriría, ya no peleaba por su vida, por sobrevivir o por vencer. Peleaba por volver a escuchar de Philippa las palabras que acababa de pronunciar.

Giotto y Philippa, por su parte, se miraban uno a otro, inmóviles. Odio y desprecio en los ojos del italiano, ira y determinación en los de Philippa.

El italiano fue el primero en moverse. Lo hizo con una rapidez vertiginosa. Manteniendo la espada en horizontal, lanzó una estocada al corazón de Philippa. La joven estaba preparada, agarrando la espada con la diestra y sosteniendo delicadamente el filo con la zurda enguantada. Desvió la mortal punta de su adversario y giró sobre sí misma golpeándolo con la empuñadura en el rostro.

Giotto cayó al suelo, pero se incorporó al instante. Miró a Philippa más sorprendido que preocupado y se llevó la mano a la mejilla, de donde comenzaba a manar un hilillo de sangre.

Desde su más tierna infancia nadie había tenido la osadía de hacerle sangrar y sintió que la rabia se apoderaba de él. Trató de contenerla, sabía que no era una buena consejera en una lucha como aquella. Decidió cambiar de táctica.

—¡Vaya! —dijo enseñando los dientes—. Veo que luchas mejor que tu hermana. Ella sucumbió al primer golpe mientras suplicaba clemencia.

La burda provocación no alteró a Philippa, que colocó la espada sobre su cabeza y volvió a sujetar el filo con la mano izquierda en un gesto grácil y poderoso. Esperó.

Esta vez el ataque de Giotto fue meditado y preciso. Hizo oscilar su espada y descargó varios golpes a izquierda y derecha esperando el error de su adversaria. Cuando se acercó lo suficiente a ella, le dio una patada que la hizo caer. La espada de Philippa restalló en el suelo, a su espalda. Giotto avanzó con decisión para darle el espadazo final. Levantó el arma sobre su cabeza y descargó el que pensaba que sería el golpe definitivo.

Sin embargo, Philippa rodó sobre sí misma y, apoyándose en las manos, dio un salto hacia atrás, recuperó la espada y lanzó una estocada ciega hacia un Giotto que se abalanzaba sobre ella.

Él no se esperaba el movimiento, pero logró pararlo. Aun así, era tarde. El italiano había dejado desprotegida su pierna izquierda. Philippa avanzó como un resorte y de un tajo seccionó limpiamente los músculos y tendones de detrás de su rodilla.

El dolor que el espadachín sintió fue lacerante y la pierna no pudo sostener su peso. Levantó la mirada y apenas tuvo tiempo de ver los ojos de su enemiga y su espada traspasándole el pecho. Giotto miró el filo entre sorprendido y disgustado. Fue a decir algo, pero una sangre espesa y oscura manó a borbotones de su boca antes de caer muerto.

En ese mismo instante, un grito se elevó desde la ciudad. Las puertas volvieron a abrirse y los dos ejércitos vieron cómo la ciudad al completo, hombres y mujeres, jóvenes y ancianos, armados con cuanto habían podido encontrar, avanzaba hacia ellos.

Simón de Montfort sintió que la derrota era inevitable. Sabía que cuando todo se tuerce, retirarse es la mejor opción para tener la oportunidad de volver a luchar al día siguiente. A su alrededor su ejército se desmoronaba, debilitados por la muerte de su mejor soldado y asustados ante el avance de toda una ciudad.

Simón detuvo un golpe del caballero negro, lo empujó alejándolo de él y corrió hasta su montura. Dejó caer la espada y subió de un salto. Aún tuvo tiempo de ver a Roger y Philippa reunirse antes de volver grupas y ordenar la retirada de los restos de su ejército.

Toulouse había vencido.

60

Año 2020

El amanecer en Asís otorgaba a la piedra de sus monumentos un aspecto lechoso, fluido, que contrastaba con el tono grisáceo del atardecer, cuando la piedra adquiere una consistencia maciza. Sin embargo, la blancura generaba una sensación de pureza armónica con un cielo azul cristalino que anunciaba ya una jornada calurosa.

Por tercera vez en dos días, Marta e Iñigo se detuvieron frente a la fachada de la catedral de San Rufino y contemplaron el rosetón que lo adornaba.

—Es nuestra última oportunidad —dijo Iñigo.

—Quizá. Siempre nos queda el sepulcro del santo.

Marta caminó con decisión hacia la puerta de la catedral. Iñigo reaccionó y la alcanzó ya dentro del templo. Se acercó a ella y le susurró al oído:

—¿Estás loca? ¡No vamos a violar ningún sepulcro! ¿Me has oído?

—Perfectamente. Ayúdame a encontrar la reliquia aquí dentro y no será necesario.

Recorrieron la nave principal y las capillas laterales siguiendo el folleto que Marta había cogido al entrar. Se trataba de un bello edificio románico construido a finales del siglo XII, pero toda su decoración interior, cada pintura, escultura o detalle artístico, era posterior a la época de san Francisco. Unos minutos después, la pareja se reunió en el pasillo central compartiendo un gesto de frustración.

—Solo queda la cripta —afirmó Marta.

—No está permitido. Hay un cartel y una cadena que impiden el paso, aunque yo sé cómo entrar —añadió con una sonrisa—. Pero para eso debemos abandonar la catedral.

Iñigo se volvió y se encaminó a la salida con Marta detrás jurando que si aquello era una broma, lo mataría con sus propias manos. Una vez fuera, Iñigo señaló una pequeña puerta en un edificio lateral de la plaza.

—El museo diocesano. Desde allí se puede acceder a la cripta.

—¿Y cómo sabes eso?

Iñigo le mostró un pequeño folleto del museo que había cogido al entrar en la catedral y que Marta había obviado. El joven lo abrió y leyó:

—... y descendió a la cripta con Pietro di Cattano y unos pocos monjes... Extracto de la *Leyenda Perusina*, siglo XIV.

—No querrás decir que...

Iñigo asintió satisfecho.

—¿Qué mejor lugar para esconderla? Siete siglos después solo había que saber interpretar lo que ya estaba escrito.

Pagaron la entrada al museo y se dirigieron hacia la cripta, que les sorprendió por su tamaño. Marta no pudo evitar una sensación de *déjà vu*, las luces bajas apenas dejaban entrever una parte de la enorme estancia, creando un juego de sombras que la transportó al pasado. Recordó la noche en la que recorrieron los pasillos del claustro de Silos iluminados tan solo por la luz de la luna y con el ciprés milenario como único observador. En la cripta de San Rufino el efecto era similar. Solo podían ver lo que estaba cerca, el resto eran contornos indefinidos, como si fuesen dos personas perdidas en un bosque con una linterna que les alumbrase alrededor y dejase en la penumbra la amenazante profundidad de la arboleda.

La cripta estaba compuesta por tres naves y un ábside, y en el centro de una de las naves descansaba un sarcófago de mármol tenuemente iluminado. Parecía una aparición fantasmal que atrajo a Marta como un imán. Pasó la mano por sus decorados contornos y reconoció en uno de ellos el mito de Selene y Endimione.

—Una curiosa elección —dijo Marta más para sí misma que para que Iñigo la oyera—. Un mito de amor incondicional para adornar el sepulcro de un santo.

Por el otro lado del sepulcro, la decoración se completaba con el símbolo de los evangelistas y una virgen dolorosa.

—Muy evocador —dijo dirigiéndose a Iñigo—, pero es del siglo III, cualquier alegoría que el cantero quisiera expresar nada tiene que ver con nosotros.

Marta se volvió hacia Iñigo, que se había detenido frente a una urna de cristal y contemplaba un relicario.

—Es del siglo XVI. —Negó con la cabeza.

Ella lo estudió poco interesada, pero algo llamó su atención: al lado del relicario había una caja de madera de modesta factura. Una luz se encendió en su mente.

—¡Una estauroteca del siglo XII! —exclamó.

Iñigo la miró sin comprender.

—¿No lo entiendes? Algo importante fue guardado en esta estauroteca. Eran creadas para proteger objetos con un valor religioso importante. Siglos después, alguien mandó construir el relicario, adornado y lujoso, para esconder la estauroteca, mucho más austera.

Marta se lanzó hacia la salida de la cripta y se plantó delante de la joven que les había vendido las entradas con Iñigo pisando sus talones.

—Disculpe —dijo Marta tratando de rebajar su ansiedad—. ¿Podría indicarme qué contiene la estauroteca aquí conservada?

La joven la miró confusa, así que Marta repitió la pregunta intentando usar mejor su escaso italiano.

—¡Ah! Sí, claro —respondió la muchacha, que parecía haber entendido lo suficiente—. La caja contiene un fragmento de la Santa Cruz que fue traído hasta aquí por un peregrino como regalo a san Francisco.

—¿Podríamos ver su interior? —preguntó Marta sintiendo que la ansiedad comenzaba a desbordarla.

—Me temo que no estoy autorizada. Lo comprende, ¿verdad?

—Sería muy importante para nosotros. Hemos venido desde muy lejos para visitar la cripta.

La joven comenzó a mostrarse un tanto incómoda por la insistencia.

—Quizá si pudiéramos hablar con el responsable —añadió Marta, que tenía la sensación de que en aquella modesta estauroteca estaba la clave—. Necesitamos ver lo que hay en su interior.

—Lo siento —respondió más seria—. Hoy no vendrá, pero si quieren ver lo que contiene es muy sencillo. En este folleto —dijo escogiendo un pliego de papel de la vitrina y desplegándolo sobre el mostrador— tienen una imagen del trozo de la Santa Cruz en la estauroteca abierta.

Marta e Iñigo se abalanzaron sobre el folleto y miraron descorazonados un pequeño trozo de madera oscurecida por el paso del tiempo. Musitaron una disculpa y un agradecimiento y regresaron abatidos a la cripta.

Marta sentía que estaba dando palos de ciego. Todo cuanto había descubierto, todas las pistas, todas las conclusiones, se desvanecía en sus manos disuelto por el paso del tiempo. Sus suposiciones se derrumbaban como piezas de dominó y la segunda reliquia, la Hermandad Negra y san Francisco de Asís perdían consistencia hasta hacerla pensar que eran solo un juego de su imaginación. «Tal vez —pensó— haya llegado el momento de regresar al punto de partida, evaluar la situación y comenzar de nuevo.»

Avanzó por el pequeño claustro de la cripta hacia donde estaba Iñigo, que se había detenido en el centro y miraba hacia abajo apoyado en el pozo. Cuando llegó a su altura, siguió su mirada hasta la profunda oscuridad, que esperaba, silenciosa, desde hacía siglos.

Una idea se iluminó en su mente. Aquel era el escondite perfecto para retirar la reliquia de ojos indiscretos. Como un año antes, tendría que escarbar.

—Necesitamos una linterna.

Iñigo asintió.

—Y cuerdas.

La noche caía sobre Asís y la plaza de San Rufino se iba vaciando a medida que los turistas volvían a sus hoteles a descansar antes de salir a cenar.

Marta e Iñigo pagaron su entrada al museo y se dirigieron a la cripta. Llevaban una mochila con todo lo necesario para buscar la reliquia en el pozo del claustro.

Marta recordó la noche en Silos y cómo se habían ocultado antes del cierre del museo para poder buscar a solas la reliquia.

«Si allí funcionó —pensó Marta—, no veo por qué aquí no puede suceder lo mismo.» «Aunque entonces a punto estuvo de terminar muy mal», se dijo mientras los fríos ojos de Federico Constanza regresaban a su mente.

De manera involuntaria, se acercó a Iñigo, que la miró sorprendido. En la oscuridad de la cripta, ella no pudo estar segura de si había esbozado una sonrisa.

A falta de cinco minutos para el cierre, cuando todos los visitantes hubieron abandonado el museo, se dirigieron a la zona del corredor romano. Esta vez no había almacén donde esconderse.

Cuando el silencio se extendió por la cripta, Marta tuvo un presentimiento. No era una persona que creyese en ese tipo de cosas, pero la sensación era tan intensa que era casi física.

No estaban solos.

«¡Estás asustada y te has dejado sugestionar!», pensó tratando de alejar el fantasma de Federico que, seguramente, le había influido.

Dejaron transcurrir unos minutos, pero la sensación, lejos de desaparecer, se acentuó. Estuvo tentada de pedirle a Iñigo que abandonaran el plan, pero no había forma de explicar su presencia allí y los objetos que llevaban en la mochila.

Iñigo le hizo un gesto y Marta tuvo que hacer un esfuerzo de concentración para mover sus piernas, que parecían atenazadas. Cuando lo logró, se acercó a Iñigo, que ya estaba junto al pozo. Abrieron la mochila y sacaron las linternas, la cuerda y una pequeña navaja, todo ello sin dirigirse la palabra. Retiraron la tapa que cubría la boca del pozo y observaron la densa oscuridad que llegaba desde las profundidades, como si fuera el mismo infierno quien los observaba.

El momento había llegado. Se miraron y asintieron.

En el instante en que Marta pasó una pierna sobre el

brocal del pozo, una voz resonó a sus espaldas. Marta sintió que se erizaba todo el vello de su cuerpo y que su respiración se detenía.

—No está ahí lo que buscáis.

Con el pie aún del otro lado del brocal, Marta se volvió y contempló una figura envuelta en la oscuridad que los miraba silenciosa.

La sombra dio un paso adelante y Marta reconoció a la monja con la que habían hablado en la iglesia de San Damián. Aquel encuentro, como ella había sospechado entonces, no había sido casual.

—¿Quién eres? —preguntó Iñigo.

En aquel momento, un estruendo llegó desde la entrada del museo, el sonido de gritos y pasos rápidos acompañados de las luces de linternas que alumbraban en todas direcciones.

Antes de que pudieran reaccionar, varios *carabinieri* los rodeaban apuntándoles con sus armas. Marta volvió su vista hacia donde momentos antes estaba la monja clarisa, pero solo encontró oscuridad.

Había desaparecido.

Marta contempló el cañón de la pistola que le apuntaba y se sorprendió al darse cuenta de que no tenía miedo. Al fin y al cabo, era la policía y ella no se sentía una ladrona, aunque, ahora que lo pensaba, quizá muchos ladrones podían sentirse de la misma manera.

Siguió un instante de silencio que fue roto por una voz conocida.

—Está bien. Bajen las armas, por favor.

El teniente Luque apartó a uno de los *carabinieri* y se plantó delante de Marta con expresión enojada que no ocultaba un deje de satisfacción.

Marta sintió una oleada de alivio que solo duró un segundo, lo que tardó en ver detrás del teniente la mirada punzante de Ayira. Reflejaba el regocijo de la que sabe que ha salido victoriosa.

—Vamos todos a comisaría —continuó el teniente Luque—. Allí podremos hablar con más tranquilidad y aclarar todo este embrollo.

Una hora más tarde, Marta, Iñigo, el teniente Luque, Ayira y un sargento de los *carabinieri* que parecía el más confuso del grupo se reunieron en la sala de interrogatorios de la comisaría de Asís.

—Hay que reconocer, señora Arbide —comenzó el teniente Luque—, que todo esto no me sorprende. Asalto, destrucción de patrimonio cultural y quizá violación de sepulcro si no hubiéramos llegado a tiempo.

Marta se miró las uñas de las manos antes de responder. Sabía que aquello molestaba al teniente.

—¿Ahora ya no me tuteas? Todo tiene una sencilla explicación. Nos quedamos encerrados en el museo sin querer. Esperábamos que alguien nos ayudase a salir.

El teniente Luque soltó un gruñido que hizo que Marta diese un respingo y Ayira sonriese complacida.

—No tuteo a delincuentes. ¿Para qué eran las cuerdas y las linternas?

Marta se encogió de hombros.

—Mañana teníamos pensado hacer espeleología en algunas cuevas cercanas.

Iñigo no pudo evitar una carcajada nerviosa ante el evidente descaro de aquella mentira. El teniente Luque enrojeció, pero trató de recuperar el control.

—Está bien —dijo al fin—. Si no quieren colaborar, los dejaré en manos de los *carabinieri*. ¿Saben?, los italianos son especialmente quisquillosos con aquellos que atentan contra su patrimonio histórico.

Marta se volvió hacia el *carabiniere* que los miraba con el entrecejo fruncido.

—Me permito recordar a todos que en este momento trabajo, ayudada por Iñigo, para el Vaticano en una investigación de máxima importancia.

Se hizo un silencio en la sala de interrogatorios y Marta supo que había tocado la tecla correcta. El sargento de los *carabinieri* y el teniente Luque intercambiaron una mirada y se retiraron a conversar en voz baja. Después de unos instantes regresaron.

—El sargento quiere saber qué relación hay entre su misión y la cripta de San Rufino.

Marta miró al sargento de los *carabinieri* obviando al teniente.

—La misión que nos ha sido encomendada es recuperar una antigua reliquia. Creemos que se halla en el pozo de la cripta.

El sargento y el teniente volvieron a la esquina mientras Marta e Iñigo esperaban tensos la decisión. Marta trataba de no mirar a Ayira.

—Bien —dijo el teniente Luque—, mañana a primera hora nosotros cinco junto con el conservador del museo trataremos de descubrir si la reliquia nos espera allí.

—¡Perfecto! Entonces podemos irnos todos a dormir.

Marta se levantó, pero el teniente no se movió, impidiendo su paso.

—De eso nada. Ustedes dos —dijo— dormirán esta noche en el calabozo. Solo han ganado unas horas antes de la sentencia.

Los calabozos de la comisaría de los *carabinieri* de Asís desentonaban con el porte majestuoso del edificio donde se encontraban. La fachada de piedra blanca del pequeño edificio de tres pisos, con un bello reloj bajo el tejado almenado, daba al edificio un aspecto señorial de reminiscencias medievales. Dentro, los calabozos eran modernos y funcionales y Marta se sintió decepcionada y a la vez aliviada por no encontrarse un húmedo y oscuro cuartucho con un colchón raído.

Marta e Iñigo se sentaron juntos sobre uno de los camastros. Iñigo fue el primero en romper el silencio de la celda.

—Tengo que reconocer que la vida contigo siempre es intensa.

Marta sonrió y apoyó la cabeza sobre su hombro.

—Me alegra ver que estás de buen humor, porque por mi culpa vas a dormir hoy aquí.

Iñigo hizo una pausa y pareció considerar la situación.

—Compensa —dijo al fin.

Marta se incorporó y lo besó en los labios. Fue un beso largo, tanto como el tiempo que había deseado hacerlo. Notó que Iñigo se relajaba y se dejaba llevar. «Quizá —pensó—, no es tan importante dónde estás como con quién.»

Cuando se separaron, Iñigo la interrogó con la mirada. Para Marta estaba claro que esperaba una respuesta, pero ella decidió prorrogar un poco más su agonía. Alargó los segundos disfrutando del momento.

—Sí —dijo al fin.

No fue necesario añadir nada más. Iñigo volvió a colocar la cabeza de Marta sobre su hombro y los dos regresaron a sus propias reflexiones. Juntos.

A la mañana siguiente, mientras daban cuenta del magro desayuno que les trajeron a la celda, Iñigo planteó una duda.

—¿Qué vamos a buscar hoy? Si hacemos caso a la

monja o a su aparición de ayer, la reliquia no estará esperándonos allí.

—No importa.

—Ah, ¿no?

—A veces es necesario hacer algo, aunque sepas que no va a dar resultado.

Iñigo interrumpió su desayuno y le lanzó una mirada interrogante.

—Ahora hablas en clave. ¿Vas a explicármelo? Empiezas a asustarme.

—Confía en mí. Pronto todo tendrá una explicación.

61

Año 718

La sangre manaba a borbotones y Bernardo no podía hacer nada para pararla. Notó en sus manos el calor denso y en su garganta el olor dulzón que le recordó la batalla que había presenciado unos días antes.

Escuchó el sonido de la respiración entrecortada del moribundo mezclándose con la sangre y cómo, poco a poco, iba cediendo paso al silencio. El último suspiro de vida abandonó a aquel desdichado.

El abad se levantó y vio el brillo del cuchillo en la oscuridad, aunque no lo necesitaba para saber que aquel hombre había decidido acabar con su vida. Lo había visto muchas veces.

Algunos lo hacían inmediatamente, en cuanto recibían la noticia de que la peste había llamado a su puerta. Otros intentaban resistir, pero el dolor, el miedo y la certeza de la muerte cercana les hacían claudicar.

Bernardo apagó la vela devolviendo la oscuridad a la noche profunda. Se imaginaba la sangre manchando el lecho, el suelo, a él mismo, pero decidió que se levantaría temprano para limpiarlo todo y dar sepultura al fallecido. Ahora necesitaba dormir, solo se permitiría acercarse al riachuelo para lavarse. Conocía el camino de memoria, incluso en mitad de la noche.

Abrió la puerta del monasterio y salió. Hacía frío y la noche era densa y oscura. La luna aún no había aparecido y no lo haría hasta bien entrada la madrugada. Se arrebujó en su hábito y caminó hacia el riachuelo. Entonces escuchó una voz.

—¡Qué sorpresa, abad Bernardo!

Un escalofrío recorrió la espalda de Bernardo. Se volvió hacia las sombras, donde una figura encapuchada, a la que apenas podía distinguir en aquella oscuridad casi absoluta, comenzó a materializarse. No importaba, sabía a quién pertenecía aquella voz. Bernardo trató de mantener la calma.

—La sorpresa es para mí, obispo Oppas. Pelayo no dudará en ajusticiaros si os encuentra.

—Lo sé. Desaparecer sería lo más sensato, pero no quiero hacerlo sin saber.

El abad no vio en Oppas miedo, ni prisa, parecía un hombre tranquilo, como si conociese un secreto y aún creyese en la victoria.

—¿Y qué es lo que deseáis saber?

—¿Por qué? ¿Por qué decidisteis traicionarme y poneros al servicio de esa pareja de infieles adoradores de dioses paganos?

Bernardo meditó sobre si merecía la pena responder y sobre qué era lo que, en verdad, buscaba.

—Responderé a vuestra pregunta si antes vos contestáis a una mía.

Se hizo un tenso silencio entre ambos hombres y, a pesar de la oscuridad, Bernardo creyó percibir un brillo maligno en la mirada de Oppas. O quizá solo fuera su imaginación.

—Acepto —respondió el obispo—. Y ni siquiera es necesario que la formuléis. Anselmo era débil, útil pero débil. Y cuando algo o alguien deja de ser útil es mejor desprenderse de él. Pero antes de morir me dio una información que cambió mi perspectiva sobre este asunto.

Bernardo permaneció en silencio, había acusado el golpe de la muerte de Anselmo. Era cierto que había traicionado su juramento, pero había pagado el error con su vida.

—Sé todo lo que hay que saber sobre la reliquia y quería haceros una propuesta, pero antes debéis contestar a mi pregunta.

—Todo lo que hago es proteger la reliquia que me fue dada en custodia.

Oppas pareció valorar la respuesta.

—Os equivocasteis, pero no todos los errores deben pagarse con la vida. Yo os ayudaré a protegerla. Venid conmigo y empecemos de nuevo.

La voz de Oppas sonaba mesurada, tranquila, sabia y llena de razones. Era un hombre poderoso aun en la derrota, tanto como para enfrentarse a Pelayo en lugar de huir y esconderse.

Bernardo se acercó a él y cuando estuvo a un paso, se arrodilló y bajó la cabeza.

—Dadme tres días —dijo—. Ese día Pelayo partirá hacia el sur. Si en verdad sois sincero, os reuniréis conmigo entonces. Comenzaremos juntos de nuevo, lejos de aquí. Ahora entiendo mi error.

Oppas miró hacia abajo y alargó la mano para que Bernardo la besara. El abad tomó la mano del obispo y la besó. Sin decir nada, se levantó y regresó al monasterio.

—Tres días —dijo el obispo Oppas.

—Tres días —respondió el abad—. Ni uno más.

Bernardo cruzó la puerta del monasterio, la cerró y se apoyó en ella tratando de que su corazón volviese a latir a un ritmo normal. Cerró los ojos y respiró aliviado.

—¿Quién era? —preguntó Severino frente a él.

—Oppas —respondió Bernardo ya más tranquilo.

—¿Y qué quería?

—La reliquia.

Severino lo miró con cara de preocupación.

—¿Se la darás?

—No hará falta. Debe venir dentro de tres días a recogerla. Esa fue mi promesa, pero nunca lo hará.

Severino no comprendía.

—Dentro de dos días tendrá fiebre y apenas podrá levantarse. En diez días, morirá. La peste que tanto temía le ha alcanzado hoy. Yo solo he sido el mensajero.

Severino se acercó e iluminó a Bernardo con la luz de su antorcha. Vio la sangre manchándole el hábito, las manos y el rostro.

—¿Lo has matado? Pensaba que eso era contrario a tus principios.

Bernardo pasó junto a Severino y se dirigió hacia el interior del monasterio.

—Todo el mundo tiene un límite.

62

Año 2020

La cripta de San Rufino mostraba el mismo aspecto que el día anterior excepto por las luces que iluminaban, con meridiana claridad, todo el entorno del pozo. Las sombras habían retrocedido en la cripta que, para Marta, había perdido la magia de la pasada noche, como si el poder mágico residiese en las sombras y la luz hubiera acabado con él.

La cripta había sido cerrada al público y todos los presentes se habían reunido alrededor del pozo.

—¡Eso es absolutamente inapropiado! —objetó el responsable de Patrimonio sin que el resto hiciera gesto alguno de tener en cuenta su opinión.

El conservador de la cripta de San Rufino miró a Marta desesperado, tratando de buscar ayuda en la restauradora, pero esta se encogió de hombros, como si la decisión fuese irrevocable. Sintió una punzada de culpabilidad, conocedora del dolor que el conservador estaría sufriendo al saber que el patrimonio cultural que protegía iba a ser puesto en riesgo. No podía hacer nada por él, era un daño colateral.

Alrededor del pozo se encontraban Marta e Iñigo, el teniente Luque y el sargento de los *carabinieri*, Ayira y el desolado conservador.

Después de quitar la tapa metálica que cerraba el acceso al pozo y mientras Marta se ajustaba el arnés, un tenso silencio fue sustituyendo a la ya débil protesta. Una pequeña polea la ayudaría en el descenso.

—Le prometo que intentaré dañar el pozo lo menos posible —dijo Marta mientras se ajustaba la linterna frontal.

Miró a Iñigo y, tras devolverle la sonrisa, hizo un gesto afirmativo y empezó a descender.

Lo primero que sintió fue el rezumante olor a humedad, a agua estancada que nutría el musgo que medraba en aquel ambiente alejado del mundo exterior. Después fue el tacto, había decidido no usar guantes. Pronto la seca rugosidad de las piedras fue sustituida por el pringoso limo en la zona inferior. El sonido llegaba atenuado, cacofónico, y las voces de la superficie dieron paso al ruido del roce de la cuerda y al esporádico golpeteo de los trozos de tierra y pequeños guijarros que caían a su paso sobre la cada vez más cercana superficie del agua. Todos sus sentidos estaban sobreexcitados, excepto la vista que, tras unos instantes de adaptación, fue percibiendo formas donde la luz de la linterna se lo permitía.

Cuando Marta decidió que ya había bajado lo suficiente, apoyó sus pies en lados opuestos del pozo y dio un tirón a la cuerda para que detuvieran el descenso. Sacó de la bolsa que llevaba a modo de bandolera un pequeño punzón y recordó con desagrado el desenlace del año anterior cuando, tras recuperar la reliquia, se había encontrado a Federico apuntando con una pistola a la sien de Iñigo.

Sabía que esta vez sería diferente.

Unos metros más arriba, la tensión inicial había dado paso a una incómoda espera.

—No ocasionará ningún daño que no sea fácilmente reparable.

El teniente Luque se había dirigido al conservador tratando de calmar su ansiedad. Este lo miró como si pensara que estaba loco.

—¿Fácilmente reparable? ¡Es un pozo de más de dos mil años! Es una pieza única y dañarla es una irresponsabilidad que les aseguro que ustedes asumirán.

El conservador había ido subiendo el tono a medida que hablaba hasta acabar gritando y señalando al teniente con el dedo de una manera que trataba sin éxito de resultar amenazadora.

—¡Oh, vamos! Solo está retirando algunas zonas de mortero.

El conservador miró al sargento de los *carabinieri* y ambos se pusieron a gesticular y vociferar en un italiano difícil de comprender para el resto.

Iñigo miró al teniente Luque y este le sonrió aliviado de que el *carabiniere* se ocupara del conservador.

Treinta minutos más tarde, sucedió lo que todos estaban esperando: la cuerda se tensó y la voz de Marta llegó desde las profundidades.

—¡Aquí está! ¡La tengo!

Se abalanzaron sobre el brocal del pozo e iluminaron unos metros más abajo el rostro de Marta, que los miraba exultante. El teniente Luque e Iñigo trabajaron para izarla mientras todos permanecían en un expectante silencio.

Marta estaba cubierta de barro y trataba nerviosa de soltar el arnés a la vez que sujetaba fuertemente en su mano un objeto tan cubierto de barro como ella misma. Cuando lo logró, levantó la mano con un gesto de victoria sujetando en su puño el objeto que, a pesar de la suciedad, lanzaba un brillo metálico desde una superficie negra y pulida.

De pronto, tres figuras humanas armadas con pistolas se materializaron desde las últimas sombras de la cripta. Iban encapuchadas y cubiertas con unas capas negras sobre las que destacaba una cruz blanca de puntas redondeadas.

—La Hermandad Blanca —fue cuanto pudo articular Marta.

—Así es —respondió Ayira a su espalda sacando una pistola de su cintura y apuntando a Marta—. Y ahora dame la reliquia.

Marta dio un paso atrás y apretó aún más la reliquia en su mano.

—¿Tú? —preguntó Marta—. ¿Tú eres la responsable del asesinato del papa?

Ayira la miró con desdén, como quien observa a un rival derrotado que nunca tuvo una oportunidad.

—En efecto. Ahora ambas reliquias me pertenecen.

El rostro de Ayira se había transformado, como si perteneciese a otra persona. Su belleza natural había desaparecido escondida tras su verdadera alma, ambiciosa y despiadada. Marta se volvió hacia Iñigo, que contemplaba la escena sin poder aceptar la realidad.

—¡Dámela! —exigió Ayira.

El teniente Luque, que hasta ese momento había permanecido en silencio, se dirigió a Ayira con tono calmado, obviando el hecho de que les estaba apuntando con una pistola.

—No creas que podrás salirte con la tuya. Tendrás que matarnos a todos.

Ayira enarcó una ceja como si la muerte de todos ellos ya estuviese decidida.

—Daños necesarios. Solo lamentaré matarte a ti, Iñigo. Tan inocente, tan fácil de manipular.

—Nos habéis utilizado para encontrar la segunda reliquia —respondió Marta—. No sabíais dónde estaba y os hemos traído hasta ella.

Ayira soltó una carcajada que retumbó de manera macabra en el vacío de la cripta.

—Has demostrado ser una detective muy eficiente, como un sabueso persiguiendo un hueso. Lástima que el hueso se te vaya a atragantar.

—Tener ambas reliquias no os sirve de nada —respondió Marta con una mirada desafiante— si no sabéis dónde está el arca.

Ayira la miró con una mueca despectiva.

—Estás en lo cierto. No lo sabemos. Aún. Pero tenemos tiempo. Si hemos tardado siglos en reunir ambas reliquias, si encontraste para nosotros la que Jean había escondido y que nosotros creíamos destruida frente a las murallas de Toulouse, y si ahora nos has traído hasta la segunda, podemos esperar un poco más.

—Aunque nos mates —continuó el teniente Luque con su tono calmado—, otros sabrán que estuviste conmigo. Serás descubierta e irás a la cárcel.

Ayira no pareció muy impresionada por la amenaza.

—Desaparecer será fácil, todo está previsto. Dentro de una hora, un automóvil a mi nombre sufrirá un aparatoso accidente. El cadáver de la conductora quedará completamente irreconocible.

—Crees que lo tienes todo controlado. Sin embargo, se te escapa un pequeño detalle.

El aplomo con el que el teniente Luque seguía hablando comenzaba a hacer mella en Ayira. No entendía su calma y por primera vez dudó, intrigada por descubrir qué podía habérsele escapado.

—¿Cuál? —preguntó tratando de mostrar desdén, pero con un punto de ansiedad en la voz.

El teniente Luque la observó sin contestar. Marta

tuvo la impresión de que prolongaba el juego por placer. Tenía ganas de gritar, pero se contuvo.

—El nudo de Salomón.

Ayira miró al teniente Luque sin comprender.

—¿Qué es el nudo de Salomón?

—La palabra clave —respondió—. La que desencadena todo.

Un golpe sacudió la cripta, el sonido de una puerta abriéndose con violencia. Le siguió el ruido de pasos atropellados y órdenes dadas a voz en grito. Todo se iluminó con una luz cegadora, como si el sol acabase de penetrar hasta el fondo mismo de la cripta.

Antes de que nadie pudiera reaccionar, decenas de *carabinieri* y soldados vaticanos armados hasta los dientes, al frente de los cuales Marta reconoció al comandante Occhipinti, habían irrumpido en la cripta y rodeado a los Hermanos Blancos y a la propia Ayira.

Marta vio que Ayira levantaba el arma. Gritó tratando de advertir a los demás, pero Ayira iba a ser más rápida.

«Matará a alguien», pensó Marta.

Ayira se introdujo el arma en la boca y disparó.

63

Año 1211

La tarde caía sobre las altas almenas del castillo de Toulouse dejando destellos rojizos en los rostros de los dos hombres que miraban silenciosos hacia el este.

Eran el conde Raymond y Jean.

El primero lucía un aparatoso vendaje en la cabeza, pero se había recuperado del golpe apenas dos días después de la aplastante victoria de su ejército. Solo lamentaba no haberla podido celebrar.

Jean había dejado caer su capucha, ya no necesitaba mantener el secreto. Su máscara había caído y sabía que era mejor así. Había decidido que prefería mostrarse tal como era, un perfecto cátaro, pero también un hombre seguro de sí mismo y un luchador.

Llevaban toda la tarde hablando. Jean le había contado su historia casi por entero. Había aprendido que la ignorancia era la mejor forma de mantener un secreto, incluso aunque hubiese que pagar el precio de mentir a un amigo. En el lugar de la verdad, Jean había construido una historia para Raymond en la que la reliquia de Silos no existía y la guardada en Peyrepertuse era la que había destruido frente a las murallas de la ciudad. El conde se había encogido de hombros y había pronunciado una única frase lapidaria: «Al fin y al cabo, la reliquia ya no existe, la has destruido para siempre».

Para Jean era mejor así, la verdad quedaría oculta y el tenue velo de la mentira, el simple eco de su sombra, sería lo único que perduraría. Es lo que quería creer, aunque sabía que el futuro estaba lleno de nubarrones, pues Guy Paré seguía vivo, igual que Simón de Montfort, y que no cejarían en su empeño.

La conversación comenzaba a decaer justo en el momento en el que aparecieron el caballero negro y Philippa cogidos de la mano. Ambos iban desarmados y se sonreían como dos jóvenes enamorados.

Jean sintió una punzada de envidia y deseó que alguien, algún día, lo mirase y lo tocase como lo hacen los amantes. Luego desechó el sentimiento. «Otro es mi camino —dijo para sus adentros—. Más oscuro, más solitario, pero es el mío.» Se alegró por ellos.

—Estáis serios —dijo el caballero negro—. Y, sin embargo, el sol calienta, nuestros enemigos han sido derrotados y estamos vivos para contarlo.

—Está claro que el amor te ha trastornado —gruñó el conde Raymond—. ¿Cuánto crees que tardarán en regresar?

El caballero negro sonrió sin dejarse influir por el mal humor del conde.

—Nadie lo sabe. Quizá mañana, quizá nunca. Es lo mejor del futuro, que no sabemos qué nos va a deparar —dijo mirando a Philippa con una sonrisa.

Esta apretó la mano de Roger entre las suyas antes de mirar a Jean.

—¿Qué harás ahora? —le preguntó.

Jean había meditado mucho sobre aquello. Por primera vez, sentía que aquel era su lugar, pero también sabía que ocultaba una mentira y un secreto. Y una misión:

buscar el arca de la alianza. No estaba seguro de que estuviera en Jerusalén, como creía Esclarmonde, pero estaba dispuesto a averiguarlo.

—Creo que desapareceré durante algún tiempo —dijo al fin—. Es mejor que sea así. Quizá entonces Guy Paré no dirija su mirada hacia Toulouse.

El caballero negro asintió como si comprendiese su decisión.

—Me parece bien —dijo—, pero de vez en cuando puedes venir a visitarnos. Así sabremos que estás bien. Y, si confías en mí, puedes decirme adónde irás a tocar piedras, así yo también podré acercarme.

Jean no pudo evitar sonreír ante la alusión del caballero negro a su pasado cantero.

—Lo haré, pero allí donde vaya no será para tallar piedras. Nunca volveré a utilizar un martillo de cantero.

—Nunca es mucho tiempo —respondió el caballero negro.

Jean asintió.

—¿Y vosotros qué haréis? —preguntó mirando a Philippa.

—Recordar el pasado, disfrutar el presente y sonreír al futuro —respondió—. Y desear no tener que blandir nunca más una espada.

—Nunca es mucho tiempo —respondió Jean devolviendo el comentario con una sonrisa cariñosa—. Has mostrado mucha habilidad con la espada, sería una pena perder esa pericia.

Philippa lo miró y sonrió. Parecía solo una joven doncella despreocupada, no la mujer determinada y mortífera que había cambiado el signo de la guerra.

—Cambiaré el objeto de mi pericia. He decidido crear, hacer algo que nos sobreviva a todos, que quizá sirva para iluminar a alguien en un futuro muy lejano.

Crear es lo que diferencia al hombre de las bestias. Haré tapices, ya he comenzado a trabajar en uno. Narrará nuestra historia y así, tal vez, el sacrificio de mi hermana será recordado por los tiempos de los tiempos.

Jean abrazó a Philippa y al caballero negro y se dirigió hacia el interior del castillo mientras los tres lo miraban alejarse en el mismo instante en que el sol se escondía tras el bosque. Roger se volvió hacia Philippa y Raymond y verbalizó aquello que los tres estaban pensando:

—Volverá.

64

Año 2020

Marta regresó a la comisaría de los *carabinieri* de Asís y esta vez tuvo tiempo de admirar con detalle la belleza de aquel edifico histórico de piedra en la zona alta de la ciudad. Era la segunda vez que lo visitaba en dos días, pero ahora ya había terminado todo, Ayira estaba muerta y ella había recuperado a Iñigo. Parecía difícil de asimilar.

En el despacho del sargento, Marta estaba agotada, Iñigo, taciturno, el teniente Luque parecía relajado y el comandante Occhipinti, como siempre, mostraba un aire marcial que lo hacía parecer indestructible. El silencio se había instalado en la sala y fue Iñigo quien lo rompió.

—Me gustaría que alguien me explicase lo que ha sucedido —dijo con un tono entre serio y enfadado.

Marta y el teniente Luque se sonrieron para su mayor desconcierto. Marta se acercó a él y le guiñó un ojo al tiempo que depositaba sobre la mesa la reliquia cubierta de barro. Iñigo la miró sin comprender. Entonces captó algo extraño que encendió una luz en su mente.

—¡Es falsa! —exclamó.

Así es. Todo ha sido un engaño. Una trampa para Ayira. Queríamos desenmascararla y urdimos un plan para que se precipitase.

Iñigo miraba a Marta con el ceño fruncido.

—¿Y por qué no me dijiste nada? Claro —dijo con un gesto de decepción—, Iñigo el inocente, el fácil de manipular.

Marta se sentó a su lado, le cogió las manos y lo miró a los ojos.

—No es eso. Creímos que cuantas menos personas conocieran el plan, menos riesgo había de que Ayira lo descubriera.

Iñigo le sonrió.

—Iñigo el transparente —reconoció.

—Sí. Eso es algo que ambos compartimos y una de las razones por las que me enamoré de ti.

Él asintió meditabundo, pero terminó por sonreír.

—Quizá eso es suficiente para mí —respondió levantando la cabeza—. ¿Cuándo lo descubristeis?

—En Carcasona —respondió el teniente Luque—. En la mirada del hombre que intentó asesinar a Marta en la muralla. Fue una mirada de terror que iba dirigida a Ayira, sabía que había fracasado y que iba a pagar por ello.

—Aquella noche —continuó Marta—, Abel y yo hablamos. Nos invadía la misma sensación y decidimos investigar a Ayira. Cuando, más tarde, las pistas nos condujeron a Asís, decidimos montar la operación.

—Pero —objetó Iñigo— la reliquia...

Se detuvo de repente en medio de la frase. De manera casi imperceptible, Marta le había apretado el brazo. Iñigo entendió el mensaje y lo que llevaba implícito: Marta no les había dado toda la información. Se vio obligado a improvisar para no descubrir su encuentro con la hermana clarisa.

—¿De dónde sacasteis esa copia de la reliquia?

Marta lanzó una carcajada y tomó la falsa reliquia en sus manos.

—Fantini —dijo Marta—. ¿Recuerdas la reliquia? Era negra, pesada y con un brillo metálico, como si dos piedras de río se hubieran entrecruzado.

—Sí, la recuerdo y este objeto se le parece mucho, pero ¿quién es Fantini?

Marta limpió con cuidado la pieza y la giró para enseñársela a Iñigo.

—No es quién. Es qué. Fantini es una marca de grifería italiana. En el hotel de Asís, mientras me duchaba, me di cuenta del parecido del mando del grifo de la ducha con la reliquia. Cuando estábamos en el calabozo le pedí al teniente que fuese al hotel y la trajese. Tengo que acordarme de devolverla.

Iñigo tomó el mando del grifo y lo giró en sus manos, atónito ante el parecido. La diferencia era la presencia de la marca que Marta había cubierto con barro en el pozo.

—Bien —dijo el teniente Luque—. Ahora todo está aclarado.

—Todo no —interrumpió Marta—. La Hermandad Blanca. ¿Quiénes son? ¿De dónde vienen?

El teniente Luque se rio. Parecía relajado, como quien sabe que ha terminado una misión compleja con éxito. Miró al comandante Occhipinti y le hizo un gesto animándolo a hablar. Este carraspeó y habló con el mismo tono de voz que hubiera utilizado frente a un juez.

—Según nuestras informaciones, hemos desmantelado la organización. Seguimos el rastro de Ayira y de su fundación hasta Narbona, donde tiene su sede. En colaboración con la gendarmería francesa hemos descubierto que fueron los responsables del robo de la reliquia y del asesinato de su santidad. Dicen ser una organización secreta cuya misión es encontrar el santo grial y el arca de la alianza. Aseguran tener siglos de antigüedad.

—¿Han recuperado la reliquia? —preguntó Marta.

El comandante Occhipinti la miró sin cambiar su expresión.

—No estoy autorizado a responder a esa pregunta.

Marta lanzó una carcajada.

—No se preocupe, comandante, ya lo ha hecho. Dígame, si puede hacerlo, ¿quién está detrás de la Hermandad Blanca?

—No lo sabemos. Los detenidos se niegan a hablar o señalan a Ayira como la persona que tomaba las decisiones. Parecen una organización opaca, en forma de red; incluso están dispuestos a suicidarse antes de dar información. Es probable que no lo sepamos nunca.

—Eso no es muy tranquilizador —intervino Iñigo.

Marta no prestaba atención. Algo de lo que había dicho el comandante rondaba su cabeza, pero no acababa de encajarlo. De pronto hizo la conexión. Recordó algo que había leído en la biblioteca secreta del Vaticano, algo acerca de Guy Paré.

Narbona.

Allí es adonde se había retirado el abad tras la cruzada con los cátaros. Le había sido concedido el título de conde de la ciudad. Marta no creía en las casualidades.

—No, no es muy tranquilizador —dijo aún inmersa en sus pensamientos—. Especialmente tratándose de una organización de más de ocho siglos de antigüedad.

El teniente Luque la miró con un gesto de incredulidad.

—¿No creerás de verdad que esta Hermandad Blanca es la misma que se creó en Toulouse a principios del siglo XIII?

—No —respondió Marta mirando al comandante Occhipinti, que la contemplaba hierático—. Claro, eso sería imposible de creer.

65

Año 718

El viejo asno rebuznó molesto por un esfuerzo que ya duraba diez días. Detrás, Álvaro trataba de forzar al animal, que se resistía tozudo. El joven empatizaba con él, tampoco entendía aquella obsesión de Bernardo por avanzar tan deprisa, como si alguien los persiguiese. El abad caminaba delante sumido en sus pensamientos.

Se habían dirigido primero hacia el este y acababan de cruzar unas montañas llamadas Pirineos. Allí los paisanos hablaban extraños idiomas y tenían costumbres que Álvaro no acababa de comprender. Según le había dicho Bernardo, aún les quedaban varios días hasta llegar a un gran río, cerca del cual fundarían un nuevo monasterio. Al joven monje aquello le daba igual. Había cogido cariño al viejo abad y lo acompañaría allá donde fuese.

—Nos detendremos aquí —dijo Bernardo cuando Álvaro comenzaba a perder la esperanza.

Se instalaron y prepararon un fuego, el otoño avanzaba y las noches eran frías. Mordisquearon unos trozos de queso y un mendrugo. Álvaro estaba callado y aquello preocupaba a Bernardo. Sabía que lo había condenado al destierro.

—¿Por qué huimos? —preguntó el monje de pronto.

Bernardo meditó qué responder y decidió que quizá era el momento de decir la verdad. Aquella había sido una decisión dura pero necesaria. Abrió el cuello de su hábito y extrajo una pequeña bolsa con la reliquia.

—Ven aquí, tengo algo importante que contarte.

Álvaro miró la bolsa con temor. Cuando Bernardo la abrió y depositó el contenido sobre la palma de su mano, el joven contempló un objeto oscuro, como si dos piedras negras de río hubieran quedado unidas para siempre.

—¿Es este el objeto que dicen levantaste en la batalla en la que vencimos a los demonios del sur?

Bernardo miró a Álvaro con una mezcla de cariño y preocupación. Tenía mucho que enseñarle, como que a veces la mejor manera de ocultar algo era poniéndolo a la vista de todos.

—No —dijo guiñándole un ojo—. Aquello fue un simple guijarro.

66

Año 1212

Giovanni Bernardone, o, como ahora se hacía llamar, Francisco de Asís, había regresado al lugar en el que tres años antes se había encontrado con Inocencio III. Esta vez lo hacía solo, pero, al contrario que en la anterior ocasión, no sintió vergüenza al ver sus harapos y sus pies descalzos y sucios en contraste con la riqueza de los salones papales. Sintió orgullo.

En tres años, la vida de un hombre puede cambiar y la suya lo había hecho. Había visitado lugares desconocidos, había abierto monasterios de su orden y gracias a la ayuda de Dios había superado el hambre, la enfermedad y la muerte. Había vivido con los cátaros y, para su sorpresa, no había descubierto en ellos prácticas desvergonzadas. Solo había visto cristianos viviendo su fe en pobreza y humildad.

Lo que él siempre había ansiado.

Aun así, había regresado a Roma y no lo hacía con las manos vacías. No sentía que hubiera robado aquella extraña reliquia a la que los cátaros, especialmente aquel perfecto llamado Jean, daban tanta importancia; solo la devolvía a su legítimo dueño. Creía que tenía que traerla al trono de Pedro en Roma. Era lo correcto.

Como había sucedido tres años antes, tuvo que esperar. Se sentó en el suelo y colocó sobre su regazo la humilde caja de madera en la que transportaba la reliquia. Era tosca y austera, pero a Francisco le parecía que las cosas importantes siempre venían revestidas de sencillez y no de lujo.

Miró a su alrededor y observó los mármoles y los bellos tapices que engalanaban las paredes de aquel palacio. Recordó a los cátaros, su sencillez, el desapego a lo material y su entrega a la oración y a la ayuda al prójimo. La comparación encogió su estómago.

Dudó, porque Francisco era un hombre que dudaba.

La puerta se abrió y salió uno de los ayudantes de Inocencio III. Parecía asustado, encogido. La puerta entreabierta dejaba escapar los gritos del sumo pontífice. Algo había sucedido y no era bueno.

El ayudante se dirigió a Francisco con gesto displicente, como si se le hubiera encomendado la misión de espantar a un molesto insecto en un momento inoportuno.

—Tendréis que esperar aún. Asuntos urgentes entretienen al sumo pontífice.

—Lo comprendo. Solo soy un humilde siervo del Señor. Él me ha bendecido con pocos dones, pero la paciencia es uno de ellos. ¿Puedo preguntaros si ha sucedido algo grave?

El asistente lo miró valorando si merecía la pena explicar asuntos complejos a aquel pordiosero al que sorpresivamente iba a recibir Inocencio III.

—Nada que os incumba. Parece que la guerra se ha torcido en Occitania. Simón de Montfort ha sido derrotado en Toulouse y los cátaros recuperan terreno y extienden su demoníaca herejía.

Francisco asintió sin hablar. La noticia era dolorosa

para Inocencio, pero lo que le había impresionado era que en el fondo de su corazón se alegraba de que los cátaros hubiesen vencido. Decidió rezar para encontrar respuestas a las dudas que lo asaltaban. Aún seguía en posición de oración cuando fue llamado a audiencia.

Entró en el salón pontificio mientras Inocencio III aún gritaba. Quien soportaba aquellos gritos destemplados era Guy Paré, al que Francisco había tenido la oportunidad de ver una vez, cerca de Carcasona. Su otrora arrogante porte se había transmutado en un rictus de ansiedad y encogimiento corporal.

Antes de salir del Salón, Guy Paré miró con desprecio a Francisco. Era como si despreciar a otro le hiciera sentirse menos mal consigo mismo. Francisco lo perdonó en silencio.

Inocencio también había cambiado en aquellos tres años. Vestía de forma más lujosa, a tono con la decoración de la estancia, lo que hizo que Francisco se sintiera aún más fuera de lugar. Apretó contra su pecho la estauroteca con la reliquia.

El papa lo miró con el gesto de quien trata de reconocer a la persona que tiene delante. Introdujo las manos en una palangana sujetada por uno de sus ayudantes.

—¡Está fría! —gritó al asustado monje—. ¡Calentadla de nuevo!

Inocencio se volvió hacia Francisco con un brillo de reconocimiento en los ojos.

—Francisco de Asís, ¿verdad? He oído mucho acerca de vos. Predicáis con fervor y sé que habéis regresado de Occitania, adonde os envié. ¿Qué noticias me traéis?

—He estado entre los cátaros. Son herejes, sin duda, su prédica va en contra de las enseñanzas de nuestro Señor.

Inocencio asintió complacido y lo animó a continuar.

—Sin embargo, no son peligrosos. Sus prédicas no

son agresivas y hacen voto de pobreza. Son sencillos y cercanos y no se extravían con prácticas antinaturales.

La expresión del pontífice se transformó, su rostro se afiló y sus labios se cerraron en una línea recta. Francisco dio involuntariamente un paso atrás.

—¿Acaso os han arrastrado hacia su herejía?

Francisco sintió que un escalofrío le recorría el cuerpo y se percató de la no tan velada amenaza que se escondía tras la pregunta. Él, que había resistido a la muerte y a la enfermedad y que no temía morir, sintió miedo físico.

—¡Por supuesto que no! —se defendió—. Son herejes, por eso os he traído...

Francisco hizo el amago de tender la estauroteca a Inocencio.

—¿Os he dado permiso para interrumpirme? ¿Creéis que podéis comprarme con una fruslería? —añadió haciendo un gesto despectivo hacia la caja de madera.

—Yo no...

—¡Silencio! ¡Regresad a vuestro monasterio y haced penitencia! Es el castigo por haber convivido con los herejes y haberos dejado contaminar. La pobreza es uno de sus ardides. No hay mal alguno en que los elegidos por Dios muestren al mundo que este los premia por su entrega.

Algo se rompió dentro de Francisco, que durante un instante buscó una respuesta en su interior.

—Dichoso el siervo que restituye todos los bienes al Señor Dios, porque a quien se reserva algo para sí lo que creía tener se le quitará.

Francisco recogió la reliquia y abandonó el salón pontificio sintiendo que había hecho lo necesario. Dios no quería que la reliquia fuese entregada a aquel hombre al que el lujo y la riqueza habían apartado del camino.

Al abandonar la estancia, se encontró con Guy Paré, que le volvió a dirigir su mirada de desprecio. Esta vez Francisco la apartó de su mente con la facilidad con que soplaría una pluma en la palma de la mano.

—¿Ya tenéis lo que queríais? —preguntó Guy Paré en tono burlón.

Francisco lo contempló un instante y siguió su camino. Al pasar por su lado, lo miró a los ojos antes de hablar.

—No todos los hombres logran lo que desean, pero muchos alcanzan lo que merecen.

67

Año 2020

Marta estaba nerviosa. Se sujetaba las manos para evitar que le temblaran, pero el frío había penetrado en su cuerpo, no por la temperatura ambiente, sino por la incertidumbre que le producía lo desconocido, aquello a lo que, en unos instantes, se enfrentaría. Quedaba un capítulo de aquella historia por aclarar y había llegado el momento.

—Espera aquí —le dijo a Iñigo—, debo entrar sola.

—¿De verdad no quieres que te acompañe?

Iñigo no se sentía del todo seguro dejando entrar a Marta sola en la iglesia de San Damián.

—No te preocupes —dijo dándole un beso de despedida—. Será breve y luego tú y yo recuperaremos todo el tiempo perdido.

La tarde había caído ya y la luz menguaba con rapidez envolviendo en sombras Asís y acentuando el misterio de la cita a la que había sido convocada. No sabía a ciencia cierta con quién se iba a encontrar, ya que la nota que habían dejado en el hotel no lo indicaba: «Hoy a las ocho. Iglesia de San Damián. Ven sola».

Y allí estaba Marta, empujando la enorme puerta de madera de la iglesia con la tensión acumulada que había logrado ocultar a Iñigo. Creía adivinar a quién iba a ver, pero desconocía cuál sería el resultado de aquel encuentro. Había muchas preguntas por responder.

La iglesia se hallaba desierta y el eco de sus pasos resonó con fuerza en el vacío. Se paró en el centro de la nave y esperó. Por detrás del altar, apareció una monja clarisa que se acercó a ella caminando pausadamente. Cuando estuvo a un par de metros, se detuvo y esbozó una sonrisa tranquilizadora antes de hablar.

—Acompáñeme, por favor.

Sin añadir nada más ni esperar respuesta, se volvió y se dirigió hacia un lateral con una obediente Marta detrás. Descendieron unas escaleras y fueron a dar a la parte más antigua de la iglesia, la cripta. Allí, de espaldas a ellas y arrodillada rezando, había otra monja clarisa. Aguardaron unos momentos hasta que la mujer se volvió.

Era la monja que les había hablado, antes de desaparecer, en la cripta de San Rufino. La hermana clarisa se incorporó y despidió a la otra con un ademán enérgico pero amable. Luego se acercó a Marta y la cogió del brazo.

—Ven, sentémonos —dijo llevándola hacia un banco cercano—. Soy mayor y no puedo estar mucho tiempo de rodillas. Mis articulaciones ya no son lo que fueron.

Marta no supo qué contestar y se dejó guiar hasta el banco donde se sentó a una respetuosa distancia. La monja se percató de la desconfianza y sonrió con un gesto de aceptación.

—No tienes nada que temer. Estás entre amigas.

Marta hacía tiempo que había aprendido que nada es lo que parece y que detrás de las buenas maneras pueden esconderse intereses crueles.

—Permítame que eso lo decida yo en función de la conversación —respondió.

La monja pareció aceptar la corrección con un asentimiento.

—Veo que es usted directa, lo seré yo también. Mi nombre es Sandra y soy la abadesa de Asís. La hemos llamado porque queremos que se una a nosotras.

Marta no pudo evitar una risa nerviosa que ahogó con rapidez.

—Creo que se han equivocado de persona. No entra en mis planes tomar los hábitos.

Esta vez fue la abadesa quien rio la ocurrencia con una risa clara y natural.

—Me he explicado mal, deje que lo intente de nuevo. ¿Sabe cuál es el significado de mi nombre?

—No.

—La protectora. Creo que ya sabe lo que protejo.

Los ojos de la abadesa brillaron inteligentes. A pesar de la reticencia, Marta no pudo evitar que aquella mujer le cayese bien. Respondió tanteando las palabras.

—La reliquia que san Francisco de Asís entregó a santa Clara hace ocho siglos.

La abadesa asintió.

—Ya me habían dicho que era usted una joven muy inteligente. No habrá sido fácil seguir el rastro que ochocientos años han ido borrando. Pero dejémonos de cumplidos. ¿Sabe quién soy en realidad? Yo soy la Fe, una de las siete virtudes. Queremos que usted pase a formar parte del Consejo Protector.

—Ah, ¿sí? ¿Y qué virtud seré yo? ¿La Caridad?

—También me habían avisado de que tiene una lengua afilada. Pero no, sería la Esperanza, porque eso es lo que queremos depositar en sus manos.

Marta valoró por un instante el ofrecimiento y las consecuencias que tendría en su vida.

—¿Y de qué hay que proteger la reliquia?

—Creía que eso había quedado claro ya. De la Hermandad Blanca.

—La Hermandad Blanca ha perdido. Ayira está muerta, el resto, detenidos y su sede, desmantelada.

La abadesa rio de nuevo con ganas.

—¿No creerá usted que eso era toda la Hermandad? Solo se trataba de una célula, uno de los muchos nudos que la conforman. No, no me malinterprete, lo que han hecho es impresionante, pero no es suficiente.

Marta contuvo el aliento. Algo en las palabras de la abadesa había encendido una luz. Su mente estableció las conexiones e interpretó las implicaciones. Necesitaba tiempo para pensar, pero aquel no era el momento. Trató de regresar a la conversación.

—Supongo que a ustedes, al Vaticano o a esa extraña Hermandad Blanca todo esto de las reliquias les parecerá importante. Para mí no lo es. No importa quién se haga con ellas.

La abadesa miró a Marta en silencio. Se debatía entre la necesidad de convencerla de que se uniera a ellas y la precaución de no hablar demasiado.

—Se equivoca. La aparición de ambas reliquias no es una casualidad. Algo importante va a suceder. El mundo, nuestro mundo, se ha corrompido. El hambre, las guerras, la enfermedad, la contaminación lo asolan como las plagas asolaron Egipto hasta que Moisés trajo la esperanza.

—¿El arca de la alianza?

La abadesa no pudo ocultar su sorpresa.

—No pensaba que hubiera llegado tan lejos.

—Y si usted me conociera bien, sabría que no creo en objetos mágicos.

La religiosa frunció el ceño, como si el comentario de Marta hubiera sido inapropiado.

—Después de todo lo que usted ha vivido con ambas reliquias, no me negará que tienen un poder.

—Estoy de acuerdo —respondió Marta—. El poder

de ser utilizadas para engañar a la gente. Todo lo demás es pensamiento mágico, perseguir el eco de las sombras.

La abadesa encajó el golpe y por primera vez fue consciente de la imposibilidad de persuadir a Marta.

—Y, sin embargo, es así —respondió la clarisa dispuesta a no rendirse—. Como dijo Galileo Galilei sobre el movimiento de la Tierra alrededor del Sol: «Y, sin embargo, se mueve».

Marta sonrió y se levantó del banco.

—Es que sin duda la Tierra se mueve. Cualquiera puede demostrarlo, se llama ciencia. Hagan ustedes lo mismo con las reliquias y llámenme entonces para que lo vea.

Marta se volvió y caminó de regreso al exterior. Inspiró el aire fresco de la noche y se acercó a Iñigo, que daba pequeños saltos para entrar en calor. Marta no lo necesitaba, en sus ojos encontraría todo el calor que hiciera falta.

—¿Qué tal te ha ido? —preguntó Iñigo.

—Bien —respondió Marta cogiéndolo por la cintura—. Ellas tenían fe, pero yo les hice perder la esperanza.

Iñigo se detuvo y la miró con una sonrisa interrogante.

—No me hagas caso —dijo Marta—. Yo me entiendo.

La abadesa de Asís había vuelto a ponerse de rodillas en el banco de la cripta. Necesitaba rezar para que Dios la guiara en su camino. La monja clarisa que había recibido a Marta se situó a su lado y juntas rezaron durante unos instantes antes de que la segunda se atreviera a preguntar.

—Supongo que no ha ido bien.

—No, pero aún hay esperanza.

—Ah, ¿sí?

—Sí, si rezamos con fuerza. Nada ocurre por casualidad. Siento que el arca está a punto de aparecer. Y entonces, en ese mismo momento, ella vendrá a buscarnos.

68

Año 718

Hay quien dice que una cabeza seccionada del resto del cuerpo sigue viviendo y que la mente que alberga sigue funcionando durante unos aterradores instantes.

Nadie ha podido confirmarlo, o al menos nadie ha regresado para hacerlo.

El lugarteniente de Táriq estaba comprobando que era verdad. Sentía que su último aliento de vida se escapaba. No vio su vida pasar, ni una luz cegadora, ni la puerta de un serrallo en la que le esperase su merecida recompensa en forma de bellas vírgenes. Lo que vio fue a un monje cristiano sosteniendo sobre su cabeza un objeto negro, de brillo metálico, cuya forma se asemejaba a dos piedras de río que se hubieran entrecruzado. Estaba a cierta distancia, pero él habría reconocido aquel objeto en cualquier situación.

Recordó cuando, años atrás, había servido al califa de Damasco Al-Walid ibn Abd al-Malik. Era un hombre poderoso e inmensamente rico que atesoraba joyas, oro y objetos de indudable valor, pero que tenía uno que le era especialmente querido. Decían que lo había traído el padre del padre de su padre desde Jerusalén.

Se trataba de un arca de madera.

Estaba tallada con virtuosismo. Los detalles y filigranas eran inacabables y cubrían toda la superficie excepto dos pequeños huecos. Aquellos huecos, según le habían dicho, eran para la llave que abría el arca, pero el califa no disponía de las piezas necesarias.

Se contaba que quien pudiera abrirla se convertiría en el hombre más poderoso del mundo, las riquezas y la sabiduría lo desbordarían y no habría enemigo que se le resistiera.

El califa había enviado hombres a lo largo y ancho del mundo a buscarlas sin éxito, como habían hecho sus predecesores. Muchos creían que se hallaban en Jerusalén, pero no habían podido encontrarlas a pesar de que hacía siglos que dominaban la ciudad en dura lucha contra los cristianos, quienes, sin duda, buscaban allí aquella poderosa arca.

Por eso el califa había decidido cruzar el Mediterráneo hasta la lejana Hispania. Habían conquistado aquel territorio con facilidad, pero no habían hallado rastro de las piezas que abrían el arca.

Hasta entonces.

El lugarteniente de Táriq sintió el último aliento de vida escaparse para siempre. No renegaba de la vida que había vivido, solo lamentaba no haber podido hacerse con aquel objeto y llevárselo al califa.

La luz se apagó en sus ojos.

69

Año 2020

Marta e Iñigo habían regresado a casa.

A Marta le produjo una sensación extraña volver a su hogar, a la familiaridad de lo cotidiano, estar alejados de aquella aventura, de aquel misterio sin fin, como si hubieran despertado de un sueño.

Pero Marta sabía que no lo era. Se dirigió a una de las habitaciones de la casa, la única que permanecía vacía. Había despejado la pared para disponer de un sitio donde trabajar.

Recordó la conversación con la abadesa Sandra. La chispa que había iluminado la mente de Marta había sido una sola palabra: nudo. Parecía una palabra insignificante, pero no lo era. Era la guía que necesitaba para llegar al arca. No sabía dónde estaba escondida, pero tenía la clave que le iba a ayudar a descifrar el enigma.

El nudo de Salomón.

Aquel símbolo que tenía tanto parecido con la reliquia. Aquel símbolo que representaba la reliquia. El propio Jean había sido el primero que lo había mencionado, aunque Marta lo había olvidado hasta ese momento. Cuando Jean había descrito el lugar donde los monjes de la Sauve-Majeure habían ocultado la reliquia para protegerla, lo había hecho de la siguiente manera: «Recorrí con la vista el muro de ladrillos de adobe, buscando la marca que el abad me había dibujado en el suelo de la celda con una rama: el nudo de Salomón, un doble óvalo cruzado».

Aquello había llamado la atención de Marta, pero no había sido suficiente, no lo había relacionado con el arca. Hasta que recordó la única palabra pronunciada por el secretario papal antes de morir en el Vaticano: *sigillum*.

Entonces no había entendido qué quería decir. Ahora sí. *Sigillum salomonis*. El nudo de Salomón. El guardián de las reliquias y del arca.

Marta había descifrado la clave.

Se colocó frente a la pared vacía de la habitación de su casa, levantó la única hoja que llevaba en su mano y, con una chincheta, la clavó en el centro de la pared. Una única imagen ocupaba toda la hoja. El nudo de Salomón.

Ella lo encontraría.

Nota del autor

Cuando comencé a escribir *El eco de las sombras* me enfrenté a un reto quizá aún mayor que con *La luz invisible*. Tenía que ser capaz de narrar la historia de los personajes y de las reliquias con necesaria coherencia y continuidad, pero debía introducir elementos novedosos que diferenciasen ambos libros y diesen al nuevo una personalidad propia. Además, no podía contar con una pieza clave de la primera novela: era poco creíble que Marta encontrase otro manuscrito de Jean por casualidad, lo que dificultaba aún más lograr la conexión entre el siglo XIII y la actualidad.

Lo que sí tenía claro era que quería integrar en esta novela dos elementos característicos de *La luz invisible* que consideraba esencial mantener.

El primero era que los monumentos (iglesias, monasterios y en este caso también castillos) continuaran siendo casi un personaje más. Esos lugares mágicos que nos acompañan desde hace siglos y a los que hacemos menos caso del que debiéramos siguen y seguirán siendo un eje fundamental de mis novelas. Desde Toulouse hasta Carcasona, de Asís a Peyrepertuse pasando por San Salvador de Valdediós en Asturias, las piedras siguen escondiendo secretos centenarios solo accesibles para quienes saben mirar. Algunos los he desvelado yo en este libro, aunque también he recurrido a mi imaginación cuando lo he considerado necesario. Será tarea del lector distinguir ambos casos.

El segundo estribaba en introducir en la novela personajes históricos en momentos críticos de sus vidas. En este aspecto, *El eco de las sombras* es aún más obsesiva que *La luz invisible*. Pelayo es un personaje histórico bien conocido e incluso polémico aún hoy en día (aunque yo he tratado de alejarme de la controversia, al menos en este caso). A su alrededor se mueven Gaudiosa, su esposa, de la que hay muy poca información histórica, y Oppas, del que hay más por su papel en las luchas intestinas de los últimos días del reino visigodo.

Mención aparte merece la cuestión cátara. Aquí contaba ya con algunos elementos históricos que formaban parte de *La luz invisible*, como el propio Guy Paré (Arnaud Amaury). El personaje no solo existió, sino que, según las crónicas, fue tan despiadado como yo lo dibujo en la novela. Otros, como el conde Raymond VI, el vizconde de Béziers, Simón de Montfort, el obispo Foulques e incluso la propia Philippa de Pereille y su hermana Esclarmonde existieron, lucharon y algunos de ellos murieron en aquella guerra brutal e inmisericorde. Algunas escenas de este libro pueden parecer crueles, pero, créanme, muchas sucedieron en la realidad y yo solo las he novelado aquí. Se ha escrito mucho sobre lo que allí sucedió y sobre esa extraña herejía que dominó Occitania durante casi un siglo. Se han dicho algunas verdades y muchas exageraciones, todas ellas envueltas en un misticismo que se incrementa con el paso del tiempo. Aunque a algunos les parezca poco creíble, la Hermandad Blanca no ha surgido de mi imaginación, sino que existió con la misma o similar motivación que yo describo. No así la Hermandad Negra.

He tenido la oportunidad, como cuando escribí *La luz invisible*, de visitar la mayor parte de los enclaves que aparecen en la novela y, por lo tanto, de recrear no solo los monumentos, sino también algunos objetos y escenarios. A modo de ejemplo, la estauroteca mencionada en la visita de Marta a Asís existe, al igual que el pozo de la cripta. Otros son solo fruto de mi imaginación. Sería precioso que la Sala de los Recuerdos estuviese allí, en lo más profundo de la roca de Peyrepertuse, esperándonos, pero de momento no me han llegado noticias de que algo así haya sido encontrado. Tampoco busquen el tapiz en el castillo de Carcasona. O háganlo. Quizá este allí y yo aún no lo sepa.

El eco de las sombras también comparte la estructura narrativa de *La luz invisible*. Ambas están contadas en tres tiempos que se van alternando de forma continua en capítulos cortos. Esta forma narrativa ya se ha convertido en un sello de mis novelas. Me permite introducir dinamismo a la historia, mantener al lector en vilo y hacerlo viajar a través del tiempo y el espacio en un continuo intento por entender hacia qué punto común caminan las tres narraciones. Eso solo lo descubrirá al final de la novela.

No quiero olvidarme del aspecto más filosófico de mis novelas que, a pesar de que han sido escritas para entretener, siempre tienen un trasfondo que obliga a plantearse cuestiones acerca de su visión del mundo. En *La luz invisible* quise hacer meditar sobre el lugar de la razón y la fe en el mundo, dos fuerzas contrapuestas cuya lucha nunca ha dejado de obsesionarme. En *El eco de las sombras* voy un paso más allá. Esta vez el foco se coloca en las consecuencias de anteponer las creencias propias a las de los demás. Este asunto es tratado en un sentido personal, en la historia de Bernardo, Pelayo y Gaudiosa, y en uno más social, más político si se me permite, en la crónica sobre el aplastamiento de las creencias cátaras por Roma. Otra cuestión filosófica reflejada en la novela es cómo la religión puede ser un arma formidable cuando se emplea para engañar a las personas y obligarlas a hacer algo que de otra manera no hubieran hecho. Existen muchos ejemplos en la historia.

Espero que hayan disfrutado de la lectura o que lo hagan si no han comenzado aún. Y les emplazo a una nueva entrega, esta sí la definitiva, que terminará de desvelar el secreto mejor guardado sobre la mayor traición de la historia.

Agradecimientos

Escribir novelas es, para muchos escritores, un trabajo a tiempo completo. No estaba seguro de si tendría la fuerza para escribir y corregir *El eco de las sombras* en un plazo de poco más de dos años. Es especialmente difícil cuando has de conciliar la promoción de una novela, la corrección de una segunda y la escritura de la tercera con una actividad profesional tan intensa como la mía. He tenido que dedicarle muchas horas de mi tiempo libre, fines de semana e incluso vacaciones y lograrlo sería imposible sin afectar a las personas que tienes alrededor. Mi caso no es una excepción.

Karmele, mi mujer, es, por lo tanto, la primera a la que agradecérselo. Se embarcó conmigo en esta inesperada aventura de convertirme en novelista y ha sido siempre una lectora franca y directa. Sé que ha disfrutado ayudándome a preparar el trabajo de campo y viajando por los lugares en los que transcurren mis novelas, pero ha tenido que convivir con alguien cuya mente vagaba por el siglo XIII más a menudo de lo recomendable.

También les agradezco su comprensión a Asun y Juan, que me acogieron en su velero, el Impala, un lugar donde dar un impulso a esta novela. Veinte días de vacaciones en los que, entre winches, defensas y anclas, me pude aislar lo suficiente como para cumplir los plazos que me había autoimpuesto.

A ellos y a Susana y Jose, a Lourdes y Rafa, gracias por vuestros ánimos y por las risas juntos. La vida son esos momentos. A Aida, cuya sonrisa demuestra que no importan las cartas que te toquen en el juego de la vida, solo las ganas de jugar la partida.

A todos los que habéis leído mi primera novela y en especial a los que habéis dedicado una lluviosa tarde de febrero a acudir a la presentación, cuando seguro que teníais muchas mejores cosas que hacer tres semanas antes de ser confinados. A la gente de Tecnalia que estuvo allí, a los biólogos que acudisteis, a los amigos de toda la vida, a los nuevos que estuvisteis presentes, a los que os hubiera gustado estar y no pudisteis. Muchas gracias a todos.

No me quiero olvidar de mis compañeros y compañeras de Tecnalia. Por vuestros ánimos, mensajes y comentarios sobre *La luz invisible* y por seguir mi incipiente carrera de escritor. Como no quiero olvidarme de nadie, no me atrevo a poner nombres aquí, pero os lo agradezco de verdad.

Como en el caso de *La luz invisible*, *El eco de las sombras* no sería una realidad sin mi agente, Pablo Álvarez, de Editabundo, y todo su equipo. Su ánimo constante y ayuda me han hecho más fácil navegar en este proceloso mar literario. Muchas gracias.

A la gente de Ediciones B, de Penguin Random House, y en especial a Carmen Romero y a Clara Rasero, por seguir confiando en mi talento cuando más difícil era hacerlo, en plena pandemia de coronavirus. Dejar caer a un escritor novel hubiese podido ser una decisión comprensible y, sin embargo, aquí estamos. A ellas, a Raffaela

Coia por coordinar la preparación del libro y al resto del equipo de PRH. Sois fantásticos. Gracias de verdad. A Manu Manzano, quien con sus comentarios de estilo y sus sugerencias ha ayudado a pulir el manuscrito. Muchas gracias por las conversaciones telefónicas para aclarar dudas medievales que me imagino que quizá solo nos lleguen a importar a nosotros dos, pero que han ayudado a hacer mejor *El eco de las sombras*. Y a que yo me divirtiera mucho. A Bárbara Fernández por bucear en el manuscrito y hacerlo aún mejor.

A todos aquellos que de forma voluntaria o involuntaria me han ayudado a encontrar detalles para el libro, como Lara y Nuno, que en una amable visita al King's College de Cambridge me enseñaron una iglesia en la que antiguamente los feligreses eran espiados desde el techo de madera, como sucede en esta novela en Auseva.

La literatura necesita escritores y lectores, editores y correctores, pero también necesita libreros. Un sentido agradecimiento a todos los libreros, de librerías grandes o pequeñas, que habéis recomendado mi novela, que con cariño la habéis colocado en vuestros escaparates, en vuestras baldas, junto a escritores consagrados y superventas, que la habéis mencionado en vuestras redes. En especial a la Casa del Libro de Donosti y en concreto a Onintza, que se preocupó de organizar la presentación de la novela y de mantenerme informado de forma constante de cuanto sucedía alrededor de *La luz invisible*.

Por supuesto, gracias a todas las personas que se han cruzado en mi camino en las redes sociales, blogueros, *booktubers*, etc. Vuestras reseñas, las fotos que habéis hecho de mi novela, los vídeos que habéis grabado... He disfrutado todos y cada uno de ellos.

Y, por último, a todos los lectores que han leído mi primera novela, sobre todo a los que me habéis escrito mensajes, públicos y privados, para decirme lo que había significado para vosotros. Espero no defraudaros con *El eco de las sombras*.

A todos, gracias de corazón.

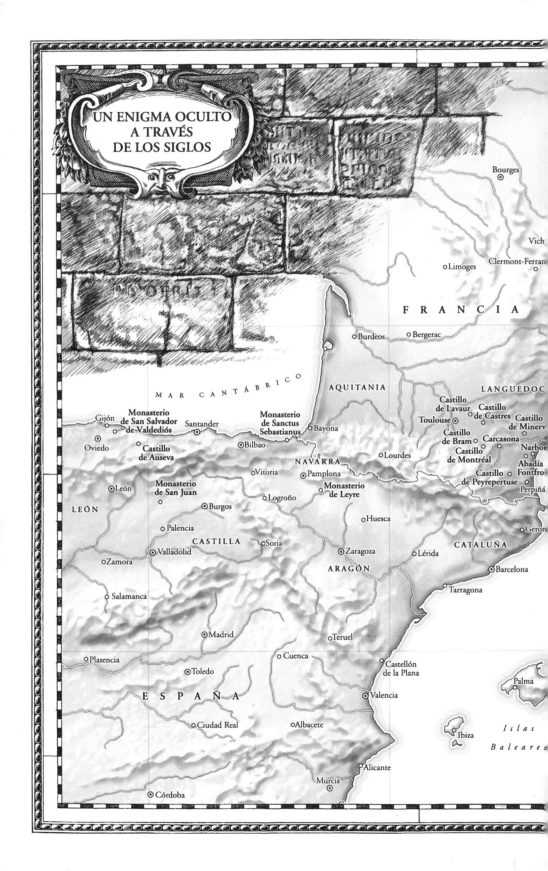